D0828889

PLEIN CIEL

DU MÊME AUTEUR
CHEZ POCKET

DANIELLE STEEL

PLEIN CIEL

PRESSES DE LA CITÉ

Titre original :
WINGS

Traduit par Vassoula Galangau

© Presses de la Cité, 1995, pour la traduction française

ISBN 2-266-076760

Au champion de mon cœur,
le pilote de mes rêves...
la lumière de ma vie,
mon havre de paix, doux refuge
dans les ténèbres,
à l'éclatant soleil levant
de mon âme
chaque matin...
et la brillante étoile
dans mon ciel nocturne,
à mon amour,
à mon cœur,
à toi, mon Tout,
mon Popeye bien-aimé
du fond du cœur,
à jamais,
Olive.

1

La route de l'aéroport O'Malley, long ruban couvert de poussière, étroit et sinueux, semblait hésiter entre deux directions opposées, avant de dérouler ses spirales, cahin-caha, à travers champs. Constitué d'un lopin de terre aride, dont aucun fermier sain d'esprit n'aurait jamais voulu, le petit aérodrome était situé près de Good Hope, à environ trois cents kilomètres au sud-est de Chicago…

Lorsque, à l'automne 1918, Pat O'Malley débarqua par hasard dans la région, il eut le coup de foudre pour ce terrain misérable, bradé trois sous, et se porta aussitôt acquéreur. Ce qui lui restait d'économies lui servit à acheter un Curtiss Jenny à deux places et double commande, l'un des rescapés du surplus de guerre mis en vente par le gouvernement fédéral à des prix défiant toute concurrence ; le vieux coucou lui permit de s'établir à son compte : Pat enseignait les rudiments du pilotage à quelques rejetons de bonne famille, conduisait de temps à autre un passager à Chicago ou ailleurs, tout en assurant le transport de la poste et de différentes marchandises.

Son affaire périclitait… Aux yeux du voisinage, il passait pour un rêveur inoffensif. Seule Oona, sa tendre moitié depuis dix ans, jolie jeune femme aux cheveux de feu, semblait comprendre que voler constituait pour Pat sa seule raison d'être. Elle s'en était rendu compte le jour où son mari avait participé à une compétition de voltige à New Jersey. En 1915, il l'avait entraînée jusqu'à San Francisco au meeting aérien de Panama-Pacific. Là-bas, il avait rencontré nombre de « fous volants », comme Beachey, dont l'aéronef, un modèle expérimental, s'était lourdement écrasé au sol deux mois plus tard, après une série de loopings éblouissants.

De cette époque, également, datait son amitié avec Art Smith, autre Don Quichotte des traversées périlleuses, qui, comme Pat, pensait que désormais le ciel était à la portée de l'homme.

A l'évidence, tous ces pionniers de l'aviation ne vivaient que pour voler. Ils en parlaient constamment, narraient leurs aventures, rêvant sans cesse de voler toujours plus haut, plus loin, plus vite. Les derniers progrès en matière d'aéronautique les passionnaient et ils passaient des heures entières à épiloguer sur d'étranges mécanismes dans un jargon dont les nuances échappaient à Oona. Pat, comme les autres, se plaisait à décrire d'incroyables merveilles accomplies par quelque nouveau prototype qui avait surpassé d'anciens modèles. Depuis longtemps, il désirait ardemment posséder son propre avion, peut-être même sa propre flotte aérienne. Ses amis s'étaient gentiment moqués de son projet, ses relations l'avaient traité d'illuminé. Seule la douce Oona partageait sa foi inébranlable, avec une ferveur égale à son amour pour lui. Et lorsqu'elle mit au monde, l'une après l'autre, leurs filles, Pat, afin de ménager sa susceptibilité, dissimula sa déception de n'avoir pas eu au moins un garçon.

En dépit de son amour pour sa femme, Pat O'Malley ne s'était pas beaucoup occupé de sa progéniture. Son amour de l'aviation dominait tout le reste. Il s'était ruiné en leçons de pilotage, mais ses efforts avaient porté leurs fruits. Au terme d'un rude apprentissage, il faisait partie de ces pilotes qui, d'instinct, savaient conduire n'importe quel appareil. Aussi, ce qui n'avait surpris personne, comptait-il parmi les premiers volontaires américains, avant même que les États-Unis n'entrent officiellement dans la Grande Guerre. Il avait rejoint l'escadrille Lafayette en France, en 1916, avant d'être transféré au 94e escadron, sous les ordres d'Eddie Rickenbacker.

Agé d'une trentaine d'années, Pat était alors plus vieux que la plupart de ses coéquipiers. C'était aussi le cas de Rickenbacker, et cela avait rapproché les deux hommes. A l'instar de son chef, Pat s'était distingué durant la guerre par un courage et une efficacité hors du commun. Mais s'il savait prendre des risques, il savait aussi se protéger. A ce titre, il avait gagné l'estime générale. Au dire de son commandant, c'était l'un des plus grands pilotes du monde. A la fin de la guerre, Rickenbacker avait incité Pat à poursuivre dans la même voie : il y avait d'autres défis à relever, d'autres frontières à explorer, d'autres voyages à entreprendre.

Or, Pat savait que pour lui l'aventure s'était achevée en même temps que les raids auxquels il avait si brillamment participé. A présent, il était grand temps de retourner auprès d'Oona et de leurs

11

filles. Il avait trente-deux ans en 1918. Dorénavant, il lui fallait prendre en main son destin. Entretemps, son père était mort, lui laissant un modeste héritage, et Oona avait réussi à mettre de côté un peu d'argent. Grâce à tout cela, Pat put partir à la recherche d'un terrain dans le Midwest. Un de ses amis aviateurs lui avait signalé que des propriétaires fonciers liquidaient des terres impropres à la culture. C'est ainsi que tout avait commencé.

Son domaine était constitué en tout et pour tout d'une quarantaine d'hectares en friche et il avait peint de sa propre main l'écriteau qui, dix-huit ans plus tard, mentionnait encore le nom de son aéroport.

Avec le reste de l'argent, il se procura le Curtiss Jenny. Vers Noël, il fit venir sur place Oona et les filles. Au bout du terrain nettoyé par ses soins, se dressait une vieille cabane qu'ombrageait une couronne de platanes, où la famille s'installa. Pat s'était constitué une clientèle. Le vieux Curtiss se révéla fiable. A la fin du printemps, un deuxième avion prit place dans le hangar. Un de Havilland D.H.4.A., avec lequel il put transporter des cargaisons plus importantes.

Il passa avec l'État un contrat de vol courrier assez fructueux et c'est Oona qui, pendant ses absences, gérait le minuscule aéroport à la place de son mari, tout en élevant ses enfants. Elle avait appris à ravitailler les avions qui y faisaient escale, à répondre au téléphone, discutant frets et contrats... Au printemps, les pilotes de passage découvrirent avec stupeur, en guise d'aiguilleur du ciel au milieu du tarmac, une jeune rousse rayonnante, à la grossesse fortement avancée. Cette fois-

12

ci, elle avait pris énormément de poids et finit par penser qu'elle attendait des jumeaux.

Pat n'était pas du même avis... En ce ventre proéminent, il devinait les transmutations singulières, les mystérieux artifices par lesquels la nature exaucerait son vœu le plus cher. Un fils... Le fils auquel il inculquerait son précieux savoir des machines, son unique passion. Celui qui perpétuerait son nom et prendrait sa succession. Le garçon qu'il attendait depuis dix ans.

Pat délivra lui-même le bébé de son cocon de chair, dans la cabane qu'il avait transformée en foyer. Lui et Oona avaient leur propre chambre, alors que les trois fillettes dormaient dans la pièce d'à côté. Sur le devant, Pat avait aménagé un salon spacieux s'ouvrant sur une cuisine confortable et chaleureuse. Le mobilier restait rudimentaire, car les frais de maintenance absorbaient tous leurs bénéfices.

Leur quatrième enfant vint au monde par une tiède soirée printanière, après une longue et paisible promenade dans les champs de maïs avoisinants. Pat avait confié à sa femme son projet d'acquérir un nouveau bimoteur, tandis qu'elle évoquait l'impatience avec laquelle les filles guettaient la naissance du bébé. Elles avaient respectivement huit, six et cinq ans et se réjouissaient à la pensée de dorloter un poupon vivant, garçon ou fille. Oona se sentait dans les mêmes dispositions. Voilà cinq ans qu'elle n'avait pas tenu de nourrisson dans ses bras ; elle se languissait de le voir arriver... Et il arriva, en poussant un vagissement tonitruant, un peu avant minuit. En baissant les yeux sur son enfant et en le voyant pour la première fois, Oona

13

éclata en sanglots. « Comme Pat doit être déçu », songea-t-elle à travers ses larmes. Ce n'était pas le garçon tant désiré par son époux. Elle avait mis au monde une quatrième fille, un magnifique bébé de quatre kilos et demi, avec de grands yeux bleus, une peau crémeuse et des cheveux cuivrés.

— Ne pleure pas, ma chérie, murmura Pat en la voyant détourner la tête, tandis qu'il berçait tout doucement la petite dernière.

Une créature minuscule et parfaite, belle comme le jour, encore plus ravissante que ses sœurs, mais une fille tout de même... Il se pencha, plaça l'index sous le menton d'Oona, l'obligeant à relever la tête.

— Ce n'est pas grave, mon amour. Tu m'as donné une jolie poupée en pleine santé. Plus tard, elle te comblera de joie.

— Mais toi ? fit-elle d'une voix malheureuse. Tu ne pourras pas diriger seul ton affaire jusqu'à la fin des temps.

Il laissa échapper un rire insouciant, mais les larmes de sa femme ruisselaient sur ses joues pâles. Pat chérissait tendrement son épouse, et si le destin avait décidé qu'ils n'auraient pas d'héritier, eh bien, ils s'en accommoderaient. Toutefois, il éprouva un léger pincement au cœur, semblable à une piqûre d'épingle, lorsqu'il pensa au garçon qu'il n'aurait jamais... Pas question de songer à un cinquième enfant. Ils en avaient déjà quatre et c'était bien assez. Pat avait du mal à joindre les deux bouts et ne ferait jamais fortune, il le savait.

— Eh bien, tu seras mon assistante, Oonie. Ainsi va la vie, plaisanta-t-il.

Il embrassa le front moite de la jeune accouchée et quitta la chambre, afin de s'accorder une rasade de whisky bien méritée. Plus tard, après que la mère et le bébé furent endormis, il resta longtemps devant la fenêtre du salon à contempler la lune, en se demandant pourquoi le sort lui avait envoyé quatre filles et pas de fils. Ce n'était pas juste ! Mais Pat O'Malley ne faisait pas partie de ces penseurs tourmentés qui s'interrogent sans cesse sur les caprices d'une incompréhensible fatalité. Il avait d'autres chats à fouetter.

Pendant les six semaines qui suivirent, il n'eut pas une minute à consacrer à sa famille. Lorsque, de nouveau, il remarqua Oona, celle-ci avait retrouvé sa taille de guêpe. « La résistance des femmes ! » s'émerveilla-t-il. Le bébé, quant à lui, se portait comme un charme, faisant déjà montre d'un tempérament impétueux. Si sa mère et ses sœurs n'accouraient pas séance tenante lorsqu'il en avait besoin, ses cris perçants ameutaient tout l'Illinois.

— Elle est la plus bruyante de toutes, constatat-il une nuit, au terme d'un aller-retour harassant en Indiana.

— Oui, elle a du coffre. Mais il a fait une telle chaleur aujourd'hui, la canicule l'a énervée.

Pat sourit à sa femme par-dessus son verre de pur malt irlandais. Oona avait réponse à tout dès que l'on mettait en cause ses chères têtes blondes. Sa patience avec les enfants semblait sans limite… Avec Pat également. C'était une personne douce, pondérée, indulgente. Onze ans de mariage s'étaient écoulés presque sans heurts. Elle avait dix-sept ans quand elle avait épousé Pat, et ç'avait été la compagne idéale. D'emblée, elle avait accepté ce que d'autres femmes auraient combattu farouchement : les bizarreries de son mari, son métier aléatoire, sa passion pour les avions.

A la fin de la semaine, par une étouffante matinée de juin, Pat se leva aux aurores pour un rapide voyage à Chicago. Le bébé avait hurlé toute la nuit. Il se sentait épuisé. A son retour, il apprit qu'il devrait assurer un nouveau vol : une demande de transport de courrier de dernière heure. Évidemment, il n'avait pas les moyens de refuser du travail. Une fois de plus, il regretta l'absence d'un assistant.

— Avez-vous des avions à louer, m'sieur ? fit une voix nonchalante, à l'accent traînant.

Pat leva le nez des dossiers étalés sur son bureau et ouvrit la bouche, prêt à rétorquer que le contrat de location incluait le pilote. Puis une expression de surprise se peignit sur ses traits réguliers.

— Tiens ! Tiens ! s'exclama-t-il en dédiant un large sourire à l'arrivant, un grand garçon affublé d'une tignasse brune dont les mèches lui tombaient dans les yeux. (Ils s'étaient connus durant l'épopée du 94e escadron.) Qu'est-ce qui t'arrive, gamin ? Tu ne peux pas t'offrir une coupe correcte chez le coiffeur ou quoi ?

Nick Galvin lui rendit son sourire. Il possédait le charme ténébreux des Irlandais à la chevelure sombre et au teint clair. Il avait dix-sept ans lorsqu'il avait rejoint les volontaires, un an avant la fin de la guerre. Pat l'avait pris sous son aile protectrice. Il considérait Nick comme l'un des pilotes de chasse les plus doués du camp d'entraînement. Les Allemands avaient abattu deux fois son appareil, mais chaque fois, Nick, après un vol plané qui l'avait ramené au sol, était parvenu à s'extirper sain

16

et sauf du fuselage cabossé. Les hommes de l'escadron l'avaient surnommé Stick [1]. Pat, lui, l'appelait « fiston »… Il se renversa sur sa chaise, afin de mieux considérer le jeune guerrier qui avait défié la mort aussi souvent que lui-même.

— Quel bon vent t'amène ?

— Je passais juste prendre des nouvelles des vieux amis. Je voulais voir si tu étais devenu un gros pépère… Il est à toi le de Havilland, dehors ?

— Oui. J'en ai fait l'acquisition l'année passée au lieu d'acheter des chaussures à mes gosses.

— Ta femme a dû être contente !

Pat se rappela que les Françaises étaient folles de Nick, et que celui-ci leur racontait qu'il avait vingt-cinq ou vingt-six ans. Oona, qui l'avait rencontré une fois à New York, après la guerre, n'avait pas été insensible à son charme.

— Oh, mais il est très beau, avait-elle déclaré, rouge comme une pivoine.

Pat ne s'en était pas offusqué. Il n'avait peut-être pas l'allure d'une star de cinéma, mais se savait séduisant, avec son corps solide, ses cheveux châtain clair, ses yeux d'un brun doux, son sourire dévastateur qui avait tout de suite conquis le cœur d'Oona.

— Comment va Oona ? Elle ne t'a pas encore quitté ? railla Nick en s'installant face à son ami et en allumant une cigarette.

— Eh non, figure-toi, rétorqua Pat en riant. Ne me demande pas pourquoi, je n'en sais rien. Lorsque nous nous sommes installés ici, la maison n'était qu'une cabane dont mon grand-père n'aurait

1. *Stick :* manche à balai. *(N.d. T.)*

pas voulu pour abriter ses vaches. A l'époque, je n'avais pas de quoi lui acheter le journal. Dieu merci, elle ne me l'a pas demandé. C'est une femme épatante.

Nick avait pensé la même chose, quand il avait fait sa connaissance… Lui était seul au monde. A l'escadron, certaines nuits, lorsque les gars se mettaient à évoquer leurs familles, Nick se cantonnait dans le mutisme. Il n'avait personne. Et aujourd'hui, à dix-huit ans, c'était un chien perdu sans collier. Après la guerre, il avait vécu d'expédients, sans jamais réussir à se fixer nulle part. Il n'avait ni frères ni sœurs. Ses parents étaient morts quand il avait quatorze ans. Il avait connu la misère de l'assistance publique, d'où il était sorti pour s'engager. Étrangement, la guerre lui avait procuré une famille… Une famille que la paix lui avait reprise.

— Comment vont les enfants ? demanda-t-il.

Il adorait les enfants. A l'orphelinat, il était devenu tout naturellement le protecteur des plus jeunes. Il leur lisait des histoires, les régalait d'aventures qu'il inventait à mesure, les prenait dans ses bras pour les calmer lorsqu'un cauchemar les réveillait en pleine nuit et qu'ils réclamaient leur maman en pleurant.

— Elles vont bien, répondit Pat. Nous avons eu un autre bébé le mois dernier. Encore une fille. J'avais espéré que ce coup-ci ce serait un garçon, mais non.

Une note de déception vibrait dans sa voix.

— Eh bien, champion, tu apprendras à piloter à tes filles.

Pat leva les yeux au ciel. Les aviatrices, même

18

les plus audacieuses, n'avaient nullement gagné son estime.

— Sûrement pas ! grommela-t-il. Mais parle-moi de toi, fiston. Quel type d'appareil as-tu conduit récemment ?

— Coquilles de noix, camelote en tous genres, tacots divers et variés. J'ai servi quelquefois de pilote à des particuliers qui ont profité du surplus. J'ai fait le tour des aéroports en quête d'un emploi stable. Malheureusement les équipes sont formées, ils n'ont besoin de personne. As-tu un employé, ici ? interrogea-t-il après une pause.

Pat ébaucha un vague signe de tête ; il se demandait si la présence de Nick était un signe du destin, une simple coïncidence, ou une brève visite. Il était si jeune... si intrépide. Nick Galvin n'avait rien à perdre. Chez lui, l'amour du risque l'emportait sur l'instinct de conservation. Pat avait investi tout ce qu'il possédait dans ses avions et il ne pouvait se permettre d'en perdre ne serait-ce qu'un seul ; quelle que fût l'affection qu'il portait au garçon.

— Es-tu toujours aussi casse-cou ? questionna-t-il.

Il se souvenait qu'il aurait volontiers étranglé Nick le jour où il était passé à travers une nappe de nuages zébrés d'éclairs, puis avait émergé d'un plafond brumeux et trop bas, pour plonger vers le sol dangereusement proche. Au dernier moment, il avait rectifié au jugé l'angle de descente, parvenant à se poser sans dégâts.

— Non, sauf quand c'est nécessaire, capitaine

— C'est-à-dire souvent, hein, Stick ?

Leurs regards s'étaient soudés. Nick avait compris le sens des questions de Pat. Il le respectait trop pour lui mentir. Oui, jouer sa vie aux dés le fascinait toujours autant. Cependant, il avait mûri. Aux commandes d'un appareil qui ne lui appartenait pas, il s'abstenait de prendre le moindre risque. Pour rien au monde il ne compromettrait par une inconséquence l'avenir de Pat. Le voyage de New York jusque dans ce bled perdu avait vidé son bas de laine. Pat O'Malley était sa dernière chance.

— Je sais me tenir, répliqua-t-il tranquillement.

Ses yeux bleu acier n'avaient pas quitté un instant ceux de Pat. Celui-ci aspira une goulée d'air tiède. A peine sorti de l'adolescence, Nick dégageait une assurance d'adulte. Et puis ils avaient été comme des frères, tous les deux, et cela ne pouvait s'oublier.

— Tu auras intérêt à te tenir, grommela Pat. Sinon, je te précipite hors du Jenny, à dix mille pieds de hauteur, sans autre forme de procès. J'ai monté cette affaire à la force du poignet et je ne permettrai à personne de me causer du tort... Pour être tout à fait franc, ajouta-t-il dans un soupir, il y a ici trop de boulot pour un seul homme. Les trajets sont longs et pénibles, surtout l'hiver, mais mes commanditaires s'en fichent éperdument. Intempéries ou pas, le courrier doit arriver à bon port et à l'heure. Idem pour les marchandises et les passagers.

— Tu as l'air débordé, remarqua Nick, sans parvenir à réprimer un sourire empreint d'espoir.

Il avait désespérément besoin de travailler. Apparemment, il tombait à point nommé.

— Attention, fiston, il s'agit là d'une affaire sérieuse. Je voudrais voir l'aéroport O'Malley figurer sur la carte de la région. Cela n'arrivera pas si tu esquintes mes engins.

Nick acquiesça. Il avait parfaitement compris son ami. Plus que jamais, il éprouva un élan de sympathie à son égard. Un puissant lien, basé sur l'honneur, régissait le clan des chevaliers du ciel.

— Je pourrais assurer les longs courriers, de manière que tu restes plus souvent près d'Oona et de tes enfants, proposa-t-il en faisant des efforts pour contrôler sa nervosité. Peut-être même les vols de nuit… si tu veux.

« Il ne m'embauchera pas ! songea-t-il soudain, submergé par une vague de désespoir. J'aurai fait tout ce chemin pour des prunes. »

Il se trompait. Pat avait pris sa décision. Il avait simplement tenu à ce que le jeune et bouillant pilote se soumette au règlement… On ne laissait pas repartir un copain les mains vides. Pat était prêt à lui fournir un job, un foyer, à l'adopter même s'il le fallait.

— En effet, les vols de nuit seraient un bon début, convint-il avec un sourire malicieux. — Quatorze ans les séparaient, mais la guerre, leurs combats héroïques, leurs victoires communes avaient estompé leur différence d'âge. — Entre nous, mieux vaut passer certains soirs en plein ciel qu'à la maison. Les pleurs du bébé nous empêchent de fermer l'œil. Un de ces quatre, je vais ajouter une bonne dose d'eau-de-vie dans son biberon. D'après Oona, la petite souffre de la chaleur. Quant à moi, je crois plutôt que, comme toutes les rouquines, elle a un sacré caractère.

Le sourire béat de Pat démentait ses propos. Il avait surmonté sa déconvenue de n'avoir pas eu de garçon. Il se sentait heureux comme un roi, avec Oona et ses filles... Surtout maintenant que Nick était là.

— Comment s'appelle la petite diablesse ?

— Cassandra Maureen. Cassie... Viens, je t'emmène à la maison, ajouta le maître des lieux après un bref coup d'œil à sa montre. Tu dîneras avec Oona et les petites. Moi, je dois être ici à cinq heures et demie. Tu logeras en ville, la vieille Mme Wilson loue des chambres. Nous manquons de place ici... à moins que tu ne te contentes d'un lit de camp dans le hangar.

— Pourquoi pas ? Par cette chaleur, je peux bien dormir à la belle étoile.

— Il y a une pompe tenant lieu de douche, dehors, et une salle de bains à la maison. Je te préviens, les installations sanitaires sont en piètre état.

Nick haussa les épaules.

— Mon budget aussi. Je n'ai pas un *cent* en poche.

— Éventuellement, tu pourrais dormir sur le canapé du salon, si Oona n'y voit pas d'inconvénient. Je crois qu'elle t'aime bien. Elle te trouve beau, paraît-il ! Je suis sûr qu'elle acceptera de t'héberger jusqu'à ce que tu emménages chez Mme Wilson, après avoir touché ton premier salaire.

Nick ne repartit jamais. Il commença par élire domicile dans le hangar. Le mois suivant, il avait construit sa propre baraque. Il passait le plus clair de son temps dans les airs, apportant à Pat une aide inestimable.

Un an plus tard, au printemps, un Handley-Page s'ajouta à la flottille. Il s'agissait d'un appareil doté d'un champ d'action bien plus étendu que le Jenny et le de Havilland réunis. Plus spacieux et plus stable, il permettait de transporter plus de passagers et de marchandises. L'affaire commença à prospérer. La réputation des deux pilotes fit rapidement le tour du comté. Des confins du Midwest, les clients affluèrent vers le petit aérodrome, dont les bénéfices ne cessèrent d'augmenter.

La chance souriait enfin aux deux amis. Et Cassie avait treize mois quand le miracle se produisit. Il avait pour nom Christopher Patrick O'Malley. C'était un minuscule bonhomme tout fripé, ce qui n'empêchait pas ses parents et ses sœurs de le considérer comme la huitième merveille du monde. Le Jugement dernier n'aurait pas provoqué plus de remous chez les O'Malley que l'arrivée du petit garçon.

Pat coiffa d'un étendard bleu lavande la tour de contrôle étriquée et les pilotes de passage eurent droit, un mois durant, à un cigare offert par l'heureux papa de Christopher. Ah, il avait eu raison d'attendre ! Au bout de douze années de mariage, son rêve le plus ardent s'était réalisé. Un fils qui, le moment venu, remplacerait son vieux père à la tête de l'entreprise.

— Eh bien, je n'ai plus qu'à faire mes valises et à lever l'ancre, déclara Nick, mi-sérieux mi-moqueur, le lendemain de la naissance de l'héritier.

Pat le regarda, en proie à une panique subite. Il souffrait d'une atroce gueule de bois, conséquence des innombrables toasts qu'il avait portés à la santé du dauphin.

— Comment ça, lever l'ancre ? s'alarma-t-il. Qu'entends-tu par *lever l'ancre* ?

— Maintenant que Chris est là, je me disais que mes jours étaient comptés, fit Nick en adressant son plus radieux sourire à son ami. Le bonheur de Pat et d'Oona faisait plaisir à voir. Il se sentait merveilleusement à l'aise au sein de cette famille remuante, adorait tous les petits O'Malley, mais Cassie lui avait littéralement ravi le cœur. Sitôt que ses yeux s'étaient posés sur elle, il avait su qu'elle serait toujours sa préférée. Il ne l'aurait pas aimée davantage si elle avait été sa propre enfant.

— Ouais, ronchonna Pat, tes jours sont comptés… pendant au moins les quinze prochaines années. Pour le moment, secoue-toi, mon vieux. Va vite ravitailler le courrier qui vient de se poser.

— Oui, monseigneur, oui, votre honneur, votre excellence !

— Ça va, arrête tes boniments ! grogna Pat dans son dos, alors que Nick se précipitait sur la piste où un avion attendait de faire le plein avant de décoller à nouveau.

Un sourire brilla sur les lèvres de Pat. La providence lui avait envoyé Nick Galvin et il ne regrettait pas de l'avoir embauché. L'année passée n'avait pas été facile. Ils avaient dû affronter le mauvais temps, essuyer de violents orages, avec leur cohorte d'ennuis mécaniques et d'atterrissages forcés. Mais il n'y avait pas eu de sérieuse anicroche. Nick prenait autant soin des avions que Pat en personne. Ensemble, ils avaient peu à peu bâti un véritable petit empire au cœur de l'Illinois… Un empire en pleine expansion dont ils s'appliqueraient maintenant à reculer les frontières.

Ce fut ce qu'ils firent pendant les dix-sept ans

qui suivirent. Le temps filait plus vite que leurs machines volantes. L'aéroport fut agrandi. A présent, il comptait quatre pistes, les trois premières formant un triangle que barrait du nord au sud la quatrième, ce qui facilitait les atterrissages quelle que fût la direction du vent. Le trafic était devenu de plus en plus dense. Leur flotte se composait de dix appareils, dont deux appartenaient à Nick. Pat lui avait proposé de devenir son associé, mais Nick avait refusé sous prétexte que les responsabilités lui donnaient la migraine. Visiblement, il préférait son statut de subalterne, bien que chacun sût que Galvin et O'Malley formaient comme un seul et même être et que quiconque s'aviserait de chercher noise à l'un trouverait l'autre sur son chemin... Pat O'Malley était un homme spécial. Nick l'aimait comme un ami, un frère, voire un père. Et il éprouvait un profond attachement pour sa famille.

Il avait essayé de fonder son propre foyer, mais un échec cuisant avait sanctionné son initiative. Nick s'était marié en 1922, à l'âge de vingt et un ans. Au bout de six mois, sa jeune épouse de dix-huit ans retourna, éplorée, chez sa maman et son papa, dans le Nebraska. Nick l'avait rencontrée lors d'une escale, dans l'unique restaurant du coin, qui appartenait à ses parents.

Elle avait détesté l'Illinois. Souffrant d'une phobie des avions, elle éclatait en sanglots chaque fois que Nick décollait. Le simple grondement d'une hélice l'emplissait d'une irrépressible terreur. Elle n'était pas faite pour Nick. Lorsque ses parents vinrent la chercher, il se sentit soulagé. De sa vie il n'avait été aussi malheureux. Il se jura de ne plus jamais courber l'échine sous le joug conjugal...

Bien sûr, d'autres femmes traversèrent son existence. D'après certaines rumeurs, il avait entretenu pendant quelques années une liaison avec une femme mariée dans une autre ville. Nick se montrait particulièrement discret au sujet de ses conquêtes. Il n'en parlait jamais, pas même à Pat. Le beau garçon s'était mué en un homme séduisant mais secret. Son travail l'accaparait totalement ; il consacrait une grande partie de ses loisirs aux enfants O'Malley qui le considéraient comme leur oncle. Au début, Oona avait voulu jouer les marieuses. Elle avait présenté à Nick toutes ses amies, ainsi que sa sœur, jeune veuve charmante, venue leur rendre visite un été. Rien n'y fit. Visiblement, Nick avait banni de son esprit l'idée du mariage. Seuls les avions suscitaient son intérêt. Oona avait fini par renoncer à ses projets matrimoniaux.

— Il mérite mieux que ça, disait-elle, parfois, à son mari.

— Qu'est-ce qui te fait penser que le mariage vaut mieux qu'un célibat bien rempli ? la taquinait Pat.

Oona répondait par un geste résigné. Après tout, cela ne la regardait pas. A trente-cinq ans, Nick paraissait parfaitement heureux. Il était beaucoup trop occupé pour avoir le temps de se consacrer à une épouse et des enfants. Il passait fréquemment seize heures d'affilée sur le tarmac. En compagnie de Pat, bien sûr, plus rarement d'Oona. Et de Cassie... Cassie qui avait maintenant dix-sept ans.

L'adolescente faisait partie intégrante du décor. Elle savait ravitailler les avions, s'occupait des signaux d'atterrissage, des préparatifs des décollages, et ne ratait pas une occasion pour bombarder les pilotes de mille questions pertinentes. Les moteurs la fascinaient ; elle parvenait à déceler rapidement les causes de la moindre panne. Aucun détail, qu'il fût infime, compliqué ou inextricable, n'échappait à son attention. Elle détectait tout, remarquait tout et aurait su probablement décrire le déroulement d'un vol les yeux fermés, sans se tromper. Pat s'escrimait en vain à la renvoyer à la maison où, selon lui, elle serait mieux à sa place. A ses sermons, Cassie rétorquait invariablement que ses sœurs étaient là et que sa mère n'avait guère besoin d'elle… Pat s'entêtait. Parfois, il parvenait à la raisonner. Cassie quittait l'aéroport à contrecœur à la tombée du jour, pour y réapparaître à l'aube, à six heures du matin, avant de se rendre au lycée de Good Hope. Alors, son père, excédé, levait les bras au ciel et faisait comme si elle n'était pas là.

C'était une grande et mince jeune fille, d'une beauté étonnante : un corps de liane, un visage à l'ovale parfait, dévoré par d'immenses yeux aux iris bleus comme l'azur, une chevelure flamboyante. Très tôt, Nick avait su qu'elle était faite pour voler. Pour survoler, fougueuse et altière, montagnes, mers, vallons. La flamme commune à tous les voyageurs ailés la consumait, mais sur ce point elle se heurtait à l'inflexibilité de son père. Ce dernier ne voulait rien entendre, rien comprendre. Grâce aux complaisances de la presse, les femmes avaient réussi à transformer l'odyssée des traversées aériennes en événements mondains, vitupérait-il. Entre Amelia Earhart, Jackie Cochran, Nancy Love, Louise Thaden et autres pilotes en jupon, aucune ne trouvait grâce à ses yeux. En tout cas, ses filles à lui ne se prêteraient pas à ces simagrées de snobs, point final ! Nick, qui avait abordé prudemment cette épineuse question, avait vite compris que son vieil ami ne changerait pas d'avis. Au dire de Patrick O'Malley, aucune femme ne pourrait jamais égaler un homme aux commandes… En tout cas, aucune femme ne conduirait jamais ses avions à lui. Et certainement pas Cassie O'Malley !

Au cours d'une de leurs discussions, Nick l'avait suffoqué en prétendant que certaines femmes valaient bien Lindbergh. C'en fut trop pour Pat, et, le rouge au front, il s'était retenu pour ne pas écraser son poing sur la figure de son meilleur ami. Charles Lindbergh était son dieu, presque au même titre que Rickenbacker, l'héroïque combattant de la Grande Guerre. Pat exhibait avec fierté un cliché le représentant au côté de Lind, un jour où celui-ci avait atterri à l'aéroport O'Malley, en 1927, durant son fameux tour d'Amérique. Neuf ans plus tard, la photo jaunie dans son cadre velouté de poussière trônait sur le plan de travail de Pat, à la place d'honneur… Eh bien, aucune de ces amazones volantes n'arriverait jamais à la cheville de Charles Lindbergh. D'ailleurs, pourquoi faisait-on si grand cas de Mme Lindbergh ? L'épouse de l'aviateur n'était qu'une modeste exécutante doublée d'un opérateur radio et rien de plus. Rien du tout. Lindbergh détenait le record mondial des longs parcours. Le comparer à quiconque relevait du sacrilège. Nul n'avait le droit de mettre en doute ses mérites, et Nick Galvin moins que tout autre. L'indignation de Pat avait amusé Nick, qui avait continué de le taquiner sans merci. Or, c'était une bataille perdue d'avance, il le savait. Pat aurait toujours le dernier mot. Et Pat avait décidé que le bon Dieu n'avait pas conçu le sexe faible pour un sport aussi viril. Peu lui importaient leurs prouesses, les coupes étincelantes remportées par des femmes lors de courses d'avions aux quatre coins du globe. La tenue d'aviateur leur allait bien, mais cela n'allait pas plus loin. Selon Patrick O'Malley, l'aviation était une affaire d'hommes.

— Quant à toi, jeune dame, s'écria-t-il, l'index pointé rageusement sur Cassie qui venait de pénétrer dans le bureau après avoir ravitaillé un trimoteur Ford en partance pour Roosevelt Field (Long Island), tu ferais mieux d'aller aider ta mère à la cuisine, m'entends-tu ?

La jeune fille ignora royalement la rengaine familière. Vêtue d'une salopette élimée, elle traversa la pièce d'un pas élastique, sourde aux semonces paternelles. Elle était presque aussi grande que la majorité des employés mâles de l'aéroport. Ses cheveux mi-longs encadraient son adorable petit visage. Ses yeux au bleu translucide croisèrent ceux de Nick, qui lui adressa, sous cape, un sourire complice.

— Je rentrerai plus tard, papa, répondit-elle calmement. Pour le moment, j'ai à faire.

Elle ne semblait nullement consciente de sa beauté, et cela faisait partie de son charme. Sa combinaison de manœuvre mettait en valeur sa silhouette élancée, d'une façon qui acheva de contrarier son père. Sapristi ! cette fichue tête de mule n'avait pas à circuler dans cet univers masculin, fulmina-t-il. Et ce n'était pas fini ! C'était une chaude journée de juin au début des vacances scolaires. Les camarades de classe de Cassie avaient trouvé des emplois de vendeuses dans des boutiques, des cafés ou des drugstores… Pas elle, évidemment. Aucun divertissement, emploi ou petit ami ne pourrait jamais la garder loin de l'aéroport. Comme si sa vie en dépendait. C'était plus fort qu'elle. Il fallait qu'elle soit là.

— Essaie plutôt de te rendre utile au lieu de traîner dans nos jambes ! hurla son père.

Il ne l'avait jamais remerciée de son travail.

— Je voudrais juste porter une annotation dans l'un des carnets de vol, papa, dit-elle sereinement en s'emparant d'un dossier.

— Laisse tranquilles mes carnets de vol ! ragea Pat. Tu n'y connais rien.

Sa mauvaise foi n'avait rien à envier à son irascibilité. A cinquante ans, il restait cependant l'un des meilleurs pilotes du comté. Bourru, soupe au lait, il défendait avec véhémence ses idées, ses credos, sa philosophie de la vie. Naturellement, il croyait détenir la vérité. A dire le vrai, il ne risquait pas d'essuyer des contradictions car son entourage tenait sa langue. Cassie, surtout. De toute façon, Cassie n'écoutait pas les jérémiades de son père. Elle n'entendait rien, ne voyait rien, à part les avions. Elle était encore un tout petit bout de chou quand, une nuit, elle s'était faufilée hors de la maison pour aller admirer, à travers la grille, les étranges, les fascinants oiseaux métalliques dont les ailes fuselées luisaient d'un éclat opalin au clair de lune. Son père l'avait trouvée là, en extase comme devant un panthéon de divinités inconnues. Il n'avait pas eu le cœur de la gratifier d'une fessée, s'était contenté de la ramener à sa mère, sans un mot… Oona connaissait l'engouement de sa fille pour les avions, mais elle s'était rangée à l'opinion de Pat. Une pareille chose n'était pas convenable ! Que penseraient les gens ? D'ailleurs, il n'y avait qu'à regarder Cassie, lorsqu'elle remplissait un réservoir, chargeait le courrier ou des marchandises dans une soute ou, pis encore, lorsqu'elle bricolait l'un des moteurs. Une vraie Cendrillon ! Mais une Cendrillon capable de vous démonter une machine en un rien de temps, plus rapidement que la plupart des mécaniciens de l'aéroport. Elle avait lu pratiquement tous les livres traitant de ce sujet. Et sa soif de l'air n'avait fait que croître.

Nick constituait son seul allié. Or, ce dernier n'exerçait pour ainsi dire aucune influence sur Pat. Au terme de longues joutes verbales, il n'était pas parvenu à convaincre son ami que le fait de voler n'avait rien de déshonorant pour une fille. Il s'était heurté à un mur. Maintenant, il se bornait à hausser les épaules chaque fois que le problème se présentait.

Cassie remit le carnet de vol en place avant de retourner sur la piste. Pat la suivit du regard.

— Quelque chose ne tourne pas rond chez elle, marmonna-t-il. Elle n'est pas normale ! A mon avis, elle fait tout ça rien que pour embêter son frère.

Nick ne releva pas. Chris se souciait des avions comme d'une guigne. Bien sûr, il venait de temps à autre sur place, afin de faire plaisir à son père. Bimoteurs, trimoteurs ou monoplanes ne l'intéressaient pas davantage que l'antique bus jaune de ramassage scolaire. Mais Pat s'était convaincu que son fils deviendrait un grand pilote.

Chris ne possédait ni le flair de Cassie, ni sa finesse et sa précision en la matière. Au début, il avait secrètement espéré que son père verrait d'un œil amène les goûts aventureux de Cassie et cesserait de le tarabuster pour que lui-même s'intéresse à l'aviation. Hélas ! cela n'avait fait que renforcer le désir de Pat de voir son fils devenir pilote de ligne. Or, Chris rêvait de devenir architecte et de bâtir des villas et des buildings au lieu d'être aux commandes d'un avion. Mais il n'avait pas osé détromper son père. Cassie était la seule à être au courant. Elle avait à plusieurs reprises apprécié les dessins de son cadet, les maquettes qu'il avait réalisées à l'école. Une fois, il avait reproduit toute une ville en miniature en se servant de boîtes d'allumettes, de boîtes de conserve vides, de récipients en verre. Bouchons et autres ustensiles de cuisine parachevaient sa création : une construction remarquable où l'imagination le disputait à l'ingéniosité. En regardant l'œuvre de son fils, Pat avait simplement dit : « Où est l'aéroport ? », et Chris lui avait promis d'en dessiner l'emplacement. En vérité, tout ce qui avait un rapport avec l'aviation le laissait de marbre. L'entraînement auquel son père l'avait soumis l'accablait d'un ennui mortel. Nick l'avait emmené là-haut des dizaines de fois, mais c'est à peine si le garçon avait jeté un coup d'œil au tableau de bord. Cela ne l'intéressait pas. C'était comme conduire une voiture.

— Et puis après ? murmurait-il.

Alors que pour Cassie ces machines représentaient le sel de la terre.

Cet après-midi-là, elle traîna à l'aéroport jusqu'à six heures. A travers la vitre du bureau, Nick l'aperçut sur la piste d'atterrissage où un avion se posa peu après. Elle fit signe au pilote de garer son appareil à l'intérieur d'un hangar et disparut à sa suite. Elle en sortit peu après, les cheveux ramassés sur le sommet de la tête, les joues tachées d'huile, le bout du nez orné d'une épaisse trace de suie, les paumes graisseuses... et l'air béat. Il se porta à sa rencontre, ne pouvant retenir un rire et, malgré sa fatigue, elle sourit à celui qu'elle considérait comme son meilleur ami.

— Qu'est-ce qui est si drôle ?

— Toi ! T'es-tu regardée dans un miroir ? Tu as plus d'huile sur la figure que mon Bellanca sur ses boulons. Si ton père te voyait !

— Oh, je sais. Papa aurait préféré que je sois une femme d'intérieur. Une de ces fées du logis qui passent leur temps à épousseter les meubles et à faire bouillir des pommes de terre.

— C'est une chose utile, aussi.

— Ah oui ? railla-t-elle, la tête penchée sur le côté. Sais-tu faire bouillir des pommes de terre, toi, Stick ?

Elle l'appelait par son surnom, parfois, comme ses vieux camarades de régiment.

— Mais oui, ma belle ! Je sais même concocter de petits plats, s'il le faut.

— Sauf que tu n'y es pas obligé ! Au fait, quand as-tu nettoyé ta maison à fond pour la dernière fois ?

— Voyons... euh... à fond, dis-tu ? Il doit bien y avoir une décennie... vers 1926, par là.

Elle éclata d'un rire frais et il l'imita.

— Tu vois ce que je veux dire ? soupira-t-elle.

— Oui, Cassie. Mais je vois ce qu'il veut dire aussi. Je ne suis pas marié, je n'ai pas d'enfants. Il n'aimerait pas que tu finisses comme moi, y as-tu songé ? Vivre dans une cabane et piloter le courrier de Cleveland…

— Je n'ai rien contre, sourit-elle,… le courrier de Cleveland, j'entends.

— Justement, tout le problème est là.

— Le problème, c'est lui. Il y a actuellement une flopée d'aviatrices qui assument en même temps leurs devoirs d'épouse et de mère. Le 99 en est plein.

Elle faisait allusion à un club fondé par quatre-vingt-dix-neuf femmes pilotes.

— Tu prêches un converti. Tâche plutôt de convaincre le patron !

— Oh, non, c'est inutile, dit-elle, découragée. Espérons qu'il m'autorisera à fréquenter l'aéroport tout l'été.

Le lycée avait fermé ses portes jusqu'à la fin août. Les vacances d'été promettaient d'être longues. Trois mois interminables, pendant lesquels elle allait devoir se confronter constamment aux idées rétrogrades de son père.

— Essaie de trouver un mi-temps quelque part, sinon il nous rendra tous fous, suggéra Nick.

— Je ne veux rien faire d'autre.

— J'avais compris. Tu n'as pas besoin de me le répéter.

Il la comprenait mieux que personne. Lui aussi avait attrapé le virus de l'air, le désir acharné de voler ; et son corps vibrait d'exaltation chaque fois qu'il se lançait sur la piste d'envol… Il avait eu de la chance. La guerre, son sexe, puis Pat, avaient fait de son rêve une réalité. Inconsciemment, il sentait cependant que Cassie O'Malley aurait la même chance. Souvent, il avait été tenté de l'emmener avec lui en plein ciel, afin de se rendre compte de ses compétences. Mais à chaque fois, il s'était ravisé. Pat l'aurait tué pour ça... Nick regagna le bureau, l'air songeur.

Vers la fin de l'après-midi, Chris fit une apparition inattendue dans les locaux. C'était un robuste garçon blond au visage fin — qu'il tenait de sa mère — et aux yeux brun clair — qui lui venaient de son père. Intelligent, studieux, il passait pour un petit génie aux yeux de ses professeurs. Chris se signalait par une curiosité dévorante pour la philosophie, l'histoire, l'architecture, bien sûr, bref pour presque tout, sauf les avions. Actuellement, il avait déniché un job d'été dans un journal local, comme graphiste.

— Ma sœur est-elle là ? s'enquit-il auprès de Nick d'une voix hésitante, comme s'il souhaitait que la réponse fût négative.

Ces deux-là devaient mijoter quelque chose, car Cassie, de son côté, avait demandé une bonne demi-douzaine de fois si Chris était arrivé.

— Oui, répondit Nick à mi-voix, de sorte que Pat ne puisse les entendre. Tu la trouveras dans l'un des hangars.

— Ah, merci. Je suis venu m'entraîner en solo, ajouta Chris d'un ton solennel.

— Oh, bravo ! l'encouragea Nick, le sourcil levé, surpris par la subite bonne volonté de l'adolescent. A tout à l'heure.

Chris s'approcha du hangar où sa sœur était en

35

grande conversation avec un pilote de l'aéropostale. Sitôt qu'elle aperçut son frère, elle planta là son interlocuteur.

— Tu es en retard ! remarqua-t-elle, le visage austère. Si bien que nous serons en retard pour le dîner. Papa sera furieux.

— Alors, laissons tomber, murmura-t-il.

Il serait volontiers resté encore une heure au journal, mais il n'avait pas eu le cœur de faire faux bond à Cassie. Les yeux de celle-ci lancèrent des éclairs.

— Tu plaisantes ? Je t'ai attendu toute la journée !

Un soupir souleva la poitrine de Chris. Il était inutile de tergiverser. Quand sa sœur avait quelque chose en tête, il n'y avait pas moyen d'y échapper.

— D'accord, d'accord, marmonna-t-il. Mais je ne peux pas rester longtemps.

— Une demi-heure, implora-t-elle.

— Oui, d'accord. Écoute, Cass, si jamais tu nous mets dans le pétrin, je ne t'adresserai plus jamais la parole. Papa me tordra le cou s'il se rend compte de quelque chose.

— Oh, Chris, il n'y a rien à craindre, je te le promets.

Il eut un hochement de tête dubitatif. Les promesses de Cassie, à l'instar des serments d'ivrogne, ne l'avaient jamais rassuré qu'à moitié.

Tous deux s'avancèrent vers le vieux Jenny que leur père avait acheté des années plus tôt. L'appareil avait été conçu pour l'entraînement militaire et Pat l'avait pratiquement cédé à son fils... Chris extirpa de sa poche le double de la clé de contact, sous le regard concupiscent de Cassie. Lorsqu'il ouvrit la portière du minuscule cockpit à ciel ouvert, le cœur de la jeune fille se mit à battre plus vite.

— Arrête de souffler comme ça ! Tu es malade, ma pauvre fille !

Chris avait la pénible impression de fournir à une droguée son poison favori. Ensemble, ils procédèrent à une rapide inspection du véhicule ailé, avant d'enfiler les accessoires des aviateurs : gants, lunettes protectrices, casque. Il grimpa sur le siège arrière, alors que Cassie se hissait à l'avant, comme une simple passagère.

Elle avait fait le plein de carburant le jour même, avait longuement passé en revue hélices, circuits électriques et ailerons ; cela faisait partie de leur pacte. Il la laissait conduire et elle veillait à l'entretien de l'avion. Les narines frémissantes, elle respira avec délice la senteur d'huile de castor, caractéristique de ce type d'appareil. Cinq minutes après, le Jenny déboulait sur la piste d'envol. Cassie guettait le moment du décollage, l'air critique. Son frère manquait de style. Il était trop lent, trop prudent, pas assez nerveux. Elle se retourna, lui criant de mettre plein gaz, puis d'une main impatiente tira sur le manche à balai. Le nez de l'avion se redressa et il commença son ascension en douceur. Personne ne les regardait. Personne ne pouvait se douter de la supercherie. Cassie se fiait à son instinct, un instinct infaillible. Elle avait tant de fois prêté l'oreille aux discussions entre Nick, son père et d'autres pilotes, qu'elle avait la sensation de compter à son actif un nombre incalculable de décollages.

De sa place, Chris lui cria quelque chose comme

« fais attention », à quoi elle répondit par un signe de tête affirmatif. Les doubles commandes du Jenny seyaient à merveille à leur arrangement. Nick donnait à Chris des leçons de pilotage, et Chris les répétait à Cassie. Celle-ci était douée, son frère l'avait su dès leur premier essai. Elle naviguait entre les nuages avec une déconcertante facilité. Et afin de le dédommager de ce service, elle lui versait vingt dollars par mois. Chris avait besoin d'argent pour ses virées en ville avec sa petite amie. En prévision de ces séances, Cassie avait travaillé dur tout l'hiver. Différents petits boulots, allant du baby-sitting aux livraisons de courses à domicile, en passant par le déblayage de la neige devant les maisons, lui avaient rapporté une somme rondelette qu'elle avait épargnée jusqu'au dernier *cent*.

Elle maniait les gouvernes avec une aisance extraordinaire. Sous ses mains fermes, le petit avion vira sur l'aile afin de changer de cap, après quoi il décrivit quelques figures en forme de huit. Doucement. Sans se presser. Chris admirait profondément les capacités de sa sœur et décréta en son for intérieur qu'elle faisait un merveilleux pilote. Elle fit alors un looping, et en sentant le balancement de la masse de métal sous lui, Chris réprima un sursaut de panique. Il détestait ce genre de fantaisie. Et voilà, il l'avait bien dit, les promesses de Cassie ne tenaient qu'à un fil ! A tout instant, un trop-plein de confiance l'incitait à s'adonner à des acrobaties idiotes. « Alors là, tu peux te les garder tes vingt dollars, ma grande ! » pensa-t-il, furieux. Même pour vingt millions, il ne risquerait pas sa peau.

Penché en avant, Chris tapota vigoureusement

l'épaule de sa sœur, signe qu'il était temps de rentrer. Pendant quelques minutes encore, elle feignit de l'ignorer. Elle mourait d'envie d'exécuter une descente en vrille, mais Chris aurait poussé les hauts cris. D'ailleurs, elle le sentait tendu dans son dos, aux aguets. La peur ne se maîtrisait pas. Tout en ayant conscience de sa valeur, il ne lui faisait pas confiance. A n'importe quel moment, elle était capable de commettre une folie. L'irréparable. Le fait de planer entre ciel et terre agissait sur le système nerveux de Cassie comme un alcool puissant.

Elle baissa le régime du moteur, amorça la descente au ralenti dans les rayons obliques du couchant, puis laissa à Chris les commandes. Sous la férule incertaine du garçon, l'atterrissage eut lieu sans incident mais sans douceur, car les roues rebondirent durement sur le tarmac.

Lorsqu'ils mirent pied à terre, leur père et Nick se tenaient sur le bas-côté de la piste... Pat dédia à Chris un sourire empreint de fierté. Nick, lui, les yeux plissés, scrutait Cassie.

— C'était du bon boulot, fiston ! exulta Pat, rayonnant. J'ai tout vu et je te félicite. Tu es un pilote-né. Bravo ! (Il se tourna vers Cassie qui avait retiré son casque.) Alors, Cass, comment t'es-tu sentie en tant que passagère de ton frère ?

— Très bien, papa. C'était très amusant.

Nick nota deux minuscules flammes jumelles qui dansaient au fond de ses pupilles.

— Tu aimes bien voler avec Chris, hein, Cass ? s'enquit-il, peu après, sur le chemin du bureau.

— Oh, oui, j'adore.

Ce sourire carnassier ! Nick eut envie de la secouer. A l'évidence, elle mentait. D'ailleurs, il s'étonnait que Pat se soit laissé berner aussi facilement. Décidément, on ne voyait que ce qu'on voulait voir. Nick, seul, avait vu la vérité. Or, ces jeux enfantins recelaient des pièges dangereux, voire fatals.

— Excellent looping, déclara-t-il tranquillement.

— Oui, pas mal, répondit-elle en évitant son regard.

Peu après, Pat ramena ses enfants à la maison. De son bureau, Nick entendit la jeep démarrer. Le souvenir du Jenny traçant une boucle impeccable lui revint en mémoire. Un sourire finit par éclairer ses traits sombres. Une chose semblait certaine : Chris O'Malley n'était pour rien dans le fameux looping… Son sourire s'élargit. Ainsi, Cassie avait trouvé le moyen de voler au nez et à la barbe de son père. Peut-être le méritait-elle. Nick garderait le silence et laisserait venir. Au train où elle allait, elle ne tarderait pas à participer à l'un de ces shows aériens en vogue et à en remporter le premier prix. Et pourquoi pas ? Tout en elle trahissait le vrai pilote, capable de tout. Bon sang ! se dit-il, femme ou pas, elle avait un besoin vital de voler. Le même besoin que lui.

2

Lorsque Pat, Cassie et Chris arrivèrent à la maison dans la soirée, les filles O'Malley s'activaient au fourneau, autour de leur mère. L'aînée, Glynnis, vingt-cinq ans, le portrait craché de Pat, était mariée depuis six ans et mère de quatre fillettes adorables. Megan, une brune piquante de vingt-trois printemps, avait hérité de la douceur d'Oona. Mariée six mois après son aînée, elle avait mis au monde trois garçons. Elles formaient des couples unis avec leurs époux, tous deux des fermiers du voisinage. Colleen, ravissante blonde de vingt-deux ans, avait épousé, trois ans plus tôt, le professeur d'anglais de l'école municipale. Deux bambins, fille et garçon, étaient nés de cette union. Colleen souhaitait s'inscrire à l'Université, mais une nouvelle grossesse avait contrecarré ses plans. Son nouveau bébé naîtrait dans deux ou trois semaines. Avec trois enfants en bas âge, elle pouvait dire adieu aux études. Bien sûr, Oona aurait accepté avec plaisir de garder les petits pendant la journée, mais Pat s'y serait opposé. Après mûre réflexion, Colleen s'était résignée à remettre ses projets aux calendes grecques. Peut-être, plus tard, quand les enfants seraient grands… Pour l'instant, l'Université n'était plus qu'un songe lointain. La réalité était tout autre : trois gosses et pas d'argent. Pat leur donnait bien de temps à autre un coup de pouce, mais par fierté, David, le mari de Colleen, répugnait à accepter les « petits cadeaux » de son beau-père. Il touchait un salaire de misère, et ils auraient bientôt une nouvelle bouche à nourrir. Les retombées de la Dépression se faisaient sentir jusque dans les établissements scolaires. Colleen tirait le diable par la queue, malgré l'aide des parents et les produits fermiers dont ses sœurs la pourvoyaient régulièrement.

Leurs maris étant occupés ce soir-là, les trois filles O'Malley restèrent dîner à la maison. Elles venaient souvent voir leurs parents avec leur nombreuse progéniture, pour la plus grande joie d'Oona.

Pat alla se changer, Chris s'enferma dans sa chambre, Cassie rassembla les petits dans le salon pendant que ses sœurs et sa mère préparaient le dîner. Deux de ses neveux trouvèrent la trace de suie sur son nez « drôlement chouette », une de ses nièces s'esclaffa. Alors, elle se mit à les pourchasser à travers les pièces en imitant un affreux monstre, ce qui amena les gosses au bord de l'hystérie.

Chris ne reparut pas avant l'heure du dîner. Il se contenta de mitrailler Cassie d'un regard noir. Il ne lui avait pas pardonné le looping... D'abord, il ne méritait pas les félicitations de son père, s'était-il reproché, bourrelé de remords. Ensuite, à cause de la folle témérité de sa sœur, ils allaient au-devant de graves ennuis. Non, cela ne pouvait plus durer... Mais toute réflexion faite, il opta pour le silence.

Cassie voulait voler et lui voulait de l'argent. Tout bien considéré, les éloges paternels étaient une compensation, compte tenu des risques encourus.

Une demi-heure plus tard, la famille se réunit autour d'un repas succulent : ragoût de porc aux céréales, pain de maïs, purée de pommes de terre. Le porc provenait de l'élevage du mari de Glynnis, Megan avait fourni les céréales, les pommes de terre avaient poussé dans le potager d'Oona. Chacune vivait de son potager et de son élevage. Quant au reste, on le trouvait chez Strong, l'unique épicerie à des kilomètres à la ronde et, de loin, la meilleure de la région. L'ombre de la Dépression ne planait pas sur l'entreprise Strong, fit remarquer Oona à la fin du repas. Le bruit familier de pneus crissant sur le gravier retentit au dehors. Cassie devina aisément l'identité de l'arrivant ; ce dernier lui rendait visite tous les soirs après le dîner, surtout maintenant que l'école était fermée.

Bobby Strong… Cassie le connaissait depuis sa plus tendre enfance. Gentil et attentionné, le fils unique de l'épicier lui témoignait une solide amitié. Cela faisait deux ans que leurs sentiments s'étaient mués en quelque chose de plus profond, bien que Cassie s'en défendît. Sa mère et Megan ne cessaient de lui répéter qu'elles s'étaient mariées à dix-sept ans. D'après elles, Cassie avait tout intérêt à considérer son avenir en y incluant Bobby. Son air sérieux, sa bonne éducation, son sens des responsabilités avaient conquis les O'Malley. Toutefois, Cassie hésitait. Elle ne savait pas si elle aimait vraiment Bobby. Bien sûr, elle se plaisait en sa compagnie. Elle appréciait son bon caractère, trouvait touchants ses égards, sa gentillesse, sa patience. Bobby s'entendait à merveille avec les neveux et nièces de Cassie… Ses qualités, son honnêteté, sa générosité enchantaient tout le monde. Il représentait le fiancé idéal… Seulement voilà : Bobby paraissait nettement moins excitant que les avions ! Du reste, Cassie n'avait jamais rencontré de garçon aussi passionnant que ses chères machines volantes. C'était comme ça ! Peut-être fallait-il se rendre à l'évidence. Aucun garçon ne parviendrait jamais à supplanter dans son cœur un Gee Bee Super Sportster, un Beech Staggerwing ou un avion de course comme le sublime Wedell-Williams… En tout cas, pas Bobby Strong.

Celui-ci franchissait, tout sourire, le seuil de la salle à manger.

— Bonsoir madame O'Malley, salut Glynn… Meg… Waou, Colleen ! On dirait que c'est pour bientôt.

Colleen lui sourit, alors qu'elle essayait de rassembler ses enfants autour d'elle pour partir, assistée par Oona.

— Ce sera sûrement pour ce soir si je n'arrête pas de grignoter la délicieuse tarte aux pommes de maman.

Colleen et Cassie n'avaient que cinq ans de différence, mais on eût dit, parfois, que des années-lumière les séparaient. Ses sœurs étaient toutes mariées, installées… et si différentes. Oh, cela ne la gênait pas, au fond, de ne pas leur ressembler. Parfois, elle se posait des questions à son sujet. Est-ce qu'une sombre malédiction ne pesait pas sur elle ? N'était-elle pas devenue une sorte de garçon manqué, afin de combler le désir paternel d'avoir un fils ? Était-elle un monstre ? Pourtant, elle aimait bien les garçons, Bobby en particulier. Mais, par-dessus tout, elle aimait son indépendance. Et les avions.

Elle regarda Bobby serrer la main de son père, saluer Chris. Dès qu'il fut assis, les gosses grimpèrent sur ses genoux. Peu après, sa mère et les deux aînées se mirent à débarrasser la table avant de s'éclipser dans la cuisine.

— Ne te dérange pas, Cass ! cria Oona. Reste avec ton camarade.

— Comment s'est passée ta journée ? interrogea Bobby, avec un sourire timide.

Large d'esprit, il avait toujours toléré les idées inhabituelles de Cassie et sa fascination des avions. La jeune fille se lança dans le récit mouvementé du trafic aérien, particulièrement intense ce jour-là. Un nouveau modèle avait fait escale à l'aéroport. Mais, à son avis, il ne valait pas le Vega, le préféré de son père. Bobby feignit de prêter à ce savant exposé une oreille attentive. En fait, eût-elle été muette comme une carpe qu'il se serait délecté tout autant en sa compagnie. Il voulait juste être près d'elle. Leurs entrevues constituaient un rituel auquel il n'aurait dérogé pour rien au monde. La régularité de ses visites ne manquait jamais d'étonner Cassie, alors qu'elle comblait d'aise ses parents.

Sous le regard prévenant de Bobby, la jeune fille sentit un vague malaise l'envahir. L'idée même d'un engagement l'emplissait d'appréhension. Dans un an, ils seraient diplômés, et Bobby était bien capable de lui demander sa main dès qu'ils auraient quitté le lycée. Et alors, que ferait-elle ? L'appréhension céda le pas à une terreur sournoise.

Le mariage sonnerait le glas de ses espérances. Cassie avait besoin d'autre chose : de temps, d'espace, d'études. Et de liberté. Et de cette exquise sensation d'ivresse qui l'inondait chaque fois que son avion fendait l'air limpide. Bobby offrait la sécurité. Leur union ressemblerait à une solide automobile sur une large route menant droit vers l'Ohio. Pas de problème en vue. Pas l'ombre d'un incident. Aucun frisson. Le calme plat. Rien à voir avec la traversée d'un ciel d'orage à bord d'un navire ailé. Avec Bobby, on ne s'envolait pas. On restait les pieds sur terre. Pourtant, s'il cessait de la voir, elle regretterait ses visites.

— Chris m'a emmenée faire un tour avec le Jenny de papa, dit-elle, le visage illuminé d'un sourire. Nous avons exécuté plusieurs figures, plus un looping.

— On dirait que Chris se débrouille bien, fit poliment Bobby que les avions n'intéressaient pas outre mesure. Qu'as-tu fait d'autre ?

Tout ce qu'elle faisait l'intéressait et il la trouvait si belle ! Les autres garçons disaient d'elle qu'elle était trop grande et que ses cheveux étaient trop rouges. Ils estimaient qu'elle était bizarre, avec sa manie des avions. Bobby, lui, l'aimait comme elle était. Il ne la comprenait pas toujours et cela ne la rendait que plus attachante à ses yeux. Ses sentiments à l'égard de Cassie l'effrayaient, par moments. Il avait surtout peur de la perdre. Il s'était confié à Oona qui l'avait rassuré ; au début elle aussi redoutait la vie commune avec Pat. On hésite toujours à s'engager, avait-elle conclu. Peut-être que Cassie hésitait également, décida-t-il.

— … plein de choses, disait-elle. Ravitailler une

quantité d'avions, vérifier le moteur du Jenny avant que Chris ne prenne les commandes… (Le bout de son doigt remonta vers sa joue satinée.) J'avais la figure toute noire de suie. Papa était furieux. Heureusement que tu ne m'as pas vue avant le dîner.

Elle s'était énergiquement savonné et rincé les mains et le visage avant de passer à table.

— J'aurais pensé : elle a une crise de foie, plaisanta-t-il, et cela arracha un rire à Cassie.

C'était un garçon agréable, et il savait qu'elle rêvait d'aller à la faculté. Bobby, lui, n'avait aucun projet personnel. Son avenir était tout tracé. Il aiderait son père à gérer leur affaire, comme il le faisait chaque soir après les cours et chaque été.

— Veux-tu aller au cinéma samedi prochain ? demanda-t-il d'un ton empreint d'espoir. Ils passent *En suivant la flotte,* le nouveau film de Fred Astaire.

— Oh, oui… Oui, pourquoi pas ?

Les deux jeunes gens étaient allés s'asseoir sur la véranda. Glynnis, Megan et leurs enfants étaient partis, les parents s'étaient cantonnés dans le salon où Pat avait entrepris de narrer à sa femme l'exploit de Chris.

— Ce garçon est doué ! déclara-t-il, une lueur de fierté dans le regard, et Oona sourit à son mari.

« Enfin, tout est en ordre », songea-t-elle en soupirant. Chris n'avait pas déçu l'attente de son père, ses trois aînées avaient fondé leur propre foyer, il ne restait plus qu'à marier Cassie.

Sur la véranda, Bobby énumérait les ravages de la Dépression.

— La crise économique a eu des répercussions

sur le prix des denrées alimentaires partout, pas seulement dans l'Illinois.

Il projetait d'ouvrir une chaîne de libre-service dans plusieurs grandes villes, dont Chicago.

— Tu n'as jamais été tenté par quelque chose de totalement différent ? Un métier qui n'aurait aucun rapport avec celui de ton père ? N'as-tu pas d'autres ambitions ? s'enquit Cassie.

Tout le monde avait l'opportunité de suivre les traces de son père, sauf elle, réalisa-t-elle soudain, décontenancée.

— Non, pas vraiment, répondit calmement Bobby. Je me sens à l'aise dans les affaires. Les gens ont besoin de produits de bonne qualité... La loi de l'offre et de la demande ! Cela n'a peut-être rien d'excitant de prime abord, mais ça ne manque pas d'intérêt.

— Oui, sans doute, sourit-elle.

Un grondement de moteur déchira le silence de la nuit. Le sourire de Cassie s'épanouit.

— C'est Nick. Il se rend à San Diego pour y déposer des marchandises. Au retour, il se posera à San Francisco, puis assurera un service postal.

Elle avait levé les yeux vers le ciel obscur comme pour localiser les feux de position parmi les étoiles. Il conduisait le Handley Page, elle l'avait reconnu rien qu'au bourdonnement rauque des machines.

— Peut-être en a-t-il assez, fit remarquer Bobby d'une voix sage. On prétend qu'il s'agit d'un métier exaltant. Il faudrait poser la question aux pilotes. Je suis sûr que, pour eux, c'est un travail comme un autre.

— Ce n'est pas vrai. Voler n'est pas un métier

ordinaire. Les pilotes sont des gens à part. Ils vivent, bougent, respirent au rythme de leur avion... Tu ne peux pas comprendre, ajouta-t-elle d'un ton animé, les yeux étincelants.

— Mais si... je peux comprendre... enfin, je crois...

— La plupart des gens ne comprennent pas. Ils ne savent pas ce que c'est. De tout temps, l'homme a été jaloux des oiseaux. Il a inventé des dieux ailés. Et maintenant qu'il peut voler... c'est comme s'il tenait la clé d'une énigme millénaire. Comme s'il bénéficiait d'un don rare. Envoûtant. Quand on aime voler, on aime ça plus que tout.

Il émit un doux rire dans l'air tiède de la nuit.

— Quelle vision romantique ! Moi, je n'en suis pas si sûr. Je persiste à dire qu'un pilote fait son boulot et voilà tout.

— Peut-être, murmura-t-elle, coupant court à un échange de vues qui risquait de dégénérer en dispute.

Les adeptes de l'antique Icare formaient une confrérie secrète que Cassie brûlait de rejoindre. Hélas, son père, soutenu par sa mère, lui avait barré une fois pour toutes l'accès des cimes éthérées, et elle allait devoir se contenter de quelques instants de bonheur dérobé, comme cet après-midi quand Chris l'avait laissée prendre le gouvernail.

La vision des collines creusées d'ombres sous l'immensité du ciel crépusculaire s'imposa à sa mémoire et elle demeura immobile à scruter l'obscurité, ayant oublié la présence de Bobby. Seul le bruit qu'il fit en se levant la ramena à la réalité.

— Bon, à demain, Cass.

— Bonne nuit.

Un furtif serrement de main, un frôlement des lèvres du garçon sur sa pommette… Elle le regarda dégringoler les marches de la véranda, puis s'engouffrer dans une fourgonnette aux flancs imprimés du label des épiceries Strong. Utilisée le jour pour les livraisons à domicile, elle servait à Bobby de véhicule de nuit.

— A demain, répéta-t-il.

Elle esquissa un signe d'au revoir pendant que la camionnette démarrait, après quoi elle s'en retourna lentement vers la maison en se disant que Nick avait de la chance d'être là-haut, en route vers les lumières brumeuses de San Diego.

3

Nick revint à Good Hope le dimanche, tard dans la nuit. Il avait sillonné la côte Ouest où s'échelonnaient les escales, avait livré colis postaux et marchandises à San Diego, puis à Chicago. Le lundi à six heures du matin, il était à son bureau, le visage reposé, l'air énergique. De nouveaux contrats étaient arrivés durant sa brève absence. L'aéroport O'Malley possédait maintenant une équipe de pilotes triés sur le volet, mais Nick se réservait volontiers les longs courriers, les services de nuit, les trajets semés de surprises auxquelles s'ajoutait, perfide, l'épreuve du mauvais temps. Pat s'était promu directeur administratif. Doué d'un véritable génie de l'organisation, il volait de moins en moins... Le moindre ennui technique, le plus petit retard le mettaient hors de ses gonds. Il contraignait ses pilotes à une précision absolue. La plus infime défaillance était sanctionnée par un licenciement immédiat. Pat ne tolérait aucune faiblesse : « Les lignes aériennes O'Malley sont fiables à cent pour cent », telle était sa devise.

— Attention, champion, tu commences à me rappeler ce vieux grincheux de Rickenbacker !

— L'obscur sentiment du devoir, hein, Stick ?

rétorqua Pat, le torse bombé, en citant leur ancien commandant.

Nick hocha la tête. Les rudes années de guerre ne se laissaient pas oublier. Une fois, Nick avait affronté, lors d'un raid, l'as des chasseurs allemands, Ernst Udet. Il avait ramené intact son avion au camp, malgré une blessure par balle à l'épaule… Pendant que les deux hommes évoquaient leurs combats, le temps s'était gâté. Un vent violent charriait vers l'est des cumulus chargés d'électricité statique. L'orage ne tarderait pas à éclater, et Nick se remémora la terrible tornade qui avait failli engloutir son avion, pendant la guerre. Afin d'échapper au cyclone, il s'était astreint à voler à basse altitude, sous la masse menaçante des nuages, puis avait atterri sur le ventre de l'appareil. La tempête avait coûté deux autres pilotes à l'escadron. Il en fit la remarque à Pat qui hocha la tête, hanté par le même souvenir.

— Je n'ai jamais eu aussi peur de ma vie, avoua Nick.

— Ah, oui, quand tu as émergé de la carlingue, tu étais vert, se rappela Pat en riant, tout en observant l'horizon assombri.

Fatigué par son expédition de la veille, Nick aspirait au repos. Après une rapide inspection des avions alignés dans les hangars, il revint au bureau. Les départs ayant été retardés à cause du mauvais temps, il ne lui restait plus qu'à gagner sa baraque. Il avait aperçu Chris quelque part, en grande conversation avec Cassie, mais n'y avait accordé qu'une importance relative. Le fils de Pat ne prendrait pas le risque d'une sortie aujourd'hui.

Il ignorait ce qui se tramait, en fait, sur la piste.

— Ne sois pas stupide ! criait Cassie de toutes ses forces, afin de couvrir le grondement d'un moteur qu'un mécanicien faisait tourner. Nous en avons pour quelques minutes. L'orage ne nous atteindra pas avant des heures. J'ai écouté les bulletins météorologiques ce matin... Tu n'es qu'une poule mouillée, ma parole !

— Je suis simplement raisonnable. Je refuse de voler dans de mauvaises conditions. Demain, peut-être...

— Je veux y aller maintenant. Ce sera plus drôle.

La promesse d'un orage semblait l'exciter davantage encore.

— Non, pas question. Si le Jenny est amoché, papa ne me le pardonnera jamais.

— Bon sang, ce que tu peux être couard ! Nous ne risquons rien. Les nuages sont encore loin. Si nous partons maintenant, nous redescendrons dans une demi-heure ni vu ni connu. Fais-moi confiance.

Il la scruta un instant, fasciné par son pouvoir de persuasion. Elle avait toujours réussi à le convaincre. Cassie était le casse-cou de la famille, rien ne pouvait lui faire entendre raison. Chris, lui, préférait la prudence. Il détestait les conflits. Parfois, il était plus facile de céder que de faire front. Les yeux bleus de Cassie, implorants, attendaient visiblement une réponse.

— Un quart d'heure, finit-il par concéder à contrecœur. C'est moi qui décide à quel moment on redescend. Un quart d'heure et pas une minute de plus. C'est à prendre ou à laisser, Cass.

— Marché conclu. J'ai juste envie d'éprouver de nouvelles sensations.

— Tu es folle ! soupira-t-il.

Il lui emboîta le pas, l'air résigné, vers l'endroit où le Jenny était abrité. Rapidement, ils firent le contrôle technique. En silence, ils grimpèrent à l'intérieur du cockpit, lui à l'arrière, à la place de l'instructeur, elle à l'avant, au siège réservé au passager. Grâce aux doubles commandes, personne ne pouvait deviner qui, en vérité, conduisait l'appareil.

Quelques minutes plus tard, Nick perçut le sourd vrombissement d'un moteur, mais ne daigna pas lever les yeux. Sans doute un fou qui essayait de contourner l'orage, pensa-t-il. Ce n'était nullement son problème. Tous ses pilotes étaient à terre… Au bout d'un moment, il dressa l'oreille. Il aurait pu jurer que c'était la toux familière du vieux Jenny qu'il entendait. Sans trop y croire encore, il s'approcha de la verrière, et c'est alors qu'il les vit. Les cheveux roux de Cassie, devant, et Chris, juste derrière elle. Ils venaient de décoller et le vent ballottait l'avion comme une coquille de noix vide sur une mer démontée. Nick écarquilla les yeux. Il avait du mal à croire que Chris fût aussi irresponsable. Un long éclair zébra la voûte céleste de part en part… L'instant suivant, il perdit le Jenny de vue.

Chris se débattait aux commandes. L'orage fonçait vers eux, comme s'il voulait les rattraper. Une gerbe d'éclairs explosa soudain, révélant les forteresses des nuages. Cassie s'était retournée pour lui crier quelque chose, mais sa voix se perdit dans le bruit du moteur et le vacarme du tonnerre.

— Laisse-moi conduire !

Enfin, il l'entendit. Bientôt, ils seraient submergés par des trombes d'eau, se dit-il avec un frisson d'effroi. La force du vent emportait le petit appareil comme un fragile jouet d'enfant. Cassie s'était concentrée sur le tableau de bord où les aiguilles dansaient follement dans les cadrans. Ses doigts puissants étreignirent le manche à balai et, l'espace d'une seconde, la carlingue sembla se stabiliser, en dépit des remous. Vaincu, Chris lui abandonna les commandes. Avec Cassie à la barre, ils avaient une chance de s'en sortir. Le garçon ferma les yeux. Une fervente prière monta à ses lèvres.

Des rafales de pluie noyaient le cockpit ouvert ; l'avion s'élevait à des hauteurs insensées pour sombrer aussitôt dans des gouffres terrifiants. Ils plongèrent dans un énorme trou d'air d'un seul coup, puis, de nouveau, remontèrent comme un cerf-volant.

Une gangue épaisse, presque noire, les entourait de toutes parts. Cassie n'avait pas lâché le manche à balai. D'instinct, elle semblait maîtriser les variations d'altitude. La boussole et l'altimètre oscillaient frénétiquement. Ils s'étaient éloignés de l'aéroport, mais elle n'aurait pas su dire de combien. Un linceul brumeux l'empêchait de distinguer quoi que ce fût. Désorientée, elle chercha en vain une vue du sol, à travers une trouée.

— Ne t'inquiète pas ! cria-t-elle à l'intention de son frère, qui ne l'entendit pas. Tout ira bien…

Elle répéta machinalement cette phrase, telle une formule incantatoire, puis se mit à parler au Jenny, comme s'il se fût agi d'une créature vivante, prête à coopérer. D'après les récits de Nick et de son père, il n'y avait qu'un seul moyen d'en sortir indemnes : calculer la distance entre la terre et l'ultime couche des nuages, en espérant qu'il y aurait suffisamment d'espace entre celle-ci et les sommets abrupts des collines. Elle se pencha par-dessus bord. Impossible à savoir. La visibilité était nulle. Mais il fallait qu'elle émerge coûte que coûte de la masse nuageuse, pas trop vite, toutefois, afin de ne pas heurter le sol. La moindre faute d'inattention pouvait s'avérer fatale. A la plus infime erreur de calcul, c'était la mort. Tout simplement. Les deux passagers ne l'ignoraient pas, alors que le Jenny continuait sa vertigineuse descente vers la terre.

La vitesse paraissait terrifiante, à cause du sifflement assourdissant du vent, alors qu'ils s'enfonçaient dans l'épaisseur nuageuse humide et noire comme de l'encre. On eût dit un abîme sans fond dans lequel une main de géant les aurait précipités. Tout à coup, une lueur perça les ténèbres. Cassie devina plus qu'elle ne les vit les frondaisons cinglées par la pluie battante. Elle tira sur le manche à balai et l'avion rasa les cimes fugitives des arbres avant de pénétrer, de nouveau, dans les nuages… Cassie serra les dents. Elle avait repéré, au loin, la piste d'atterrissage. A présent elle savait vers quel point se diriger.

Elle amorça un cercle au-dessus de l'aéroport invisible. En crevant le plafond, elle aperçut une nouvelle fois la rangée mouvante des arbres. Le vent soufflait si fort qu'il faillit arracher les ailes de l'avion. Une fois de plus, elle reprit de l'altitude avant de recommencer la manœuvre, en se demandant si elle y arriverait. Elle n'éprouvait aucune peur. Seulement un calme singulier. Tout à coup, elle le vit : Nick, debout sur le macadam, quinze pieds plus bas. Il gesticulait, lui indiquant une piste suffisamment éloignée pour permettre un atterrissage en catastrophe. Le Jenny tanguait dangereusement, alors qu'il abordait la ligne de descente. Un courant d'air violent leur glaça le visage, Cassie crispa les mâchoires au point de se faire mal. La pluie lui collait les cheveux sur le crâne et derrière elle, accroché aux longerons d'acier, Chris n'avait pas ouvert les yeux.

Il rouvrit les paupières au premier choc des roues sur le sol détrempé. L'appareil rebondit deux ou trois fois avant de s'immobiliser dans une affreuse secousse. Nick vint à leur rencontre en courant, arracha littéralement le garçon de son siège, alors que Cassie demeurait clouée sur place, tremblant de tous ses membres.

— Dites-donc, vous deux, qu'est-ce que vous avez fabriqué ? hurla Nick en secouant Chris par les épaules. Vous avez décidé de vous suicider ou de bombarder l'aéroport ?

Ils avaient frôlé le toit de la tour de contrôle à deux reprises, mais Cassie avait jugé que c'était le moindre de leurs problèmes. Assise sous l'averse, elle était abasourdie d'avoir réussi à les ramener sains et saufs. Malgré sa frayeur, elle avait conservé la maîtrise de ses nerfs jusqu'au bout et elle réprima un sourire de satisfaction.

— Vous êtes cinglés ou quoi ? hurla Nick, furieux.

Chris émit un son inintelligible. La jeune fille vit Pat qui arrivait à toutes jambes, son imperméable claquant sur ses mollets.

— Qu'est-ce qui se passe ?

« Pourvu que l'avion n'ait rien eu », pria-t-elle en silence.

— Ces deux petits crétins sont allés se promener dans la tempête. Je crois qu'ils ont tenté de se tuer ou de détruire tes avions. Ils méritent un bon coup de pied au derrière.

Pat considéra Chris, bouche bée.

— Tu t'es envolé dans… ça ? bredouilla-t-il.

Il faisait allusion à l'orage, bien sûr, et son fils hocha péniblement la tête.

— Je… euh… j'ai pensé que nous aurions le temps… mais… papa… (S'il s'était écouté, il se serait mis à pleurer comme un bébé, mais il se retint)… Cassie m'a… m'a…

Il s'interrompit, incapable d'articuler un mot de plus.

— Et tu as réussi à atterrir ? s'étonna Pat, sourcils levés. Tu sais combien c'est dangereux. Vous auriez pu aller au tapis.

Il avait du mal à dissimuler sa fierté.

— Oui, papa, je le sais. Je te demande pardon.

Chris ravala ses larmes. Cassie détourna le regard. Ce qu'elle avait lu sur le visage de son père l'avait révoltée. De l'orgueil. Une fierté destinée à Chris, d'autorité, puisqu'il était un garçon. Cassie, après tout, n'était qu'une fille. Peu importaient son courage, son intelligence, son talent. Aux yeux de Pat, elle resterait toujours une fille. C'est-à-dire un être de second ordre.

— Tu n'aurais pas dû entraîner ta sœur dans cette galère, grogna Pat, jouant la colère de son mieux. Ni aucun autre passager. Ne prends plus jamais de passager avec un temps aussi pourri, fiston.

Eh oui, on protégeait les filles. Mais on ne les respectait pas, songea Cassie, écœurée.

— Oui, papa, oui, murmura Chris, en larmes.

— Ne l'emmène plus avec toi, d'accord ? prévint Pat avant de tourner les talons.

Nick suivit du regard les deux adolescents, alors qu'ils ramenaient le Jenny à l'abri. Chris tenait à peine debout. Cassie, elle, affichait un calme olympien. Le geste sûr. La démarche déterminée... Nick fronça les sourcils. Il ne pouvait entendre ce que Chris disait à sa sœur, mais il semblait absolument hors de lui.

Chris parti, Cassie passa la paume sur le capot ruisselant du Jenny, comme un cavalier flatte le col de sa monture après une longue et fabuleuse chevauchée. En se retournant, elle croisa le regard de Nick. Il avait l'air aussi déchaîné que l'orage qu'elle venait de traverser.

— Ne fais plus *jamais* ça, m'entends-tu ? rugit-il. Petite sotte, tu aurais pu y laisser ta peau ! Ce genre de manège ne marche pas toujours, Cass. N'essaie plus de jouer à ce jeu-là.

Ses yeux avaient la couleur de l'acier... Mais sous sa fureur, Cassie décela un autre sentiment, qui lui mit un peu de baume au cœur. C'était ce qu'elle réclamait désespérément à son père, sans jamais l'obtenir. L'admiration. Le respect. Elle n'en voulait pas plus.

— Je ne sais pas ce que tu me chantes, marmonna-t-elle, tête basse.

De retour sur la terre ferme, ses forces, comme drainées hors de son corps, l'avaient abandonnée. L'exaltation avait cédé la place à un goût amer de terreur mêlée d'épuisement.

— Tu le sais très bien ! vociféra-t-il, en lui attrapant le bras. Jamais il n'oublierait les affres de l'angoisse qu'elle lui avait fait vivre. Ni ses prières pour qu'elle ramène l'avion à bon port, en dépit des éléments déchaînés. Il n'aurait pas supporté d'assister, impuissant, à la mort de deux êtres chers. Et tout ça pour un caprice. Une promenade dans les airs. Pendant la guerre, ils n'avaient pas le choix. Les bombardiers quittaient leur base dans n'importe quelles circonstances, puis revenaient après avoir déchargé leur mortelle cargaison sur les lignes ennemies. Mais aujourd'hui, braver la tempête n'avait pas de sens.

— Lâche-moi ! cria Cassie.

Elle lui en voulait. Elle leur en voulait à tous. A son frère qui avait récolté la gloire à sa place, alors qu'il était incapable de reconnaître un manomètre d'un pot d'échappement. A son père, obsédé par les soi-disant capacités de son cher fils. A Nick, qui croyait détenir la vérité. A tous ces hommes qui formaient un cercle fermé, un club dont elle ne serait jamais membre. Ah, ils veillaient farouchement sur leurs joujoux, mais Cassie n'avait pas le droit de jouer avec. Elle était tout juste bonne à ravitailler leurs machines.

— Laisse-moi tranquille !

Nick lui saisit l'autre bras.

— Cassie, j'ai tout vu. Je ne suis pas aveugle. Chris ne peut pas voler comme ça. C'était toi... Mais tu es folle ! Tu aurais pu te tuer. Tu ne peux pas continuer ces cachotteries.

Elle fixa Nick avec une telle expression de détresse que sa colère contre elle se mua en compassion.

— Écoute, Cass, murmura-t-il en l'attirant vers lui, je t'en supplie, sois raisonnable. Je te donnerai des leçons. Je te le promets. Fiche donc la paix à ce malheureux Chris.

Il la tenait dans ses bras et la berçait comme une toute petite fille. Cassie se tut un long moment, puis, lentement, elle secoua la tête.

— Mon père te défendra de me donner des leçons, Nick, dit-elle d'une voix à peine audible, admettant implicitement que c'était bien elle qui conduisait, là-haut, dans la tempête.

— Je ne lui demanderai pas son avis, Cass. J'ai dit que je t'enseignerai à piloter. Je n'ai pas dit ici. (Il s'était écarté d'elle pour lui tendre une serviette éponge.) Tiens, essuie-toi. On dirait un petit rat mouillé.

— Pour une fois que je ne suis pas couverte d'huile..., dit-elle avec un pâle sourire.

Elle se sentait plus proche de lui que jamais. Et différente. Tout en se séchant les cheveux, elle le regarda. Elle n'en croyait pas ses oreilles.

— Qu'est-ce que tu veux dire par « pas ici » ? Où irions-nous ?

Subitement, elle se sentit adulte, à comploter ainsi avec Nick. Un subtil changement s'était opéré dans leurs rapports.

— Il y a une bonne demi-douzaine de pistes dans les environs. Par exemple, après l'école, tu prends le bus pour Prairie City. Ou tu demandes à Chris de te déposer en voiture. Je t'attendrai là-bas.

Pauvre Chris ! Cette fois-ci il avait eu une frousse bleue. Alors qu'une exquise sensation inconnue avait grisé Cassie... Elle adressa un sourire resplendissant à son futur moniteur.

— Vraiment ? Tu le ferais ?

— Oui. A mon avis, un apprentissage sérieux

t'évitera de te rompre le cou lors d'une prochaine expédition avec Chris. Lorsque tu piloteras convenablement, nous pourrons en toucher deux mots à Pat. Peut-être t'autorisera-t-il à décoller d'ici. Mis devant le fait accompli, il changera sans doute d'avis.

— Je ne crois pas, murmura-t-elle d'un ton lugubre, alors qu'ils couraient sous la pluie vers les bureaux de l'aéroport.

Dans l'entrée, elle leva les yeux sur lui avec un sourire qui le fit fondre de tendresse.

— Merci, Nick.

— De rien, mon petit, répondit-il, conquis à jamais par ce sourire. Mais n'en parle à personne.

Pat lui tordrait le cou s'il apprenait quoi que ce fût. Songeur, il ébouriffa les cheveux trempés de la jeune fille, puis tous deux entrèrent dans le bureau directorial. Chris, très pâle, se remettait lentement de ses émotions à l'aide d'un fond de whisky servi par son père.

— Ça va, Cass ? s'enquit Pat.

A sa surprise, sa fille semblait avoir mieux tenu le coup. Mais après tout, la responsabilité de cette escapade, qui avait failli se terminer par un drame, revenait entièrement à Chris.

— Oui, papa, je vais bien, l'assura-t-elle.

— Tu es bien courageuse, remarqua Pat d'un ton admiratif.

Pas assez admiratif, cependant, au goût de Cassie. Seul Nick l'avait comprise… Son rêve deviendrait enfin réalité. Grâce à Nick… Et grâce à la tempête. Elle avait livré bataille contre l'ouragan et, en ramenant le Jenny au sol, elle avait gagné la partie.

Plus tard, à table, Pat raconta à Oona l'incident. Comme à l'accoutumée, il chanta les louanges de Chris.

— Décoller par ce temps épouvantable, te rends-tu compte ? Seigneur, quel atterrissage… Et quelle maîtrise !

Son regard étincelait de fierté. Attablé à son côté, Chris gardait les yeux fixés sur son assiette, sans souffler mot. Le dîner terminé, il courut s'enfermer dans sa chambre, se jeta en travers du lit et se mit à pleurer à chaudes larmes. Cassie le suivit peu après. Elle dut frapper à plusieurs reprises contre le battant, avant qu'il n'ouvre la porte. Sur le visage du garçon, l'angoisse le disputait à la fureur. Il accueillit sa sœur froidement.

— Qu'est-ce que tu veux encore ?

— M'excuser. J'ai eu tort, Chris, j'en conviens. Pardonne-moi de t'avoir fait si peur. Je n'aurais pas dû.

Elle pouvait se montrer magnanime, maintenant que Nick lui donnerait des leçons.

— Je n'irai plus jamais en avion avec toi, répliqua sèchement Chris, avec l'expression ulcérée du petit garçon trahi par sa grande sœur.

— Tu n'auras plus à le faire. Plus jamais.

Chris la regarda, interloqué.

— Tu renonces à voler ?

— Oui… peut-être… pour le moment, oui.

Elle ponctua ses affirmations d'un haussement d'épaules détaché, mais son frère ne parut pas convaincu.

— Je ne te crois pas.

— Tu verras… Oh, et puis, quelle importance ?

Je voulais juste te présenter mes excuses. Je suis désolée.

— Tu peux ! riposta-t-il, encore sous le coup de la colère. Enfin, Dieu merci, nous sommes sains et saufs. J'ai cru voir le spectre de la mort entre les nuages.

— Moi aussi, murmura-t-elle. J'ai pensé que nous allions nous écraser.

Sa dernière phrase s'acheva sur un gloussement.

— Tu es cinglée ! s'indigna Chris. (Un sourire de connivence se dessina sur ses lèvres.) Tu seras un jour un as du pilotage, Cass, j'en ai eu la certitude aujourd'hui. Il te faudra un entraînement intensif, et pas derrière le dos de papa. Parle-lui-en, il finira par se rendre à l'évidence. Tu es cent fois meilleure que moi… Je te parie que tu es aussi bonne que lui.

— Tu n'es pas mauvais pilote, Chris. Tu devrais seulement éviter les orages.

— Merci pour le conseil, dit-il avec une petite grimace amicale. Je te le rappellerai la prochaine fois que tu tenteras de me tuer.

— Oh, non, je ne recommencerai plus.

Elle avait adopté un air angélique, mais Chris le connaissait trop bien pour en être dupe.

— Que se passe-t-il ? Qu'est-ce que tu as derrière la tête, Cass ?

— Moi ? Rien du tout. J'ai décidé de bien me tenir. Pendant un certain temps, du moins.

— Que le Seigneur nous vienne en aide ! Tiens-moi au courant, d'accord ? Je n'ai qu'une seule envie, rester le plus loin possible de ce fichu aéroport. Tu devrais m'imiter. Les vapeurs de kérosène t'ont monté à la tête.

— Oui, peut-être, soupira-t-elle d'un ton rêveur.

Mais elle savait qu'il y avait autre chose. Les vapeurs de fuel ne lui avaient pas monté qu'à la tête. Elles avaient imprégné sa chair, ses os, son sang, d'une manière indélébile.

Bobby Strong passa, comme à l'ordinaire, un peu plus tard dans la soirée. A l'instar du comédien devant un nouveau public, Pat conta une fois de plus l'incroyable épopée de son fiston. Partagé entre le soulagement et l'indignation, Bobby s'en prit au jeune imprudent.

— Dis donc, toi, la prochaine fois que tu mettras en danger la vie de ma petite amie, tu auras à faire à moi ! s'exclama-t-il au grand étonnement de Chris et de Cassie.

Chris aurait aimé se défendre et lui dire la vérité, mais la présence de ses parents rendait toute discussion impossible.

— D'accord, d'accord, marmonna-t-il en guise d'excuse, avant de regagner sa chambre.

Ils étaient tous dingues ! Cass d'abord, et puis les autres, Bobby. Personne ne savait la vérité. Résultat : les uns le montaient au pinacle, alors que les autres le traitaient quasiment d'assassin. Cassie les avait tous possédés. Et lui qui voulait devenir architecte ! Plus que jamais il détesta les avions. Christopher Patrick O'Malley claqua la porte de sa chambre en se disant que, décidément, la vie n'était pas simple.

Dans le salon, Bobby s'était lancé dans une diatribe contre l'aviation en général et les aviateurs en particulier. Selon lui, les pilotes manquaient de maturité et se conduisaient comme des enfants. Il espérait que Cassie avait tiré les conclusions qui s'imposaient à la suite de sa mésaventure. D'ailleurs, quel intérêt y avait-il pour une fille à traîner dans un aéroport ? Quelle sorte d'avenir se préparait-elle, y avait-elle réfléchi ? N'en avait-elle pas assez de ces sempiternelles traînées de suie, de ces taches d'huile, de ces traces graisseuses ? Pourquoi ne laissait-elle pas aux hommes ce métier ingrat ? Ce n'était pas très féminin, à la fin !

Cassie tentait de se convaincre qu'il avait raison, car elle n'ignorait pas que le discours de Bobby partait d'un bon sentiment. Mais lorsqu'il prit congé, elle ne put réprimer un soupir de soulagement. Cette nuit-là, en écoutant la pluie tambouriner sur les vitres, elle se remémora encore et encore la promesse que Nick lui avait faite. Elle brûlait de commencer l'entraînement.

Comme dans un rêve éveillé, elle se revit à bord du Jenny ballotté par les violentes rafales de vent, fendant à toute allure les nuages sombres vers une lueur prometteuse. Elle revécut l'instant unique où l'on se sent suspendu entre la vie et la mort. Elle avait vu le sol se ruer a sa rencontre à une vitesse hallucinante, elle avait frôlé la cime des arbres. Et elle avait réussi à se poser… Ç'avait été une journée extraordinaire. Inoubliable. Le danger ne lui faisait plus peur. Jamais elle ne renoncerait à son vœu le plus cher. Pour personne. C'était au-dessus de ses forces.

4

La tempête, qui s'était transformée en cyclone, s'était déplacée vers Blandinsville, une quinzaine de kilomètres plus loin. Trois jours plus tard, Cassie s'acquitta des corvées habituelles, avant de quitter la maison. Elle comptait se rendre à la bibliothèque, dit-elle à sa mère, puis chez une ancienne camarade de lycée, mariée depuis un an, qui attendait un bébé. Elle fit un détour par l'aéroport, tenant à la main un sac en papier contenant un frugal repas composé d'un sandwich et d'une pomme. Au fond de sa poche tintait une pièce de monnaie qu'elle avait tirée de ses économies. Elle ignorait le prix exact du ticket jusqu'à Prairie City mais, d'après ses calculs, cela ne devait pas excéder un dollar. Nick lui avait fixé rendez-vous à midi. Alors qu'elle se dirigeait vers l'arrêt du bus dans le soleil estival, elle regretta de n'avoir pas pris de chapeau… Trop tard. De toute façon, elle n'en portait jamais… Elle longea la rue d'un pas souple et léger, telle une écolière enjouée allant chez des amies. Les passants se retournaient sur son passage, frappés par cette ravissante jeune fille, mais elle poursuivit son chemin, inconsciente de sa beauté. Elle était encore plus jolie que sa mère au même âge, plus racée, plus fine, plus élancée. Or, Cassie ne se souciait guère de sa bonne mine. Séduire ne faisait pas partie de ses préoccupations. Chercher à plaire, c'était bon pour des filles comme ses sœurs qui n'avaient d'autre but que de fonder une famille. Bien sûr, Cassie aurait un jour des enfants, elle aussi, mais il y avait tant de choses qu'elle souhaitait faire avant d'être mère. Et par-dessus tout, elle voulait voler. Les femmes pilotes l'avaient définitivement gagnée à leur cause ; elle connaissait par cœur les biographies de ses héroïnes préférées, Amelia Earhart et Jackie Cochran, et dévorait tout ce qui traitait de l'aviation. Souvent, lorsque, de sa chambre enténébrée elle contemplait le firmament nocturne, à la recherche de quelque point lumineux filant parmi les étoiles, Cassie se disait que toutes ces aviatrices vivaient une réalité enchantée. Elle-même ne pouvait que l'imaginer. A moins que, grâce à Nick, elle parvînt à réaliser son souhait le plus cher : un voyage sans fin.

Perdue dans ses pensées, elle faillit manquer le bus, qui lui passa sous le nez, et dut courir pour le rattraper. Le ticket ne coûtait que quinze *cents,* et durant les quarante-cinq minutes de route jusqu'à Prairie City, la jeune passagère ne fit que rêver à ses leçons de vol. Il y avait une longue marche entre l'arrêt où elle descendit et l'aérodrome désaffecté où Nick l'attendait. Il avait supposé que quelqu'un la déposerait en voiture. Aussi sursauta-t-il lorsqu'il l'aperçut sur le sentier aride, marchant sous ce soleil de plomb. La chaleur avait embrasé les joues de Cassie, et sur ses tempes brillaient des gouttelettes de sueur. Souriante, elle s'approcha du rocher contre lequel Nick s'était appuyé, une canette de Coca-Cola à la main. La silhouette familière du Jenny se détachait sur la piste déserte. Le soleil enflammait le capot et les ailes. Personne alentour. Ils étaient seuls, tous les deux. L'aérodrome servait occasionnellement de relais aux appareils chargés de déverser de l'insecticide sur les champs : l'endroit idéal pour leurs leçons.

— Ça va ? demanda-t-il d'un ton paternel tandis que la jeune fille balayait une mèche flamboyante de son front moite. Tu as l'air de crever de chaud, tiens, bois une gorgée.

Elle accepta son offre avec reconnaissance et renversa la tête en portant le goulot à ses lèvres. « Ce qu'elle est belle ! » songea Nick, émerveillé par son cou de cygne. Il regrettait parfois qu'elle fût la fille de son meilleur ami. De toute façon, la question d'une idylle ne se posait même pas. Il avait trente-cinq ans bien sonnés, elle en avait à peine dix-sept.

— Qu'est-ce que tu as encore fait, tête de linotte ? se moqua-t-il doucement. Tu n'es pas venue à pied de Good Hope, au moins ?

— Oh, non, sourit-elle. Juste de Prairie City. C'était plus long que je ne l'avais pensé. Et il fait vraiment chaud.

— Désolé, murmura-t-il, écrasé tout à coup par un sentiment de culpabilité.

— Ne t'excuse pas. Ça en vaut la peine, non ?

Elle aurait traversé tout le pays sur les genoux si cela avait été nécessaire. Une incommensurable joie dansait au fond de ses prunelles claires. Nick laissa échapper un soupir. Cassie était éperdument amoureuse des avions. Exactement comme il l'avait été à son âge, du temps où il errait d'aéroport en aéroport, rien que pour voir de près les appareils rutilants. La guerre lui avait donné l'occasion de voler, en compagnie d'hommes qui faisaient figure de légendes. Il avait de la peine pour Cassie. Cela ne serait pas facile pour elle, puisque Pat était décidé à ce qu'elle ne soit jamais aviatrice. Nick espérait qu'un jour, il pourrait amadouer son ami. Entre-temps, il apprendrait à Cassie deux ou trois tours, de manière à lui éviter un accident si jamais l'idée lui reprenait de jouer aux apprentis sorciers. Il tremblait encore au souvenir du petit avion, jaillissant des nuages comme un bolide, à quelques mètres du sol.

— Te sens-tu prête à faire un tour ? questionnat-il en indiquant le Jenny.

Muette d'émotion, elle le suivit sur la piste inondée de lumière blanche. L'avion était là, figure amicale et familière. Elle avait mille fois rempli le réservoir, vérifié le niveau d'huile, lavé et astiqué amoureusement la carlingue brillante. Aujourd'hui, stupéfaite, elle découvrait la beauté des formes, la parfaite symétrie de l'engin, l'aspect lisse de la matière, comme façonnée par la main d'un grand artiste. C'était un appareil bas, doté de larges ailes, qui, en dépit de ses dimensions modestes, donnait l'illusion d'une certaine envergure. Cassie grimpa à l'intérieur de la cabine, boucla sa ceinture de sécurité d'un geste calme et mesuré. Là-haut, le ciel ressemblait à un lac translucide. Bientôt, il lui appartiendrait, puis rien ni personne ne pourrait l'arrêter.

— Prête ? cria Nick, dès le premier toussotement du moteur.

Elle acquiesça, et, il sauta à l'arrière. Il se char-

70

gerait du décollage et, une fois dans les airs, il lui remettrait les commandes. Elle n'aurait pas à les lui arracher de force, comme elle l'avait fait avec Chris. C'était convenu à l'avance, entre le moniteur et l'élève.

— Merci, cria-t-elle, alors que l'appareil s'élançait sur le ruban pâle de la piste d'envol.

Elle s'était retournée vers lui. Ses traits finement ciselés reflétaient toute sa reconnaissance. Un immense bien-être l'électrisait. Nick serait à jamais son meilleur ami ! Si elle s'était écoutée, elle l'aurait embrassé.

— Quoi ? fit-il, en se penchant en avant, ses cheveux bruns flottant autour de son visage. Qu'est-ce que tu as dit ?

Elle scruta les yeux bleu acier qu'entourait un fin réseau de ridules quand il clignait des paupières pour se protéger du soleil.

— J'ai dit : merci ! hurla-t-elle.

Les doigts de Nick lui effleurèrent gentiment l'épaule. Cassie se tourna, les mains posées à plat sur les gouvernes. Nick poussa le régulateur de gaz en avant, tout en maniant les pédales du gouvernail. Le Jenny accéléra et, un instant après, il s'éleva avec aisance dans l'air limpide. Le cœur de Cassie fit un bond dans sa poitrine et, comme chaque fois qu'elle s'arrachait au sol, une exaltation à nulle autre pareille l'envahit : ça y était, elle *volait*.

Nick vira sur l'aile, s'éloignant de l'aérodrome ; après quoi, ayant stabilisé l'appareil, il toucha l'épaule de Cassie. Elle prit tout naturellement le contrôle de l'avion. Ils évoluèrent pendant un moment à travers le ciel, pur comme le cristal. Elle menait l'appareil d'une main de maître, nota-t-il, comme si elle avait fait cela toute sa vie. Ce qui n'était pas complètement faux. Elle avait un don inné. Un instinct sans faille. Et à force de regarder les autres piloter, entre autres son père et Nick, elle avait assimilé leurs astuces sans pour autant manquer de style personnel... Un style étonnamment égal. Lisse. Presque soyeux.

Il lui fit faire des virages, changer de direction, tourner de gauche à droite ; il n'eut guère besoin de préciser qu'il fallait pointer le nez de l'avion vers le haut à l'aide du manche à balai, afin de maintenir l'altitude, car elle semblait le savoir.

Ensuite, elle dessina des S en suivant les virages d'une route poussiéreuse qui sinuait à plusieurs dizaines de mètres plus bas. C'était à peine si elle consultait les cadrans, mais elle décelait avec un flair incroyable la moindre variation d'altitude qu'elle rectifiait en décompressant ou en reprenant de la hauteur, sans sourciller.

Au cours de sa longue carrière, Nick avait rarement rencontré des débutants aussi doués. Cassie semblait se fier à ses sens, preuve irréfutable qu'elle appartenait à la race de ces fameux pilotes qui semblaient nés avec le don de voler.

Il lui fit tracer des cercles au-dessus d'un silo repéré dans une ferme, désireux de vérifier sa précision. Là aussi, elle passa l'épreuve haut la main. C'était quelqu'un d'attentif, de précis, doté d'une acuité extraordinaire... Alors, il la laissa exécuter un looping... puis un double looping, qui aurait terrifié Chris. Il lui apprit comment rétablir l'appareil après une perte de vitesse. D'instinct, elle réussit cette épreuve réputée difficile. Le Jenny piqua du nez. La main de Cassie relâcha un instant la pression qu'elle exerçait sur le manche à balai, dans un geste dépourvu de la moindre crainte, et la machine reprit de la vitesse. La plupart des jeunes pilotes paniquaient en voyant leur gravité tomber à zéro. Pas elle. Elle avait suivi les instructions sans hâte. La chute ne se prolongea guère plus de quelques secondes. La jeune fille déplaça légèrement la manette d'alimentation en gaz. Comme l'aigle prenant son envol, le Jenny darda le nez vers le ciel.

Nick était impressionné par la maîtrise de la jeune fille. Il n'avait encore jamais vu ça. A sa demande, elle recommença la manœuvre, la réussit encore mieux que la première fois. Après une chute vertigineuse, le nez de l'avion se redressa apparemment sans effort. Elle était bonne. Très bonne. Brillante.

Quelques huit, paresseux et faciles, un Immelmann… Impeccable. Une vrille acheva leur première leçon. Il s'agissait d'une opération délicate, assez semblable à la perte de vitesse, à ceci près qu'il fallait utiliser les pédales commandant les gouvernes de direction, d'abord la gauche, puis la droite, pour rétablir l'équilibre de l'avion.

Nick souriait jusqu'aux oreilles, lorsque, ayant repris les commandes, il procéda à l'atterrissage. Cassie avait du mal à dissimuler sa satisfaction. De sa vie, elle ne s'était autant amusée. Elle aurait voulu s'essayer aux tonneaux, mais il avait mis le holà.

— Non, c'est assez pour aujourd'hui.

Elle souhaitait qu'il l'initie à l'atterrissage avec moteur calé, la grande spécialité de Nick, qui lui avait valu son surnom. Il refusa. Ils avaient tout le temps pour cela. Ils avaient du temps pour tout. Cassie était une élève hors pair.

Il resta assis dans l'avion immobilisé, le regard rivé sur elle. Il avait du mal à croire qu'elle ait acquis une telle expérience rien qu'en observant les autres. Chaque fois que Pat ou lui-même l'avaient emmenée en promenade, elle n'avait fait que regarder, scruter, absorber. Elle n'avait plus eu qu'à répéter les gestes qu'elle avait enregistrés. Cette petite possédait le talent des as de l'aviation. L'empêcher de voler relevait du sacrilège.

— Alors ? Comment m'as-tu trouvée ?

— Formidable !

Il manquait d'adjectifs pour qualifier ses aptitudes, et était émerveillé par l'intuition et l'instinct dont elle avait fait preuve.

— Je ne crois pas que je continuerai à voler avec toi, la taquina-t-il.

L'expression de son visage démentait ses propos. Le cri de triomphe de Cassie retentit sur la piste silencieuse. Le bonheur transfigurait son petit visage triangulaire. Plus que jamais, elle considérait Nick comme son sauveur… Comme le magicien grâce à qui s'exaucerait son rêve le plus ardent.

— Tu es une gosse épatante, dit-il en lui tendant une autre bouteille de Coca qu'elle se mit à siroter tranquillement. N'attrape pas la grosse tête, Cass. Ne te laisse jamais abuser par un excès de confiance, ne commence pas à te dire que tu peux tout faire impunément. Personne ne peut. Cet oiseau n'est qu'une machine et les machines ont leurs limites. Sois humble si tu ne veux pas finir dans un arbre. N'oublie jamais ça.

— Oui, monsieur le professeur.

Elle arriverait, elle en avait l'absolue conviction. Elle réussirait à convaincre son père. Elle gravirait les échelons de la gloire. Et, qui sait, elle surpasserait peut-être Jean Batten ou Louise Thaden.

— Quand recommencerons-nous ? demanda-t-elle, anxieuse. Demain soir ?

Elle ne pouvait attendre davantage, consumée par le désir de voler à nouveau. Nick hocha la tête, songeur. Au même âge, il avait été tourmenté par la même impatience. Et après avoir fait le tour de tous les aéroports en quête de travail, il avait posé ses valises chez son vieux copain Pat.

— Je ne sais pas, Cass… Dans deux jours, plutôt. Sinon Pat se posera des questions. Je ne prends presque jamais le Jenny, comprends-tu ?

Il redoutait la réaction de son vieil ami. Si Pat subodorait la vérité, Nick ne donnait pas cher de sa peau. Il devait trouver le moyen de le convaincre. Lui prouver que Cassie était le meilleur pilote qu'ils aient jamais eu.

— Dis-lui que tu donnes des leçons à quelqu'un. Il n'a pas besoin de savoir le nom de ton élève.

— Et l'argent, chère demoiselle ? Ton père n'est pas tombé de la dernière pluie. D'autre part, je n'aimerais pas qu'il se sente lésé.

Ils partageaient équitablement le profit net. Les gains de leurs avions-cargos, ou des charters que Nick conduisait pour le compte d'autres compagnies.

Cassie le regarda, pétrifiée.

— Ah… et si je te payais… j'ai quelques économies… euh…

Il lui effleura ses boucles rousses, attendri.

— Ne t'inquiète pas. Je trouverai le moyen

d'utiliser le Jenny. Nous continuerons l'entraînement. Je te le promets.

Elle le remercia d'un sourire si radieux que le cœur de Nick cessa de battre. Il avait gagné sa journée.

Ils mirent pied à terre, trouvant refuge à l'ombre d'un orme centenaire.

— As-tu apporté ton déjeuner ? s'enquit-il.

Ils partagèrent le sandwich et la pomme, tout en buvant du Coca-Cola. Contrairement à Pat qui s'octroyait de temps à autre un petit whisky, Nick ne touchait pratiquement jamais à l'alcool. Il tenait à être en possession de tous ses moyens au cas où un contrat inattendu se présenterait. Du reste, il volait pratiquement sans arrêt, entre le Mexique et l'Alaska, partout où ses commanditaires l'envoyaient.

La conversation roula sur toutes sortes de sujets : les avions, bien sûr, la famille de Cassie, que Nick considérait un peu comme la sienne depuis le jour où il avait débarqué dans l'Illinois. Il était venu de New York, lui expliqua-t-il, à seule fin de travailler pour son père.

— Il m'a beaucoup aidé pendant la guerre… J'étais si jeune, presque un gosse, et tellement imprudent. Nous nous battions à dix mille pieds d'altitude, contre des Allemands aussi cinglés que nous. C'était une sorte de jeu, quelque chose qui ne s'inscrivait pas dans la réalité… Un jeu terriblement excitant.

Les yeux de Nick s'étaient mis à étinceler alors qu'il évoquait la glorieuse épopée qui l'avait marqué à jamais. En comparaison de ces combats acharnés, les années de paix paraissaient bien fades.

— Mais alors, hasarda-t-elle, le transport aérien doit te sembler très routinier. Piloter des avions commerciaux à longueur de journée n'a rien d'exaltant.

— Non, en effet. Les vols sont tranquilles, sans surprise. Mais c'est tout de même mieux que de rester au sol… D'ailleurs, soupira-t-il en regardant le ciel, là-haut je peux donner toute ma mesure. A terre, je ne vaux rien.

— Ah oui ? fit-elle, intriguée. Pourquoi ?

— Je ne suis bon qu'à voler. J'ai raté tout le reste : mon mariage, par exemple. Je n'ai aucun ami, à part les autres pilotes et les employés des aérogares

— Tu nous as, nous.

— Oui, vous êtes comme ma famille… Mais, Dieu qu'il est difficile d'être compris par les gens ! Les femmes, en particulier.

Il sourit. Il en avait pris son parti. La vie était ainsi faite, et il avait choisi son camp. Il y avait ceux dont le corps et l'esprit restaient rivés à terre, puis ceux de son espèce Deux mondes opposés.

— Et Bobby ? s'enquit-il abruptement. Que dira-t-il de tes prouesses aériennes ? Tu es douée, Cassie. Tu réussiras, j'en suis sûr. A ton avis, comment réagira Bobby ?

— Comme tout le monde. Il me traitera de folle, répliqua-t-elle en riant. On n'est pas mariés, tu sais, on est juste des copains.

— Il ne restera pas éternellement ton « copain ». A un moment donné, il voudra plus, c'est du moins ce que ton père croit.

Toute la famille croyait la même chose.

— Ah, vraiment ? demanda-t-elle, avec une froideur qui arracha à Nick un rire sonore.

— Ne te fâche pas, mon chou, je n'y suis pour rien. Sache, toutefois, que si tu as l'intention de devenir une nouvelle Amelia Earhart, tu iras au-devant d'ennuis. Avec ton père. Et Bobby. Et les autres. Ta vie ne sera pas de tout repos.

Il ne le savait que trop bien. Soudain, il eut envie de partager avec elle des secrets qu'il n'avait jamais dévoilés à personne. Des réflexions personnelles, des déceptions, des espérances. Leur amitié avait acquis une dimension inattendue, merveilleuse et inquiétante, comme une nouvelle rencontre dont on a peine à imaginer les suites.

— Où est le problème ? soupira Cassie. Qu'est-ce qu'ils ont contre les pilotes ?

— Ils les rejettent, parce qu'ils sont différents. L'homme a été conçu pour marcher sur la terre ferme. Et voilà que tu es obnubilée par l'idée de voler... Mets-toi à leur place. « Drôle d'oiseau, se disent-ils, il ne lui manque que les plumes. » Alors, tu es classée dans la catégorie des extravagants.

Elle haussa les épaules, l'air buté. Nick lui envia tout à coup sa jeunesse. Cassie avait toute la vie devant elle... Alors que lui, à trente-cinq ans, en avait déjà parcouru la moitié. Les belles années étaient loin derrière.

— Les gens sont pleins de préjugés, argumenta Cassie. Ils refusent tout ce qui est nouveau. Tu veux que je te dise ? Ils souffrent sûrement d'un complexe d'infériorité vis-à-vis de nous.

— Pas forcément... Dans leur esprit, nous sommes des surhommes, sous prétexte que nous accomplissons des actions qui les effraient. Ils nous apparentent aux dompteurs ou aux funambules, à tous les dingues qui jouent leur vie à la roulette russe.

Elle hocha la tête et lui tendit la bouteille de Coca. Il prit une gorgée avant d'allumer une cigarette, sans en offrir une à son interlocutrice. Apprenti pilote ou pas, elle n'avait pas encore atteint sa majorité.

— Oui, tu as raison, là réside le mystère, convint-elle en suivant du regard les volutes de fumée. Oh, Nick, j'aime voler. Chaque fois que je quitte le sol, j'éprouve une sensation de liberté illimitée… une espèce de…

Elle s'interrompit, cherchant ses mots, et il sourit. La même volupté l'enivrait quand son avion décollait. Il en avait eu la révélation dès son premier vol… Le reste n'avait pas d'importance. Sa passion avait influé sur ses relations avec les autres, comme elle influerait sur celles de Cassie. Mieux valait l'en avertir.

— Ça va te changer, Cass, murmura-t-il. Fais attention, il s'agit d'un piège dont plus rien ne pourra te tirer.

— Je le sais. Et c'est ce que je veux. Voilà pourquoi je suis ici. Je n'ai pas envie de vivre sur terre… comme le commun des mortels.

« Elle est des nôtres », songea-t-il.

Il fallait rentrer à présent. L'idée de la laisser repartir à pied pour Prairie City lui répugnait, mais elle devait retourner chez elle par le même bus, s'ils ne voulaient pas éveiller les soupçons. Nick se hissa dans le Jenny et fit un tour de piste, comme pour saluer sa complice. Elle le regarda décoller, suivit des yeux le petit avion jusqu'à ce qu'il ne fût plus qu'un point brillant dans l'azur. En un après-midi Nick avait changé toute son existence. Ensemble, ils avaient entamé une entreprise de longue haleine qu'ils mèneraient jusqu'au bout, chacun pour ses propres raisons.

Le chemin du retour ne fut qu'une danse pour Cassie. Son esprit reproduisait inlassablement chaque étape du vol. Les nuages légers, lointains, la brise caressant les ailes et le fuselage. Là-haut, tout n'était que beauté, paix profonde et liberté… Elle revit les yeux de Nick, emplis d'admiration. Il avait été fier d'elle. De sa vie, elle ne s'était sentie aussi à l'aise avec quelqu'un.

Elle grimpa dans le bus, le cœur léger, un sourire éblouissant aux lèvres, oubliant presque de payer les quinze *cents*. Lorsqu'elle se retrouva à la maison, il était trop tard pour passer à l'aéroport. Cassie aida sa mère à préparer le dîner. Soudain, les travaux ménagers avaient perdu leur aspect rébarbatif. Le grand air avait nourri son âme. Quel que fût le prix à payer, cela valait la peine.

Son silence pendant le dîner passa inaperçu… Ils avaient tous quelque chose à raconter. Chris parla de son travail au journal, Pat signala qu'il avait signé un nouveau contrat avec l'aéropostale, Oona leur apprit que Colleen avait mis au monde son bébé la nuit dernière. Cassie se taisait. Elle aurait pourtant eu une grande nouvelle à annoncer.

Bobby fit son apparition peu après le dîner, comme d'habitude, mais la jeune fille ne trouva rien à lui dire, hormis que, cette année, le salon de l'aviation ouvrirait ses portes après la fête du 4 juillet. Bobby lui promit d'y aller.

— Comme ça, tu m'expliqueras tout sur les avions.

La pensée d'assister au spectacle en compagnie d'un profane ne lui faisait pas spécialement plaisir. Elle aurait mieux aimé suivre la voltige avec Nick et écouter ses commentaires… Elle ne se rendait pas compte que les changements avaient déjà commencé… Cet après-midi, elle avait entamé un long, un très long voyage en solitaire…

5

Les leçons se poursuivirent tout le mois de juillet, dans le plus grand secret. Après l'anniversaire de l'Indépendance, les O'Malley au complet assistèrent au meeting aérien, accompagnés par Nick, quelques pilotes, Bobby et sa sœur cadette. Mais les fantasques acrobaties des voltigeurs ne pouvaient se comparer, pour Cassie, à son entraînement, auquel elle accordait une importance capitale. Vers la fin juillet, elle avait maîtrisé un impressionnant atterrissage sans moteur, appris l'exécution de tonneaux, doubles tonneaux, chandelles et autres figures plus compliquées encore.

Cassie incarnait l'élève idéale, avide d'apprendre, enregistrant jusqu'au plus infime détail avec une facilité déconcertante. Elle était maintenant capable de piloter presque n'importe quel type d'appareil et, en août, Nick remplaça le Jenny par le Bellanca, plus dur à manœuvrer, plus rapide, d'une plus grande complexité. Un triste incident survint peu après. L'un des pilotes de l'équipe O'Malley trouva la mort dans un accident tragique… Une panne de moteur, en revenant du Nebraska. Le deuil frappa cruellement le petit monde de l'aéroport de Good Hope. Abattue, Cassie assista, comme les autres, aux obsèques. Son père avait perdu un ami, un collaborateur précieux, et l'un de ses deux de Havilland.

— Ce sont des choses qui arrivent, ne l'oublie pas, Cass, lui dit tranquillement Nick, alors qu'ils partageaient un léger déjeuner à l'ombre de leur arbre favori après une séance d'entraînement. On est tous à la merci d'une défaillance, du mauvais temps, d'un coup de malchance.

C'était la dernière journée d'août. Une imperceptible fraîcheur annonçait la fin de l'été, le plus bel été de la vie de Cassie. Celle-ci acquiesça de la tête.

— Je le sais. J'ai choisi ce métier en connaissance de cause. Je préfère mourir en pleine action que dans mon lit. Rien ne m'empêchera jamais de voler, Nick.

Elle n'avait nul besoin de chercher à le convaincre. Il avait depuis longtemps deviné quel tourment la rongeait. Cassie semblait ardemment, totalement dévouée à sa cause. Son bonheur, la paix de son esprit dépendaient de l'accomplissement de la tâche hardie qu'elle s'était fixée. Mais la nature l'avait dotée d'armes considérables : l'aptitude à piloter un avion comme d'autres conduisent une voiture de sport, la capacité de faire front à toutes les situations, un esprit aiguisé, et du courage.

Il la considéra un long moment. C'était la seule personne avec laquelle il s'était senti en harmonie, depuis des années, en dehors de Pat et de ses collègues. La seule femme qui semblait partager ses penchants et ses rêves. Dommage qu'elle fût encore si terriblement jeune… sans oublier qu'elle était la fille de son meilleur ami… Et il n'y avait aucun espoir qu'elle fût pour lui autre chose. Mais il prenait plaisir à la compagnie de Cassie. Il aimait leurs conversations…

— As-tu pris une décision à propos de l'entraînement, lorsque tu recommenceras tes cours ? demanda-t-il.

La rentrée des classes aurait lieu le lendemain et Cassie entrait en terminale. « Déjà une *senior*[1], pensa obscurément son instructeur, Dieu que le temps passe vite ! »

Il l'avait connue toute petite, l'avait bercée avec tendresse, et voilà que le bébé dodu aux joues roses ornées de fossettes se tenait devant lui, dans toute la splendeur de sa féminité. Pourtant, elle avait conservé l'insouciance de l'enfance, dans sa façon de rire pour un rien, de jouer des tours, de plaisanter sans cesse.

— Je ne sais pas… le samedi, peut-être, ou le dimanche ?

Ce qui signifiait qu'ils se verraient moins souvent. Tous deux avaient besoin de ces heures de détente et de confiance mutuelle : elle, se conformant à la lettre aux instructions de Nick, lui, prenant à cœur son rôle de professeur.

— Je préfère le samedi, répondit-il d'un ton égal.

Nick était farouchement déterminé à poursuivre ce qu'ils avaient entrepris.

Aucun des deux ne pourrait se passer des leçons. Au fil des semaines, ils avaient appris à s'estimer,

1. Élève de terminale. *(N.d.T.)*

84

à l'instar de deux associés liés par un pacte tacite et secret.

— Reste le problème de la distance entre la station de bus et le terrain d'entraînement, quand le temps se gâtera, dit-il d'un air songeur.

Il s'inquiétait souvent de la savoir faisant seule ces kilomètres sur une route de campagne déserte. Quant à Cassie, elle ne s'en formalisait pas. Son esprit d'indépendance l'aurait guidée à travers la jungle.

— Peut-être que papa me prêtera sa camionnette... ou Bobby.

Nick hocha la tête. Bobby faisait également partie de ses soucis cachés. Évidemment, jamais il ne s'était permis un quelconque commentaire. Il ne lui appartenait pas d'émettre une opinion concernant les soupirants de son élève... Encore que celui-là ne lui convenait pas. Le pauvre garçon était si éteint, si assommant, si... terre à terre !

— Bonne idée, répondit-il en se rappelant qu'il avait le double de son âge, contrairement à Bobby.

— Je me débrouillerai.

Son sourire — un éblouissement — eut le don d'apaiser les inquiétudes de Nick.

Chacun se demandait de son côté s'ils parviendraient à continuer longtemps ces vols clandestins dans un aéroport désaffecté. L'hiver allait certainement leur compliquer la tâche.

Curieusement, leur nouveau programme marcha à merveille et ils se rencontrèrent tous les samedis. Cassie avait réussi à emprunter la camionnette de Pat « pour aller faire ses devoirs avec une amie ». Personne ne se douta de rien. La jeune fille rentrait dans la soirée, les bras chargés de livres et de cahiers avec un moral d'acier.

Elle n'avait fait que s'améliorer, et Nick se sentait à juste titre fier d'elle. Il aurait donné dix ans de sa vie pour l'inscrire au prochain show aérien. Chris s'y préparait avec une absence d'enthousiasme flagrante, comme s'il s'acquittait d'une corvée. Attentif, précis, il manquait de souplesse… Rien à voir avec Cassie. Mais Cassie était incomparable.

En septembre, ils évoquèrent la participation de Louise Thaden au trophée Bendix. Elle était la première femme admise à concourir. En octobre, pour la première fois dans l'histoire de l'aviation, une femme, Jean Batten, faisait la traversée Angleterre-Nouvelle-Zélande. Assis sur des souches, Nick et Cassie passaient des heures à discuter. Ils semblaient d'accord sur tout, à ceci près qu'elle lui reprocha, un jour, ses idées politiques trop conservatrices. Il lui rétorqua du tac au tac qu'elle était encore trop jeune pour sortir avec des garçons et elle répondit par une grimace irrévérencieuse qui le fit rire aux éclats. Sur sa lancée, Cassie prétendit que la dernière conquête féminine de Nick se signalait par sa laideur, ce à quoi il repartit que Bobby Strong méritait les palmes de l'ennui… Il ne plaisantait qu'à moitié, mais Cassie ne s'en rendit pas compte. A ses yeux, leur amitié se plaçait au-dessus de ces petites taquineries. Ils partageaient les mêmes points de vue, prenaient plaisir à piloter ensemble, avaient le même sens de l'humour. Leurs séparations, les samedis après-midi, se teintaient d'une pointe d'amertume, car ils savaient qu'ils devraient patienter une semaine entière avant de se retrouver. Une ou deux fois, contraint d'honorer un contrat, Nick avait fait faux bond à son élève. Mais dans l'ensemble, il avait organisé son planning de vols professionnels de façon à pouvoir assurer ses leçons.

Il passa Thanksgiving chez les O'Malley, comme tous les ans. Cassie en profita pour le taquiner sans merci. Leur joyeuse complicité datait depuis toujours. Or, cette fois-ci, leurs railleries, plus impitoyables, plus caustiques qu'à l'ordinaire, recelaient une sorte d'intimité qu'Oona ne tarda pas à remarquer. Elle fit part de ses réflexions à Colleen, qui haussa les épaules en riant.

— Oh, maman, pour une fois que Cassie a l'air de s'amuser… Nick est comme un grand frère pour elle, qu'est-ce que tu vas chercher ?

Or, Oona ne se trompait pas. Les six mois qu'ils avaient passés ensemble, leur passion dévorante pour les avions, leurs longues conversations sous l'orme touffu, au bout de la piste poudreuse, avaient forgé des liens inaltérables…

— Seigneur, je suis repu pour au moins dix ans, se plaignit Nick, affalé sur le canapé.

— La gourmandise est un des sept péchés capitaux, lui rappela Cassie. Tu n'as plus qu'à aller à confesse, mon pauvre ami.

C'était un anticlérical farouche, elle le savait. Une nouvelle fois, ils éclatèrent de rire. Ce fut ce moment que Bobby Strong choisit pour apparaître sur le seuil de l'entrée, en secouant son chapeau pour en faire tomber les premiers flocons de neige. Grand, blond, bien bâti, à la figure agréable… En le regardant, Nick eut l'impression d'avoir mille ans.

— Il fait un froid de canard ! déclara-t-il en retirant ses gants fourrés.

Son sourire chaleureux s'estompa quelque peu à la vue de Nick. La présence de cet homme le mettait mal à l'aise. Peut-être parce qu'il avait l'air de bien s'entendre avec Cassie.

— Avez-vous bien dîné ? demanda-t-il à la cantonade.

Il leur avait envoyé une dinde de douze kilos, de quoi nourrir une armée. En guise de réponse, il récolta des grognements de satisfaction.

— Cassie, tu viens faire un tour en voiture ? proposa-t-il à mi-voix.

A sa déception, la jeune fille déclina l'offre. Elle préférait écouter sa mère jouer au piano. Glynnis chanta. Megan et son mari firent ensuite un duo. Puis, Megan annonça à l'assemblée qu'elle attendait un nouveau bébé. Cassie fut parmi les premiers à la féliciter. C'était le genre de nouvelle qui, tout en la réjouissant, accentuait le fossé qui s'était creusé entre elle et ses sœurs. Souvent, elle se sentait différente. Étrangère. Elle s'imaginait mal dans le rôle d'épouse et de mère. Pas pour le moment… Pas si elle voulait suivre l'exemple d'Amelia Earhart, Bobbi Trout ou Amy Mollison… Parviendrait-elle à compter parmi les très grands de l'aviation ? Elle en doutait fortement. Tout à coup, la réponse jaillit spontanément. « Pas en restant ici ! Soit tu imites tes sœurs, tu te maries et donnes naissance à une nombreuse progéniture, soit tu prends la fuite et tu deviens une superstar. » Sauf qu'elle n'avait pas assez d'argent pour se procurer son propre appareil, afin de participer aux compétitions. Ce n'était pas demain la veille que Cassie

O'Malley battrait de nouveaux records. Pas avec un père qui ne croyait pas en elle.

— Oh, Nick, que vais-je faire de ma vie ? lui avait-elle demandé lors d'un de leurs samedis. Dans six mois, j'aurai fini l'école.

Et après ? Elle n'espérait rien du côté de Pat. Il n'y avait pas de place pour elle à l'aéroport. Il n'y en aurait jamais. Eh bien, si elle ne pouvait pas voler en tant que pilote professionnel, elle contournerait le problème. Le Bradley College de Peoria proposait des cours d'ingénierie et d'aéronautique. Si, comme elle l'espérait, elle obtenait une bourse, Cassie avait l'intention de tenter une maîtrise d'ingénieur, avec une spécialité secondaire en aéronautique. Ensuite, elle verrait. Puisque le métier de pilote lui était interdit, elle s'essayerait à celui d'instructeur. Elle n'avait pas encore parlé de ses projets à ses parents. Seul Nick était au courant et elle savait que son secret ne serait pas divulgué.

Nick se leva pour saluer l'assistance. Son regard chaleureux enveloppa Cassie avant de glisser, désapprobateur, sur Bobby Strong qui vantait la tourte au potiron de sa mère. Décidément, ce garçon était l'être le plus assommant du globe ! pensat-il, avant d'embrasser Cassie sur la joue.

Lorsque Nick s'en fut, Bobby parut se détendre. Cassie, en revanche, perdit instantanément tout intérêt à la conversation. Quand Bobby évoqua la remise des diplômes, elle ne mâcha pas ses mots :

— Je déteste parler de ça !

Il était tard, lorsque, à son tour, Bobby prit congé. Chris, qui ne ratait jamais l'occasion de mettre Cassie en boîte, lança d'un air taquin : « Alors, c'est pour quand, ce mariage ? »

— Mêle-toi de tes affaires, marmonna-t-elle avec une moue de dépit.

— Ne te fâche pas, Cassie, s'interposa leur père. Chris a raison. Voilà deux ans que Bobby te fréquente. Je suis surpris qu'il n'ait pas encore demandé ta main.

Cassie se sentait soulagée qu'il n'en ait encore rien fait. Elle aurait été bien embarrassée. Elle ne souhaitait pas se marier maintenant, elle rêvait d'autre chose. En particulier de faire des études, ce qui mettrait à rude épreuve la patience de Bobby qui se verrait obligé d'attendre encore quatre longues années.

Les trois samedis suivants, Cassie et Nick poursuivirent l'entraînement, en dépit du temps qui allait en empirant. L'avant-veille de Noël, ils prirent le Bellanca. Il faisait un froid intense, ce jour-là. Quelques minutes après le décollage, une mince couche de glace recouvrait les ailes de l'avion. Cassie, qui avait les mains gelées en dépit de ses gants de cuir, avait du mal à tenir le manche à balai. Soudain, avec une secousse, la machine émit un drôle de son. Elle sentit le moteur caler, après quoi le vide happa l'avion, puis tout se déroula très vite.

Nick avait repris les commandes, tandis que Cassie, de son côté, faisait tous ses efforts pour l'aider. Leurs forces combinées parvinrent un moment à stabiliser l'appareil à la dérive, puis l'hélice se bloqua d'un seul coup. Ils surent alors que leurs chances de survie s'étaient singulièrement amenuisées. Acculé à l'atterrissage forcé, Nick s'accrocha aux gouvernes, avec l'énergie du désespoir. Le sifflement du vent rendait leur chute aussi effrayante qu'une descente aux enfers. Pour la première fois, Cassie sentit la terreur la submerger.

— Nous perdons de l'altitude trop vite ! hurla-t-elle à l'adresse de son coéquipier.

Tenté un instant de la contredire, Nick décida de se fier à son jugement. Il actionna volets et ailerons, dans l'espoir de réduire leur vitesse. En vain. Le sol montait vers eux à une allure incroyable. L'espace d'une seconde, tétanisée, Cassie se dit qu'ils allaient s'écraser. Le ventre de l'avion broya le sommet d'un arbre, qui ploya sous le poids de la carlingue, amortissant la chute. Le patin d'atterrissage heurta lourdement le sol dans un fracas de fin du monde. Puis, le silence tomba comme une chape de plomb sur la nature. Ils étaient sains et saufs, seule une roue avait été endommagée. Tremblant de tous leurs membres, ils prirent conscience de la chance extraordinaire qu'ils avaient d'être encore en vie. Cela tenait du miracle.

Cassie claquait des dents quand Nick la tira hors de la cabine de pilotage. Il la prit dans ses bras, la tint un long moment enlacée, inondé par une vague de soulagement. Ils avaient frôlé la mort... Il avait failli la tuer, se dit-il, terrassé par un insoutenable sentiment de culpabilité.

— Je suis navré, mon petit, murmura-t-il, encore sous le choc de l'émotion. Nous n'aurions jamais dû décoller aujourd'hui... Ça t'apprendra à te méfier de vieux imbéciles comme moi. Merci de m'avoir signalé que nous tombions trop vite. (Son sens infaillible de l'altitude leur avait sauvé la vie.) Je ne commettrai plus jamais une telle bêtise, tu as ma parole.

Le cœur battant, il l'étreignit avec force. Il aurait

donné sa vie pour elle. Blottie dans ses bras, elle leva vers lui son regard clair, et l'ombre d'un sourire passa sur ses traits.

— Mmm, c'était plutôt drôle, non ? gloussa-t-elle.

— Petite folle ! gronda-t-il.

Une petite folle à laquelle il tenait par-dessus tout, réalisa-t-il en la relâchant.

— Peut-être que je pourrais te donner une ou deux leçons, lui dit-elle d'un ton moqueur.

Ils attachèrent le Bellanca à un tronc d'arbre et calèrent les roues à l'aide de pierres. Au milieu de la plaine enneigée, la camionnette les attendait… Personne ne se posa de questions en les voyant arriver ensemble à l'aéroport. Nick conseilla à Cassie de rentrer à la maison pour se réchauffer et elle s'exécuta sans un mot. Quant à lui, il avait bien besoin d'un bon verre de whisky.

— Qu'est-ce que tu as fabriqué tout l'après-midi ? s'enquit son père, sitôt qu'il aperçut Cassie.

Il venait d'arriver avec l'arbre de Noël que ses petits-enfants s'apprêtaient à décorer.

— Pas grand-chose, répondit-elle d'un ton qui se voulait détaché.

Elle avait déchiré ses gants et ses mains étaient pleines d'huile.

— Tu as été à l'aéroport ?

— Oui, pas longtemps.

Elle eut peur qu'il ne la bombarde de questions, mais Pat se contenta d'un hochement de tête. Aidé de Chris, il installa le sapin dans un coin du salon. Cassie en profita pour s'éclipser et se faire couler un bain. Elle se plongea avec délice dans l'eau bien chaude. Ses pensées voguaient vers Nick… vers leur dégringolade vertigineuse, mortelle. Tout cela avait été absolument terrifiant, mais, curieusement, l'idée de mourir d'un accident d'avion ne l'effrayait pas. Ce qui ne l'empêchait pas de savourer la joie d'être vivante.

Nick éprouvait une sensation analogue. A dix heures du soir, il s'assit dans son séjour, passablement ivre. Il avait bu plusieurs verres en se demandant quelle aurait été la réaction de Pat si son meilleur ami avait provoqué la mort de sa fille. « Il faut mettre un terme à l'entraînement. Ne plus jamais voler avec elle », se tança-t-il, mais, au même moment, il sut qu'il n'aurait pas la force d'arrêter. Et pas seulement pour elle. Leurs rencontres lui étaient devenues vitales. Il aimait sa compagnie, son humour, ses grands yeux bleus, son sourire, sa manière de piloter, sa persévérance… L'ennui, c'était qu'il aimait tout en elle, découvrit-il subitement, stupéfait.

L'arbre de Noël scintillait de mille feux. Les enfants l'avaient décoré, aidés de leurs grands-parents, avec toutes sortes d'ornements : chapelets de pop-corn, guirlandes de papier doré, étoiles argentées, boules brillantes… Au sommet trônait un ange de soie aux ailes déployées, confectionné par les mains habiles d'Oona ; Cassie le contemplait, admirative, lorsque Bobby fit son entrée, les bras chargés de boîtes de biscuits au gingembre faits maison et de bouteilles de cidre.

Oona réserva un accueil chaleureux à l'arrivant. Peu après, les sœurs de Cassie s'en furent mettre au lit leur progéniture, Pat et Chris partirent chercher des bûches pour alimenter le feu… Cassie se retrouva seule avec le jeune homme dans la cuisine.

— Merci pour les biscuits au gingembre et le cidre, dit-elle en souriant.

— Ta mère m'a dit que tu adorais ces friandises quand tu étais petite, répondit-il timidement.

Ses cheveux blonds brillaient à la lumière du plafonnier et son regard était celui d'un enfant, mais son air sérieux le vieillissait. Il n'avait pas plus de dix-huit ans et pourtant il semblait plus proche de la trentaine. Aux yeux des O'Malley, il incarnait le gendre idéal : catholique, de bonne famille, d'une moralité sans faille, promis à un brillant avenir.

— Oh, oui, fit Cassie en riant. Une fois, je me suis gavée de biscuits au gingembre à tel point que j'en ai attrapé une indigestion. Résultat, j'ai manqué l'école pendant deux jours. J'ai cru que j'allais mourir… mais j'ai survécu.

Comme la veille, dans l'avion avec Nick. Et voilà qu'elle et Bobby se tenaient là, à parler gâteaux. La vie était bizarre, parfois, tantôt absurde, insignifiante, tantôt excitante, pleine d'imprévus.

— Je… euh…

La phrase du garçon resta en suspens. Pour la énième fois, il se demanda si la proposition qu'il s'apprêtait à lui faire était vraiment une bonne idée. Il en avait touché deux mots à son père, et Tom Strong l'avait vivement encouragé à se déclarer. Cela lui avait paru évident, alors, mais maintenant qu'elle était en face de lui, ça lui semblait bien moins facile. « Comme elle est belle ! » pensa-t-il, la gorge nouée par le trac. Vêtue d'un sweater bleu pâle sur un pantalon noir, le visage illuminé par le halo cuivré de ses cheveux, elle rappelait l'ange de soie blanche qui surplombait le sapin de Noël dans le salon.

— Écoute, Cass, je ne sais par où commencer, se lança-t-il et, une nouvelle fois, il buta sur les mots.

Il se rapprocha d'elle, lui prit la main. Les voix de Pat et de Chris leur parvenaient à travers la cloison, mais personne ne vint interrompre les deux jeunes amoureux. Voilà, reprit Bobby courageusement, je... je t'aime... énormément. Je voudrais t'épouser quand nous aurons fini le lycée, en juin.

Enfin, il l'avait dit ! Cassie tourna vers lui un visage pâle, ses yeux bleus emplis de consternation. Ses pires craintes venaient de se réaliser...

— Je... te re... mercie, bredouilla-t-elle, regrettant presque que son avion ne se soit pas écrasé.

— Eh bien ? Qu'en penses-tu ? dit-il d'un ton pressant.

— Je pense que tu es merveilleux... C'est vraiment chic de ta part de demander ma main. Seulement je... euh, je ne sais pas ce que je ferai en juin. Je voudrais suivre des cours, Bobby.

Elle avait baissé la voix, terrifiée à l'idée que quelqu'un d'autre puisse l'entendre. L'expression extasiée du garçon céda la place à la stupeur.

— Ah oui ? Pourquoi ?

Aucune de ses sœurs n'avait suivi d'études, pas plus que ses parents... Cassie chercha désespérément une réponse à sa question. « Parce qu'on m'interdit de devenir pilote » ne lui parut pas un argument adéquat. Elle opta pour une explication plus vague.

— Parce que j'ai envie de m'instruire. J'en ai

parlé à Mme Wilcox il y a deux ou trois semaines, et elle m'a donné raison. Après, je pourrai enseigner.

« Surtout, ça m'éviterait de me marier immédiatement et d'avoir des bébés. »

— C'est vraiment ce que tu veux ? s'étonna Bobby.

Les projets de Cassie contrariaient les siens. Encore que le mariage ne s'opposât pas automatiquement aux études.

— Je n'ai rien décidé encore. Tout ce que je sais, c'est que si je me marie tout de suite et que j'ai des gosses, je ne ferai rien de ma vie... J'ai besoin d'autre chose.

Nick l'avait comprise, lui. Mais Nick avait une autre vision du monde que Bobby.

— Tu pourrais m'aider dans mes affaires Mon père pense se retirer dans quelques années. (Une idée lumineuse parut lui traverser l'esprit, car il eut un large sourire.) Pourquoi ne suivrais-tu pas des cours d'expert-comptable ? Tu tiendras nos livres de comptes. Qu'est-ce que tu en dis ?

C'était un gentil garçon, mais elle n'avait nulle envie de tenir sa comptabilité.

— Je voudrais obtenir un diplôme d'ingénieur, articula-t-elle lentement.

Il la scruta sans chercher à dissimuler sa confusion. Décidément, Cassie O'Malley était une fille surprenante, elle l'avait toujours été... Et son père qui, ce soir, ne manquerait pas de lui demander un compte rendu de sa soirée !

— A quoi te servira un diplôme d'ingénieur, Cass ?

— Je ne sais pas encore.

— Il semble que tu ne sois pas vraiment fixée. Tu peux parfaitement m'épouser et suivre des cours en même temps, insista-t-il en lui étreignant la main.

— Jusqu'à ce que je sois enceinte. C'est-à-dire très vite. Je n'aurai probablement pas le temps de finir ma première année. Regarde Colleen. Elle parle toujours d'aller à l'Université, mais elle est bien trop accaparée par ses enfants pour ça.

— On n'est pas obligés de fonder une famille nombreuse. Mes parents n'ont eu que deux enfants.

— Je ne peux pas, Bobby. Pas maintenant. Pas encore. Ce serait injuste pour toi. Je t'en voudrais de m'avoir empêchée de me réaliser.

— Est-ce que les avions auraient quelque chose à voir là-dedans ? remarqua-t-il d'un ton suspicieux.

Elle secoua la tête. Comment lui dire que, depuis plus de six mois, elle suivait un stage d'entraînement avec Nick ? Cela aussi était un problème. Elle avait de la peine à s'imaginer mariée à un homme auquel elle n'oserait se confier. Nick n'était qu'un ami, mais elle savait qu'elle pouvait tout lui dire.

— Je ne suis pas prête, voilà tout.

Elle était sincère.

— Quand le seras-tu ?

La déception se lisait dans son regard. Son père lui avait promis de l'aider pour la bague… La bague qu'il n'achèterait pas.

— Je ne sais pas. Pas avant un bon moment sûrement.

— Si tu étais déjà en fac, aurais-tu accepté de m'épouser ? questionna-t-il à brûle-pourpoint, la prenant de court.

97

— Probablement.

Elle n'aurait eu aucune excuse, alors, pour refuser. A vrai dire, Bobby n'était pas vraiment en cause. Elle éprouvait une immense tendresse à son égard. Mais elle ne voulait épouser personne.

— En ce cas, j'attendrai, affirma-t-il, animé d'un nouvel espoir.

— Oh, ce serait stupide…

D'ici là, comment auraient évolué ses sentiments ?

— Écoute, Cassie, je ne cherche pas simplement une épouse pour le mois de juin. C'est toi que j'aime. S'il faut attendre, j'attendrai. Peut-être pas quatre ans… Un an ou deux, le temps que tu t'habitues à l'idée. Rien ne t'empêche d'achever tes études tout en étant mariée… Et rien ne nous oblige à faire des enfants tout de suite, ajouta-t-il, alors qu'un flot incarnat lui colorait les joues. Une grossesse, ça peut s'éviter.

Touchée par sa générosité, elle lui passa les mains autour du cou et l'embrassa.

— Merci… Tu es un amour, Bobby.

— Je t'aime, répéta-t-il, rouge comme une pivoine.

De sa vie, il n'avait essuyé un refus aussi cinglant.

— Je t'aime aussi, murmura-t-elle, envahie par une drôle d'émotion, mélange d'affection et de culpabilité.

— C'est tout ce qui compte, ma chérie.

Ils restèrent longtemps dans la cuisine, parlant de choses et d'autres. Avant de s'en aller, il l'embrassa dans l'obscurité complice de la véranda. Il avait repris confiance. « Oh, je saurai la convaincre », pensa-t-il en grimpant dans sa voiture. Il démarra, certain qu'il aurait bientôt gain de cause.

6

Les élèves des classes terminales de 1937 des-
cendirent lentement l'aile centrale du grand amphi-
théâtre. Filles et garçons avançaient deux par deux,
main dans la main. Elles resplendissaient, avec
leurs rayonnants bouquets de marguerites, ils
étaient jeunes, beaux, pleins d'allant. En les suivant
du regard, Pat dédia une pensée émue aux garçons
qui avaient été enrôlés dans l'armée pendant la
guerre, vingt ans plus tôt. Ils avaient le même
âge… la plupart étaient tombés au champ
d'honneur.

Les lauréats entamèrent avec brio l'hymne de
l'école. Les filles, comme leurs mères, versèrent
quelques larmes. Les yeux humides, les pères assistèrent à la remise des diplômes, puis, soudain, la
cérémonie prit fin et un véritable pandémonium
remplaça le recueillement. Trois cents jeunes gens,
au seuil de l'âge adulte, s'apprêtaient à commencer
une nouvelle vie. La plupart se marieraient et
auraient des enfants. Seuls quarante et un étudiants
pousseraient plus loin leurs études, tous à l'université de Macomb. Trois jeunes filles en faisaient partie… parmi lesquelles Cassie, évidemment. Comme
pour se distinguer de la masse, la fille de Pat

O'Malley avait choisi de tenter sa chance au Bradley College de Peoria, situé à plus d'une heure de voiture de Good Hope, puisque l'école offrait des cours d'aéronautique.

Elle avait dû se battre bec et ongles pour défendre sa cause aux yeux de son père. Celui-ci ne s'était pas gêné pour lui dire le fond de sa pensée.

— Tu perds ton temps. Franchement tu ferais mieux d'épouser Bobby Strong.

Heureusement, Oona avait intercédé en sa faveur. A son avis, ils finiraient par se marier si on ne la bousculait pas. Cassie avait juste besoin de temps. A moitié convaincu, Pat avait baissé les bras. Après tout, un peu de culture ne ferait pas de mal à la jeune rebelle. D'autant que cette dernière avait mis de l'eau dans son vin en acceptant de remplacer par une maîtrise d'anglais son fameux diplôme d'ingénieur. En revanche, elle semblait tenir à l'aéronautique comme à la prunelle de ses yeux. Aucune femme n'ayant jamais assisté à ce cours, le professeur avait exprimé quelques réserves dont elle espérait venir à bout en allant plaider sa cause personnellement, dès le jour de la rentrée.

Une réception suivit la remise des diplômes. Une semaine plus tôt, Bobby l'avait accompagnée au bal de fin d'année. Alors qu'ils valsaient, il avait à nouveau soulevé la question du mariage. Cassie avait secoué la tête, un gentil sourire aux lèvres.

— Non, avait-elle répondu simplement, je n'ai pas changé d'avis.

Bobby avait baissé les yeux d'un air désolé. Plus il se montrait gentil et prévenant et plus Cassie se sentait coupable de lui infliger le supplice d'une attente incertaine. Or, sa détermination avait fini par triompher de ses remords. Elle s'était fixé un but et pour rien au monde elle ne s'en détournerait.

Bobby repartit tôt, ce soir-là. Sa grand-mère était en ville et il avait promis de lui rendre visite avec ses parents. Dès qu'il eut franchi le seuil de la maison, la colère de Pat explosa. Il commença par décocher un regard furieux à sa fille, ravissante dans sa robe blanche sous la toge noire des lauréats.

— Tu es une belle idiote, Cassie O'Malley, si tu laisses ce garçon te glisser entre les doigts.

— Il m'attendra, papa.

Elle s'était retenue pour ne pas crier « Je m'en fiche », soucieuse d'éviter les foudres paternelles.

— N'en sois pas si sûre ! vociféra Pat, hors de lui. Aucun homme ne se complaît dans le rôle de Pénélope. Qu'est-ce que tu crois ? Ton diplôme ne t'apportera pas le bonheur, ma pauvre enfant ! A moins que tu préfères rester vieille fille…

Il n'éprouvait aucune fierté, contrairement aux pères des deux autres futures étudiantes. Seul Nick s'était réjoui. Et pas seulement parce qu'il avait compris depuis longtemps que Cassie était promise à un destin exceptionnel. Il n'aurait pas supporté de la voir mariée à Bobby Strong… Par ailleurs, il tenait tout autant qu'elle à leurs séances secrètes d'entraînement. A « leurs samedis ».

Cassie demeura près de la radio, ce soir-là. La nouvelle s'était répandue comme une traînée de poudre. Amelia Earhart et Fred Noonan avaient pris le départ de Miami pour un tour du monde, dans un bimoteur de série Electra des usines Lockheed. Son mari, George Putnam, avait brillamment mené la campagne publicitaire de l'expédition. La menace d'un nouveau conflit en Europe avait incité l'aviatrice à opter pour un itinéraire censé éviter les points chauds du globe. Assistée par son coéquipier, elle survolerait l'équateur, dans l'espoir de battre le record mondial du plus long parcours. Sa route la conduirait au-dessus de contrées hostiles, de pays sous-développés dépourvus d'aérodromes et offrant peu de possibilités de ravitaillement.

— Que fais-tu là, ma chérie ? demanda Oona, ayant surpris sa fille dans la cuisine, l'oreille collée au poste de radio.

— J'attends le bulletin d'information. Peut-être donneront-ils des nouvelles d'Amelia Earhart.

— Pas à cette heure-ci, objecta sa mère dans un sourire. La presse en parlera certainement demain… C'est une fille courageuse.

Le mot « fille » convenait assez mal à Earhart qui frisait la quarantaine, un âge quasi canonique aux yeux de Cassie.

— Elle a de la chance, répondit celle-ci.

Oh, comme elle aurait voulu être à la place de la célèbre aventurière, dans l'avion qui l'emportait vers des pays lointains, d'étranges rivages, des mers inconnues.

— Bah, ricana Nick le lendemain, ton idole va se planter ! Elle n'a rien d'un grand pilote, malgré les affirmations de son mari. Je te parie un dollar que son Electra n'ira pas loin. Il s'agit d'un appareil trop puissant, trop lourd à manier pour une personne de sa taille. Elle veut être la première femme à faire le tour du monde, mais son voyage n'avancera en rien l'aviation. Il a été conçu pour porter Earhart au pinacle.

— Tu dis ça parce que c'est une femme.

— Absolument pas. Je n'aurais pas émis les mêmes critiques s'il s'était agi de Jackie Cochran. Je pense simplement qu'Earhart n'a pas la dimension d'une exploratrice authentique. J'en ai discuté avec un gars de ma connaissance à Chicago. A ses dires, elle n'était pas prête au départ, pas plus que son appareil. Putnam s'ingénie à tirer le maximum de publicité de cet événement… Veux-tu que je te dise ? Je la plains. Elle a été manipulée par son mari.

— Ça m'a tout l'air d'être de la jalousie, Nick, railla Cassie, alors qu'ils se passaient une bouteille de Coca-Cola.

Depuis un an maintenant, leurs vols étaient devenus un rite que ni l'un ni l'autre n'aurait abandonné pour rien au monde.

— Oh, mais rira bien qui rira le dernier, rétorqua-t-il dans un sourire qui accentua les petites rides autour de ses yeux. Je préfère parier ma fortune sur toi, dans quelques années.

— Ouaip… Sûr… Papa sera ravi de prendre les paris.

Ils n'avaient encore rien dit à Pat.

Le rallye aérien de Peoria se déroulerait dans quinze jours, et Nick travaillait d'arrache-pied avec Chris. Le garçon subissait l'entraînement comme une espèce de fatalité. Il se montrait plus rigide, plus indifférent que jamais. Il avait accepté de participer à la compétition uniquement pour faire plaisir à son père. Ce dernier prétendait que Chris avait les qualités nécessaires pour remporter le grand prix d'altitude, mais l'intéressé doutait de lui-même. Les acrobaties l'effrayaient tout autant qu'un simple décollage. Nick et Pat avaient ajouté un turbopropulseur au Bellanca qu'il utiliserait, afin d'augmenter la puissance du moteur.

— J'aurais tant voulu m'inscrire à ce concours, soupira Cassie.

— L'année prochaine.

— Oh, Nick, le crois-tu vraiment ?

Voilà une année qu'elle attendait cet instant, plus encore que son inscription au collège.

— Tu es plus douée que la plupart des concurrents. Tu produirais une forte impression sur le public.

— Certains sont quand même très compétents, dit-elle d'une voix respectueuse.

Elle avait assisté à de nombreuses compétitions et avait admiré l'habileté des candidats. Parfois, un drame venait ternir l'éclat des festivités. Oona avait fini par persuader Pat de renoncer à ce sport dangereux.

— Eh bien, as-tu envie de refaire un tour là-haut, histoire de me procurer un ou deux vulgaires frissons ? demanda Nick après le déjeuner. Il faudrait que tu améliores tes décollages et atterrissages lorsqu'il y a du vent.

— Mes atterrissages sont plus souples que les tiens.

— La modestie ne t'étouffe pas, dis-moi !

D'un geste devenu familier, il lui ébouriffa les cheveux. Cette fois-ci, ce fut Cassie qui s'assit à l'arrière, alors que Nick s'installait à la place du passager. Et une fois de plus, elle ne le déçut pas. Elle était formidable. Fabuleuse… Oui, tout simplement fabuleuse.

Deux jours avant le concours, l'impossible se

produisit. Toutes les stations de radio annoncèrent l'atroce nouvelle. Amelia Earhart avait disparu quelque part dans le Pacifique sud, près de l'île de Howland. Cassie n'en crut pas ses oreilles. L'Amérique tout entière ressentit cruellement la perte de l'aviatrice. Pat, lui, sauta sur l'occasion pour discourir une nouvelle fois sur les femmes pilotes.

Cassie était atterrée. Les phrases prononcées par Nick deux semaines plus tôt lui revinrent en mémoire… « appareil trop puissant… moteur trop lourd »… ainsi que la rumeur selon laquelle Amelia n'était pas prête à prendre le départ. Les opérations de sauvetage avaient été déclenchées aussitôt. Deux jours plus tard, à l'ouverture de la compétition, on était toujours sans nouvelles.

Le salon de l'aviation avait attiré vers la petite ville de Peoria une foule compacte venue applaudir les as de la voltige Une ambiance de fête régnait alentour, mais Cassie avait le cœur lourd. L'esprit obnubilé par le sort de son idole, elle regardait les acrobaties aériennes d'un air sombre.

— Ressaisis-toi, mon petit, susurra une voix familière.

Nick s'approcha, un hot-dog dans une main, une chope de bière dans l'autre, coiffé d'un chapeau de papier sur lequel on pouvait lire : « 4 juillet ».

— Excuse-moi, murmura-t-elle, avec un sourire crispé. Je pensais à…

— Je sais à quoi tu pensais. Du reste, tu n'as pas fait autre chose depuis qu'elle a décollé de Miami. L'inquiétude n'a jamais rien arrangé. Souviens-toi de ce que je t'ai dit un jour, il y a longtemps… Les risques du métier, Cassie. Nous en avons

106

conscience et nous les acceptons. Elle a agi de même.

Elle mordit pensivement dans le hot-dog savoureux qu'il lui tendait. Oui, peut-être avait-il raison. Chacun avait le droit de choisir sa manière de mourir. Amelia Earhart avait préféré périr à bord d'un Electra, plutôt que de terminer ses jours centenaire, dans un fauteuil roulant. Mais Cassie avait beau se le répéter, elle n'arrivait pas à surmonter sa peine. C'était comme la fin d'une légende.

— Tu as raison, Nick. Mais c'est triste.

— En effet, convint-il... Nous aimons le danger. Toi la première. Combien de fois n'as-tu pas rêvé à l'un de ces fameux tours du monde en avion ? Essaie seulement et je fiche le feu à ton appareil.

— Je compte sur toi, sourit-elle.

— Hé, regarde ! s'écria-t-il soudain en lui saisissant le bras. Là-bas. Chris sur la piste de décollage. Viens.

Le Bellanca s'arracha du sol de toute la force de ses quatre cents chevaux. Il disparut presque immédiatement, alors que les spectateurs levaient les yeux vers le ciel très légèrement voilé. Sans avoir les aptitudes de sa sœur, Chris se faisait remarquer par son endurance... Il monta de plus en plus haut, semblable à l'élève docile qui suit à la lettre les indications de son professeur. Lorsqu'il atterrit, vingt minutes plus tard, Nick se dit impressionné par sa performance. Cassie sur les talons, il se hâta vers l'avion dont l'hélice brassait encore l'air. Pat, Oona, les sœurs de Cassie et une partie de leur progéniture se trouvaient déjà sur place. Colleen et Megan attendaient leur quatrième enfant... Glynnis, quant à elle, en était à sa cinquième grossesse.

— Incroyable mais vrai ! chuchota Cassie à l'adresse de Nick. Moi, je n'aurai pas d'enfants.

C'était sa nouvelle lubie. Ni mari ni bébé.

— Mais si, tu en auras, ma grande.

— Comment le sais-tu, je te prie ?

— Tu appartiens à une famille qui se multiplie comme des lapins, alors…

— Non merci ! lança-t-elle en riant.

Elle riait encore, quand Bobby Strong s'approcha. A la vue de Nick, il esquissa un mouvement de recul. Depuis un moment, il avait acquis la conviction que l'associé de son futur beau-père ne le portait pas dans son cœur. C'était d'ailleurs réciproque. La preuve ! Dès que Bobby se montra, Nick s'éloigna.

Une demi-heure plus tard, une voix grésillante annonça dans le haut-parleur que Chris O'Malley avait battu le record d'altitude. Avec un glapissement victorieux, Pat s'élança vers son fils. Oona, ses filles et les enfants s'étaient éclipsés du côté du buffet de plein air, en quête de rafraîchissements.

Seul auprès de Cassie, Bobby suivit la suite du spectacle. De minuscules avions rouges, bleus, argentés sillonnaient les airs, exécutant des figures extravagantes : double huit, looping tourbillonnant, vrille vertigineuse. La foule vibrait au rythme de la voltige. De temps à autre, un brouhaha effrayé s'élevait lorsqu'un avion plongeait comme un oiseau de proie, à une vitesse à couper le souffle. Des cris aigus de terreur accompagnaient sa chute, puis, quand, au dernier moment, il piquait de nouveau droit vers le ciel, une salve d'applaudissements saluait l'audacieux cascadeur.

— A quoi penses-tu ? voulut savoir Bobby.

Cassie, le cou tendu, le visage renversé, souriait aux anges. Ses yeux, emplis d'une étrange lumière, scrutaient un avion qui traçait un looping à l'envers. Il s'agissait d'un numéro inventé par Jimmy Doolittle dix ans plus tôt. Le pilote acheva son exhibition par une téméraire figure de style, un grandiose renversement à basse altitude, qui lui valut une véritable ovation...

— Je pensais que j'aurais bien voulu être là-haut, moi aussi, dit-elle.

— Je crois que j'aurais rendu mon déjeuner, avoua Bobby avec une franchise égale.

— Probablement. Cela m'est arrivé une ou deux fois. La montée en chandelle est la pire. On a l'impression d'avoir l'estomac au bord des lèvres... puis on s'habitue.

— Je ne comprends pas ton engouement pour ces engins, Cassie. Moi, ils me rendent malade de peur.

Elle lui dédia un sourire désarmant.

— Je n'y peux rien, Bobby.

Il hocha la tête, alarmé par la fermeté de sa compagne.

— Dommage pour Amelia Earhart.

— D'après Nick, chaque pilote se doit d'envisager la possibilité de périr en vol. Regarde les voltigeurs. Ils ont conscience du danger. Mais ça vaut la peine.

— Rien ne vaut la peine de risquer sa vie. A moins d'y être obligé, en temps de guerre, ou pour sauver un être cher.

— Tout le problème est là. Un pilote ne peut pas s'empêcher de voler. Les gens ne le comprennent pas toujours.

— Voilà pourquoi les femmes ne doivent pas exercer ce métier, Cass, plaida-t-il

Elle exhala un soupir.

— Je crois entendre mon père.

— Et tu ferais mieux de suivre ses conseils.

Elle aurait voulu crier « Je ne peux pas », mais se ravisa.

Seul Nick était capable de recueillir ses confidences. Il était le seul être au monde qui l'acceptait telle quelle. Personne d'autre ne la connaissait vraiment. Surtout pas Bobby… Afin de mettre fin à un entretien qui commençait à l'irriter, elle courut à la rencontre de Chris. Une médaille étincelait sur la poitrine de l'adolescent, son visage rayonnait de fierté. Pat lui emboîtait le pas.

— Premier prix à dix-sept ans ! déclarait-il, à la cantonade. Notez, il a de qui tenir, mon petit gars.

Il se mit à distribuer canettes de bière et accolades.

L'orgueil faisait briller son regard. Il était fier des succès de son fils en avion et inflexible en ce qui concernait sa fille et son désir de voler. Dépitée, la jeune fille se mordit les lèvres. Elle se savait dix, vingt, cent fois plus compétente que son cadet. Or, leur père ne reconnaîtrait jamais sa valeur.

Reléguée au rôle ingrat de spectatrice, Cassie assista au rituel des félicitations. La victoire avait grisé l'heureux gagnant. On l'adulait, on le flattait, on l'avait mis sur un piédestal. Pat, lui, vivait le plus beau jour de sa vie. Un jour qu'il attendait depuis des années. Et ce n'était qu'un début ! jubilait-il. Au lieu de se rendre compte des points faibles de Chris, il ne songeait qu'à le pousser vers de nouvelles prouesses… Tout à coup, Cassie eut pitié de son frère. Le pauvre garçon s'enliserait peu à peu dans les sables mouvants d'un piège inextricable, pour correspondre à l'image héroïque que son père se faisait de lui.

Le clan O'Malley fut parmi les derniers à quitter les lieux. Oona invita Bobby à dîner. Nick était déjà parti en compagnie d'un groupe de pilotes.

Un véritable festin les attendait à la maison. Avant de partir, le matin, Oona avait préparé un menu royal : jambon de Virginie cuit au four, pommes de terre sautées, salade de maïs, tarte aux myrtilles qu'elle servit avec de la glace à la vanille. Pat offrit à Chris une généreuse rasade de whisky.

— A ta santé, fiston ! Tu es le prochain champion de la famille !

A la première gorgée, Chris s'étrangla. Cassie le regarda avec tristesse. Elle avait la pénible impression d'être rejetée. Ses anciennes espérances s'étaient soudain effondrées comme un château de cartes. Jamais son père ne l'autoriserait à participer à une compétition… Non, jamais elle n'arriverait à gagner son estime. Le destin qui lui était imparti faisait écho à celui de ses sœurs : un mari, un bébé par an, une vie entière confinée dans une cuisine. Des larmes lui piquèrent les yeux et elle déploya un effort surhumain pour les refouler. Plutôt mourir que se contenter d'une existence aussi terne !

Bobby, en revanche, se sentait comme un poisson dans l'eau. Il avait été volubile à table, plein d'égards vis-à-vis des sœurs de Cassie, adorable avec leurs enfants. Oh, sans aucun doute, il saurait rendre heureuse la femme qu'il épouserait. Oona le fit remarquer à Cassie, alors qu'elles empilaient les assiettes sales dans l'évier.

Bobby lui proposa un tour à pied, après dîner.

— Je t'ai beaucoup observée aujourd'hui, tu sais, dit-il dès qu'ils furent dehors. Ne le prends pas mal, mais je te demanderai de ne jamais participer à un quelconque meeting. Promets-le-moi, Cassie. Je ne supporterais pas qu'il t'arrive quelque chose comme... comme à Amelia Earhart.

— Je te promets de ne jamais entreprendre le tour du monde en avion, fit-elle avec un rire forcé.

— Ce n'est pas ce que je t'ai demandé. Je ne veux pas que tu remontes dans un avion. Plus jamais.

Jusqu'alors, il n'avait eu qu'une vague idée des dangers de ce sport. A présent, il savait. Et il avait ressenti d'une manière aiguë, presque douloureuse, la fascination que ces machines diaboliques exerçaient sur Cassie.

— Je ne veux pas que tu apprennes à piloter, reprit-il. C'est trop dangereux... surtout pour une femme. Ton père a raison.

— Tes exigences dépassent la mesure, répondit-elle calmement. (Elle lui avait caché que depuis un an elle pilotait régulièrement avec Nick.) Je t'en prie, essaie de me faire confiance.

— Promets-moi que tu ne voleras jamais, répéta-t-il, avec un entêtement qu'elle ne lui connaissait pas.

— Tu sais combien je suis passionnée par l'aviation.

— C'est justement pourquoi je te demande d'y renoncer. Tu es exactement du genre à prendre des risques.

— Je n'en prendrai pas... Je suis prudente. Et compétente. Oh, Bobby, ne me demande pas ça.

— Réfléchis, alors. En tenant compte de mon opinion, si possible. C'est extrêmement important, pour moi.

« Pour moi aussi », cria-t-elle en silence.

Pourquoi s'acharnaient-ils tous à lui retirer sa raison d'être ? Pourquoi s'évertuaient-ils à étouffer dans l'œuf son unique ambition ? Qu'avaient-ils donc contre ses rêves ? Son père, Bobby, et même Chris... Seul Nick se préoccupait de ses sentiments à elle.

Au même moment, Nick Galvin frémit de plaisir dans les bras d'une jeune femme qu'il avait rencontrée à la compétition... Elle avait les cheveux d'un roux flamboyant, les lèvres carminées. La sentant se blottir contre lui, il eut un sourire.

— Cassie... oh, Cassie, murmura-t-il.

7

A Bradley College, Cassie fut submergée de travail ; elle dut jongler avec les horaires, afin de
poursuivre ses séances d'entraînement. Elle et Nick
se rencontraient maintenant deux fois par semaine,
sur la piste désaffectée, le samedi, bien sûr, plus le
dimanche matin. En même temps, la jeune étudiante avait trouvé un emploi de serveuse qui lui
permettait de rembourser le carburant à son professeur. Celui-ci n'avait jamais exigé la moindre
rémunération. Cela ne lui serait pas venu à l'esprit.

Chaque leçon apportait une nette amélioration au
style de l'aviatrice en herbe. Elle acquérait de la
technique. Et le jour vint où elle fut capable de
piloter n'importe quel appareil, du vieux Jenny au
Bellanca de Nick, en passant par le de Havilland 4
et le capricieux Gypsy Moth, un gros bimoteur
assez difficile à manier. Mais rien ne semblait pouvoir entraver les progrès fulgurants de Cassie. Sa
technique confinait à la perfection, et Nick accepta
de lui enseigner quelques-unes de ses vieilles bottes
secrètes, lesquelles, plus d'une fois, l'avaient sorti
d'affaire durant la Grande Guerre.

Les apparitions de Cassie à l'aéroport O'Malley
se firent de plus en plus rares, en raison de son

emploi du temps chargé. Cependant, elle y passait dès qu'elle avait un moment, échangeant un sourire complice avec Nick, quand leurs chemins se croisaient. Lors d'une de ses visites, elle surprit Nick et son père en pleine discussion. Ils évoquaient la possibilité d'un nouvel achat. Il s'agissait d'un Lockheed-Vega d'occasion...

— Trop cher ! trancha Pat.

— Une excellente affaire, toutefois, objecta Nick. Les machines sont en très bon état. J'ai eu l'occasion d'y jeter un coup d'œil la dernière fois que j'étais à Chicago.

— Et qui va le piloter ? Toi ou moi ? Je n'ai pas l'intention de confier un appareil de cette qualité à n'importe qui. Et à part un pilote, peut-être deux, il n'y a personne ici capable d'en prendre les commandes.

Nick s'était tourné vers Cassie, la dévisageant d'un drôle d'air. Obscurément, elle devina les paroles qu'il s'apprêtait à prononcer ; une onde de frayeur courut le long de son épine dorsale. « Je t'en prie, non ! » supplia-t-elle mentalement. Et pourtant, une partie d'elle-même souhaitait le contraire. Il fallait bien qu'un jour son père apprenne la vérité. D'autant que Nick avait inscrit son nom sur la liste des concurrents du prochain salon de l'aviation.

— Il n'y a peut-être pas un seul homme ici qui mérite ta confiance, Pat. Mais il existe une femme qui saurait parfaitement piloter ta nouvelle acquisition.

Le visage de Pat se renfrogna.

— Qu'est-ce que tu me chantes, Stick ?

Tétanisée, Cassie s'enfonça les ongles dans les paumes.

— Ta fille est le meilleur pilote que j'aie jamais connu, mon vieux, articula Nick très lentement. Elle s'entraîne avec moi depuis plus d'un an et demi... Elle vaut à elle seule tous les champions que j'ai vus depuis 1917.

— Tu... *quoi ?* s'étrangla Pat. Tu lui as donné des leçons de pilotage derrière mon dos ? Comment as-tu osé ?

— Elle se serait passée de ma permission. J'ai simplement essayé de la protéger. Mieux vaut qu'elle sache tenir convenablement les commandes, plutôt que de se casser le nez ou de terroriser son frère... Donne-lui une chance, Pat ! Tu sais bien que tu l'aurais aidée si elle avait été un garçon.

— Je ne sais rien du tout et ne veux rien savoir ! A part que vous formez une belle paire de traîtres, tous les deux, ragea le père de Cassie... Écoute-moi bien, Cassandra Maureen O'Malley. A partir de cette minute, je t'interdis de toucher à une gouverne. Et quant à toi, Nick Galvin, je préfère oublier ta duplicité. L'affaire est close, est-ce clair ?

— Tu te trompes lourdement. A mon avis...

— Je me fiche éperdument de ton avis. Je suis encore maître chez moi, que diable ! Elle ne pilotera pas *mes* avions, point final... Et si la fantaisie te prenait de la laisser voler dans un de tes appareils, je te tiendrais pour responsable si elle se tue, ce qui ne saurait tarder. Aucune femme n'est faite pour ce métier !

En une phrase, il venait de rayer de la carte toute

une génération de brillantes aviatrices, y compris sa propre fille.

— Laisse-nous te montrer ce qu'elle vaut… Elle est capable de piloter tous les appareils de notre flotte. Cassie, qui a un sens inné de la vitesse et de l'altitude, se fie davantage à ses yeux qu'aux instruments de bord. En un mot, elle est formidable.

— Vous ne me montrerez rien du tout. Je refuse de voir une ineptie pareille… Elle t'a bel et bien embobiné, espèce d'imbécile !

— Tu es à mille lieues de la vérité, mon pauvre Pat. C'est à moi que revient l'initiative de l'entraînement. Il y a un an, quand j'ai vu la soi-disant performance de Chris en pleine tempête, j'ai tiré la seule conclusion qui s'imposait. Connaissant ton fils, je me suis dit qu'il ne pouvait être aux commandes. J'en ai conclu que c'était Cassie qui avait réussi cet atterrissage saisissant au milieu de l'ouragan. J'ai alors commencé à l'entraîner dans le but de lui éviter, justement, un accident mortel.

Pat le regarda d'un air de défi.

— C'était Chris qui pilotait le Jenny, l'année dernière.

— Non, non, et *non* ! Es-tu aveugle à ce point ? Ton fils n'a pas l'étoffe d'un vrai pilote. Il sait monter puis redescendre comme un ascenseur, ainsi qu'il l'a fait au rallye, pour te plaire. Bon sang, Pat, comment crois-tu qu'ils s'en sont sortis le jour de la tempête, sinon grâce à Cassie ?

Un lourd silence suivit, pendant lequel les deux hommes regardèrent l'intéressée.

— Nick a raison, papa, dit-elle, les yeux emplis

de larmes. J'étais aux commandes… Il m'a démasquée après l'atterrissage, puis…

— Assez ! Je n'ai pas envie d'écouter vos balivernes. Tu n'es qu'une menteuse, Cassandra Maureen ! Une intrigante qui s'ingénie à s'approprier les mérites de son propre frère !

Pour Cassie, ces accusations étaient comme autant de gifles.

— Donne-lui une chance, Pat, s'entêta Nick. Laisse-la te faire une démonstration de ses talents… J'aimerais qu'elle participe à la compétition l'année prochaine.

— Vous êtes dingues, tous les deux ! Qu'est-ce que tu cherches au juste ? Qu'elle s'écrase sur les spectateurs ?

— Je cherche à la mettre en valeur, répondit Nick, qui semblait avoir de plus en plus de mal à se contrôler… Nom d'un chien, elle est plus douée que Rickenbacker !

Il sut qu'il était allé trop loin, mais il était trop tard ! En invoquant le commandant du 94e escadron, il avait commis l'ultime outrage. Choqué, Pat courut s'enfermer dans son bureau dont il claqua la porte avec une force égale à sa fureur.

Nick entoura d'un bras consolateur les épaules de Cassie qui pleurait à chaudes larmes.

— Bon sang, qu'est-ce qu'il peut être borné quand il s'y met ! Mais je me fais fort de lui enfoncer la vérité dans son vieux crâne buté. Tu as ma parole.

Elle secoua lentement la tête, souriant à travers ses larmes. La bonne volonté de Nick ne servirait à rien. Une fois pour toutes, son père l'avait bannie du clan des seigneurs de l'aviation, sous prétexte qu'elle était une femme. Ce n'était pas demain la veille qu'il changerait d'avis.

— Il ne l'admettra jamais, Nick.

— Eh bien, nous nous passerons de son autorisation. Tu as dix-huit ans, c'est-à-dire la majorité, et tu n'as commis aucun crime. Tu prends des leçons de pilotage et cela ne regarde que toi, d'accord ? Détends-toi.

Bientôt, elle recevrait son brevet de pilote.

— Et s'il me jette dehors ? chuchota-t-elle, apeurée.

Nick émit un rire. Il connaissait Pat depuis des années. Il manquait peut-être d'une certaine largesse d'esprit mais il adorait ses enfants.

— Oh, non, n'aie crainte. Il te rendra certainement la vie impossible, mais de là à te chasser de la maison... Il t'aime, Cassie.

— Il n'aime que Chris, dit-elle lugubrement.

— Il t'aime aussi. Il n'est peut-être pas en avance sur son temps, mais il t'adore. Bon Dieu ! cette tête de mule me rend fou, parfois.

— Moi aussi, murmura-t-elle dans son mouchoir, puis, levant sur lui ses grands yeux anxieux : Continueras-tu à me donner des leçons ?

— Bien sûr !

Un sourire juvénile éclaira son visage tanné, après quoi il adopta une expression sévère.

— Et ne va pas croire que tu vaux Rickenbacker. Ma langue a fourché... En revanche, tu arriveras un jour à l'égaler, si tu écoutes bien les instructions de ton professeur.

— Oui, monsieur.

— Va te laver la figure, tu as l'air d'une souillon… A demain, poussin. Il faut te préparer pour le concours, ne l'oublie pas.

Tandis qu'il s'éloignait, elle le suivit d'un regard plein de reconnaissance.

« Pourvu qu'il arrive à convaincre papa », pria-t-elle.

Visiblement, ce soir-là, Nick n'avait pas réussi à adoucir la colère de Pat. Pendant le dîner, le maître de maison n'adressa pas la parole à sa fille. Il avait raconté les événements de l'après-midi à Oona, qui avait fondu en larmes. Depuis longtemps, elle avait épousé les idées de Pat sur l'épineuse question des aviatrices : la constitution physique et mentale des femmes ne les prédisposait pas à être aux commandes d'un avion.

— Ma chérie, tâche de comprendre, dit-elle plus tard à Cassie, en pénétrant dans sa chambre. Tu as jeté ton dévolu sur une activité trop dangereuse.

— Pas plus dangereuse pour moi que pour Chris, répliqua la jeune fille, secouée de sanglots.

La dispute avec son père l'avait vidée de ses forces. Et elle savait qu'elle ne gagnerait jamais. Même Chris n'avait pas pris sa défense. Il détestait les conflits et était incapable de tenir tête à ses parents.

— C'est faux. Chris est un homme, objecta sa mère en toute bonne foi, reprenant à son compte les idées de Pat. Et pour un homme, voler est moins risqué.

— Comment peux-tu dire ça ? C'est absurde !

— D'après ton père, aucune femme ne possède la faculté de concentration nécessaire.

— Enfin, maman, regarde autour de toi. Toutes

ces pionnières de l'aviation… toutes ces héroïnes du pilotage…

— Oui, comme Amelia Earhart peut-être. Tu as bien vu ce qui lui est arrivé. Manifestement, elle a perdu la tête, sa direction, ou les deux. Résultat, elle a entraîné son infortuné compagnon dans sa chute.

— Comment sais-tu que leur disparition n'est pas de sa faute à lui ? La fonction de navigant incombait à Noonan, pas à Earhart… Ou alors ils ont été abattus…

Cassie s'interrompit, à bout de nerfs. Toute discussion s'avérait vaine. Sa mère ne contredirait jamais son cher et tendre époux.

— Cassie, il est grand temps que tu changes d'attitude… Je m'en veux énormément de t'avoir laissée traîner à l'aéroport toutes ces années. Oui, je m'en repens, à présent. Oublie donc ces rêveries stupides, ma chérie. Aujourd'hui, tu es étudiante. Demain, tu seras enseignante. Tu ne peux pas continuer à passer ta vie dans les avions.

— Oh, si je peux… bon sang, je peux, je peux, *je peux* !

Cassie avait hurlé sans s'en rendre compte. Alerté par son cri de révolte, Pat fit irruption dans la chambre. Voyant Oona en larmes, il pria sèchement Cassie de s'excuser.

— Je te demande pardon, maman, balbutia-t-elle d'une voix morne. Je suis désolée.

— Et tu as bien raison, fit Pat en claquant la porte derrière lui.

Oona le suivit peu après. Seule, affalée sur son lit, Cassie laissa libre cours à son désespoir… Peu après, quand Bobby arriva pour sa visite quotidienne, elle lui fit dire par Chris qu'une atroce migraine la retenait dans sa chambre. Le garçon repartit, penaud, laissant un mot à son intention lui souhaitant un prompt rétablissement. Il repasserait le lendemain.

— Demain, je serai peut-être morte ! gémit-elle en parcourant le feuillet que Chris lui avait remis.

— Du calme, sœurette. Tout finira par s'arranger.

— Pas avec papa. Il refuse aux femmes le droit de voler. A son avis, une femme est faite pour tricoter et mettre au monde des bébés.

— Génial ! Où est-il, ton tricot ?

Elle lui lança rageusement une chaussure, tandis qu'il battait précipitamment en retraite.

Le lendemain, elle se sentit moins déprimée. Sitôt qu'elle grimpa dans le Bellanca avec Nick, elle eut l'impression de se retrouver. Ils s'étaient mis d'accord pour ne plus utiliser les avions de Pat... Elle pilota avec son habileté coutumière. De retour sur terre, elle demeura immobile sur son siège, encore ulcérée par les invectives de son père.

— Aussi bonne que Rickenbacker, hein ? trouva-t-elle la force de plaisanter, sentant le regard de Nick sur sa nuque.

— Ne prends donc pas mes compliments pour de l'argent comptant. J'ai menti, à seule fin d'impressionner le patron.

— Oh, il a sûrement été très impressionné, ricana-t-elle, non sans humour.

Son hilarité ne tarda pas à gagner son instructeur. Depuis la veille, il n'avait cessé de réfléchir. De peser ses arguments. Plus optimiste que son élève, il avait conclu que Pat n'enfouirait pas éternellement la tête dans le sable. Pour le moment, il fallait coûte que coûte poursuivre l'entraînement.

Cette année-là, comme à l'habitude, Nick se joignit aux O'Malley pour célébrer Thanksgiving. Pat l'accueillit fraîchement. Il ne lui avait pas pardonné ce qu'il considérait comme une ignoble trahison. A l'aéroport, Nick rasait les murs et à la maison régnait une ambiance morose. C'était à peine si, depuis octobre, Pat avait fait l'aumône d'une phrase ou deux à Cassie.

A l'approche de Noël, il parut plus détendu. Et il se laissa aller à un franc sourire lorsque, la veille de Noël, Bobby offrit à Cassie une bague de fiançailles. Il avait besoin que les choses soient claires, expliqua-t-il. Voilà deux ans qu'il courtisait l'élue de son cœur et il s'estimait en droit d'exiger un engagement plus conséquent. Il fit glisser l'anneau orné d'un charmant petit solitaire au doigt de Cassie, qui n'eut pas le courage de refuser. Sa culpabilité à l'égard de Bobby n'avait fait que croître au fil des semaines et des mois. Mais elle ne manqua pas de remarquer que la seule vue de la bague eut le don d'apaiser les esprits.

Ravis, les parents de Cassie annoncèrent les fiançailles au reste de la famille le lendemain. Rires et applaudissements fusèrent de toutes parts. Les sœurs de Cassie, ses beaux-frères et leurs nombreux enfants la félicitèrent avec chaleur. Assis parmi ces joyeux convives, Nick garda un silence surpris. Son regard s'était tourné vers Cassie, alarmé, comme si leur amitié risquait d'en pâtir. Curieusement, rien dans l'attitude de la jeune fiancée ne vint confirmer ses craintes... Sans le diamant qui scintillait à son annulaire, on aurait pris Bobby pour un camarade de passage… Aucune marque de tendresse particulière n'avait teinté leurs rapports… Si ce n'est que, avant de prendre congé, le jeune homme resta un peu plus longtemps sous le porche avec sa fiancée.

Le lendemain, jour d'entraînement, Nick retrouva son élève sur la piste déserte.

— Qu'est-ce que ça représente pour toi ? s'enquit-il en indiquant la bague qu'elle faisait tourner autour de son doigt mince.

Elle le considéra, hésitante, comme si elle ne s'était jamais posé la question.

— Je ne sais pas, répondit-elle finalement, en haussant les épaules. Je n'en ai aucune idée.

En fait, rien n'avait changé. Bobby était Bobby. Une tendre amitié les unissait. Elle l'aimait bien, mais sans plus. Elle s'était fiancée avec lui parce qu'il semblait y tenir énormément, et parce que cela faisait plaisir à ses parents.

— Je n'ai pas eu le cœur de lui rendre la bague, reprit-elle d'un ton faible. Il sait que je dois d'abord finir le collège.

— Le pauvre bougre s'est fourré dans les plus longues fiançailles de l'histoire de l'humanité… Ça va chercher dans les trois ans, trois ans et demi, non ?

— Si, fit-elle, avec un sourire malicieux.

Il lutta contre une envie subite de l'embrasser.

Lorsqu'il avait aperçu le solitaire, il avait eu la sensation de recevoir un coup de gourdin sur la tête. L'idée de la savoir mariée à quelqu'un, qu'il s'agisse de Bobby ou d'un autre, le révoltait. Et il savait qu'un jour il lui faudrait subir l'inévitable.

— Bon, secouez-vous un peu les puces, élève O'Malley. Montrez-nous comment vous vous y prenez pour vous poser avec un moteur nase.

— Encore ? se rebiffa-t-elle. Si vous croyez que je vais passer ma vie au sol, vous vous trompez, capitaine Stick. Que se passe-t-il ? Ton répertoire manque de variété, on dirait.

Elle adorait le taquiner ; comme elle adorait se trouver avec lui. Nick représentait son seul véritable ami, la seule personne au monde qui la comprenait.

Cette fois-ci, il l'envoya seule là-haut, dans le Bellanca. Resté sur la piste, il suivit d'un œil critique la manœuvre. Rien à redire. Elle réussit un atterrissage parfait, moteur calé, sans ciller.

— Prête à tenter la compétition ? questionna-t-il, alors qu'il la raccompagnait vers sa vieille camionnette.

— Oui, je suppose… Je déteste revenir sur terre. J'aurais préféré rester dans les nuages pour toujours.

— Sans doute feras-tu une excellente hôtesse de l'air, quand tu seras plus grande, se moqua-t-il.

Elle lui assena un coup à l'épaule avec son gant. Elle souriait mais son regard demeurait triste. Son avenir s'annonçait sombre. Sans Nick, elle n'aurait même pas appris à voler.

— Ne t'inquiète pas, poussin. Il reviendra sur sa décision.

— Non, pas lui, murmura-t-elle, connaissant l'entêtement de son père.

Il lui toucha la main, leurs yeux se croisèrent. Dans ceux de Cassie se lisait une profonde gratitude. Une amitié fraternelle les liait. Une immense tendresse. Ni l'un ni l'autre n'auraient jamais l'idée de se passer de leurs après-midi, sur cette piste égarée au milieu des plaines arides. Nick souhaitait que l'entraînement dure jusqu'à la fin des temps. Hélas, un jour viendrait où Cassie serait appelée à d'autres devoirs. Mais il se refusait d'y penser. Ils se sentaient si à l'aise ensemble, si heureux lorsque, à bord du Bellanca, ils fendaient l'air transparent. Le drame, c'était qu'il n'y avait pas d'issue à leurs sentiments.

Elle prit seule, en voiture, le chemin de la maison. Des flocons de neige tournoyaient dans le ciel assombri. Cassie aida sa mère à préparer le dîner… Pat était en retard. Une heure après, il était toujours absent. Oona dépêcha Chris à l'aéroport, et le garçon revint en réclamant des sandwiches.

— Il y a eu un accident de train à deux cent cinquante kilomètres d'ici, déclara-t-il. On parle de centaines de victimes. Il faut organiser les secours. Papa a rassemblé tous ses pilotes. Il te fait dire que nous ne rentrerons pas de la nuit…

Aussitôt, Oona se mit à l'œuvre. Peu après, elle tendait à son fils un panier rempli de victuailles. Au moment où Chris s'apprêtait à ressortir, Cassie cria :

— Attends ! Je viens avec toi.

— Oh, mais… commença Oona.

L'expression de sa fille coupa court à ses objections. Décontenancée, elle haussa les épaules. Après tout, qu'elle y aille, songea-t-elle, si ça l'amuse d'attendre à l'aéroport…

Cinq minutes plus tard, la vieille camionnette haletait sur la route tortueuse, dans la nuit glaciale. La neige, qui tombait depuis maintenant deux

126

heures, habillait le paysage d'un manteau d'hermine. Les mauvaises conditions atmosphériques avaient retardé le départ des avions. Les lampes rouges du balisage tremblotaient dans la brume. Pat arborait un air préoccupé, quand Chris, suivi de Cassie, entra dans son bureau.

— Salut, les enfants.

Repoussant le panier, il se tourna vers Nick. Les deux hommes étaient en train de passer en revue leurs effectifs... Quatre avions disponibles pour transporter les équipes de sauveteurs et, pour l'instant, pas de pilotes... Pat s'était réservé le Vega ; Chris l'accompagnerait. Deux de leurs meilleures recrues venaient d'arriver, et Pat leur assigna un bimoteur. Restait le Handley, un lourd et vieux modèle. Nick aurait pu le piloter tout seul, mais il était plus prudent, par ce temps de cochon, d'avoir un copilote.

Deux pilotes se présentèrent. Le premier se déclara lessivé, après un épuisant vol de seize heures, le second admit qu'il s'était octroyé plusieurs verres.

— Il n'en reste plus qu'un, déclara Nick.

Ils attendaient des nouvelles du dernier pilote qui finit par les appeler vers dix heures. Il souffrait d'une rage de dents épouvantable.

— On n'a plus le choix, O'Malley, conclut Nick d'un ton empli de sous-entendus. Il manque un homme pour mener à bien la mission... Je prends Cassie avec moi, ajouta-t-il, devançant les protestations de son ami. Pas un mot, champion ! Il y a des centaines de blessés dans le train qui attendent des secours. Je n'ai pas l'intention de perdre du temps à discutailler. Je sais ce que je fais.

— Tu es cinglé ! rétorqua Pat.

Toutefois, il n'ajouta rien de plus.

Cassie emboîta le pas à Nick. Alors qu'ils se dirigeaient vers l'avion, quelque chose se noua en elle ; l'espace d'une fraction de seconde, elle crut voir les yeux chargés de reproches de son père. Elle avait voulu lui dire quelque chose, mais il s'était détourné et, une minute plus tard, il était sorti du bureau avec Chris.

— Tout ira bien, l'assura Nick.

Elle hocha seulement la tête, incapable de prononcer un mot. Comme toujours, il avait pris sa défense. Il croyait en elle et ne s'était pas gêné pour le crier haut et fort. C'était un homme extraordinaire. « Pourvu que je ne le déçoive pas, songea-t-elle nerveusement, pourvu que je tienne le coup jusqu'au Missouri. »

Ils procédèrent aux vérifications d'usage. Grâce à Nick, elle connaissait bien cet appareil… Provisions et médicaments constituaient leur cargaison. Les autres avions transportaient des civières, deux médecins, trois infirmières. Les secours arriveraient de quatre États… Aux dernières nouvelles, le nombre des blessés s'élevait à un millier.

Nick décolla prudemment, en douceur… La neige tombait moins drue, et il nota qu'il n'y avait pas de dépôt de glace sur les ailes. Quand ils atteignirent leur vitesse de croisière, à une altitude de huit mille pieds, il avait pratiquement cessé de neiger. Les feux de position de l'avion clignotaient, alors qu'il mettait le cap sur le sud-ouest, en direction de Kansas City. Le vol durerait deux heures et demie. Pat et Chris mettraient un peu plus d'une heure avec le Vega… Des turbulences les secouèrent un peu, mais cela ne dérangea pas les deux passagers du Handley. Cassie admirait, comme envoûtée, cette nuit froide et claire, au ciel criblé de millions d'étoiles. On eût dit qu'ils naviguaient au bout du monde, dans un univers sans fin. Elle ne s'était jamais sentie aussi petite, aussi vivante, sous la voûte céleste.

Nick l'avait laissée piloter pendant la plus grande partie du trajet. Ayant repéré un terrain de bonnes dimensions près du train accidenté, il reprit les commandes en vue de l'atterrissage.

Déjà, les équipes de sauveteurs s'étaient mises à déblayer les tôles tordues afin de dégager les blessés.

Appels, cris de souffrance, râles, pleurs d'enfants s'élevaient de toutes parts. Les opérations durèrent toute la nuit et une vague lueur teintait l'horizon de gris perle quand les policiers annoncèrent qu'ils avaient la situation en main. Au petit matin, Nick et Cassie reprirent le chemin du retour. C'est à peine si elle avait aperçu son père alors que, sans relâche, ils secouraient les victimes.

Le soleil venait de poindre lorsque, de nouveau, le Handley décolla. Nick lui confia les gouvernes pratiquement durant tout le vol… Elle atterrit en douceur, en dépit d'un vent violent et de la piste glissante. Cassie éteignit le moteur, après quoi Nick lui serra la main en la félicitant. Quand elle sortit de l'avion, son sourire s'effaça à la vue de son père qui se tenait au pied de l'avion.

— Qui est responsable de cet atterrissage ? aboya-t-il.

— M… moi, balbutia Cassie, le cœur battant à tout rompre.

— Tu as fait du bon boulot.

Ce disant, Pat tourna les talons.

C'était la preuve du bien-fondé des suppositions de Nick. Quel serait le prochain pas ? se demandat-elle. Pat O'Malley était un homme imprévisible. Il était impossible de deviner quelle serait sa réaction. Alors qu'il s'éloignait à grandes enjambées, elle le suivit d'un regard brillant de larmes. C'était la première fois que son père la complimentait. Elle réprima un cri de joie et se tourna vers Nick, qui souriait. Ensemble, ils regagnèrent les bureaux de l'aéroport.

Sa mère attendait dans les locaux, avec des croissants et du café pour tout le monde. Cassie trempa ses lèvres dans le breuvage parfumé et brûlant.

— Alors, tu te prends pour une championne, tonna la voix de son père dans son dos.

Elle se retourna. Leurs regards se croisèrent. Il n'y avait plus de colère dans les yeux de Pat.

— Non, papa. Je veux juste voler.

— Tu cultives un penchant contre nature… Regarde ce qui est arrivé à cette pauvre folle d'Earhart.

Accablée, Cassie baissa la tête. La vieille rengaine recommençait. Soudain son père ajouta :

— Tu viendras travailler ici, après l'école… Rien d'important. Des petites choses…

Abasourdie, folle de joie, elle se pendit à son cou avec un doux rire de contentement, alors que Nick laissait échapper un hourra tonitruant. A son tour, Chris la serra dans ses bras. C'était le plus beau jour de sa vie… Elle allait voler… *voler !* Dieu, quelle récompense à ses efforts ! Enfin, son père s'était rendu à l'évidence. Sa fatigue la quitta d'un

130

seul coup. Elle s'ébroua comme un jeune poulain heureux de saluer les premiers rayons du soleil.

— Attends la compétition de juillet, murmura-t-elle à Nick, en se blottissant spontanément dans ses bras.

Son cher papa n'était pas au bout de ses surprises !

8

Cassie passa les six mois qui suivirent dans un tourbillon. Chaque matin, elle se rendait en voiture à Bradley, son emploi de serveuse l'occupait trois après-midi par semaine, et il fallait qu'elle soit à l'aéroport tous les soirs, avant la tombée de la nuit... Les « petites choses » mentionnées par Pat avaient principalement lieu le week-end... des vols courts, qui la délassaient de ses efforts de la semaine... Parfois, Nick l'emmenait dans son avion-cargo à Chicago, Detroit ou Cleveland.

Leurs séances secrètes lui manquaient, naturellement, mais maintenant Nick pouvait lui donner des leçons ouvertement, en partant de l'aérodrome O'Malley... Une ou deux fois, Cassie avait surpris le regard de son père. Une minuscule flamme au fond de ses pupilles trahissait une sorte d'admiration muette, mais aucun éloge ne franchissait le rempart de ses lèvres. Tous les compliments étaient réservés à Chris, comme d'habitude, mais cela ne dérangeait plus Cassie. Après tout, elle avait maintenant ce dont elle avait toujours rêvé.

Son fiancé constituait l'unique point noir dans le tableau harmonieux de sa félicité... Bobby Strong avait mal pris le fait que son futur beau-père se soit laissé fléchir. Désarçonné, il s'était épanché sur l'épaule maternelle. D'après sa mère, il n'y avait pas de quoi s'affoler. Cassie était tout simplement en train de franchir cette étape délicate séparant l'adolescence de l'âge adulte. Cela ne durerait pas. Le mariage, puis la première maternité porteraient certainement un coup fatal à ces aimables fantaisies... Bobby se résigna à l'attente. Sans toutefois rater une occasion pour exprimer sa désapprobation.

Au printemps, l'annexion de l'Autriche par Hitler fit la une de tous les journaux. *L'Anschluss* sema le doute dans les esprits les plus pessimistes, alors que la plupart des Américains s'accrochaient désespérément au dernier discours de Roosevelt. Le président des États-Unis prônait la neutralité. Son pays avait payé un lourd tribut à la Grande Guerre et il en avait tiré les leçons qui s'imposaient.

Nick pensait que les choses n'étaient pas aussi simples. Ce qu'il avait lu sur Hitler avait éveillé sa méfiance. Deux ans plus tôt, cinq ou six de ses amis avaient rejoint, en Espagne, les brigades républicaines qui se battaient contre les phalanges franquistes. La guerre civile avait mis à feu et à sang l'Espagne. Le reste de l'Europe, scindé en deux fronts hostiles, se préparait à un nouveau conflit, plus terrible, plus sanglant que le précédent... Malgré les promesses de Roosevelt, le bouclier de la neutralité américaine ne tarderait pas, selon Nick, à se fissurer.

— Tu veux dire que notre pays sera forcé de s'engager de nouveau dans une guerre ? s'enquit Cassie un jour, après une séance d'entraînement en vue du rallye aérien.

— Oui, malheureusement… Hitler ira trop loin et nous serons dans l'obligation de soutenir nos alliés.

— Je n'arrive pas à y croire !

Mais la situation politique européenne revêtait un aspect irréel par rapport à la compétition de plus en plus proche. Pat avait donné son accord sans enthousiasme. « Pourvu qu'elle ne me fasse pas honte, se disait-il, pourvu que je puisse garder la tête haute ! »

— Chris ne te laissera pas tomber, l'avait encouragé Nick.

Pat s'agrippait à son fils comme à une bouée de sauvetage. Dans sa naïveté, il le croyait destiné à un brillant avenir dans l'aviation. Chris deviendrait un as du pilotage… Chris, dont l'intérêt pour les avions diminuait de jour en jour, mais qui n'osait pas l'avouer à son père.

Le grand jour arriva enfin. Les pronostics de Nick s'avérèrent prophétiques. O'Malley junior gagna un nouveau prix d'altitude, mais Cassie se vit attribuer le second prix du record de vitesse tout en remportant, dans la foulée, la coupe de la course en circuit fermé. Tandis que le haut-parleur égrenait les noms des gagnants, Pat restait bouche bée, les bras ballants.

Un reporter d'un journal local prit Cassie en photo, et Pat, encore incrédule, accepta de poser avec elle.

Chris félicita chaleureusement sa sœur. Aucune jalousie n'avait entaché son affection pour elle. Nick souriait jusqu'aux oreilles, incapable de dissimuler sa joie. Aujourd'hui, il avait reçu la confirmation de toutes ses suppositions… Le jury n'avait pas tari d'éloges au sujet de Cassie.

— Eh bien, mon petit, tu as réussi, dit-il en la raccompagnant en voiture à la maison.

— Je n'en reviens pas.

— Ton paternel non plus.

— Oh, Nick, je te dois tout.

— Tu te dois tout. Je ne t'ai fait aucun cadeau, poussin. Dieu t'a donné un don unique… J'ai juste un peu aidé.

— Tu plaisantes ? Sans toi…

Elle s'interrompit, en proie à une sombre appréhension. Allait-il l'abandonner, maintenant ? Ne se verraient-ils plus ?

— M'emmèneras-tu encore là-haut, quelquefois ?

— Bien sûr. A condition que tu ne me terrorises pas… L'un des juges prétend que tu es la révélation de l'année en matière de vitesse.

Le cri triomphal de Cassie se mua en un gémissement plaintif, lorsque, sur la véranda, elle aperçut la silhouette de Bobby Strong. Son fiancé n'avait pas voulu assister à la compétition, de crainte d'être témoin d'un drame. Il avait si peur de la perdre. Si peur de la voir mourir sous ses yeux. Certes, au début, sa passion des avions ne l'avait pas dérangé outre mesure. « Ça lui passera ! » avait-il songé. Mais ça ne passait pas. Décidément, Cassie voulait tout, sauf devenir sa femme et porter ses enfants… Apparemment, son seul plaisir consistait à exécuter des pirouettes dans le ciel, en compagnie de cet homme détestable… ce Nick Galvin.

— Tiens, voilà ton ami, fit remarquer paisiblement ce dernier. Quand l'épouseras-tu ?

— Je n'en sais rien, soupira-t-elle.

A dix-neuf ans, elle brûlait d'explorer le monde. Elle ne se sentait guère attirée par les liens du mariage.

— Tout le monde n'arrête pas de me dire que je changerai. Que le véritable bonheur réside dans le mariage. Au dire de maman, toutes les femmes n'ont de cesse qu'elles n'aient fondé un foyer… Pas moi. Aux joies matrimoniales, je préfère un hangar plein d'avions.

— J'étais pareil, à ton âge. Je le suis encore. Il n'y a jamais eu de place dans ma vie pour autre chose que les avions. Mais, Cassie, peut-être es-tu différente.

— Eh bien, nous sommes bizarres tous les deux, dit-elle dans un sourire. Peut-être que nous sommes des lâches ? Parfois il est plus facile d'aimer les machines que les êtres humains.

Sauf qu'elle aimait Nick… Depuis sa plus tendre enfance, elle le chérissait profondément. Mais elle n'était plus une enfant.

— Tu sais, c'est exactement ce que je me suis dit pas plus tard qu'aujourd'hui, en te regardant réussir ce magnifique double tonneau pendant l'épreuve acrobatique. « Tiens, je n'avais jamais réalisé que Cassie était si lâche. »

Elle éclata de rire, en lui décochant une bourrade.

— Tu sais bien ce que j'ai voulu dire. Nous sommes lâches dans nos rapports avec les êtres humains.

— Nous ne sommes peut-être pas des idiots, tout simplement. Unir sa destinée à la mauvaise personne n'est pas une solution non plus. Crois-moi, je l'ai essayé.

— Selon toi, Bobby serait la mauvaise personne.

Ils s'étaient arrêtés devant la véranda où, installé sur une chaise de jardin, le jeune homme attendait patiemment.

— Toi seule es apte à discerner le vrai du faux, Cass. Ne laisse pas les autres te dicter ta conduite. A toi de juger. Essaie d'imaginer quelle sera ta vie avec lui… Sinon tu risques de le payer très cher.

Elle hocha la tête, surprise par la sagesse de son compagnon. En se penchant, elle lui effleura la joue d'un baiser.

— Je te verrai demain à l'aéroport.

Son père lui avait proposé un emploi à plein temps pendant l'été, pour un salaire de misère. Elle allait quitter son job de serveuse… Et ensuite ? Lui confierait-il des vols réguliers ? Sa performance à la compétition l'avait-elle convaincu ?

Elle sauta avec légèreté de la voiture. Un dernier regard à Nick, avant de s'avancer vers Bobby… Rien ne transparaissait sur le visage fermé du jeune homme. Il avait su qu'elle avait gagné. Il en avait été ravi pour elle. Et malade d'inquiétude.

— Nom d'une pipe ! murmura-t-il, sitôt qu'elle eut gravi le perron. Je me suis fait un sang d'encre toute la journée. Mon imagination m'a joué de ces tours !

— Je suis navrée, Bobby. C'était un jour spécial pour moi.

La mine du garçon s'allongea.

— Mais qu'essaies-tu de prouver ? explosa-t-il. Arrête ça, Cassie, je t'interdis de voler.

Elle le toisa un instant, aussi furieuse que lui.

— Et moi je t'interdis de me parler sur ce ton.

Il était hors de question d'arrêter, que cela plût ou non à Bobby. Elle avait trop lutté, trop investi, fourni trop d'efforts. A présent, si près du but, elle ne craignait aucun obstacle.

— J'y suis, j'y reste ! déclara-t-elle d'un ton sec.

Les sourcils de Bobby s'arquèrent. Ses pires craintes se confirmaient. Il s'était figuré qu'il parviendrait à la raisonner. Et il avait perdu la bataille. Cassie ne changerait pas. Son amour pour les avions correspondait à sa nature profonde. Parcourir sans répit des routes invisibles, hors de la portée du commun des mortels, lui était devenu vital.

Vaincu, Bobby ne put que l'exhorter à la prudence… Elle consentit à lui en faire la promesse.

Lorsque, en automne, le trophée Bendix fut attribué à Jackie Cochran pour la traversée du continent américain, de Burbank à Cleveland, Cassie avait commencé à assurer toute seule une ligne de courrier régulière, à travers l'Illinois. Son père avait fini par convenir de ses qualités.

Elle entama sa deuxième année d'études à Bradley College, tout en continuant son travail à l'aéroport… sans cesser de s'améliorer, aidée par Nick, dans le but de remporter une nouvelle victoire à la prochaine compétition.

Elle était toujours fiancée à Bobby Strong. Toutefois, la maladie de M. Strong père retenait le jeune homme en ville. Ses visites chez les O'Malley s'espacèrent, mais Cassie était si occupée qu'elle ne le remarqua même pas.

En mars 1939, Hitler occupa une partie de la Tchécoslovaquie. L'ombre noire du IIIe Reich s'étalait rapidement sur l'Europe, plus menaçante que jamais. Une fois de plus, il fut question de l'implication des États-Unis dans le conflit qui couvait sur le vieux continent. Le président Roosevelt se cantonnait toujours dans une neutralité à laquelle Nick ne croyait pas.

De retour d'une Europe démembrée au printemps 1939, Charles Lindbergh se fit le porte-parole des adversaires de la guerre. Pat buvait littéralement les déclarations du célèbre aviateur.

— Il a raison, Nick. Cette guerre n'est pas la nôtre. Nous avons déjà donné, pas vrai ? (Comme d'habitude, Pat, cramponné à ses idées, ne voulait pas en démordre.) Pourquoi veux-tu que les États-Unis soient entraînés dans une autre guerre en Europe ?

Pourtant, des confrontations armées opposaient Chinois et Japonais, Mussolini avait envahi l'Albanie en avril, Hitler se tournait déjà vers la Pologne.

Cassie, elle, ne songeait qu'au show de l'été. Sous la férule de Nick, elle n'avait cessé de se perfectionner. En juin, elle termina sa deuxième année de collège… Elle se sentait prête pour la compétition.

Le jour J, elle se rendit dès quatre heures du matin sur la piste de Peoria avec Nick. Son frère arriverait plus tard, en compagnie de Pat… Il était visible que Chris se désintéressait plus que jamais des avions. Aucun enthousiasme ne l'animait à l'idée de se retrouver aux commandes. Son goût le portait plutôt vers les études qu'il avait commencées à l'université de Macomb. A vrai dire, il ne s'était pas donné beaucoup de mal pour s'entraîner. Malgré l'éclatante performance de Cassie, l'an passé, Pat persistait à fonder tous ses espoirs sur son fils.

A six heures du matin, assistée par Nick, Cassie avait vérifié à fond le moteur de son appareil. Il lui proposa un copieux petit déjeuner en ville, et elle le suivit, la gorge nouée par le trac.

— Détends-toi, mademoiselle O'Malley.

Il ne connaissait que trop bien cette fièvre sournoise qui vous mine avant un concours. Il avait enduré les mêmes affres lors de sa première compétition après la guerre. Ce souvenir fit éclore un sourire sur ses lèvres. Pat et Oona l'avaient accompagné, bien sûr. Cassie était là, elle aussi... elle n'avait alors que deux ans. Le sourire de Nick s'effaça... Dix-huit années les séparaient. Il aurait payé cher pour gommer leur différence d'âge. Non qu'elle gênât Cassie, qui le considérait parfois comme un gamin... Mais lui ne cessait d'y penser. La réalité était là, cruelle. Il avait trente-huit ans, elle n'en avait que vingt, et c'était la fille de son meilleur ami. Rien ne paraissait possible entre eux, hormis une franche amitié.

Cassie contempla sans entrain les œufs et les saucisses qu'il avait commandés à son intention.

— Non, merci, Nick. Je n'ai pas faim.

— Il faut t'alimenter. Tu en auras besoin tout à l'heure. On n'arrive à rien, l'estomac vide... Sois gentille, mange. Sinon je te fais avaler ton déjeuner de force, sous l'œil de la serveuse.

Elle finit par sourire.

— Tu es odieux !

— Et toi, très mignonne. Surtout quand tu gagnes le premier prix. Et j'espère bien que tu vas l'empocher !

140

— Sois gentil, ne me bouscule pas. Je ferai de mon mieux.

Elle désirait ardemment le premier prix. Pour elle, pour lui, pour impressionner son père, surtout.

— Il t'aime, et tu le sais. Simplement, il refuse d'admettre qu'il a eu tort. Mais il t'apprécie. Il l'a déclaré à un groupe de gars, la semaine dernière, à l'aéroport. Tu le connais. Te le dire lui écorcherait la bouche.

Pat avait scrupule à renier publiquement ses anciennes théories à propos des femmes pilotes. Il s'était interdit de montrer sa fierté, quand il s'agissait de sa fille. Nick comprenait son attitude. Pas Cassie.

— Si je raflais tous les prix aujourd'hui, il consentirait probablement à reconnaître ma valeur. Et à me le dire en face.

La colère altérait légèrement sa voix. Pat ne tarissait pas d'éloges sur Chris, et cela renforçait l'injustice dont elle s'estimait victime.

— Mettons qu'il te le dise. Qu'est-ce que ça changera ?

— Rien… tout… Les mots, c'est important.

— Et après ?

— La vie continuera.

— Tu finiras le collège et tu exerceras le noble métier d'institutrice, se moqua-t-il gentiment en s'attaquant avec un bel appétit à un steak grillé à point

— Je préférerais être instructeur, comme toi.

— Et transporter le courrier par voie aérienne… c'est fantastique pour une fille qui a fait des études.

— Ne sois pas si impressionné. Je n'ai rien appris. Sauf de toi.

Ils furent interrompus avant qu'il ait pu réfuter ses compliments. Un groupe de jeunes gens, attablés à côté d'eux devant un petit déjeuner royal, n'avaient cessé de jeter des coups d'œil dans leur direction.

— Tu les connais ?

Cassie secoua la tête. Elle ne les avait jamais vus. L'un d'eux s'approcha.

— Êtes-vous Stick Galvin… et vous Cassie O'Malley ? s'enquit-il timidement.

— Oui, répondit-elle avant que Nick ait pu dire quoi que ce soit.

— Je m'appelle Billy Nolan. Je viens de Californie… Nous allons participer au show, tout à l'heure. Je vous y ai vue l'année dernière et je vous ai trouvée fabuleuse…

Des cheveux blonds coupés en brosse, une figure juvénile, des taches de rousseur sur le visage et les avant-bras… On ne lui aurait pas donné plus de quatorze ans. En fait, il en avait vingt-quatre. Son regard myosotis se tourna vers Nick.

— Mon père vous connaît, monsieur. Il faisait partie du 94e escadron. Vous ne vous en rappelez pas, sans doute. Tom Nolan, son avion s'est fait descendre.

— Nolan ! s'exclama Nick, en serrant vigoureusement la main du garçon et en l'invitant à s'asseoir. Comment se porte ce bon vieux Tommy ?

— Assez bien… Il boite depuis la guerre, mais ça ne semble pas trop le gêner. Il a ouvert une boutique de chaussures à San Francisco.

— S'intéresse-t-il toujours aux avions ?

— Non, pas depuis des années… Il n'est pas très content de m'avoir passé le virus.

Billy fit signe à ses amis d'approcher. Ils étaient quatre, tous du même âge, originaires de différentes villes californiennes. De jeunes et robustes cowboys qui, aussitôt, entourèrent Cassie.

— A quelles courses participerez-vous ?

— Vitesse, acrobaties, etc.

En les voyant aussi animés, Nick se sentit vieux, d'une autre génération. La plupart des garçons étaient de quinze ans ses cadets et, pour la centième fois, il songea tristement à sa jeunesse enfuie. Autour de lui fusaient des rires joyeux, des cris et des exclamations, comme dans une cour de récréation.

— Eh bien, les enfants, sans vouloir jouer les rabat-joie, je vous suggère de regagner l'aérodrome. Je tiens à m'assurer que Cassie n'a pas oublié le concours, comme vous tous, d'ailleurs. Allez, en route.

Ils quittèrent le restaurant en riant aux éclats. Sur le chemin, ils se mirent à poser à Nick un millier de questions sur le 94e escadron.

— Holà ! Un seul à la fois ! s'écria-t-il, leur arrachant de nouveaux rires.

Il les régala de quelques récits épiques. Ils le considéraient comme un héros, s'aperçut-il, au comble de l'émotion. C'était cela, la confrérie des chevaliers volants. Une profonde solidarité née d'une passion commune. Le même goût de l'aventure et de l'expérience partagées. Une certaine vision de la solitude, aussi, lorsque, à bord d'un appareil, on navigue dans la nuit. L'impression de dominer le monde... Les hauts et les bas, la peur, la paix, autant de sentiments contraires incroyables.

Ils souhaitèrent bonne chance à Cassie, puis chacun s'en fut jeter un ultime coup d'œil à sa monture ailée. Billy participerait aux mêmes épreuves que la jeune fille.

— Il est bien sympathique, déclara-t-elle, une fois seule avec son instructeur.

Celui-ci leva un sourcil.

— N'oublie pas que tu es fiancée, ma belle.

Son air mi-sévère mi-ironique déclencha l'hilarité de son élève. D'habitude, il n'accordait aucun intérêt à ses histoires avec Bobby Strong.

— J'ai seulement dit *sympathique*... Je n'ai pas l'intention de m'enfuir avec lui.

« Serait-il jaloux ? »

La question jaillit spontanément, alors qu'elle faisait le plein Elle s'empressa de repousser cette idée ridicule.

— Tu aurais raison de t'enfuir avec Billy, insista-t-il, pince-sans-rire. Il a ton âge. De plus, il adore voler. Cela te changerait de qui tu sais.

— J'ignorais que ta mission d'instructeur consistait à me fournir en soupirants.

— Ma mission consiste à te sonner les cloches. Ne te laisse pas distraire. Le manque de concentration engendre le stress. Et le stress est l'ennemi numéro un de la réussite.

— Oui, capitaine.

L'espace d'un instant, elle aurait pu jurer qu'il était jaloux. Et il n'avait aucune raison de l'être. Elle était fiancée. Ils étaient amis et l'avaient toujours été. Elle se demanda si ça l'ennuyait qu'elle devienne amie avec d'autres pilotes. Il était extrêmement fier de ce qu'elle était devenue, et peut-être se montrait-il aussi possessif justement pour cela.

Son père arriva avec Chris. Il était environ huit heures du matin. La compétition commençait dans une heure. Cassie ne concourrait qu'à neuf heures et demie.

— Ça va, Cass ? demanda Pat. Tout est prêt ?

— Oui, répondit-elle, sur la défensive.

S'imaginait-il qu'elle n'était pas capable de procéder aux vérifications d'usage ? En ce cas, il aurait dû venir contrôler, au lieu de s'occuper exclusivement de Chris.

— Bon courage, dit son père.

Il tourna les talons et s'en fut rejoindre son fils.

— Pourquoi donc s'est-il donné cette peine ? grommela-t-elle, alors qu'il s'éloignait.

— Parce qu'il t'aime et il ne sait pas comment te le dire.

— Drôle de façon de témoigner son affection à sa fille.

— Oui ? Quand tu étais bébé, tes hurlements le tenaient éveillé toute la nuit. Ceci explique probablement cela.

Elle sourit... Nick avait le don de dédramatiser les choses. Juste avant la première épreuve, elle aperçut Billy et ses amis qui riaient aux éclats et semblaient s'amuser comme des petits fous.

— J'espère qu'ils seront plus sérieux tout à l'heure, remarqua Nick.

— Ils ont été qualifiés.

— Toi aussi, et alors ?

— Imbécile, lança-t-elle, avec un rire gai.

Une demi-heure plus tard, elle était sur la piste. Dans cinq minutes, ce serait son tour. Il y avait déjà eu deux ou trois performances assez éblouissantes pour retenir l'attention du jury.

— Montre-leur ce que tu vaux ! hurla Nick.

Elle engagea le Moth sur la courte piste d'envol prévue pour le concours acrobatique. Nick suivit l'appareil d'un regard anxieux. Pour la première fois de sa vie, il se surprit à formuler une prière ardente. « Mon Dieu, faites qu'elle gagne. » Il redoutait le tempérament intrépide de son élève. Elle était parfaitement capable de dépasser les bornes, histoire de mettre son père au pied du mur.

Elle commença par deux ou trois boucles, sans hâte, suivies d'un double looping, puis d'un tonneau. Et elle accomplit, l'une après l'autre, toutes les figures de son répertoire, y compris un « huit paresseux » et une « feuille morte ». Chaque exercice frisait la perfection absolue... Un triple tonneau... Une chute libre. Une femme laissa échapper un cri terrifié. Mais Cassie sut redresser son appareil, après un rase-mottes vertigineux... Sa démonstration, la plus extraordinaire que Nick ait jamais vue, s'acheva par une série de boucles renversées qui enchantèrent l'assistance.

Lorsqu'elle atterrit, Nick exultait littéralement.

— Pas mal pour un début, Cass. Pas mal du tout.

— C'est tout ?

La sentant désappointée, il l'attira dans ses bras.

— C'était sensationnel. Tu es la meilleure, poussin.

Une demi-heure plus tard, le jury confirmait son appréciation.

Pat la complimenta poliment.

— Bravo. Il semble que tu aies eu un excellent professeur.

— Et j'ai eu une excellente élève, rectifia Nick.

Chris était le suivant... Il fut disqualifié. En ce

qui le concernait, sa carrière de pilote était terminée depuis longtemps. Ses études d'architecture avaient supplanté tout le reste. Seule la crainte de décevoir son père l'avait empêché d'arrêter complètement.

— Désolé, papa, s'excusa-t-il platement. Je n'ai pas eu le temps de m'exercer.

Il venait de garer le Bellanca que Cassie utiliserait plus tard, pour son dernier numéro.

— Je m'en suis aperçu, répliqua Pat d'une voix maussade.

Il détestait les perdants. Il persistait à croire qu'avec un peu plus d'efforts, Chris deviendrait un grand pilote. Mais il était bien le seul. Tout le monde avait compris que Chris ne serait jamais aviateur.

— Tu as fait du bon boulot, petit frère, le félicita Cassie.

— Pas tant que ça, répliqua-t-il, avant de la congratuler à son tour.

La compétition suivante, une course de vitesse, commencerait à dix heures. Le vieux Vega n'était pas à la hauteur, s'alarma Cassie. Certains concurrents, avait-elle remarqué, étaient équipés de modèles plus récents, dotés d'un potentiel de vitesse plus élevé.

— Ne t'énerve pas... Détends-toi et tout ira bien, fut le dernier conseil de Nick, juste avant le décollage.

Un instant plus tard, elle fendait le ciel à une allure incroyable. Avec une précision sans faille, elle exécuta une succession de manœuvres réputées compliquées.

Remarquable ! Les yeux de Nick ne quittèrent pas une seconde le point brillant qui valsait gracieusement dans la lumière éclatante. Du coin de l'œil, il aperçut Pat qui observait lui aussi le Vega, intensément… Tout comme un grand blond en blazer et pantalon blanc, muni de jumelles ; il parlait à mi-voix à son voisin qui prenait des notes sur un calepin. Sans doute le correspondant de quelque journal de Chicago.

Les juges attribuèrent à Cassie le second prix, uniquement parce que son avion n'était pas assez rapide. Un flot de fierté submergea Nick. Cassie avait surmonté tous les handicaps du Vega avec l'assurance d'une vraie professionnelle. Billy Nolan, qui avait remporté le troisième prix, vint la féliciter. Lui aussi avait su tirer le maximum de son appareil malgré ses possibilités limitées eu égard aux progrès fulgurants de l'aéronautique.

Il ne restait plus que deux épreuves pour Cassie, dont une à midi, qui se déroula à merveille. La dernière, à laquelle elle s'était inscrite contre l'avis de Nick, aurait lieu dans l'après-midi. Ils déjeunèrent avec Nolan et ses camarades, auxquels s'était joint Chris. Pat fit une courte apparition.

— Et voici le célèbre Patrick O'Malley, fit Cassie en le présentant à la ronde.

Les jeunes applaudirent et Billy Nolan évoqua son père une fois de plus. Pat s'en souvenait très bien et se dit désolé de l'avoir perdu de vue depuis une vingtaine d'années.

L'heure de la dernière épreuve avait sonné. En apprenant que sa fille y participait, Pat fusilla son associé d'un regard où se mêlaient fureur et stupéfaction.

— Comment ? Tu n'as pas essayé de l'en empêcher ?

— Bien sûr que si, mon vieux. Mais elle tient de toi. Elle n'en fait qu'à sa tête.

— Son appareil n'est pas conçu pour cette épreuve et elle manque d'expérience.

— Je le lui ai dit. Mais elle s'est énormément entraînée. Je lui ai demandé de ne pas pousser la machine à bout. Elle me l'a promis.

« Pourvu qu'elle tienne parole », pria-t-il.

Les deux hommes levèrent les yeux vers le ciel clair, entourés de Billy Nolan, de ses amis, et du grand blond aux jumelles. L'inquiétude rongeait Nick et, de son côté, Pat n'en menait pas large. L'épreuve, qui demandait hardiesse et habileté, était habituellement réservée aux spécialistes de la voltige de haut niveau. Les grandes compagnies aériennes avaient mis à la disposition des participants des modèles surpuissants et légers, dotés d'instruments de pointe — tout ce que le Bellanca n'avait pas. Mais Cassie avait voulu tenter le diable. A présent, les poings enfoncés dans les poches, la mâchoire contractée, Nick suivait d'un regard fiévreux les évolutions de l'appareil.

L'épreuve comportait une douzaine de mouvements d'une grande complexité, où l'adresse devait aller de pair avec la précision. Elle traça les six premières figures sans s'écarter d'un cheveu du dessin invisible mais formel qu'il fallait respecter... Pat se mit à sourire en regardant, aussi captivé que les spectateurs, les extraordinaires acrobaties du Bellanca. Soudain, lors de la chute finale, les choses parurent se gâter... L'engin piqua du nez, moteur éteint, ailes de guingois, et comme entraîné par son propre poids se mit à descendre rapidement... La foule retint son souffle. Une fine pellicule de sueur recouvrit le front de Nick... Que se passait-il ? Avait-elle subitement oublié tout ce qu'il lui avait appris ? S'était-elle évanouie ?

L'oiseau métallique, comme happé par le sol, se rapprochait de la terre à une vitesse stupéfiante. Horrifiée, la foule suivait la chute mortelle de l'avion. Dans une minute, l'appareil se fracasserait sur la piste. Mais soudain, dans un rugissement inattendu, le moteur reprit vie, le Bellanca rasa les têtes des spectateurs pétrifiés, puis reprit son envol vers le ciel pour y égrener un chapelet de triples tonneaux en tournant follement sur lui-même... Un looping vertigineux couronna la performance... Il était inutile d'attendre le verdict des juges. La petite novice avait soufflé le trophée étincelant à la barbe des vieux loups de l'aviation.

Nick se précipita vers son avion en s'efforçant de ravaler la boule qui lui obstruait la gorge. Pat le talonnait, livide... Nom d'une pipe, qu'avait-elle donc dans les veines ? Nick courut à toutes jambes vers l'aire de stationnement et la tira presque de force hors de la cabine de pilotage.

— Ça ne va pas, la tête, ma pauvre fille ! Tu confonds crash et spectacle... A un pied près tu t'écrasais, tu t'en es rendu compte ?

— Oui, bien sûr, répondit-elle d'un ton serein. J'ai tout prévu. Sa chute simulée avait obéi à une minutieuse mise au point, froidement calculée... Mais pourquoi donc Nick tremblait-il comme une feuille ?

— Tu es détraquée, voilà ce que tu es. Tu n'as rien d'humain. Tu es un danger public.

Les minces arcs de ses narines palpitèrent, alors

150

qu'elle tentait de comprendre la colère dont elle faisait l'objet.

— J'ai perdu ?

Les mots avaient expiré sur ses lèvres.

Pat vit Nick blêmir, et en le regardant ainsi, il se rendit compte que son ami avait une expression qu'il ne lui avait jamais vue... quelque chose dont Nick n'avait sans doute même pas conscience.

— *Perdu ?* aboya-t-il en l'empoignant fermement. C'est tout ce qui t'intéresse ? Es-tu devenue dingue ? Tu as failli aller au tapis, sans oublier que tu aurais pu écraser une centaine de personnes... Et tu veux savoir si tu as perdu ?

— Oh, Nick, je suis navrée... J'ai cru que je m'en sortirais.

— Et tu t'en es sortie, nom d'un chien ! Merveilleusement sortie. Je n'ai jamais vu une telle finesse... Si tu recommences, je t'étrangle.

— A vos ordres, capitaine !

— Bien. Maintenant va présenter tes excuses à ton père.

Celui-ci se montra bien plus réservé que Nick. Il avait eu une peur bleue. Heureusement qu'Oona n'était pas là. Elle était allée aider Glynnis, de nouveau enceinte, dont les cinq enfants avaient attrapé la rougeole.

— Nick avait raison, murmura-t-il d'un ton humble. Tu es une aviatrice hors pair, ma petite.

— Merci, papa.

Pat la serra dans ses bras et ce simple geste emplit Cassie d'un bien-être indescriptible.

Billy Nolan se distingua dans l'épreuve suivante. Cassie avait gagné un deuxième prix et trois premiers. Un triomphe… Les photographes se pressaient autour d'elle.

Peu après, une chope de bière à la main, ils regardaient la dernière épreuve. Cassie vit la mâchoire de Nick se crisper. Elle suivit la direction de son regard… Une écharpe de fumée dans le ciel la fit sursauter.

— Il a des ennuis, chuchota Nick.

Tous connaissaient le jeune pilote : Jim Bradshaw, marié et père de deux enfants, se présentait chaque année à la manifestation.

— Oh mon Dieu, articula Cassie silencieusement.

L'avion semblait aspiré par une spirale infernale qui, inexorablement, l'attirait vers le sol. La fumée s'échappant de son moteur prouvait qu'il ne s'agissait pas d'une manœuvre volontaire. C'était un désastre. La foule se dispersa en hurlant. Cassie, rivée sur place, ne pouvait quitter des yeux l'oiseau mécanique qui se rapprochait du sol en tourbillonnant follement. Puis il y eut un horrible fracas suivi d'une explosion. Nick et Bill s'y précipitèrent pour essayer de sortir Jim du brasier mais il était trop tard. Il avait dû mourir sur le coup. Sa femme s'était effondrée, secouée de sanglots hystériques, alors que sa mère éloignait les enfants.

Les ambulances surgirent peu après. Pour rien.

— Je crois qu'il est temps de rentrer, suggéra Nick.

Pat opina de la tête. L'émotion combinée à la fatigue lui voûtait les épaules. De sa vie il n'avait eu aussi peur pour Cassie. Il avait honte de l'admettre mais quand la mort avait fauché l'autre pilote, il s'était presque senti soulagé. Comme si ce sacrifice avait éloigné l'épée de Damoclès suspendue au-dessus de la tête de sa fille.

Billy vint les saluer, alors qu'ils chargeaient leurs avions sur des camions à plateau.

— Je passerai vous dire au revoir à l'aéroport, dit-il en serrant la main de Pat.

— Quand tu veux. Vas-tu retourner à San Francisco ?

— Justement, je me posais la question… J'espérais que vous auriez besoin de quelqu'un… Je m'y connais en mécanique et si vous étiez d'accord pour me confier un vol de temps à autre…

— Pourquoi pas ? On en parlera demain.

Le garçon se répandit en remerciements, avant de prendre congé.

— As-tu vraiment besoin d'un autre casse-cou dans l'équipe ? demanda Nick, irrité.

— Vas-tu passer le restant de tes jours à assurer les vols de nuit ? répondit Pat, une lueur amusée dans le regard… Ne t'inquiète pas, ce jeune homme n'est pas son genre…

Le rouge au front, Nick détourna la tête.

— Puis-je vous rappeler, Nick Galvin, que ma fille est fiancée au fils Strong ? reprit Pat, avec un demi-sourire. Elle a besoin d'un homme qui a les pieds sur terre, pas de fous volants comme nous.

Quelques heures plus tôt, quand il avait surpris cette drôle d'expression sur le visage de Nick, les soupçons l'avaient assailli. Un lien très puissant semblait attacher l'élève à l'instructeur. Bien sûr, Cassie était trop jeune pour s'en apercevoir, et Nick trop sage pour succomber au piège de ses propres émotions.

Ils se retrouvèrent tous à la maison, où Oona

avait préparé le dîner. La mère de Cassie apprit, effarée, les exploits de sa fille. La mort de Jim Bradshaw avait gâché la joie de la gagnante. Au milieu du repas, Bobby fit irruption dans la salle à manger, l'air affolé. A la vue de Cassie, il fondit en larmes. Touchée par sa détresse, Oona se leva, mais le garçon battit en retraite en balbutiant une vague excuse.

— Dé... désolé... On m'a dit qu'il y avait eu un accident...

De nouvelles larmes jaillirent de ses yeux, tandis qu'il s'appuyait contre le chambranle de la porte.

Cassie alla vers lui.

— Bobby, je te demande pardon. C'était Jim Bradshaw.

— Oh, seigneur, pauvre Peggy.

Veuve à dix-neuf ans, avec deux enfants sur les bras... Les larmes de Bobby se changèrent en sanglots. Ses mains tremblaient violemment. Lorsqu'il avait appris la catastrophe, il avait cru que Cassie avait perdu la vie. La peur l'avait alors transpercé comme un glaive. Il avait passé l'après-midi à demander des renseignements mais personne n'en savait plus.

Ils se retirèrent sur la véranda, dont Cassie referma la porte coulissante. En proie au désarroi, Bobby se laissa tomber sur une chaise.

— Je n'en peux plus... sanglota-t-il.

Sa vie était devenue un cauchemar, expliqua-t-il. Cela ne pouvait plus durer. Leurs fiançailles lui semblaient sans issue. Leur mariage avait pris l'allure d'un événement hypothétique. Il n'était même pas sûr qu'ils avaient un avenir. En tout cas il refusait de supporter plus longtemps le supplice de l'attente. La maladie avait cloué son père au lit, sa mère dépendait de lui, l'entreprise lui pesait. Il avait besoin d'aide... D'une femme qui l'épaulerait, au lieu d'être toujours par monts et par vaux.

— J'en suis venu à abhorrer tout ce qui vole ! La vie que tu me fais subir dépasse ce que je peux endurer. A tout instant, je m'attends à apprendre ta mort... Comme aujourd'hui... oui, comme aujourd'hui...

Il se remit à pleurer et elle l'enlaça, avec l'impression de consoler un de ses neveux.

— Pauvre Bobby... pauvre Bobby... shhh... allons...

Finalement, elle ne faisait qu'ajouter au lourd fardeau qu'il devait supporter. Tout doucement, elle fit glisser le solitaire le long de son annulaire, avant de le poser dans la paume du garçon.

— Tu mérites mieux que ça, murmura-t-elle. Tu mérites un bonheur que je suis incapable de te donner. J'ai un long chemin devant moi, Bob, un très long chemin.

— Tu veux dire que tu continueras à voler ? demanda-t-il d'un air misérable, en reniflant comme un petit garçon.

— Oui. Toujours. C'est toute ma vie.

— Ne te fais pas mal... Oh, mon Dieu, Cassie, je t'aime tellement. Aujourd'hui j'ai cru que tu étais morte.

Il avait du mal à s'exprimer, luttant contre ses sanglots. Ce soir, il aurait pu être à la place de Peggy Bradshaw.

— Je vais bien, dit-elle, les yeux brillants de larmes. Bobby Strong, tu mérites une bonne et yale épouse. Je ne suis pas faite pour le mariage. Trouve-toi une compagne digne de toi.

— Resteras-tu ici ?

— Où veux-tu que j'aille ?

— Je n'en sais rien, souffla-t-il, les yeux fixés sur la bague de fiançailles qu'elle venait de lui rendre. Tu es si libre, si indépendante… Parfois je hais l'épicerie. Je m'y sens enchaîné.

— Tu deviendras sûrement un fameux homme d'affaires.

Elle mentait, afin de lui remonter le moral.

— Le crois-tu vraiment, Cass ? Je veux juste me marier et avoir des gosses.

— Eh bien, pas moi (Elle sourit.) Tout le problème est là.

— Un jour tu fonderas une famille ; je l'espère pour toi. Peut-être nous retrouverons-nous, ajouta-t-il en s'accrochant désespérément à son rêve écroulé.

Elle le regarda avec gravité en secouant la tête.

— Ne m'attends pas. Prends en main ton destin.

— Je t'aime, Cass.

— Moi aussi, murmura-t-elle.

Elle le serra une dernière fois dans ses bras, puis se leva.

— On rentre ?

— Je suppose que je ferais mieux de repartir chez moi.

Elle fit oui de la tête. Les yeux humides, Bobby glissa la bague dans sa poche. Un instant après, il dévalait la volée des marches, comme si on l'avait poursuivi.

Cassie regagna sa place à table. Personne ne lui posa la moindre question. Elle ne portait plus le solitaire, remarqua Nick, sans en éprouver de surprise... A présent, son seul souci avait pour nom Billy Nolan...

9

Elle n'était plus fiancée fut sa première pensée
le lendemain, au réveil. Aucun diamant ne miroitait
à son doigt. D'abord, elle se dit que cela ne changeait pas grand-chose, puis le fait accompli s'imposa comme une évidence. Elle n'appartenait plus à
personne… Il s'agissait d'une découverte excitante,
teintée néanmoins, d'un étrange arrière-goût
d'amertume… Bobby ! Elle avait commis l'erreur
de l'encourager, elle l'avait su dès le départ. Le
courage de le détromper lui avait fait défaut. Elle
ne regrettait pas leur rupture. Il aurait été cruel de
prolonger de deux ans la torture d'une attente qui
au bout du compte s'avérerait vaine. Elle ne se sentait pas prête. D'ailleurs le serait-elle jamais ?

Abîmée dans ses méditations, elle se prépara un
petit déjeuner succinct. Oona avait laissé un mot
dans la cuisine. Ses devoirs de garde-malade l'appelaient une nouvelle fois chez Glynnis. Un mot de
Chris lui apprit que son frère comptait passer la
journée avec des amis. Une demi-heure plus tard,
douchée et habillée, la jeune fille prit le chemin de
l'aéroport. Elle avait enfilé une salopette propre ;
ses cheveux fraîchement lavés formaient un halo
vaporeux autour de son visage fin.

Elle était en train de ravitailler un avion quand Nick s'approcha.

— On a fait la grasse matinée ? persifla-t-il, narquois. On a dormi sur ses lauriers ?

— Ne joue pas au plus fin, mon cher. J'étais à mon poste dès neuf heures.

— Ah, bien. J'ai l'intention de te confier un courrier, si tu n'y vois pas d'inconvénient.

— Bien sûr que non ! s'exclama-t-elle, le visage illuminé d'un sourire béat. Quelle est ma destination ?

— Indiana. Au retour, brève escale à Chicago. Tu seras chez toi pour le dîner. Tu peux prendre le Handley.

— Parfait.

Il lui indiqua le hangar dans lequel s'empilaient fret et colis postaux. Pat sortit des bureaux à ce moment-là, Billy Nolan sur ses talons. Le garçon s'était présenté aux aurores et avait travaillé sans relâche. Alors qu'ils chargeaient le courrier dans la soute, Pat demanda au jeune homme d'accompagner Cassie.

— Je peux y aller toute seule, papa.

— Oui, bien sûr... Mais notre jeune ami a besoin de se familiariser avec notre réseau. Par ailleurs, je n'aimerais pas te savoir seule à Chicago, fit-il en retournant vers son bureau.

Elle répondit par une grimace dépitée en levant les yeux au ciel.

Nick, les yeux plissés, toisa les deux jeunes gens, en agitant un doigt menaçant sous leur nez.

— Tenez-vous correctement. Pas de fantaisies en route. Méfiez-vous de ses doubles loopings, Billy !

— Qu'elle essaie et je lui tire l'oreille !

Nick les suivit d'un regard circonspect, tandis qu'ils prenaient place dans l'avion, comme deux enfants s'apprêtant à entamer un plaisant tour de manège. Avec ses yeux pétillants, son sourire juvénile et ses taches de rousseur, Billy forçait la sympathie... Qu'avait donc dit Pat à son sujet ? « Il n'est pas son genre. » Cassie ne tomberait pas amoureuse de ce garçon. Non, sûrement pas... Mais savait-on jamais ? Et du reste, que pouvait-il y faire ? Son âge lui interdisait de courtiser une gamine. Il s'était juré de ne jamais laisser transparaître ses sentiments. Elle méritait mieux qu'une existence monotone dans ce bled perdu.

A peine avaient-ils décollé qu'une Lincoln émeraude, flambant neuve, franchissait les grilles de l'aérodrome. La portière s'ouvrit, livrant passage à un homme en costume croisé gris clair à fines rayures blanches. Il passa en revue les lieux, le modeste bâtiment qui abritait leurs bureaux et la tour de contrôle, avant de poser le regard sur Nick.

— Puis-je voir Mlle O'Malley, s'il vous plaît ?

Une voix de velours. Des cheveux dorés, ondulés. Une allure de jeune premier hollywoodien. Allait-il offrir à Cassie une carrière de vedette de cinéma ? Nick l'avait déjà aperçu la veille, durant la compétition. Aujourd'hui il ne ressemblait plus à un journaliste. Il évoquait plutôt un businessman. Ou un impresario.

— Elle vient de partir dans un avion postal. Que puis-je pour vous ?

— Je préfère lui parler personnellement. Quand sera-t-elle de retour ?

— Pas avant sept ou huit heures… Désirez-vous lui laisser un message ?

Du bout de ses doigts aux ongles manucurés, l'arrivant tendit nonchalamment à Nick un bristol, sur lequel figurait son nom : Desmond Williams, « Compagnie aérienne Williams », avec une adresse à Newport Beach, en Californie.

Nick savait pertinemment de qui il s'agissait. Considéré comme le plus jeune magnat de la côte Ouest, il passait pour l'héritier d'une fortune colossale et d'une flotte aérienne fondée par son défunt père… Il n'était pas *si jeune que ça,* décida Nick. Ils avaient à peu près le même âge. En fait, Desmond avait trente-quatre ans… Trop vieux pour Cassie, d'après les critères de son mentor.

— Soyez assez aimable pour lui donner ma carte. Je suis descendu au Portsmouth.

C'était l'hôtel le plus chic de la région. Un gourbi, comparé aux luxueux palaces auxquels le nabab de l'aviation devait être habitué, mais Good Hope n'avait rien de mieux à offrir aux rares touristes de passage.

— Je n'y manquerai pas… dit Nick, dévoré de curiosité. Comment avez-vous trouvé notre salon de l'aviation ? Pas mal pour une petite ville, hein ?

— Intéressant, admit Williams, avec un sourire condescendant.

Tout en lui dénotait l'élégance étudiée. Sophistiqué, raffiné, rompu aux mondanités, il semblait sur le point de poser une question, mais hésitait, comme s'il cherchait d'abord à peser le pour et le contre.

— Êtes-vous son instructeur ? se lança-t-il enfin.

— Je l'ai été, oui. Aujourd'hui, elle pourrait me donner des leçons.

— Votre modestie vous honore, répondit Desmond poliment. Vous devez être très fier d'elle.

Un soupçon d'accent de la côte Est, vestige de ses prestigieuses études à Princeton, perçait dans le ton de sa voix. En dépit de ses allures aristocratiques, une légère impatience trahissait ses intentions : il était venu parler affaires.

Sans une parole de plus, il s'engouffra dans la limousine aux chromes rutilants, qu'il avait achetée quelques jours plus tôt à Detroit, sur un coup de tête.

— Qui est-ce ? demanda Pat en sortant du bâtiment, les yeux fixés sur la voiture, une des dernières merveilles des usines Ford, qui filait dans un nuage de poussière. Il ne peut pas aller plus vite celui-là ?

Nick lui remit la carte de visite.

— Tu as eu l'honneur d'apercevoir le richissime Desmond Williams… Ça y est, mon vieux Pat. Les vautours sont après elle. Elle s'est trop fait remarquer à la compétition.

— Je redoutais cet instant.

Les grandes firmes ne manqueraient pas d'attirer Cassie dans leurs filets. Il détesta l'idée de la voir exploitée… Elle était belle, jeune, naïve et excellente aviatrice. Une combinaison dangereuse, tous deux ne l'ignoraient pas.

— Où est-elle ?

— En route vers l'Indiana, en compagnie du jeune Nolan.

— Bien, dit Pat en déchirant le bristol. Oublie ce monsieur.

162

— Tu ne lui diras rien ? s'étonna Nick.

Il n'aurait pas eu le front de cacher la visite de Williams à Cassie. Mais après tout, il n'était pas son père.

— Non ! répliqua Pat sèchement. Et toi non plus, d'accord, Stick ?

— Entendu, patron.

Ils regagnèrent ensemble le bâtiment d'un pas décidé.

Quand les dix minutes d'escale furent écoulées, Cassie repartit de Chicago. Ayant atteint son altitude maximale, elle confia les commandes à son copilote. Nolan prit la relève avec une aisance qui la stupéfia. Son père lui avait appris à piloter dix ans plus tôt, quand il avait quatorze ans, expliqua-t-il. Cela se voyait. Il tenait les gouvernes d'une main ferme et assurée, et gardait une vitesse régulière. « C'est papa qui sera content », se dit Cassie. Billy serait une excellente recrue pour l'aérodrome. Qui plus est, il était de compagnie agréable.

— Hier, j'ai remarqué que vous étiez fiancée, dit-il d'un ton uni. Allez-vous vous marier bientôt ?

— Non. J'ai rendu la bague hier soir.

Elle regretta aussitôt ces aveux. Ils se connaissaient à peine, mais Billy la mettait à l'aise. Il ne lui faisait aucune espèce d'avances, se bornant à lui témoigner une affectueuse amitié.

— Oh… Et ça vous chagrine ? Pensez-vous vous réconcilier avec votre fiancé ?

— Non, répéta-t-elle… C'est un garçon épatant mais il déteste mon métier. Il avait hâte de se marier, je voulais finir mes études. Nous n'étions pas faits l'un pour l'autre. Je l'ai su dès le début, mais je n'ai pas eu le courage de le lui dire.

— Je sais ce que vous avez ressenti. J'ai été fiancé deux fois. Et chaque fois j'ai eu une frousse bleue.

— Comment vous y êtes-vous pris ?

— La première fois j'ai pris mes jambes à mon cou, selon l'adage bien connu, « courage fuyons ».

— Et la seconde ? Vous l'avez épousée ?

Il n'avait pas l'air marié.

— Elle s'est tuée l'année dernière au salon de San Diego.

Il avait répondu calmement, mais elle put déceler de la tristesse dans ses yeux.

— Je suis désolée.

Il n'y avait rien d'autre à dire. Ils avaient tous perdu des amis dans des accidents, lors de compétitions. Billy devait souffrir le martyre s'il avait perdu son amour.

— Moi aussi. J'ai appris à vivre avec. Pour le moment, j'apprécie ma solitude et je n'ai pas l'intention de m'impliquer dans une nouvelle aventure sentimentale.

— Est-ce un avertissement ? sourit-elle.

— Naturellement ! fit-il, l'œil pétillant de malice. Au cas où vous me sauteriez dessus à dix mille pieds d'altitude ! J'étais mort de trouille pendant tout le voyage.

Sa plaisanterie fit éclater de rire Cassie. Billy l'imita. Cinq minutes plus tard, ils riaient encore. Le temps d'apercevoir les lumières du balisage, ils s'entendaient comme de vieux amis. Ils atterrirent à neuf heures du soir. Cassie raccompagna Bill en voiture à la pension où il avait loué une chambre.

Ses amis étaient repartis pour la Californie et il n'avait pas assez d'argent pour s'acheter une voiture.

— Combien de temps resterez-vous, Billy ?

— Je ne sais pas encore... Trente... quarante ans... peut-être plus...

— Seulement ? rit-elle.

— J'avais besoin de m'éloigner de la maison. Ma mère est morte, et après ce qui est arrivé à Sally, l'année dernière, j'ai eu besoin de changer de décor. Papa me manque, mais il comprend.

— Tant mieux pour nous. Je me suis bien amusée aujourd'hui. A demain.

Elle lui adressa un signe chaleureux de la main.

Sa mère était rentrée, lorsqu'elle poussa la porte de la maison. Elle avait préparé un onctueux sandwich à la laitue, aux tomates et au thon, que Cassie dévora. Son père, assis dans la cuisine, dégustait une bière.

— Comment ça s'est passé ? interrogea-t-il.

— Très bien. Tu as de la chance, Nolan est un as.

Pat hocha la tête, satisfait. Les bons pilotes ne couraient pas les rues... Il conseilla à Cassie d'aller se reposer.

Naturellement, il ne souffla mot de la visite du dénommé Williams.

10

Le lendemain matin, allongée sous un Electra, Cassie réparait la roulette de queue, quand une paire de mocassins immaculés entra dans son champ de vision. Elle déplaça légèrement la tête : les jambes d'un pantalon de lin blanc au pli impeccable parachevèrent ce tableau pour le moins incongru... Elle se traîna sur le dos hors de l'ombre bleutée de la carlingue. Dans le contre-jour éclatant, un grand blond séduisant, buste incliné, l'observait d'un air interloqué. Les cheveux noués sur le sommet de la tête, la figure pleine de graisse, vêtue d'une salopette usée jusqu'à la trame qui avait jadis appartenu à son père, elle était méconnaissable.

— Miss O'Malley ?

Il avait levé l'arc parfait de ses sourcils, comme s'il cherchait une ressemblance entre cette souillon et la ravissante créature du salon de l'aviation, mais la blancheur du sourire dans cette figure noire d'huile lui prouva qu'il ne s'était pas trompé.

— Oui, c'est moi, répondit-elle en se redressant avec souplesse.

Elle n'osa lui serrer la main ; il avait l'air si

propre, si soigné… Probablement un client venu se renseigner sur le prix de location des charters.

— Puis-je vous aider, monsieur…

— Desmond. Desmond Williams. J'ai assisté à votre performance il y a deux jours. (Il regarda autour de lui, puis la fixa à nouveau.) Y a-t-il un endroit tranquille où nous pourrions en parler ?

Cassie le dévisagea, intriguée. Le seul lieu propice à une discussion privée était le bureau de son père, mais ça ne paraissait pas être une bonne idée.

— Allons en bout de piste, proposa-t-elle, si toutefois le bruit des avions ne vous dérange pas.

Alors qu'ils s'avançaient côte à côte, elle retint un rire. Ils devaient former un couple insolite, lui tout de blanc vêtu, elle dans son bleu de travail criblé de taches… De l'autre côté du tarmac, Billy lui adressa un salut amical de la main auquel elle répondit par un signe de tête.

— … très convaincante pendant le show, disait Desmond, tandis qu'ils se dirigeaient vers les champs de maïs environnants et que la poussière veloutait ses chaussures impeccables.

— Merci.

— Je n'ai jamais vu quelqu'un gagner autant de prix, surtout une jeune fille de votre âge… Au fait, quel âge avez-vous ?

Il ne l'avait pas quittée des yeux et n'avait cessé d'exhiber une dentition de star, dans un sourire qui semblait figé.

— Vingt ans. En automne, j'entre en troisième année.

— Je vois, fit-il comme si l'essentiel tenait à cette simple déclaration… Miss O'Malley, quels sont vos projets d'avenir ?

Il s'était arrêté et lui faisait face.

— Dans quel sens ? demanda-t-elle, désarçonnée par une question aussi directe.

— En ce qui concerne votre métier, bien sûr. Vous avez l'air de piloter comme si votre vie en dépendait. C'est une véritable vocation…

— Oui, mais…

— Cela vous dirait de devenir pilote d'essai ?… tester des prototypes fabuleux, des modèles récents, battre des records, faire partie de l'aviation moderne… comme Lindbergh par exemple ?

— Comme Lindbergh ?

Elle s'interrompit, le souffle court. Il n'était pas sérieux !

— Pour le compte de qui ? parvint-elle à articuler. Qui me fournira ces merveilles de l'aéronautique ?

Sa voix s'était teintée de méfiance. N'était-il pas tout simplement en train d'essayer de lui vendre du vent ? Sa naïveté fit naître un sourire amusé sur les lèvres pleines de Williams. Il était content d'avoir été le premier à la contacter.

— Vous travaillerez pour le compte de ma compagnie. Williams. Vous connaissez ?

Ce nom célèbre fit recouvrir la mémoire à Cassie. Bouche bée, elle scruta un long moment son interlocuteur. Mais oui, bien sûr, Desmond Williams. Le magnat de la navigation aérienne… Desmond Williams qui la comparait à Charles Lindbergh ! Elle n'en crut pas ses oreilles.

— Nous nous efforçons de forger un brillant avenir aux personnes de votre qualité, miss O'Malley. Vous accomplirez des exploits hors du commun. Vous piloterez des appareils dont vous n'avez pas idée… Les plus performants… Des vrais avions, quoi, pas comme ceux-ci.

Le sourire qu'elle ébauchait s'effaça. L'air vexé, Cassie jeta un coup d'œil circulaire sur les hangars abritant la flotte de son père. Chaque appareil représentait un ami, un être cher, un membre de la même famille.

— A quoi rime cette proposition ? s'enquit-elle d'un ton suspicieux. Pourquoi moi ? Combien coûte le moins cher de vos avions ?

Elle avait toujours cru que les pilotes célèbres possédaient leur propre avion. L'idée que les grandes compagnies leur offraient des engagements avantageux ne l'avait jamais effleurée. Elle avait encore beaucoup à apprendre, et Desmond Williams ne demandait pas mieux que de l'initier aux rites des affaires.

— Mais vous serez rémunérée. Vous gagnerez beaucoup d'argent, ajouta-t-il avec un sourire dévastateur. De surcroît, vous serez propulsée au faîte de la gloire. Vous serez sans cesse sollicitée par les médias… Votre photo paraîtra dans des revues internationales. Si mes suppositions à votre sujet sont exactes, et je ne crois pas me tromper, vous serez très vite considérée comme l'une des personnalités les plus en vogue de l'aviation. Certes, vous serez forcée de vous laver la figure plus souvent, plaisanta-t-il.

Elle s'essuya machinalement le visage avec sa manche, fixant sur Desmond de grands yeux étonnés. « Je rêve, se dit-elle. Je suis en train de rêver et je vais me réveiller. » Son regard limpide chercha celui de Desmond, dont le sourire avait perdu son aspect mondain. Elle ignorait qu'il pensait la même chose, en contemplant le petit visage qui, malgré les traînées noirâtres, resplendissait. Elle incarnait ce qu'il cherchait depuis longtemps. La fille de ses rêves… L'ambassadrice idéale pour son entreprise. Il ne restait plus qu'à l'amener à signer le contrat.

— Quand pourrai-je commencer ? interrogea-t-elle, encore incrédule.

— Demain, la semaine prochaine, dès que vous foulerez le sol de Los Angeles. La compagnie vous offre le voyage, bien sûr, et vous fournira un appartement de fonction.

— Un appartement ? s'émerveilla-t-elle.

— Oui, à Newport Beach où se trouve notre siège social. Vous bénéficierez d'une vue splendide et aurez la possibilité de vous rendre en ville en un rien de temps… Eh bien, qu'en dites-vous ?

Ses doigts se portèrent vers la poche intérieure de son veston dans laquelle il avait glissé le contrat, dans l'espoir de lui extorquer une signature sur-le-champ.

— Je suis tentée de répondre oui. Mais je suis obligée de demander l'avis de mon père. Il va falloir quitter l'école. Il n'appréciera sûrement pas.

— Nous sommes disposés à vous aider à poursuivre vos études… A condition que vous ayez du temps libre, ce qui n'est pas évident. Vous serez très occupée. Votre programme comportera des séances de photos, beaucoup de publicité et, naturellement, énormément de vols d'essai.

C'était tout simplement fabuleux !

— En fait, je suis passé hier. Vous veniez de décoller, m'a-t-on dit. J'ai donné ma carte de visite à quelqu'un en le priant de vous la remettre, afin que vous m'appeliez… Comme je n'ai reçu aucun coup de fil, je suis revenu, de crainte que ma carte ait été égarée.

— Vous l'avez donnée à quelqu'un, dites-vous ?

Il ne pouvait s'agir que de Nick ou de son père.

— Je lui ai même précisé que j'étais descendu au Portsmouth. Avez-vous essayé de me joindre ? Peut-être n'ai-je pas eu le message.

— Je n'ai jamais eu cette carte entre les mains.

— Ce n'est pas grave, puisque je vous ai retrouvée aujourd'hui. Voici le contrat. Vous n'aurez plus qu'à l'étudier avec votre père.

— De quoi s'agit-il ?

— Cela vous engage à tester de nouveaux modèles et à faire de la publicité pour la compagnie pendant un an. Rien de plus… Vous n'y décèlerez aucune anomalie, vous verrez, ajouta-t-il avec assurance.

Les doigts tremblants, Cassie saisit le feuillet plié. Personne n'aurait laissé passer une pareille chance.

« C'est trop beau pour être vrai », lui susurra une petite voix intérieure qu'elle s'efforça d'ignorer.

— Merci. Je le montrerai à mon père.

Et elle lui demanderait pour quelle raison lui et Nick lui avaient caché la visite de Desmond. En leur accordant le bénéfice du doute, elle conclut à un oubli. Encore que… La même petite voix lui suggéra qu'ils l'avaient fait exprès. Mais pourquoi ? Elle allait tirer cela au clair.

— Eh bien, je vous laisse réfléchir. Rendez-vous demain matin. Je vous invite à prendre le petit déjeuner à mon hôtel. Huit heures et demie, cela vous convient-il ? Je repars pour la côte Ouest dans la journée… J'ose espérer que vous m'y rejoindrez dans quelques jours.

Il lui décocha de nouveau son sourire irrésistible.

— Huit heures et demie, d'accord ?

— D'accord.

Il lui serra la main avec fermeté, après quoi il remonta dans sa voiture et démarra. Elle attendit jusqu'à ce que la Lincoln émeraude ait disparu à l'horizon. Des bribes d'articles à propos de Desmond Williams lui revinrent à l'esprit. Trente-quatre ans… l'une des plus grosses fortunes du monde… héritier d'un empire bâti par son père. Sa compagnie se signalait dans la construction d'aéronefs d'avant-garde. Implacable en affaires, il passait pour un requin… Elle avait vu sa photo dans un magazine, en compagnie d'un groupe d'étoiles du grand écran… En quoi un homme d'une telle importance pouvait-il avoir besoin de Cassie O'Malley ?

A pas lents, le cœur battant la chamade, l'esprit embrumé, elle se dirigea vers le bâtiment de l'aéroport. Elle pénétra dans le bureau de Nick sans frapper. Pat, qui était présent, considéra, surpris, sa figure maculée d'huile, ses cheveux mal peignés, son air accusateur.

— Que se passe-t-il ? Un problème avec le de Havilland ?

Pour toute réponse, elle agita le contrat.

— Pourquoi ne m'as-tu pas dit que quelqu'un était passé me voir hier ?

— Comment le sais-tu ?

Pat avait sursauté. Si Nick l'avait trahi… Et pourtant, ce dernier semblait aussi surpris.

— Peu importe, reprit Cassie. Un homme est

passé hier. Il a laissé sa carte de visite. Ni l'un ni l'autre ne vous êtes donné la peine de m'en informer. L'omission étant une forme de mensonge, je suis venue vous poser la question : pourquoi m'avez-vous menti ?

Son regard chargé de reproches allait de Nick à son père. Celui-ci adopta de son mieux une expression détachée.

— Je n'ai pas pensé que c'était important. Je crois que j'ai oublié, tout bêtement.

— Savez-vous qui il est ? jeta-t-elle, interloquée par leur ignorance. Desmond Williams. Le propriétaire de la compagnie Williams.

L'une des plus grosses compagnies d'avions à l'échelle mondiale, la seconde des États-Unis. Donc, un homme important, quoi qu'en dise son père.

— Qu'est-ce qu'il voulait ? s'enquit Nick d'un ton égal. A voir l'attitude de Cassie, il avait déjà tout deviné.

— Oh, trois fois rien. Juste me proposer des vols d'essai pour son compte. Un job modeste, avec un salaire royal.

Les deux hommes échangèrent un regard sombre. Leurs pires craintes venaient de se réaliser.

— Belle offre, murmura Nick, nonchalant. Où se niche l'attrape-nigaud ?

— Il n'y en a pas.

— Il y en a toujours un, hélas.

Elle n'était encore qu'une enfant. Un être sensible et fragile qu'il fallait protéger. Desmond Williams sillonnait le pays à la recherche de supports publicitaires. Une fois qu'il aurait mis le grappin sur Cassie, il la presserait comme un citron. Et pas seulement pour des vols d'essai. Il ferait d'elle la mascotte de sa compagnie, avec tout ce que cela signifiait de publicité, de photos, d'interviews.

— A-t-il établi un contrat à ton nom ?

— Évidemment !

— Puis-je jeter un coup d'œil ?

Elle lui passa le feuillet, sous le regard anxieux de Pat.

— Tu lui diras non, Cassandra Maureen ! ordonna-t-il, alors que Nick examinait chaque clause.

Il n'y avait rien à redire. Ils lui offraient une voiture et un logement. En contrepartie, elle exercerait les fonctions de pilote d'essai. Le deuxième volet du contrat exigeait une disponibilité absolue destinée à la publicité de leurs produits. Cassie serait tenue d'assurer la promotion de nouveaux types d'avions auprès de la presse, par tous les moyens : photos, expositions, concours. En tant que porte-flambeau de la compagnie Williams, elle devrait se comporter en conséquence : ne pas fumer, ne pas boire. La société assumait tous ses frais : déplacements, garde-robe, tenues de vol. Son salaire annuel s'élevait à cinquante mille dollars. Le contrat, établi pour une durée d'un an, serait reconduit si les deux parties tombaient d'accord, et dans ce cas Cassie aurait la possibilité de renégocier ses honoraires. C'était le meilleur contrat que Nick ait jamais eu sous les yeux. Aucun homme de sa connaissance ne l'aurait refusé. Visiblement, Williams cherchait une femme pour ce poste enviable. Il s'agissait d'une opportunité rare, même si Cassie devait jouer à la fois le rôle du pilote et celui du modèle... Seule la méfiance spontanée qu'il éprouvait pour Desmond empêcha Nick de montrer son enthousiasme.

— Qu'en penses-tu, Pat ?

— Elle restera ici. Elle n'ira nulle part, encore moins en Californie.

Cassie lança à son père un regard glacial. Elle lui en voulait encore de lui avoir caché la visite de Desmond.

— Je n'ai pas encore décidé, papa. J'ai rendez-vous avec M. Williams demain matin.

— Tu décommanderas ! déclara fermement Pat.

Nick conserva un silence circonspect. Inutile de se perdre en arguties devant Cassie. Moins catégorique que Pat, il avait noté les aspects positifs du contrat. Le côté amusant de la chose. L'occasion de piloter des avions sensationnels. Le salaire, bien sûr, qui mettrait Cassie à l'abri du besoin pendant un bon bout de temps.

— Et le collège ? interrogea-t-il, après que Pat fut reparti en colère dans son bureau, en claquant violemment la porte derrière lui.

— Il a dit que je pourrais poursuivre mes études dès que j'aurais le temps.

— C'est-à-dire pas pour l'instant. Si j'ai bien compris, quand tu ne voleras pas, tu feras la publicité de la compagnie… Es-tu sûre d'avoir envie de ce job, Cass ?

Elle le regarda, songeuse. Elle avait scrupule à quitter la maison familiale, mais d'un autre côté, ici, quel serait son avenir ? Elle aimait bien traîner à l'aéroport, piloter les avions postaux à travers les États, participer aux concours annuels. Et après ? Il n'y avait pas vraiment d'avenir. Finalement, l'enseignement ne la tentait pas. Pas plus que le mariage. Que ferait-elle de sa vie ? Souvent, elle s'était posé la question. Pas grand-chose, hormis graisser des moteurs et transporter des marchandises en avion-cargo, en compagnie de Billy Nolan.

— Qu'est-ce que je fais ici ? demanda-t-elle avec franchise.

— Rien, à part travailler avec moi.

Si seulement ça pouvait durer jusqu'à la fin des temps !

— Oh, Nick, je n'hésiterais pas s'il ne fallait pas vous quitter. L'idéal serait de tous vous emmener avec moi.

— Selon ton contrat, tu disposeras d'un avion privé pour tes week-ends. Tu passeras nous dire bonjour… dans un superbe Phaeton certainement.

— Pourquoi pas un Starlifter ? S'il ne tenait qu'à moi je le volerais pour vous en faire cadeau.

— En voilà une bonne idée. Ton vieux père changera d'avis quand il saura que tu nous pourvoiras en modèles aérodynamiques.

Il rit à sa propre plaisanterie, mais le cœur n'y était pas. Sans Cassie, son existence ne serait plus qu'une succession interminable de jours mornes. Un désert sans fin. L'idée même qu'elle habiterait Los Angeles lui était une véritable torture.

Pat ruminait les mêmes idées noires. Il n'était nullement prêt à perdre sa petite fille chérie. Chris était résolu à finir ses études d'architecture en Europe, mais cela ne se passerait pas avant deux ans. Alors que le départ de Cassie semblait imminent.

— Tu n'iras nulle part ! répéta-t-il un peu plus tard, bourru.

Cassie ne répondit rien. Elle n'avait pris aucune

décision. Elle avait besoin d'en reparler avec Nick. Ils eurent une longue discussion au terme de laquelle il sut qu'elle devait suivre son destin. D'immenses possibilités s'offraient à elle, il fallait les saisir. L'argent, la renommée, les avions, les vols d'essai, les bénéfices qu'elle en tirerait, tout plaidait en faveur du contrat. Une telle chance ne se présentait pas deux fois au cours d'une vie. Mais comment s'y prendrait-elle pour convaincre son père ?

Mis au courant par Cassie, Billy Nolan fit montre d'un enthousiasme tempéré. Il connaissait Desmond Williams de réputation. Sur la côte Ouest, les avis divergeaient à son sujet. D'aucuns louaient son honnêteté, d'autres le taxaient d'incorrection. Il avait offert un emploi à une fille de San Francisco, une amie de Billy, et elle l'avait détesté. Le travail était épuisant, avait-elle déclaré, et Desmond se comportait avec son personnel comme s'il lui appartenait.

— Entre nous, elle était piètre pilote, conclut Billy. Vous, vous avez toutes vos chances... Un de ces jours, vous supplanterez Mary Nicholson.

Il faisait allusion à l'une des stars du moment, mais Cassie avait du mal à s'imaginer célèbre.

— Rien de moins sûr, répliqua-t-elle d'un ton lugubre.

Ses hésitations avaient repris le dessus. Accepter l'offre de Williams signifiait qu'elle s'éloignerait de sa famille. Sa mère et son père ressentiraient sa décision comme un abandon et elle, elle se le reprocherait toute sa vie. D'un autre côté, la compagnie Williams lui ouvrirait des horizons jusqu'ici insoupçonnés. La campagne de presse dont elle serait l'objet lui importait peu. Elle désirait avant tout voler... Et les avions de Williams étaient les meilleurs du monde.

— Réfléchissez, lui dit Billy. C'est quand même une sacrée chance.

Au même moment, Nick avançait le même argument à l'adresse de Pat. Une fois de plus, il avait énuméré les qualités de Cassie. Allait-on la condamner à survoler les plaines monotones du Midwest dans de vieux tacots ?

— Si tu ne lui avais pas appris à piloter, on n'en serait pas là ! rugit Pat, hors de lui.

Il en voulait à la terre entière. A Nick, à Cassie, à Chris. A tous. Il fulminait et éprouva le besoin de trouver un bouc émissaire. Il ne tarda pas à jeter la pierre à Desmond Williams. Chez le patron des célèbres lignes aériennes, il décela soudain une nature démoniaque qu'il convenait, d'emblée, de combattre.

— ... un criminel, voilà ce qu'il est, ton Desmond. Un être libidineux qui s'en prend aux jeunes filles innocentes pour abuser d'elles.

Nick eut pitié de lui. Après tant d'années, sans y avoir été préparé, il était sur le point de perdre sa fille chérie. Nick ne savait que trop bien ce que son ami éprouvait. Il ressentait la même peine, le même désespoir. Mais Cassie était faite pour voler... comme un oiseau... libre de toute entrave. Le temps était venu pour elle de se mesurer aux aigles.

— Tu ne peux pas la retenir, Pat. Ce n'est pas juste. Elle mérite une vie meilleure.

— Tout est ta faute ! Tu n'avais pas à lui apprendre à voler aussi bien !

Le reproche arracha à Nick un rire amer. Les

deux hommes s'octroyèrent une généreuse rasade de whisky. Ils burent en silence, chacun noyant dans l'alcool son chagrin.

— Et Oona qui ne sait encore rien ! se lamenta Pat.

Il la mit au courant le soir même. Immédiatement, elle se déclara choquée. Une jeune fille, dans la jungle des mégalopoles, s'exposait immanquablement à l'immoralité ambiante. Elle était incapable d'imaginer Cassie vivant ailleurs qu'à la maison. Encore moins seule, à Los Angeles.

— Pilote d'essai, dis-tu ? Porte-parole publicitaire ? Et ces photos ? Sont-elles décentes ? Elle ne posera pas nue, au moins ?

— Bien sûr que non, Oona. Elle ne travaillera pas dans une boîte de strip-tease. Son patron construit des avions.

— Alors que veut-il à notre petite fille ?

— Notre « petite fille », comme tu dis, est le meilleur pilote que j'aie jamais vu, y compris Nick Galvin et Rickenbacker. La meilleure, m'entends-tu ? grommela Pat, d'un air malheureux. Le dénommé Williams a oublié d'être bête. Il l'a vue il y a deux jours à la compétition et il a tout compris. Soit dit en passant, la petite idiote a bien failli se tuer pour remporter la coupe, mais elle l'a eue avec les honneurs. Grâce à une chute libre suivie d'une vrille à quinze pieds du sol. Quinze pieds !

— Et Williams voudrait l'engager comme cascadeur ?

— Comme pilote d'essai. Il aimerait aussi qu'elle batte quelques records. Ses avocats ont rédigé un contrat en béton. Je l'ai lu. Il n'a pas l'air malhonnête. Seulement je déteste l'idée de la voir partir loin de nous. Comme toi.

— Et elle ? Qu'a-t-elle décidé ?

Ils savaient tous que Desmond attendait sa réponse le lendemain matin.

— A mon avis, elle meurt d'envie d'y aller. Elle dit que chacun a le droit de choisir librement son destin.

— Et tu n'as rien dit ? s'écria Oona, les yeux écarquillés.

Une moue résignée se dessina sur les lèvres de Pat.

— Mais si, bien sûr ! Je lui ai interdit d'y aller. Comme je lui avais interdit de piloter.

— Ça ne t'avait pas beaucoup avancé, sourit Oona. Je suppose que ça ne t'avancera pas plus cette fois-ci.

— Bon sang ! Que faire ?

Pat s'était tourné vers son épouse, en quête d'un conseil. Il se fiait à la justesse de son jugement, réalisa-t-il tout à coup. Il lui vouait une confiance illimitée, surtout lorsqu'il s'agissait de leurs filles.

— Je crois qu'il faut la laisser agir à sa guise, mon chéri. Qu'elle aille piloter des avions en Californie, si c'est vraiment ce qu'elle désire. Elle nous reviendra. Elle sait combien nous l'aimons.

Ils la firent venir dans leur chambre.

— Ta mère et moi avons beaucoup réfléchi, Cassie… Nous avons conclu que la décision te revient. Quoi qu'il advienne, sache que nous serons toujours là. Mais si tu t'en vas, tu auras intérêt à revenir nous voir, et le plus souvent possible !

Il y avait des larmes dans ses yeux, quand Pat

enlaça sa fille. Elle se pendit à son cou, avant d'embrasser sa mère qui pleurait.

— Merci... oh, merci... Si vous saviez dans quel dilemme je me débats...

— Tu n'as pas encore tranché ? questionna Oona.

L'excitation qu'ils perçurent dans son regard réduisit à néant le peu d'espoir qu'ils avaient encore.

— J'irai, dit-elle.

Mais les quitter fut plus dur qu'elle ne l'avait pensé.

Le lendemain matin, elle rencontra Desmond Williams à l'hôtel Portsmouth. D'une main ferme, elle apposa sa signature au bas du formulaire. Elle avait commandé du café noir et des toasts auxquels elle avait à peine touché. Elle eut l'impression confuse d'amorcer un gigantesque tournant.

— ... le vol de Chicago à Los Angeles, disait son patron, mais elle n'entendait que des bribes de phrases.

« Appartement, voiture... uniformes... attachée de presse... garde-robe, gardes du corps, résidence secondaire à Malibu. »

— La compagnie mettra également un avion privé à votre disposition, de manière que vous puissiez passer les week-ends chez vos parents... Si votre emploi du temps le permet, naturellement.

Un emploi du temps chargé, qui commencerait cinq jours plus tard, et qui comportait une conférence de presse, une apparition aux actualités cinématographiques, un vol d'essai, dans la foulée, avec le nouveau Starlifter. Il souhaitait la présenter à l'Amérique. Afin de la familiariser avec ses avions, il lui donnait carte blanche sur les horaires.

— Je n'arrive pas à y croire, soupira-t-elle à l'intention de Billy, plus tard, de retour à l'aéroport.

— Cassie, je vous envie. Vous avez décroché le contrat du siècle.

— En tout cas, je reviendrai dans quinze jours.

Ses parents organisèrent un succulent dîner la veille de son départ. Toute la famille réunie trinqua à la santé de la future star. Seul Bobby manquait. Elle l'avait aperçu deux jours plus tôt, à la veillée funèbre de Jim Bradshaw… Il parlait à mi-voix à Peggy, un enfant sur les genoux.

Nick, assis à table auprès d'elle, fit tout pour lui remonter le moral. C'était elle qui partait et, pourtant, une immense tristesse l'avait envahie. Subitement, elle avait pris conscience que Nick lui manquerait. Au dessert, elle ravala ses larmes en se demandant si elle survivrait loin de lui.

Le lendemain, tout le monde était à l'aéroport. Nick la conduirait dans le vieux Vega à Chicago, d'où elle prendrait un vol régulier de la compagnie Williams. Cassie embrassa sa mère, ses sœurs, son petit frère Chris. Elle se dirigea vers son père et tous deux se dévisagèrent, les yeux embués. Pat se retint pour ne pas la supplier de rester.

— Merci papa, chuchota-t-elle dans son cou, tandis qu'il la serrait dans ses bras.

— Sois prudente, petite. Fais attention. Sois à la hauteur. Sinon, ils ne te le pardonneront pas.

— Je t'en donne ma parole, papa.

— Ah, j'aimerais bien pouvoir te croire, sacrée

bonne femme de pilote ! sourit-il à travers ses larmes.

Il la poussa gentiment vers Nick, qui attendait.

Lorsqu'ils décollèrent, ils virent Chris et Billy qui leur faisaient de grands signes. Cassie soupira. Les collines verdoyantes couronnaient le rectangle blanc de l'aéroport. Une boule se forma dans sa gorge. En bas, les arbres ondulaient doucement, comme pour la saluer. L'avion changea de cap, et l'image disparut. Elle se tourna vers Nick, le cœur lourd.

— Tu as de la chance, poussin, lui rappela-t-il. Tu l'as mérité. Tu réussiras, j'en suis sûr. Ne laisse pas tous ces citadins profiter de ton talent.

Desmond Williams ne se gênerait pas pour l'exploiter, songea-t-il. C'était un homme d'affaires habile, il l'avait prouvé. Son flair l'avait guidé. Il avait embauché le pilote idéal : une jeune femme douée, dont l'intelligence et la beauté deviendraient le symbole de ses bâtiments ailés. L'Amérique tomberait amoureuse d'elle. Cassie irait loin. Et ce n'était qu'un début. Alors que pour lui, c'était la fin. Mais il avait opté pour le silence. Après mûre réflexion, il s'était résolu à tout sacrifier pour elle, pour son avenir. C'était son dernier cadeau d'amour : la liberté.

— Ne permets à personne de te pousser à bout, reprit-il posément. Tu es une fille épatante mais ne dépasse jamais tes limites. S'ils t'en font voir de toutes les couleurs, tu n'as qu'à me passer un coup de fil. Je viendrai te chercher.

Elle opina du chef, rassurée.

— Tu viendras me voir ?

— Oui. Chaque fois que je le pourrai.

— Alors ne réserve pas les vols à destination de la Californie pour Billy.

La sentant tendue, il esquissa un sourire désabusé.

— Ah bon ? J'aurais parié que c'est lui que tu préférais voir… Me suis-je trompé ?

Les prédictions de Pat s'étaient avérées justes. Ses rapports avec Billy Nolan n'avaient rien d'amoureux. Mais il avait besoin de l'entendre le confirmer.

— Billy n'est qu'un copain, dit-elle tranquillement. Tu le sais.

— Oui, je le sais.

— Eh bien, tu m'as l'air de savoir un tas de choses, monsieur Stick. Sur moi, sur ma vie, sur ce qui me tient à cœur. Tu m'as beaucoup appris, Nick. Grâce à toi, mon existence a un sens. Tu m'as tout donné.

— Pas assez, Cass, pas assez.

— Si, je te dois tout.

Son amour pour lui brillait dans ses prunelles bleu pâle.

— Que veux-tu, je ne suis pas Desmond Williams.

— Qui est-ce ? Une célébrité ? Et alors ?

— Un jour tu seras aussi célèbre que lui. Peut-être même plus.

— Grâce aux journaux et aux actualités cinématographiques, oui. Tout cela n'est que du spectacle. La réalité est tout autre.

— Tu as raison, Cass, ne te laisse pas prendre au piège des mondanités. Reste ce que tu es.

A Chicago, il l'escorta jusqu'à l'avion, en portant sa valise. Elle était vêtue d'un tailleur bleu

184

marine qui avait appartenu à sa mère. Bien qu'un peu passé de mode et légèrement trop grand, il ne ternissait en rien son éclat. A vingt ans, elle était belle comme le jour, avec sa chevelure de feu, ses immenses yeux d'azur, ses longues jambes et sa taille menue qu'il aimait entourer de ses mains quand il l'aidait à sauter à terre. Maintenant, elle levait sur lui un regard d'enfant perdue. S'il s'était écouté, il l'aurait ramenée sur-le-champ chez sa mère. Des larmes coulèrent sur les joues de Cassie... Le quitter était au-dessus de ses forces.

— Oh, Nick, viens me voir. Tu me manqueras tellement.

— Je serai toujours là pour toi, poussin. Ne l'oublie jamais.

— Je ne l'oublierai pas, dit-elle d'une toute petite voix.

Il s'inclina légèrement pour déposer un unique baiser sur le sommet de sa tête cuivrée. Ensuite, il s'éloigna d'un pas raide. S'il avait prononcé un mot de plus, sa voix l'aurait trahi.

11

Trois personnes l'attendaient à Los Angeles : un porte-parole de la compagnie, un chauffeur, la secrétaire particulière de M. Williams… Alors que la conduite intérieure noire enfilait Sunset Boulevard en direction du front de mer, le porte-parole lui tendit une feuille avec ses rendez-vous pour la semaine, une liste des prototypes qu'elle était censée tester, les soirées auxquelles elle devrait assister, dont deux ou trois avec M. Williams… « Un agenda de ministre, songea-t-elle, si Nick voyait ça ! » Sa joie éclata librement en découvrant l'appartement de Newport Beach. Une chambre à coucher, un salon, une salle à manger surplombaient l'océan. Ceint d'une large terrasse décorée de palmiers en pots, l'appartement jouissait d'une vue splendide… Les murs étaient peints d'un beige très clair, chaque pièce recelait des trésors qui arrachèrent à l'arrivante des cris d'émerveillement : réfrigérateur regorgeant de victuailles, meubles de qualité, commodes emplies de linge de maison italien. Une femme de ménage viendrait tous les jours et s'occuperait du service au cas où Cassie aurait des invités.

— Oh, mon Dieu ! s'exclama la jeune maîtresse

de céans en se penchant sur un tiroir débordant de nappes brodées, à quoi servent-elles ?

Oona aurait donné dix ans de sa vie pour posséder une telle nappe.

— M. Williams les a commandées en prévision de vos dîners, déclara d'un ton neutre Mlle Fitzpatrick.

Elle avait le double de l'âge de Cassie et sortait de l'école des arts d'agrément la plus huppée de la côte Est… Elle ne savait pratiquement rien sur les avions mais connaissait sur le bout des doigts le code du savoir-vivre.

— Quels dîners ? Je ne connais personne ici.

Elle mourait d'envie de faire visiter son petit palais à Nick, Billy, ses sœurs, ses parents… Mais ils n'étaient pas là et elle ressentit cruellement leur absence. Cassie passa dans la chambre. L'armoire révéla une garde-robe qui lui parut somptueuse : trois ou quatre tailleurs d'excellente coupe aux couleurs sobres, des chapeaux assortis, un fourreau en crêpe de soie noire, deux robes de cocktail courtes. Des chaussures plates, des escarpins. Des sacs. Dans un petit placard s'alignaient ses uniformes de travail, bleu marine galonnés d'une mince tresse d'or. Avec des chaussures assorties. Une casquette assez coquine, spécialement conçue pour elle. Bizarrement, en contemplant ses nouvelles possessions, son petit visage s'assombrit. Nick avait peut-être vu juste. Les fins limiers des lignes aériennes Williams s'appliqueraient à la transformer en « skygirl », une de ces pin up de l'air mieux connues pour leurs charmes que pour leurs aptitudes aux commandes.

Tout semblait trop bien orchestré. Elle eut la sensation d'être prisonnière d'un rêve étrange. Comme si une ligne de démarcation avait soudain scindé son existence en deux… Comme si, en franchissant cette ligne, elle s'était retrouvée dans la vie de quelqu'un d'autre…

Elle retourna vers le salon, songeuse, et y découvrit une inconnue, qui se leva à son approche. Une jeune femme vêtue d'un élégant tailleur gris perle, coiffée d'un amusant petit chapeau d'où dépassaient des cheveux blond foncé coupés au carré. Tout en elle dénotait une énergie chaleureuse : son sourire, sa voix, son regard vif.

Mlle Fitzpatrick fit les présentations.

— Voici Nancy Firestone. Votre assistante… votre chaperon, si vous voulez, suivant les circonstances. Elle vous aidera à venir à bout de vos nombreuses obligations sociales et vous servira d'attachée de presse. A l'occasion, elle vous accompagnera aux rallyes et autres manifestations populaires auxquels vous serez conviée.

Cassie ébaucha un mouvement de recul. Que voulaient-ils qu'elle fasse d'un chaperon ? L'abandonner sur la piste d'envol lorsqu'elle décollerait ? Compte tenu de son programme à terre, elle se demanda si elle aurait jamais le temps de voler à bord d'une des superbes créations de la compagnie.

— Vous devez vous sentir débordée, dit Nancy Firestone, d'une voix empreinte de sympathie. Je vais défaire votre bagage, puis nous examinerons ensemble le programme de la journée, pendant le déjeuner.

Cassie jeta un coup d'œil perdu alentour. Une employée de maison d'un certain âge, vêtue d'une robe noire égayée d'un tablier immaculé, beurrait consciencieusement des toasts dans la cuisine… Mal à l'aise, Cassie battit en retraite. Elle n'avait pas l'habitude d'être ainsi entourée. Desmond Williams avait cru devancer ses désirs. Il avait bâti à son intention un cocon agréable et douillet. Mais au milieu de tous ces étrangers, un effroyable sentiment de solitude écrasa Cassie. La sentant tendue, Nancy Firestone revint auprès d'elle. Desmond l'avait engagée pour ça. Pour prévenir le moindre désir de la future vedette, tout en la rassurant.

— Allons-nous voir les avions aujourd'hui ? s'impatienta Cassie.

La géométrie variable et les nouvelles formes de voilure l'attiraient davantage que les toilettes chic rangées dans son placard. Elle n'était pas venue en Californie pour essayer des robes. Elle était venue pour piloter des avions. Et tous ces chapeaux, ces chaussures, ces gants seyaient mieux à un mannequin qu'à une aviatrice. Elle éprouva une vague de nostalgie pour sa vie simple dans l'Illinois, revit les hangars où s'alignaient les appareils de son père, et une larme miroita au bord de ses cils, vite balayée d'un revers de la main.

— Nous irons à l'aérodrome demain, répondit Nancy d'une voix douce.

Desmond lui avait recommandé de ne pas brusquer Cassie. Sa mission consistait à guider la jeune novice à travers les méandres de ses multiples devoirs, sans précipitation inutile. L'homme d'affaires redoutait les réactions de sa nouvelle recrue. Trop de changements risquaient d'engendrer le rejet. Il la savait obstinée, persévérante, éprise de liberté. Elle était capable de tout envoyer promener, sur un coup de tête. Il voulait que Nancy l'aide à se familiariser avec un milieu qui pourrait l'effaroucher au premier abord.

— M. Williams n'a pas voulu vous harasser dès le premier jour, expliqua-t-elle, alors qu'elles s'attablaient devant un assortiment de sandwiches accompagnés d'une salade de crudités.

Cassie n'avait pas faim.

— Les journalistes vous intervieweront cet après-midi à cinq heures, poursuivit Nancy, penchée sur son calepin. La coiffeuse arrivera à trois heures… En attendant, nous avons mille détails à mettre au point.

Elle avait adopté un ton léger, comme si elles étaient deux amies sur le point de se rendre à une soirée. Cassie n'avait pas desserré les dents. Un début de migraine lui vrillait les tempes. La secrétaire particulière de M. Williams posa sur la table basse une pile de dossiers contenant les dernières constructions aéronavales de la compagnie. Avant de prendre congé, elle annonça que M. Williams passerait prendre Cassie entre quatre heures et quatre heures et demie.

— M. Williams vous accompagnera à votre conférence de presse, déclara Nancy, lorsqu'elles furent seules.

C'était certainement un grand honneur, mais Cassie n'en fut que plus désemparée. Les journalistes la terrifiaient. Elle fixa Nancy Firestone d'un regard implorant. Ses sentiments se succédaient sur son visage juvénile comme de sombres nuages sur un ciel clair. A quoi rimait cette comédie ? Que faisait-elle ici ? Quand aurait-elle l'occasion d'effectuer son premier vol d'essai ?

— Vous semblez désorientée et je vous

comprends, dit Nancy, comme si elle avait lu dans ses pensées. Patience, mon chou ! Vous vous habituerez.

Son sourire chaleureux fit à Cassie l'effet d'un rayon de soleil. C'était une jolie femme, mais même quand elle souriait, ses yeux demeuraient tristes.

— Je ne sais par où commencer, finit par murmurer Cassie, en déployant un effort surhumain pour refouler ses larmes.

Étrange sensation ! Elle avait été reçue comme une princesse, couverte de cadeaux, entourée de personnes prévenantes. Toutefois, une sourde frayeur la tenaillait. Jusqu'alors, elle ne s'était jamais inquiétée de son apparence. Et voilà qu'elle devait soudain répondre à des exigences dont elle ne s'était jamais préoccupée. S'astreindre aux trois règles d'or établies par son patron : être élégante, bien coiffée, amusante, voire spirituelle, devant un groupe de journalistes qu'elle ne connaissait pas.

Que cherche-t-il au juste ? demanda-t-elle, les yeux rivés sur les flots indigo du Pacifique. Pour quelle raison m'a-t-il embauchée ?

— Parce que, d'après ce que j'ai cru comprendre, il vous considère comme le meilleur pilote qu'il ait jamais rencontré… A l'entendre, vous êtes extraordinaire, Cassie. Desmond n'est pas du genre à se laisser impressionner facilement. Il n'a pas cessé de vous porter au pinacle depuis qu'il a assisté à votre performance au salon de l'aviation de Peoria… Mais il vous a aussi engagée parce que vous êtes une femme. Il accorde à ce fait une importance capitale.

Desmond aimait s'entourer de femmes, mais

Nancy passa ce point sous silence… Des femmes à même de servir ses intérêts, bien sûr, car en fait il ne s'était jamais attaché à aucune d'elles.

— Il pense que les femmes sont plus aptes à rentabiliser son commerce, car elles sont plus attirantes, reprit Nancy. A son avis, l'avenir de l'aviation repose sur des personnes comme vous. Le public et la presse finiront par vous confondre avec l'image de marque de sa compagnie.

Elle omit de signaler que le physique de Cassie avait lourdement pesé dans la balance. Moins jolie, elle n'aurait pas été ici. Desmond avait longtemps cherché une femme pilote correspondant à ses critères. Douée, naturellement. Belle, surtout… Il avait fait le tour de tous les shows aériens avant de jeter son dévolu sur Cassie O'Malley. Cette idée l'avait obsédé des années durant, bien avant que George Putnam ait découvert Amelia Earhart.

— Mais pourquoi moi ? Qui se soucie d'une parfaite inconnue ?

Elle ne comprenait toujours pas. Son esprit, encore trop candide, n'arrivait pas à pénétrer les arcanes d'une personnalité aussi complexe que celle de Desmond Williams. Nancy en avait mieux saisi le mécanisme. Avant son décès, son mari lui avait souvent dressé le portrait psychologique de Desmond. Et depuis la mort de Skip, l'un des meilleurs pilotes de la compagnie, Nancy avait eu l'occasion de vérifier l'exactitude de ses jugements… Desmond Williams lui avait tendu une main secourable. D'une certaine manière, il s'était substitué à la providence. Nancy lui vouait une profonde gratitude. Cependant certains aspects de son caractère demeuraient inexplicables, voire irritants. Il y avait une face sombre chez lui, une zone énigmatique et par là même effrayante. Par exemple, lorsqu'il voulait quelque chose, il n'avait de cesse de l'obtenir, et rien ne pouvait se mettre en travers de sa route.

A la mort de Skip, il avait pris en main le destin de Nancy et de sa fille, Jane. Elles faisaient partie de la famille, avait-il décrété. Il était hors de question que la firme les laisse tomber. Un compte bancaire sur lequel il virait régulièrement une pension rondelette avait assuré l'éducation de Jane et les besoins de Nancy. Skip Firestone était mort en service, et Desmond n'était pas près de l'oublier. Il avait alloué une maison à sa veuve et à sa fille. En échange, Nancy avait signé un contrat qui la liait au département publicitaire de la compagnie pendant vingt ans... De toute façon, elle n'avait pas le choix. Skip n'avait laissé que des dettes et de doux souvenirs. Subtilement, Desmond avait fait comprendre à Nancy qu'elle lui devait tout... Il l'avait enfermée dans une cage dorée, la traitait avec courtoisie, utilisait ses compétences, sans jamais lui permettre d'oublier qu'elle lui appartenait, au même titre que la majorité de ses employés.

La sécurité matérielle compensait le manque de liberté. Nancy ne possédait aucune qualification pour postuler à un autre emploi. Si elle quittait Desmond, elle perdrait tout : le confort, le luxe qui lui était devenu indispensable... Williams savait détecter chez les gens ce qu'ils pouvaient lui donner. Il en payait le prix. Après quoi, il considérait qu'il les avait achetés et qu'il en était donc le propriétaire.

Nancy sourit à Cassie.

— Bientôt, on ne parlera plus que de vous. Vous aurez l'Amérique tout entière à vos pieds. La compagnie Williams produit les meilleurs avions du monde. Le public ne tardera pas à vous identifier à ses modèles.

Dans peu de temps, la magie de la publicité projetterait Cassie sur le devant de la scène. Desmond l'avait parfaitement compris. Voilà des années qu'il cherchait une femme susceptible d'incarner le rêve américain. Il l'avait enfin trouvée : une fille ravissante, toute simple, qui, de surcroît, supplantait les meilleurs pilotes. Le destin avait placé Cassie O'Malley sur son chemin Elle avait de la chance, se dit Nancy, même si c'était Desmond qui tirerait les ficelles. Elle deviendrait riche et célèbre. Desmond comptait la propulser au zénith.

— Je trouve cela étrange, dit Cassie, le front plissé. Je ne suis pas Jean Batten ou Amy Johnson... Je suis simplement une gamine de l'Illinois qui a gagné quatre prix à des compétitions locales. Il n'y a pas de quoi en faire un plat.

— Vous serez quelqu'un à partir de cinq heures de l'après-midi. (Desmond avait été sur la brèche, sitôt qu'ils avaient signé le contrat. Il avait alerté la presse, préparé le terrain sans relâche.) Voyez comment les autres vedettes de l'aviation ont été lancées.

— Une pionnière comme Earhart ne doit sa réputation qu'à son talent, objecta Cassie.

— Earhart ne serait rien sans George Putnam. Desmond a toujours été fasciné par ce phénomène... Les effets de la médiatisation... Putnam a forgé une légende autour d'une aviatrice qui n'était pas forcément plus douée qu'une autre.

Cassie considéra un instant son interlocutrice. Elle avait tout de suite éprouvé un élan de sympathie à son égard. Mais quelque chose en Nancy Firestone l'intriguait… Elle paraissait entièrement dévouée à la cause de Cassie, mais sous l'enthousiasme pointait un soupçon de jalousie… Elle appelait leur patron par son prénom, comme pour souligner qu'elle le connaissait bien… trop bien peut-être. A plusieurs reprises, Cassie s'était demandé si le lien qui les unissait ne dépassait pas le cadre strictement professionnel.

A présent, Nancy s'était lancée dans une diatribe sur le marketing.

— Au dire de Desmond, on peut tout vendre grâce au marketing. A condition de bien cibler la clientèle. Vous faites partie de ce vaste projet, Cassie… Vous êtes l'instrument grâce auquel la courbe des ventes ne cessera de grimper.

Il s'agissait d'un concept original, dont Cassie n'avait pas encore saisi toutes les nuances. Elle était en train d'y réfléchir intensément, quand la coiffeuse arriva.

Entre-temps, Nancy avait évoqué Skip, puis Jane. Skip avait trouvé la mort un an plus tôt lors d'un vol d'essai à Las Vegas, avait-elle expliqué d'une voix sereine démentie par son regard d'une infinie tristesse. Comme si sa propre vie s'était terminée ce jour-là. Puis, Desmond Williams l'avait aidée à redémarrer.

— Desmond a été d'une grande gentillesse à mon égard et à celui de ma fille.

L'arrivée de la coiffeuse détendit l'atmosphère. Elle s'extasia devant la somptueuse chevelure rousse de Cassie et proposa une coupe à la Lauren Bacall… En effet, elle trouvait que la célèbre actrice et la nouvelle égérie de la compagnie Williams se ressemblaient de façon frappante. Cassie pouffa. Si Nick était présent, il aurait éclaté de rire, pensa-t-elle. Nancy se rangea immédiatement à l'opinion de la styliste. Celle-ci se mit à l'ouvrage aussitôt avec détermination.

— Seigneur, que veulent-ils donc ? gémit Cassie.

— Ils veulent que vous soyez belle, distinguée, bien élevée, et que vous pilotiez comme un ange, répondit Nancy.

Un sourire brilla sur les lèvres de Cassie. Nancy avait le don de rendre les choses si simples !

— Je suis un bon pilote... Si par « bien élevée », ils entendent ne pas boire jusqu'à en être ivre morte, je sais me tenir... « Distinguée » posera quelques problèmes... Et quant à être « belle », je crains que ce soit sans espoir.

Cassie adressa un clin d'œil à sa nouvelle amie. Sa frayeur première s'était volatilisée... On eût dit qu'elle jouait dans un film. Une sensation d'irréalité l'envahit.

— A mon avis, vous ne consultez pas suffisamment votre miroir, répliqua Nancy avec sincérité.

Cassie hocha la tête.

— Je n'ai pas le temps. A l'aéroport de papa, je passais mes journées à voler ou réparer des avions.

— Eh bien, dorénavant vous apprendrez à faire appel plus souvent à votre plus fidèle conseiller.

Desmond Williams avait vu juste, une fois de plus. Nancy Firestone méritait sa confiance. Avec son tact et son sens de la diplomatie, elle était la personne indiquée pour faire répéter à Cassie son rôle de vedette.

— Souriez et dites-vous que quelques photographes ne vous feront pas de mal, poursuivit Nancy.

Son instinct l'incitait à ménager la sensibilité exacerbée de sa protégée. Il fallait, peu à peu, l'amener à surmonter sa timidité, qui se traduisait par un refus catégorique des mondanités minutieusement programmées par Desmond. Mlle Fitzpatrick avait laissé toute une liste de sorties où figuraient les noms de ses cavaliers triés sur le volet.

Comme prévu, Cassie se rebiffa.

— Pourquoi dois-je y aller ?

— Pour vous montrer. Vous faire connaître. Il s'agit d'obligations sociales auxquelles vous ne pouvez vous soustraire. M. Williams a remué ciel et terre pour vous faire inviter. Il ne faut pas le décevoir.

— Oh…, murmura Cassie, frappée par la fermeté de son chaperon.

L'influence de Nancy commençait à opérer tout doucement. Elle avait su gagner la confiance de la jeune fille. Celle-ci la considéra, décontenancée. Tout était arrivé si vite ! Elle n'avait pas d'amis, ici, en dehors de Nancy… En effet, si M. Williams s'était donné autant de mal pour l'introduire dans le cercle de la haute société, mieux valait se plier à sa volonté de bonne grâce… Elle examina la liste avec un soupir : ces obligations sociales semblaient sans fin. Mais Desmond Williams savait très exactement ce qu'il faisait. Et Nancy également.

Ayant terminé, la coiffeuse recula pour admirer son œuvre. La nouvelle coiffure de Cassie, d'une simplicité recherchée, lui donnait un air sophistiqué… A trois heures et quart, elle prit un bain moussant... Une demi-heure plus tard, Nancy l'aida à se maquiller, après quoi elle enfila ses sous-vêtements et des bas de soie achetés pour elle. Enfin, elle passa un tailleur vert sombre, avant d'étudier son reflet dans le miroir cerclé d'or. Pour la première fois de sa vie, elle se découvrit belle. Mieux que cela. Superbe. La modeste chrysalide s'était muée en un papillon éclatant.

— Waou ! s'exclama Nancy.

— Des bas de soie ! exulta Cassie. Si maman les voyait !

— Vous n'avez pas de boucles d'oreilles ?

Le rire de la jeune fille s'éteignit. Elle secoua la tête... Oona avait bien hérité d'une paire de boucles d'oreilles de sa mère, mais Cassie n'en avait jamais eu. Ses sœurs non plus.

— Nous allons combler cette lacune.

D'une main fine, Nancy écrivit dans son calepin : « Boucles. Rang de perles. Broche. Bracelet. A voir. » Desmond avait été catégorique. A terre, sa protégée devait avoir l'air d'une grande dame. Pas de salopettes criblées de taches. Et pas de tenues de travail, sauf pour une série de photos promises au rédacteur en chef de *Life*.

Il arriva à quatre heures tapantes. La transformation de Cassie parut le satisfaire. Il lui tendit une liasse de documents sur le Phaeton et le Starlifter qu'elle testerait dans la semaine... La semaine suivante, le vol d'essai porterait sur un prototype révolutionnaire, véritable forteresse volante conçue pour l'armée de l'air.

En regardant les photos des avions, Cassie ne put s'empêcher de penser au mari de Nancy, mort en service. Et si les appareils de Desmond étaient trop dangereux, ou s'il lui demandait de prendre trop de risques ? Il suffisait qu'un grain de sable s'introduise dans l'engrenage parfaitement huilé et… Comme tout bon pilote d'essai, Cassie alliait courage et prudence. Elle regarda longuement un cliché du Phaeton expérimental, envoûtée par sa forme longiligne, et chassa la peur et le doute de son esprit.

— Vous voulez dire que je vais piloter ça ? s'exclama-t-elle. Allons-y tout de suite, alors. Pourquoi perdre du temps avec la presse ?

— La presse est toute-puissante, ma chère, déclara-t-il en riant. Les chroniqueurs bâtissent ou détruisent des carrières. Vous aurez tout intérêt à vous montrer aimable avec eux, continua-t-il avec un sourire encourageant.

Comme toujours, il était l'élégance masculine même : complet croisé bleu nuit fait sur mesure, chaussures de cuir souple et brillant cousues main, chemise immaculée. Ses cheveux dorés étaient impeccablement coiffés, comme d'habitude. Chez Desmond Williams, tout était soigneusement calculé. Cassie était encore trop jeune pour s'en rendre compte. Ce qu'elle voyait n'était qu'une image factice, une personnalité forgée de toutes pièces. Et c'était exactement ce que Desmond voulait qu'elle voie et ce qu'il voulait qu'elle devienne. Grâce à la précieuse Nancy, sa pouliche aurait bientôt le vernis social nécessaire à sa fulgurante ascension. En la regardant, il esquissa un sourire victorieux. Ce visage d'ange auréolé de cheveux légers et flous allait conquérir en un rien de temps l'Amérique… Comme dans un vertige, il sut qu'il avait gagné le gros lot. La jolie fille venue d'une petite ville, l'intrépide aviatrice dont les atouts supplanteraient rapidement ses collègues mâles. Dans six mois, tous les hommes du pays rêveraient de Cassie O'Malley. Les femmes en feraient une idole. Pour cela, Cassie devrait ajouter l'audace à la beauté et accomplir des exploits qu'aucun autre pilote n'aurait jamais osé tenter... Ça, c'était une idée géniale ! Desmond Williams avait passé au peigne fin les erreurs commises par ses prédécesseurs Des erreurs que lui ne commettrait pas. Devant lui s'étirait un parcours sans faute. A condition de toujours garder le contrôle sur Cassie... Cassie, dont l'étoile éclipserait les plus étincelants météores de la corporation. Car il allait la façonner entièrement à son idée, avec le concours de Nancy : elle aurait une éducation digne d'une princesse. Aucun journaliste, si indiscret fût-il, ne surprendrait jamais sa protégée sous l'emprise de l'alcool ou de la fatigue, après un long vol éreintant. Et il était hors de question qu'elle se trouve impliquée dans une idylle avec un quelconque Roméo indigne d'elle. Cassie O'Malley personnifierait la femme idéale.

— Prête pour le baptême du feu ? sourit-il.

« Pas mal pour un début », songea-t-il en relevant quelques infimes imperfections que Nancy se chargerait de gommer. Elle lui parut plus mince que dans son souvenir, plus grande aussi. Elle avait un corps fabuleux, qui méritait d'être mis en valeur sans sombrer dans la vulgarité. Il la jugea néanmoins prête pour ce qu'il appelait « le premier round ».

Elle dépassa ses espérances, dans la vaste salle de réunions, attenante à son bureau. Une vingtaine de représentants de la presse y avaient été rassemblés par ses soins... Des hommes qu'il savait sensibles aux charmes du sexe faible. Quelques militants féministes... Aucun des grands adeptes du cynisme... Après qu'il l'eut présentée, Cassie s'assit en bout de table, le visage pâle d'émotion, les lèvres couleur vermillon... Elle était superbe dans son tailleur vert bouteille, avec sa nouvelle coiffure, et l'éclat naturel de sa beauté.

Elle enchanta l'auditoire, qu'elle régala des récits de ses compétitions.

— J'ai passé toute mon enfance à traîner dans l'aéroport de mon père, la figure et les vêtements couverts d'huile... J'ai découvert que j'avais des cheveux roux en arrivant ici, ajouta-t-elle, arrachant un rire à l'assistance.

Conquis par son charme juvénile, les journalistes la traitèrent avec gentillesse. A mesure que l'interview tournait à l'avantage de Cassie, le sourire de Desmond s'agrandissait... Il dut mettre fin à la conférence, car les auditeurs, subjugués, s'éternisaient. Cassie leur raconta qu'elle s'était heurtée aux objections de son père. Et qu'après avoir bravé la tempête de neige avec Nick, Pat O'Malley l'avait autorisée à contrecœur à participer au sauvetage des victimes d'un accident ferroviaire.

— Dans quel appareil avez-vous volé à leur secours, miss O'Malley ?

— Un vieux Handley qui appartient à mon père.

Un murmure connaisseur parcourut le groupe. Les plus renseignés savaient que le Handley comptait parmi les modèles les plus durs à piloter. Ils savaient aussi que Desmond Williams n'aurait pas engagé n'importe qui.

Vers la fin de l'interview, ils l'appelaient par son

prénom. Ils avaient apprécié son absence de prétention, sa sincérité, son côté ingénu… Le lendemain,
le L.A. *Times* publiait une photo sensationnelle de
celle que d'ores et déjà on considérait comme « la
bombe rousse » qui ne tarderait pas à enflammer
Los Angeles.

La campagne de presse avait commencé. Dès
lors, Desmond lança à fond son poulain. Le lendemain, Cassie était sur le terrain, passant en revue
les derniers modèles de la compagnie, entourée
d'une foule de journalistes, dont les preneurs de
vues des actualités cinématographiques.

Sa mère, ses sœurs et leurs enfants se précipitèrent à l'unique cinéma de Good Hope… Cassie
aurait voulu que Nick et son père voient le film eux
aussi, mais une carte postale de Nick, sur laquelle
il avait griffonné « Tu nous manques, chère Skygirl », lui fit l'effet d'une douche froide… Il devait
faire allusion à l'uniforme aux boutons dorés
qu'elle portait pendant le tournage, mais il n'avait
pas daigné mentionner les fantastiques appareils
dont elle avait à présent la responsabilité.

Elle fit ses premiers vols avec le Phaeton, qui
n'était pas encore tout à fait au point, puis le Starlifter qu'elle maîtrisa à la perfection. Chaque
décollage, chaque parcours, chaque atterrissage
comportait une mine d'informations qu'elle com-
muniquait aux constructeurs de la compagnie. Desmond Williams lui confia ensuite un modèle fait
pour voler à haute altitude sur lequel ses ingénieurs
travaillaient encore. A quarante-six mille pieds,
Cassie, portant pour la première fois un masque à
oxygène et une combinaison chauffante, se pencha
sur l'immense ville qui, de cette hauteur, semblait

se diluer dans l'ombre des vallées, avec la sensation du conquérant contemplant sa conquête... Elle redescendit avec de précieux renseignements pour les concepteurs de l'avion qui cherchaient à convertir l'avion civil en bombardier. De son côté, Cassie avait parfaitement contrôlé son engin. L'un des ingénieurs et le pilote qui l'avaient accompagnée déclarèrent au retour que son assurance dépassait même celle de Lindbergh.

— Et en plus, elle est bien plus mignonne, souligna l'un des deux hommes.

Ça, Williams le savait. Ce qu'il ignorait, c'était que les compétences de son pilote fétiche dépasseraient bientôt ses espérances. Elle battit le record d'altitude deux semaines après son arrivée, puis un record de vitesse, avec le Phaeton, trois jours plus tard... Cassie volait enfin comme elle avait toujours rêvé de le faire. Mais en contrepartie, elle devait se plier aux contraintes des apparitions publiques, interviews, séances de photos et tournages auxquels son contrat l'obligeait. Elle se trouvait depuis trois semaines à peine à Los Angeles que déjà la presse la harcelait. Où qu'elle se rendît, les flashes crépitaient, ses fans se précipitaient en quête d'autographes. La jeune fille pauvre de l'Illinois faisait maintenant la une... Les journalistes, avides de commérages, la suivaient partout, jusque sur la piste d'envol.

— Écartez-vous ! hurla-t-elle un jour à partir du poste de pilotage. Vous risquez d'être écrasés.

Personne ne bougea, de crainte de rater le décollage. La frénésie qui s'était emparée de la presse ne fit que croître au fil des semaines. Discrètement renseignés par Williams, les journalistes connaissaient à l'avance les déplacements de la nouvelle étoile. Nancy ajoutait son grain de sel, fournissant aux chroniqueurs des détails sur les petites manies de Cassie. Un jour vint où il n'y eut pas une revue qui ne publiât ses photos. Journaux et magazines regorgeaient d'articles sur ses exploits…

On lui fit un pont d'or pour faire la publicité des céréales qu'elle prenait au petit déjeuner. Quand Nick découvrit sa photo dans la revue en question, il déchira le magazine d'un geste rageur.

— Comment peux-tu supporter ça ? fulmina-t-il à l'adresse de Pat. Quel métier exerce-t-elle, à la fin ? Vendeuse de céréales ou pilote ?

— L'un n'empêche pas l'autre, répondit Pat, avec philosophie. (Cela ne le dérangeait pas, et de toute façon il n'avait jamais cru que les femmes pussent sérieusement embrasser cette carrière.) Sa mère en est ravie.

— Alors quand trouve-t-elle le temps de voler ? grogna Nick.

— Comment veux-tu que je le sache, mon vieux Stick ? Va donc le lui demander toi-même, répondit Pat en souriant.

Depuis que sa fille s'était expatriée en Californie, le vieil aviateur affichait un calme olympien. Certes, il aurait préféré qu'elle termine ses études Mais il était bien forcé d'admettre que Cassie conduisait des appareils dont il n'avait jamais osé rêver. Des avions somptueux. Au fond, il était fier de ses performances, bien qu'il gardât à ce sujet un silence circonspect. Nick n'avait pas encore eu le temps de faire un saut à Los Angeles. En dépit de l'aide précieuse de Billy Nolan, il n'avait pas une minute à lui. Jamais l'aéroport O'Malley n'avait connu une activité aussi intense, et la brusque renommée de Cassie n'y était pas pour rien. Des correspondants d'un grand journal de Chicago étaient venus à plusieurs reprises, afin de photographier la maison natale de la célèbre miss O'Malley.

Sur la côte Ouest, la vie de Cassie filait plus vite que ses sublimes engins. Entre les vols d'essai, les tests de nouveaux instruments de vol et les réunions avec les ingénieurs de la compagnie, elle ne savait plus où donner de la tête.

Desmond suivait avec la plus grande attention la fulgurante ascension de la petite inconnue qu'il avait lancée sous les feux des projecteurs. Elle s'intéressait à tout, avait une opinion sur tout et voyait juste la plupart du temps, et il en était ravi et flatté. Il avait fait le bon choix… L'empire dont il avait hérité n'avait cessé de s'étendre. A trente-quatre ans, il s'estimait un homme heureux. Considéré comme l'homme le plus riche d'Amérique, peut-être même, selon certains, du monde, il avait les moyens d'exaucer tous ses désirs. Marié et divorcé deux fois, sans enfants, il avait finalement opté pour ses affaires. Le reste ne revêtait à ses yeux qu'une importance relative. Nombre d'histoires sur ses conquêtes féminines circulaient mais ce bourreau des cœurs était en même temps un bourreau de travail. Il ne prenait de plaisir qu'à regarder la magnifique flotte de ses avions… Et pour le moment, Cassie O'Malley était l'instrument majeur de sa réussite.

Il aimait son esprit aigu, sa perception claire, quoique un peu naïve, de l'univers des affaires… Son franc-parler. Sa loyauté. Et sa façon de lui tenir tête. Aux réunions, elle brillait par son intelligence remarquable. Elle semblait faite pour battre des records, se disait-il, fasciné. Les soirées mondaines auxquelles elle se rendait par obligation l'agaçaient au plus haut point. Il persistait à dire que les réceptions où se pressait l'élite de Los Angeles et de Hollywood consolideraient sa réputation, elle maintenait que ce n'était que du vent.

Parfois, excédée, Cassie s'en prenait à Nancy Firestone.

— Mais *pourquoi* ? Je ne peux pas être dehors toute la nuit et voler correctement à quatre heures du matin.

— En ce cas, volez plus tard. Desmond comprendra. Il tient vraiment à ce que vous acceptiez toutes les invitations.

— Pas moi ! hurlait Cassie, qui n'avait pas laissé son obstination légendaire dans l'Illinois. Je préfère rester ici, à lire des revues d'aéronautique.

— Non, mon chou. Vous devez respecter vos engagements. M. Williams vous en voudrait.

Elle se pliait de mauvaise grâce aux arguments de son chaperon. Parfois, elle réussissait à s'échapper. Ses pas la conduisaient sur la plage. De retour de sa promenade, elle écrivait des lettres à Nick, à ses sœurs ou à sa mère. Elle ressentait cruellement l'absence de sa famille… de Nick surtout. Chaque fois qu'elle prenait sa plume pour lui conter ses faits et gestes, une onde de désespoir lui balayait le cœur. « Tu me manques… tout comme nos expéditions en plein ciel… et nos rires… et nos disputes quand tu me traitais de petite folle… » Elle déchirait la page, n'osant exprimer ses véritables sentiments. A la place, elle lui parlait de ses fameux vols d'essai. De nouveaux modèles…

Elle ne mentionnait jamais sa vie mondaine. Celle-ci s'étalait dans tous les quotidiens. Nancy avait trouvé des jeunes gens qui se faisaient un plaisir de l'accompagner aux réceptions. A ses yeux, c'étaient des gens sans intérêt, qui ne connaissaient rien aux avions... des acteurs pour la plupart, en quête d'un rôle dans la capitale du cinéma... Il fallait sans cesse « se montrer », « se faire remarquer ». Cassie se laissait prendre en photo aux côtés d'un de ces compagnons auxquels elle n'avait rien à dire, après quoi elle les priait de la raccompagner. Et, de retour chez elle, elle s'affalait sur le lit, épuisée, heureuse de se retrouver enfin seule.

Les vols d'essai constituaient son seul bonheur.

Partir avec le Phaeton dans la douce clarté de l'aube, assister au lever du soleil et le voir inonder peu à peu les plaines brumeuses de lumière, puis lancer sa monture ailée sur l'invisible chemin céleste, à une vitesse vertigineuse, l'emplissait d'une volupté indescriptible. Le danger ne l'effrayait pas. Elle avait acquis peu à peu, à force de tester des engins exceptionnels, une maîtrise totale des gouvernes. Elle avait appris à manier les forteresses volantes de l'aviation lourde. Constructeurs, mécaniciens, manœuvres témoignaient à ses jugements un respect sans limites. Elle ne se trompait pratiquement jamais.

Après un rapide aller-retour à Las Vegas, elle venait de ramener au sol un avion de chasse équipé d'un moteur de type Merlin et s'apprêtait à en descendre quand une main secourable l'aida à sauter du marchepied. Surprise, elle dévisagea Desmond Williams, plus impeccable que jamais. La brise légère fit tomber soudain une mèche dorée sur son front lisse et, tout à coup, il parut à Cassie plus jeune, moins compassé.

— Avez-vous fait bon voyage ?

— Oui… Bien que je sois déçue par le Merlin. Si vous voulez tirer le maximum de ce modèle, changez de moteur. J'ai mon idée là-dessus. J'en parlerai demain à l'équipe des constructeurs… L'appareil penche sur la gauche au décollage, ce qui pose un sérieux problème.

Desmond la regarda. Son entrain, dès qu'il s'agissait d'avions, l'avait toujours étonné. Il avait vraiment eu du flair, se félicita-t-il. L'engouement de Cassie O'Malley pour les avions la rendait plus précieuse encore que son talent naturel pour les piloter. Elle devait en rêver la nuit.

— Vous avez besoin de vous changer les idées, sourit-il. Accepteriez-vous de dîner avec moi, ce soir ?

Jusqu'alors, leurs rencontres s'étaient limitées à des échanges strictement professionnels. Cassie fronça les sourcils et une ride soucieuse lui barra le front. Cette invitation impromptue ne lui disait rien qui vaille, et elle en chercha fébrilement la raison. « Une erreur ! » Elle avait sûrement commis une erreur.

— Quelque chose ne va pas, monsieur Williams ?

— Oh, oui, deux, même. Primo, vous travaillez trop. Secundo, vous êtes une mine d'or… En fait, tout va bien. J'ai simplement pensé que ce serait une bonne idée de dîner ensemble.

— Oui… bien sûr…

Desmond Williams l'intimidait. Pis encore, son charme, la perfection de ses traits, son esprit vif,

208

son élégance consommée, son immense fortune la terrifiaient. D'après Nancy, c'était un convive des plus agréables, mais cela n'en impressionnait pas moins Cassie.

— Quelle cuisine préférez-vous ? Française ? Italienne ? J'imagine que vous avez déjà fait le tour des meilleurs restaurants de Los Angeles.

— Oui, en effet... Notez que je m'en serais abstenue avec joie.

Elle le regarda bien en face, surmontant miraculeusement sa timidité.

— C'est ce que l'on m'a dit. Il semble que votre vie mondaine vous pèse ? fit-il d'un ton paternaliste.

— Je n'arrive pas à comprendre à quoi servent toutes ces sorties, monsieur. Surtout quand le lendemain, à l'aube, je dois me retrouver à l'aéroport.

— Vous n'avez qu'à commencer plus tard.

— Nancy m'a dit exactement la même chose, gémit Cassie. Mais, justement, pour moi, les vols constituent la partie la plus intéressante de mon contrat... Les soirées mondaines m'ennuient. L'important...

Il cessa de marcher et se tourna vers elle. Cassie leva les yeux. C'était un homme très grand, constata-t-elle pour la première fois. Il la dominait de toute sa haute stature.

— Tout est important, Cassie. *Tout*. Pas seulement les vols d'essai. Les sorties sont essentielles, quoi que vous en pensiez. Voyez tous ces articles que l'on écrit sur vous. Il y a à peine un mois que vous êtes ici et, déjà, vous figurez parmi les personnalités les plus adulées par le public. Vos fans veulent tout savoir : vos goûts, vos préférences culinaires, vos lectures. Ne sous-estimez pas l'opinion publique, Cassie. Elle constitue une force terrible qui, du jour au lendemain, peut faire de vous une reine, ou vous abattre.

— Je ne comprends pas !

— Dites plutôt que vous ne voulez pas comprendre, dit-il d'une voix tranquille, presque tendre. Vous avez envie de jouer le jeu selon vos propres règles. Croyez-moi, les miennes ont fait leurs preuves.

— Dîner tous les soirs dans des restaurants de luxe comme le Cocoanut Grove ou le Mocambo ne me rendra pas meilleur pilote.

— Cela vous rendra plus excitante. Plus mystérieuse… Les gens voudront en savoir plus. Ils ne demanderont pas mieux que de vous écouter et, alors, vous pourrez leur dire ce que vous souhaitez leur dire.

— Et si je dors tranquillement chez moi, ils ne voudront plus m'écouter ? s'enquit-elle avec un sourire malicieux, car elle avait parfaitement saisi les théories de son patron.

— Ils n'entendront que vos ronflements, miss O'Malley.

Elle quitta le hangar en riant. Il passerait la prendre à dix-neuf heures.

Nancy savait déjà par Mlle Fitzpatrick avec qui sortirait Cassie ce soir. Il n'y avait pas de secrets entre les membres de la compagnie. Pendant que Cassie chantonnait sous la douche, son chaperon sortit du placard une robe noire et moulante, le genre de tenue sophistiquée qui, elle le savait, plairait à Desmond Williams.

— A votre avis, pourquoi tient-il à dîner avec

moi ? s'enquit Cassie, anxieuse, alors qu'elle prenait place, en peignoir, devant la coiffeuse.

Qu'est-ce qui lui avait déplu dans son travail ? Sur quel point l'avait-elle déçu ? Était-il résolu à lui donner une leçon pour la punir de ses sempiternelles jérémiades contre les réceptions mondaines ?

— Voyons, pourquoi voudrait-il sortir avec vous ? Je ne sais pas... parce que vous êtes laide ?

Nancy avait pris l'habitude de se moquer gentiment de Cassie, comme elle l'aurait fait avec sa propre fille. D'une certaine manière, Cassie était une enfant... Lors d'un dîner à la maison, Nancy lui avait présenté Jane et toutes les deux s'étaient merveilleusement bien entendues.

— Maintenant, cessez de vous morfondre. M. Williams est un parfait gentleman.

Et il le restait, quel que fût l'enjeu : les affaires ou le plaisir.

Il se faisait remarquer par un esprit aiguisé, un humour brillant, une éducation princière. Il avait tout, sauf un cœur, d'après les confidences de certaines femmes qui avaient partagé son intimité. Et s'il en avait un, personne ne l'avait encore trouvé. Or, chez Cassie, Desmond ne cherchait pas l'aventure sentimentale, Nancy l'avait compris dès le début. Il exigeait sa loyauté, son jugement sur ses avions, son courage... Il voulait d'elle ce qu'il demandait à tout le monde, ni plus ni moins. En retour, il honorerait ses propres engagements, avec de l'argent et des contrats.

Il arriva à l'heure convenue dans une Packard flambant neuve. Passionné par les machines, il collectionnait aussi les voitures... Cassie était prête. Elle portait une robe noire et moulante — une trouvaille de Nancy —, des bas de soie noire et des chaussures en satin, noires également, à semelles compensées. Elle avait relevé ses cheveux en un chignon bouclé et elle était maquillée à la perfection.

— Vous êtes en beauté, ce soir, la complimenta Desmond, alors qu'ils se dirigeaient vers la ville qu'embrasaient mille enseignes. Cette robe vous sied à ravir.

— Personnellement, je me serais contentée d'une de mes bonnes vieilles salopettes, mais Nancy les avait toutes envoyées au nettoyage.

— Eh bien, j'en suis ravi, dit-il en riant.

La conversation roula sur leur sujet de prédilection. Cassie évoqua le dernier prototype que les dessinateurs de la compagnie avaient mis en chantier.

— Comment avez-vous appris autant de choses sur les avions, Cass ?

— La fascination... Toute petite, j'avais envie de jouer avec des avions, comme d'autres petites filles jouent à la poupée. J'ai démonté mon premier moteur à l'âge de neuf ans. Dès cinq ans, je passais pratiquement toutes mes journées à l'aéroport. Papa n'y voyait pas d'inconvénient, jusqu'au jour où j'ai voulu apprendre à voler... Le pilotage était réservé aux hommes, avait-il décidé.

— J'ai du mal à le croire, dit Desmond, amusé. Nous ne sommes plus au Moyen Age.

— Je sais... (Un sourire affectueux fleurit sur ses lèvres.) Papa est un adorable vieux dinosaure... Il a jeté votre carte de visite, la première fois que vous êtes venu à l'aéroport.

— Je m'en suis douté. C'est pourquoi je suis

revenu. Je ne le regrette pas, ajouta-t-il tandis que la Packard longeait une large avenue bordée de demeures cossues. Quand je pense que j'ai failli passer à côté d'un génie. Seigneur, à quel drame avons-nous échappé !

Cassie laissa échapper un rire frais. Au fond, elle trouvait que son protecteur exagérait. Elle connaissait sa valeur. Ses limites aussi. Elle se trouvait « bon pilote », et rien de plus. Le reste — génie, oracle, beauté fatale — relevait de l'imagination de son patron et de ses publicistes. Ils avaient réussi leur pari : le public voyait maintenant en elle une grande prêtresse de l'aviation.

— Où m'emmenez-vous ? demanda-t-elle avec une curiosité mitigée. L'endroit lui semblait vaguement familier, mais elle ignorait pour quel restaurant il avait opté. Il lui apprit alors qu'ils allaient au Trocadéro.

A l'intérieur de l'établissement régnait un luxe discret. Dans la lumière tamisée, des musiciens jouaient une rumba.

— Vous n'êtes encore jamais venue ici, n'est-ce pas, Cassie ?

Le maître d'hôtel les avait placés à une table à l'écart, et elle jeta un regard circulaire sur les somptueuses tentures anciennes en secouant la tête.

— Non, monsieur.

Il avança la main pour lui toucher l'avant-bras.

— Appelez-moi Desmond.

Le grand patron la priait de l'appeler par son prénom. Le distant industriel, si froid d'habitude, se montrait amical, presque familier. En se sentant rougir, elle bénit la semi-obscurité.

— Oui, mons... euh... Desmond.

— Voilà ! Monsieur Desmond est au fond un grand garçon tout simple.

Il l'aida à choisir son menu, puis continua à parler d'une voix apaisante qui eut le don de détendre Cassie. Desmond ne lui cacha pas sa satisfaction de la compter dans l'équipe de ses pilotes et lui fit comprendre qu'ils avaient besoin l'un de l'autre… Il la mit à l'aise sans difficulté et avant même que le dîner soit servi, tous deux plaisantaient et bavardaient avec entrain.

Après le repas, Desmond l'invita à danser. Il l'enlaça et leurs pas s'harmonisèrent à merveille, comme s'ils dansaient ensemble depuis toujours… Les journalistes en quête de célébrités firent crépiter leurs flashes, mais Cassie ne s'en rendit pas compte. Dans les bras de Desmond, elle levait vers lui un visage radieux, éclairé d'un sourire rêveur.

Le lendemain, le cliché parut dans toute la presse. En le voyant, Cassie se renfrogna. La légende suggérait avec habileté une idylle entre la jeune et belle aviatrice et l'aristocratique constructeur d'avions. C'était faux, naturellement. Leurs rapports n'avaient jamais dépassé le cadre du travail. Sur le terrain, Cassie se sentit vaguement mal à l'aise vis-à-vis de ses collègues.

Évidemment personne ne se risqua à un quelconque commentaire. Elle avait oublié l'incident quand, trois jours plus tard, elle reçut un appel téléphonique de Nick. Celui-ci assurait le courrier de San Diego. Le lendemain matin, il devait faire escale à Los Angeles et en profiterait pour lui rendre visite chez elle. Cassie décida de décommander le bal de charité auquel elle devait assister en compagnie d'un des dandys de l'écurie de Nancy.

— Est-ce que Williams te fait la cour ou es-tu en train de tomber amoureuse de lui ? interrogea Nick au bout du fil, sans préambule.

— Pardon ? souffla-t-elle, blessée par ce qu'il insinuait.

— J'étais hier à Chicago. J'ai vu votre photo dans un journal. Ça a l'air de marcher fort, entre vous deux.

Une pointe venimeuse, qu'elle n'aima pas, perçait dans sa voix.

— Je travaille pour lui. Il m'a invitée à dîner. Voilà tout. Il ne s'intéresse pas plus à moi qu'à ses ingénieurs.

— Vraiment ? Tu n'étais pourtant pas en tenue de travail. Ce que tu peux être naïve !

La colère, la jalousie déformaient le ton habituellement chaleureux de sa voix. Pat n'aurait jamais dû la laisser partir. Les fameux vols d'essai l'exposaient à de graves dangers… Mais ce qui le tracassait le plus, c'était l'air béat avec lequel Desmond regardait Cassie sur la photo.

— Il s'agissait d'un dîner d'affaires, Nick. Il a voulu me sortir par pure gentillesse. Il a dû s'ennuyer à en périr. Et, que tu le veuilles ou non, je portais ma tenue de travail ! Mon chaperon m'a constitué une garde-robe du tonnerre, et tous les soirs on m'envoie dans des night-clubs chic, comme un chien bien dressé, sous bonne escorte, histoire de m'exhiber aux yeux des journalistes. Ils appellent ce genre de fantaisies des « relations publiques ».

— Drôle de job, grogna Nick entre les dents.

Depuis qu'elle était partie, il avait perdu sa joie de vivre. Comme s'il avait été amputé d'une jambe.

Cassie avait laissé un vide terrifiant que rien ne semblait pouvoir combler. L'idée qu'elle s'amusait avec Williams l'avait rendu malade.

— Écoute, nous en parlerons quand tu seras ici, dit-elle calmement. Combien de temps resteras-tu ?

« Le vernis mondain ! pensa-t-il, ulcéré. La politesse propre à la bourgeoisie californienne. Déjà ! »

— Je repars à dix-huit heures. Le courrier n'attend pas.

— Ah…, murmura-t-elle, déçue. Tâche d'arriver le plus tôt possible.

— Je ferai de mon mieux. Je ne pilote pas les fusées de ton cher patron, moi.

— Tu ne rates rien. Tu es capable de piloter une vieille casserole et d'être à l'heure.

— Je t'en prie, inutile de me passer de la pommade, grommela-t-il, radouci toutefois. A demain.

La joie de revoir Nick la tint éveillée toute la nuit. Debout à trois heures et demie du matin, elle l'attendit avec impatience. Des souvenirs décousus lui revenaient en mémoire : bribes de phrases, éclats de rire, la piste désaffectée au milieu du désert, leurs folles équipées dans l'antique Jenny. Leurs discussions passionnées…

Il était sept heures et quart, lorsque la sonnette de l'entrée tinta. Cassie dégringola la volée de marches, ouvrit la porte, se jeta dans les bras de l'arrivant avec une fougue qui faillit leur faire perdre l'équilibre. Il la regarda, envoûté par sa beauté et la pureté de son affection pour lui.

— Eh, minute ! Donne-moi une chance de placer un mot, s'écria-t-il… Attends, poussin… calme-toi.

Elle l'étreignait, pendue à son cou, lui couvrant

les joues de baisers, accrochée à lui comme l'enfant qui vient de retrouver ses parents après une longue séparation. Des larmes avivaient l'éclat azuré de ses yeux. Il ne l'avait jamais vue aussi superbe.

— Tu es magnifique, chuchota-t-il en se reculant, afin de mieux l'admirer.

Rien ne lui avait échappé : ni la nouvelle coupe de cheveux, ni le léger maquillage qui rehaussait son teint de porcelaine. Elle portait un sweater blanc sur un pantalon beige. On aurait pu la confondre avec Rita Hayworth.

— Eh bien, on dirait que tu n'as pas trop souffert, loin de nous, la taquina-t-il, en la suivant dans l'appartement... Tu es logée comme une reine.

— Oui, regarde, une vue imprenable sur l'océan.

Son sourire l'éblouit. Il dut se rappeler qu'elle était le bébé qu'il avait connu autrefois et pas une vedette du star-system.

— Quelle chance tu as eue, Cass, dit-il avec franchise.

Elle le méritait. Pourtant, il se faisait du souci pour elle.

— Est-ce qu'ils sont gentils avec toi ?

— Adorables. Les vêtements, la nourriture, les déplacements, tout est à leurs frais. J'ai une femme de ménage. Lavinia. Un amour. Et une attachée de presse, Nancy Firestone... Une tornade. Elle s'occupe de tout, de l'achat de mes vêtements jusqu'à mes sorties en passant par mes cavaliers...

Tout en bavardant, elle lui servit un copieux petit déjeuner.

— Quels cavaliers ? Tu sors avec des hommes ?

— Cela fait partie du programme. Ils se contentent de m'accompagner, selon les termes de leur contrat. La plupart sont des... je veux dire, ne sont pas portés sur les femmes. Nancy les a embauchés uniquement pour poser avec moi devant les journalistes. D'autres sont comédiens... Ils ont besoin de se montrer, eux aussi. Ces sorties m'ennuient, mon Dieu, si tu savais ! Mais Desmond semble y tenir comme à la prunelle de ses yeux.

La fourchette de Nick resta en l'air ; il haussa un sourcil, décontenancé.

— *Desmond ?*

Ainsi, elle l'appelait par son prénom. Elle ne parut pas remarquer qu'il avait cessé de manger.

— Oui, il pense que les relations publiques sont la base des affaires.

— Et les avions ? Est-ce que tu trouves encore le temps de voler ?

— Voyons, Nick, sois juste ! Bien sûr que je vole. Regarde tout ce qu'ils font pour moi, ajouta-t-elle, avec un ample geste. Je leur dois bien quelques séances de photos dans des boîtes de nuit, non ?

Il lui lança un regard furieux.

— Non, et tu le sais très bien. Tu n'es pas venue ici pour jouer les mannequins. Tout ce que tu leur *dois,* c'est risquer ta peau pour leur compagnie et c'est déjà pas mal. Le reste te regarde. Du moins, tu pourrais avoir ton mot à dire, ce qui n'est pas le cas. Bon sang, tu n'appartiens pas à Williams... Ou est-ce que je me trompe ?

Sous le regard scrutateur de Nick, elle baissa les yeux. Le rouge de la honte lui enflamma les pommettes. Il avait raison... Et, curieusement, Desmond aussi. Il avait su la convaincre. On ne devenait pas « quelqu'un » en restant dans l'ombre. La réussite ne s'obtenait pas sans sacrifier à la mode. Desmond s'occupait activement de sa carrière, tout en assurant la promotion de ses avions. Les aviatrices les plus célèbres s'étaient prêtées à ce jeu-là, elles aussi.

— Je crois que tu n'es pas juste, dit-elle d'une voix blanche.

— Et moi, je crois que tu es manipulée, rétorqua-t-il en repoussant son assiette. Il veut t'utiliser, Cassie, cela se sent à plein nez.

— Ce n'est pas vrai. Il veut m'aider.

— En t'emmenant danser, comme l'autre soir ? Combien de fois es-tu sortie avec lui ?

— Une seule. Je me suis bien amusée, d'ailleurs. Il m'a longuement expliqué la nécessité de la partie « sociale » de mon contrat, parce que Nancy lui avait dit que je détestais les mondanités.

— Mais tu ne les détestes plus, apparemment. Combien de fois t'a-t-il emmenée en ville ?

— Une seule, je viens de te le dire. Il a été d'une politesse exquise. Un parfait gentleman. Nous avons dansé deux fois, et quelqu'un nous a pris en photo.

— Par pur hasard, je suppose.

— Oui, sans doute.

Sa candeur plongea Nick dans un abîme de perplexité. L'insistance de Williams à la jeter en pâture à la presse à sensation dissimulait certainement de louches desseins dont Cassie ne se rendait pas compte. Celle-ci s'était laissé emporter dans un tourbillon de festivités sans se poser de questions. Un jour, le piège se refermerait sur elle, mais elle était trop jeune pour le savoir. Trop naïve pour se défendre… Trop romantique pour échapper à la séduction de l'homme d'affaires. Cette perspective le faisait grincer des dents. Il avait vainement essayé de mettre Pat en garde. Le père de Cassie s'était borné à hausser les épaules. Il subissait l'influence d'Oona, heureuse d'avoir une fille célèbre.

— Tu ne comprends donc pas ? Ce type s'est arrangé pour se faire prendre en photo avec toi dans une attitude ambiguë. Son service de presse a dû prévenir les journalistes… L'Amérique s'entiche facilement de jolis minois. Elle est aussi sensible aux romances. Imagine ! Le magnat de l'industrie aéronautique courtisant la petite provinciale du Midwest, championne de l'aviation qui plus est, Cassie O'Malley. Quelle belle histoire ! Et que de larmes d'émotion versées dans les chaumières ! Ouvre donc les yeux, Cass ! Il est en train de t'utiliser et ça marche ! Il a entrepris de te lancer, à seule fin de vendre ses fichus avions.

Williams s'apprêtait à immoler Cassie sur le bûcher de ses ambitions, Nick l'avait compris dès le début. Comme il avait compris que Desmond n'aimait pas Cassie. Pourtant, il le croyait capable d'aller jusqu'au mariage, s'il le fallait… A cette seule pensée, une nouvelle bouffée de colère l'embrasa.

— Et alors ? demanda-t-elle. Quel mal y a-t-il à tout mettre en œuvre pour réussir ?

— Aucun, en ce qui le concerne. Il se bat comme un beau diable pour lui. Pour ses affaires. Tu n'es qu'un pion sur le vaste échiquier de sa vanité. Il t'exploite Cass, j'en ai peur.

— Pourquoi ?

Elle ne comprenait pas. Pour quelle raison Nick

témoignait-il une telle suspicion à l'encontre de Desmond Williams ? Celui-ci lui avait offert la chance de se faire connaître et elle en ressentait une profonde gratitude. Pourquoi Nick se complaisait-il à n'y voir que des dangers ?

— As-tu oublié ce qui est arrivé à Earhart ? Elle a eu les yeux plus gros que le ventre. Putnam l'a entraînée dans une aventure qui était, visiblement, au-dessus de ses forces. Ton mentor ne tardera pas à t'embarquer dans une galère du même acabit… Tu te brûleras les ailes, Cass, ne vois-tu donc pas où il veut te mener ?

Il se demandait ce qui le retenait de la ramener à Good Hope où elle serait en sécurité jusqu'à la fin des temps.

— Non, Nick, il n'envisage rien de la sorte. Je te le jure. Pas que je sache… De toute façon, je suis meilleure qu'Earhart, conclut-elle avec un rire insouciant.

Elle plaisantait, mais Nick la prit au mot.

— Tu es plus rapide, en effet. Et tu ignores les arrière-pensées de ton bienfaiteur. Ce type n'a rien d'un enfant de chœur, poussin. Il attend son heure de gloire et tu fais partie de ses plans.

— Peut-être as-tu raison, dit-elle mollement. Si jamais il avait en tête un tour du monde, je te mettrais au courant, tu as ma parole.

— Je t'en supplie, sois prudente.

L'air soucieux, il avait allumé une Camel. Elle ferma les yeux en respirant l'odeur de la cigarette et se revit avec Nick à Prairie City, sur la piste blanche et brûlante, dans la lumière poudreuse du soleil. La nostalgie de son pays natal l'envahit, et les visages de ses parents, de son frère et de ses sœurs jaillirent dans sa mémoire... C'était lui, Nick, qui lui avait manqué le plus, réalisa-t-elle.

A présent, il semblait plus détendu. Le bonheur de la revoir avait pris le dessus sur sa mauvaise humeur. Il avait passé des nuits blanches à maudire le jour fatidique où le magnat avait bouleversé leurs existences. La certitude qu'il allait exploiter Cassie était devenue une idée fixe... Une obsession qui, peu à peu, avait pris possession de son esprit... Il la regarda. Elle avait embelli depuis son départ, un mois auparavant. Son cœur se serra. Il s'était juré de garder secret son amour pour elle, enfin de ne pas lui gâcher la vie.

Une longue promenade les conduisit sur la plage privée. Ils s'assirent côte à côte à même le sable d'un blanc nacré, sous l'ardent soleil d'août. En silence, dans une complicité retrouvée, ils regardèrent le Pacifique dérouler inlassablement ses vagues bleu sombre vers la jetée.

— Un de ces jours, la guerre éclatera de nouveau en Europe, prophétisa-t-il, le regard rivé sur les brumes du large. Il y a des signes qui ne trompent pas. Hitler échappera à tout contrôle et il va falloir l'arrêter.

— Crois-tu que nous serons forcés de nous en mêler ?

Quel plaisir de pouvoir reparler politique ! Ici, elle n'avait aucun confident. Elle était si occupée, si seule. Nancy n'ouvrait la bouche que pour évoquer l'achat d'une nouvelle robe ou énumérer ses rendez-vous.

— La majorité des gens pensent que non... Moi je suis sûr du contraire.

— Nick ? Iras-tu te battre à nouveau ?

Elle le connaissait parfaitement. Il n'avait pas commencé cette discussion innocemment. Mais dans le but de lui apprendre quelque chose. Comme lors de la Première Guerre mondiale, il devait sentir la même attirance pour l'aventure.

— Je suis sans doute trop vieux pour être enrôlé. (A trente-huit ans, il était maintenant réserviste. Il pourrait rester à la maison, loin des champs de bataille. Quant à Pat, il était trop âgé pour se battre.) Mais il est probable que j'aurai envie d'y aller, oui, sans doute…

Il lui sourit. Le vent salé ébouriffait ses cheveux bruns où brillait, çà et là, un fil d'argent. Ils étaient assis côte à côte, épaule contre épaule, main dans la main. Une nuée d'embruns, minuscules miroirs ardents dans le soleil, couronnait les flots ondoyants de l'océan. Cassie respira à fond l'air humide et appuya la tête contre l'épaule de son compagnon. Comme avant, un sentiment de sécurité l'enveloppa. Pat lui avait donné la vie, mais Nick lui avait inculqué son savoir. C'était une sorte de père spirituel. Et même bien davantage. Son absence était un supplice. Lui, depuis le départ de Cassie, ressentait une sorte de manque physique qu'il n'avait pas su combler.

— N'y va pas, murmura-t-elle, d'une petite voix triste, épiant une réaction dans ses yeux bleu acier aux coins griffés par des pattes d'oie… Si quelque chose t'arrivait là-bas, je ne le supporterais pas, Nick.

— Tu prends les mêmes risques tous les jours… Il peut t'arriver un pépin demain. Ce sera pareil pour moi.

— Non, il y a une différence.

— Laquelle ? Moi aussi je m'inquiète pour toi. Tu joues avec le feu, dans tes engins fantastiques, à des altitudes inhabituelles, à des vitesses incroyables... Tu cherches la mort en t'escrimant à battre de nouveaux records... Je préfère ne pas y penser. Mais pourquoi te le cacher ? J'ai peur que tu t'écrases dans une de ces fichues machines... Ton vieux père avait raison : les femmes pilotes ne valent pas grand-chose.

Il la gratifia d'une grimace pleine de tendresse, et elle éclata d'un rire cristallin.

— Merci.

— Ne te justifie pas, mon enfant, je sais quel piètre instructeur tu as eu.

— Ouaip... (Elle le regarda, redessinant du bout des doigts les contours de son visage.) Tu me manques... Nos séances d'entraînement me manquent...

— A moi aussi, convint-il doucement, en emprisonnant sa main dans la sienne.

Ils se levèrent, longèrent pendant un long moment l'océan bordé d'écume. Nick lui donna des nouvelles de la famille. Son frère Chris, voué corps et âme à ses études, n'avait plus touché à une gouverne depuis la dernière compétition, et leur père semblait en avoir pris son parti... Colleen était enceinte comme d'habitude... Et Bobby sortait avec Peggy Bradshaw. Veuve, avec deux enfants, elle avait cru découvrir chez le fils Strong un protecteur. Nick avait aperçu à plusieurs reprises la camionnette de Bobby garée devant le petit cottage de Peggy.

— Tant mieux ! s'exclama Cassie, étonnée de

n'éprouver aucune émotion particulière... Elle doit détester les avions autant que lui maintenant.

Peggy et Bobby étaient faits pour s'entendre. Elle se surprit à se demander comment leurs fiançailles avaient pu durer deux ans.

— Il t'aurait rendue malheureuse, dit Nick, comme en réponse à ses questions intérieures.

Une lueur possessive brillait dans ses prunelles.

— Je sais. Le plus drôle, c'est que je l'ai toujours su. J'ignorais comment rompre sans heurter ses sentiments. Et je pensais vraiment que c'était mon devoir de l'épouser. Je ne sais pas ce que je ferai, ajouta-t-elle, les yeux perdus vers l'horizon... A un moment donné, il me faudra choisir entre mon métier et une famille... Quel terrible choix, Nick... Insupportable.

— Pourquoi trancher ? Tu es parfaitement capable de mener de front vie privée et vie professionnelle... Tu me diras que je n'ai pas réussi, mais tu es plus intelligente que moi.

— Tu as certainement raison : on devrait pouvoir faire les deux à la fois. Mais les gens n'ont pas l'air de le croire.

— Parce que la personne qui unira sa destinée à celle d'un pilote sait à l'avance que sa vie sera rythmée par les voyages de son conjoint. Mets-toi à leur place. Bobby l'avait compris. Mon ex-femme aussi.

— Oui... je vois...

Inexorablement, l'après-midi tirait à sa fin. De retour à l'appartement, Nick se prépara à repartir. Cassie le déposa à l'aéroport. La vue du Bellanca lui arracha des larmes amères. Elle grimpa sur le siège avant et ferma les yeux, rêvant de rentrer avec lui à la maison. Mais jamais cela ne deviendrait réalité ; chacun devait mener sa propre existence. Lui, regagner l'Illinois, elle honorer le contrat qu'elle avait signé avec Desmond Williams. Elle descendit sur le tarmac, juste avant que l'avion ne s'engage sur la piste d'envol. Nick lui adressa un sourire d'au revoir.

— Prends soin de toi, poussin ! cria-t-il du cockpit. Ne les laisse pas te prendre en photo à tout bout de champ.

Son sourire s'élargit… Il se méfiait de Williams comme de la peste. Toutefois, son entretien avec Cassie avait apaisé ses craintes. La petite semblait garder la tête sur les épaules… Et elle n'avait pas l'air amoureuse de son patron.

— Reviens vite, Nick.

— J'essaierai.

Leurs regards se soudèrent. Il avait tant de choses à lui dire… Or, ce n'était ni l'endroit ni le moment.

— Passe mon bonjour à tout le monde… à maman, papa, Chris, Billy… tous.

Elle faisait traîner les adieux, dans l'espoir de le retenir un peu plus longtemps. Nick hocha la tête… Il l'aurait bien enlevée.

Et cependant, leurs chemins se séparaient là, il en avait conscience.

— D'accord… Ne t'avise pas de t'enfuir avec ce bellâtre de Desmond, sinon je vous suivrai jusqu'au bout du monde. Au risque de me faire incendier par Oona, qui voit en lui un excellent parti.

Un rire juvénile échappa à Cassie.

— Dis à maman que je suis incasable ! Et que je l'aime… Toi aussi je t'aime, Nick.

Il n'osa lui répondre qu'il l'aimait de toute son âme… Le moteur tournait. Il tira sur la manette des gaz, et l'appareil s'élança sur le ruban sombre de la piste. Quelques minutes plus tard, il dessinait deux ou trois cercles paresseux au-dessus de l'aéroport de Passadena. Elle le suivit du regard aussi longtemps qu'elle le put, jusqu'à ce qu'il ne soit plus qu'une minuscule comète brillante dans les lueurs pourpres du crépuscule.

12

Deux semaines après le passage de Nick à Los Angeles, l'invasion le 1er septembre 1939, de la Pologne par les troupes allemandes plongea le reste du monde dans la consternation... Deux jours plus tard, le 3 septembre, la Grande-Bretagne et la France déclarèrent la guerre au IIIe Reich... Ainsi, c'était arrivé. Bientôt, un nouveau conflit meurtrier dévasterait le vieux continent.

A l'annonce de la nouvelle, Cassie se précipita sur le téléphone pour joindre l'aéroport O'Malley... Nick était en vol, son père s'apprêtait à conduire un groupe de passagers à Cleveland... La déclaration des hostilités n'avait changé en rien le train-train quotidien dans l'Illinois.

Elle prit son déjeuner avec Desmond qui s'efforça de la rassurer. Ce matin encore, il avait eu un bref entretien téléphonique avec le président des États-Unis, qui lui avait répété sa volonté farouche de neutralité. Il était hors de question que l'Amérique s'implique dans une guerre en Europe.

Cassie décréta qu'elle n'était pas rentrée chez elle depuis juillet, faute de temps, et qu'elle avait envie de revoir ses parents. Desmond obtempéra et mit à la disposition de Cassie son avion privé.

Elle atterrit à l'aéroport de son père le vendredi dans la soirée. Elle avait quitté Los Angeles à midi pour atteindre Good Hope à vingt heures trente, heure locale… Personne ne l'attendait, alors que le long véhicule aux ailes pointues roulait paisiblement en direction des hangars.

Cassie sauta dans la vieille camionnette qui lui avait tant de fois servi de navette. Personne n'était au courant de son arrivée, elle avait voulu leur faire une surprise… Elle se glissa dans la maison obscure dont elle avait conservé les clés… La pendule, sur la cheminée, indiquait qu'il était neuf heures passées. Ses parents étaient déjà au lit. Le lendemain matin, Oona faillit s'évanouir lorsqu'elle vit sa fille sortir de sa chambre, en chemise de nuit.

— Oh, mon Dieu ! Pat ! Paaaat !

Son père sortit en courant de la pièce du fond, puis s'arrêta net, un large sourire aux lèvres.

— 'jour, papa, 'jour maman… j'avais envie de venir vous dire bonjour.

— Ah, la petite futée ! jubila Pat en la serrant dans ses bras, alors que Oona n'arrêtait pas de parler tout en préparant un somptueux petit déjeuner.

Chris, que tout ce bruit avait réveillé, sauta au cou de sa grande sœur.

— Cass ! Tu es là !

— Alors, la star, quoi de neuf ? la taquina son père.

Depuis que sa fille était devenue célèbre et que son nom apparaissait partout, Pat offrait régulièrement des tournées au seul bistrot de Good Hope.

— Au dire de Nick, tu vis dans un véritable palais, dit Oona, en observant la mine superbe de sa fille, sa chevelure domptée, ses ongles au vernis rouge vif.

— J'habite un endroit que j'aime bien, concéda-t-elle, souriante, je suis contente d'apprendre qu'il lui a plu.

Ils firent honneur au petit déjeuner d'Oona, parlant tous en même temps, comme au bon vieux temps... Après quoi, Cassie se doucha, s'habilla, et son père la conduisit à l'aéroport où elle fut aussitôt entourée par ses anciens collègues.

— Hourra ! cria Billy Nolan, sitôt qu'il l'aperçut.

Elle passa avec délice une de ses vieilles salopettes usées jusqu'à la trame et reprisées aux genoux et se mit avec ravissement à la réparation d'un vieux moteur... Vers midi, elle entendit les freins de la fourgonnette de Nick...

— Vous commencez à travailler bien tard, ici, le taquina-t-elle lorsqu'il franchit le seuil du hangar. Moi, je suis à quatorze mille pieds d'altitude à quatre heures du matin.

Il sourit.

— Vraiment ? Et comment te débrouilles-tu pour rencontrer ton coiffeur, là-haut ?

Deux minuscules flammes jumelles dansaient follement au fond de ses prunelles, son cœur battait à tout rompre. Une chance qu'elle soit allée vivre en Californie ! La voir constamment aurait été une tentation de tous les instants, à laquelle il aurait fini par succomber.

— Mmmm, très drôle.

— Il paraît que l'équipe des actualités cinématographiques débarque vers trois heures. Tu ferais mieux de te changer.

230

— Tu me préfères donc endimanchée, mon cher Stick ? rétorqua-t-elle du tac au tac.

Il s'appuya contre le capot de l'avion sur lequel elle était en train de travailler, assistée de Billy.

— Tu n'as pas emmené ton chaperon avec toi ? railla-t-il.

— Je me suis dit que je pourrais t'affronter toute seule.

— Oui, sans doute... Si nous allions manger un morceau ?

Il avait formulé son invitation à mi-voix. D'habitude, ils déjeunaient sur le pouce, à l'aéroport.

— Pourquoi pas ?

Elle le suivit dans la fourgonnette et ils prirent la direction du Paoli, un restoroute doté d'une arrière-salle enfumée où le patron servait des sandwiches succulents et des sorbets faits maison.

— L'endroit manque un peu de luxe mais j'espère qu'il te conviendra.

— Le pittoresque vaut bien le luxe, répliqua-t-elle, heureuse de se trouver avec lui.

Il commanda des sandwiches au rosbif, un onctueux milkshake au chocolat pour elle, du café noir pour lui.

— Ce n'est pas mon anniversaire, lui rappela-t-elle, encore étonnée par cette invitation impromptue.

C'était bien la première fois qu'il l'emmenait au restaurant.

— Je sais, mais que veux-tu ; on ne peut pas offrir un jambon-beurre et un Coca dans un hangar à une vedette.

Au milieu du repas, elle remarqua que quelque chose ne tournait pas rond. Nick avait à peine

231

touché à son plat, se contentant de boire son café noir et corsé. Elle réalisa soudain que cette invitation à déjeuner cachait quelque chose de beaucoup plus sérieux. Nick paraissait mal à l'aise.

— Qu'est-ce qui te tracasse, Stick ? Tu as dévalisé une banque ?

— Pas encore. Mais cela ne saurait tarder.

La plaisanterie tomba à plat. Une vague tristesse se glissait, sournoise, au milieu de leur gaieté forcée. Cassie regarda Nick droit dans les yeux. Avant qu'il n'ouvre la bouche, elle formula les mots à sa place.

— Tu pars à la guerre, n'est-ce pas ? (Une boule se forma au creux de son estomac, lorsqu'elle le vit hocher la tête.) Oh, Nick, Nick, non… tu n'es pas obligé d'aller te battre à l'autre bout du monde… Nous ne sommes pas concernés par ce conflit.

— Nous le serons un jour ou l'autre, malgré ce que les gens se plaisent à penser. Ton monsieur Williams le sait aussi. Il doit se frotter les mains, comme tous les marchands d'armes. Ah, il va en vendre, des avions ! Les États-Unis ne se tiendront pas longtemps à l'écart d'un bouleversement pareil. Et de toute façon, je n'attendrai pas davantage. J'ai l'intention de rejoindre la Royal Air Force en Angleterre… Je serai plus utile là-bas. Ici, on n'a pas besoin d'un as de l'aviation pour le transport du courrier de Cincinnati.

— Alors que, là-bas, on a besoin de chair à canon ! s'indigna-t-elle, furieuse. Papa est au courant ?

— Je le lui ai dit hier. Il m'a répondu qu'il s'en doutait… (Il la scruta d'un drôle de regard.) Je reviendrai, Cass. Cette fois-ci, je parviendrai peut-être à devenir adulte… à remettre de l'ordre dans mes idées.

— Parce qu'il te faut une nouvelle guerre pour remettre de l'ordre dans tes idées ?

— Sans doute. Il faut que je me secoue. Ces vingt dernières années, j'ai opté pour la facilité. Tout à coup, à mi-chemin de mon existence, je m'aperçois que j'ai gaspillé beaucoup de temps… Et je n'ai pas l'intention de continuer dans cette voie.

Elle n'était pas sûre d'avoir tout compris. Visiblement, un obscur sentiment d'échec le tourmentait. Au fil des ans, les regrets s'étaient accumulés. Il avait toujours cru qu'il avait du temps devant lui. Et cela avait été vrai, à une époque. D'une certaine manière il avait manqué de volonté. Il n'avait pas eu le courage de refaire sa vie, de fonder sa propre famille.

Comme s'il hésitait à prendre des risques au sol… De peur de perdre la partie… Pourtant, il avait surmonté la crainte de la mort… Étrange mélange de lâcheté et de témérité, commun à tous les pilotes. Des héros dans les airs, des frileux à terre.

— N'y va pas, chuchota-t-elle, en l'implorant du regard.

Comment s'y prendre pour le convaincre ? Elle l'ignorait. Elle savait seulement qu'elle ne voulait pas le perdre.

— Je le dois.

— Ce n'est pas vrai ! riposta-t-elle en haussant le ton, sans remarquer les têtes qui se tournaient dans leur direction. Tu ne dois rien.

— Toi non plus, s'emporta-t-il, mais tu as choisi

233

ton mode de vie. J'ai le droit de faire la même chose. Je ne resterai pas ici, au chaud, alors que d'autres feront la guerre sans moi.

Leur dispute reprit dehors, dans le pâle soleil de septembre.

— Nul n'est indispensable. La guerre peut très bien se dérouler sans toi. Pour l'amour du ciel, Nick, sois raisonnable. Ne va pas sacrifier ta vie à une cause qui n'est pas la tienne... la nôtre... Nick... je t'en supplie...

Elle se mit brusquement à pleurer et, sans même s'en rendre compte, il l'attira dans ses bras et s'entendit lui dire qu'il l'aimait... Les mots avaient jailli malgré lui. Il s'était promis de ne jamais les prononcer mais plus rien ne pouvait endiguer le flot de paroles, trop longtemps contenu.

— Ne pleure pas, bébé, je t'aime tellement... Il faut que j'y aille... Quand je reviendrai, les choses auront changé. Tu auras peut-être fini de jouer les pin up pour le sieur Williams, et je serai devenu un gagneur. Je veux tellement plus que ce que j'ai, Cassie, mais je ne sais pas comment m'y prendre pour l'obtenir.

— Le bonheur est là, Nick, à la portée de ta main.

Elle avait noué les doigts autour de sa nuque, alors qu'il l'étreignait. S'il n'avait tenu qu'à elle, elle se serait enfuie avec lui quelque part, dans un lieu secret où ils oublieraient la guerre, mais un tel endroit n'existait pas.

— Ce n'est pas aussi simple, murmura-t-il lentement.

De nouveau, les mots se dérobaient. Il n'osa lui déclarer clairement son amour. Sans doute n'oserait-il jamais… Il se posait trop de questions, et il n'en trouvait pas les réponses.

Ils gagnèrent la fourgonnette en se tenant par la main. De retour à l'aéroport, leurs pas les conduisirent vers le hangar qui abritait le Jenny. C'était l'avion qu'il lui avait appris à piloter en premier. Instantanément, elle sut où ils allaient. Elle s'installa sur le siège avant, par déférence pour celui qui avait été son instructeur. Il procéda rapidement aux vérifications d'usage. Quelques minutes plus tard, le vieux coucou déboulait sur la piste.

Ils atterrirent au milieu du terrain désaffecté, près de Prairie City et trouvèrent refuge à l'ombre de l'arbre familier. Rien n'avait changé. Ils se laissèrent choir sur l'herbe grasse, et Cassie posa la tête sur la poitrine de Nick. Là-haut, le ciel serein s'étirait à perte de vue dans le silence que seul brisait le murmure des feuillages. Il était difficile de croire qu'il y avait une guerre quelque part et que Nick y partirait.

— Pourquoi ? fit-elle d'une petite voix misérable, pourquoi te crois-tu obligé d'y aller ?

Après tant d'années, il venait de lui dire qu'il l'aimait et maintenant il partait, peut-être pour toujours… Il plongea ses yeux dans les siens et, du bout des doigts, il effaça sur les joues pâles de Cassie les traces brillantes de ses larmes.

— Parce que je crois à un certain nombre de valeurs que les nazis sont en train de bafouer. Je crois à la liberté, à l'égalité, à la dignité humaine et à toutes ces choses pour lesquelles je veux me battre dans le ciel anglais.

— Tu as déjà payé ton tribut à la liberté. Laisse

les autres prendre la relève, Nick Ce n'est pas ton problème.

— Oh que si ! Je n'ai plus rien d'important à accomplir ici.

— Tu pars parce que tu t'ennuies et que tu veux de l'aventure.

Cassie tremblait à l'idée qu'il puisse être blessé, mutilé, pire encore… Il lui jura qu'il reviendrait indemne

— Je suis trop bon pour me laisser abattre, dit-il en souriant.

— Tu es moins bon aux commandes quand tu es fatigué.

Il se mit à rire.

— Je me reposerai entre deux raids… Et puis, tu n'as pas de leçons à me donner, alors que tu survoles tous les jours le désert dans un des super bolides de ton cher patron. Des tas de gars ont trouvé la mort lors d'un vol d'essai… le mari de Nancy, pour ne citer que lui.

Sauf que les avions de chasse allemands ne la prendraient pas comme cible dans le ciel serein de Las Vegas.

— Je suis prudente.

— Nous le sommes tous. La prudence ne suffit pas. Parfois, il faut de la chance.

— Alors, aie de la chance, s'il te plaît.

Il la considéra un long moment. Sans un mot, il inclina la tête, afin de cueillir un baiser sur ses lèvres. Le baiser auquel il avait tant rêvé. Le baiser qu'il n'aurait jamais dû lui voler… Il l'embrassa tout doucement, et elle lui rendit son baiser — le premier qu'elle eût jamais vraiment donné à un homme…

236

— Je t'aime, chuchota-t-il tout contre ses cheveux fauves, le souffle court. Je t'ai toujours aimée et je t'aimerai jusqu'à la fin de mes jours. Je voudrais te rendre heureuse, Cassie. Malheureusement je n'ai rien à te donner.

— Comment peux-tu dire ça ? Je suis amoureuse de toi depuis l'âge de cinq ans… Notre amour nous suffit, Nick. Nous n'avons besoin de rien d'autre.

— Tu mérites beaucoup plus, mon cœur. Une maison. Des enfants. Un mari capable de t'offrir tout ce que tu as en Californie.

— Mes parents n'ont jamais été riches, mais ils s'en moquaient. Ils n'ont jamais eu de villa ou de limousine. Ils étaient tout l'un pour l'autre. Ils ont bâti l'affaire de papa à partir d'un terrain couvert de broussailles. Nous pouvons repartir de zéro.

— Je ne te laisserai pas te fourvoyer, Cass. Ton père m'étriperait. J'ai dix-huit ans de plus que toi.

— Et alors ?

Leur différence d'âge la laissait indifférente. Elle n'allait pas sacrifier leur amour sur l'autel des préjugés.

— Je suis vieux, objecta-t-il, sans grande conviction. Par rapport à toi, du moins. Tu épouseras quelqu'un de ton âge et tu auras beaucoup d'enfants comme tes parents.

— Et j'en deviendrai probablement folle. Je ne veux pas d'une ribambelle d'enfants. Je n'en ai jamais voulu. Un ou deux, c'est un maximum.

A condition qu'ils soient de Nick.

Il lui adressa un sourire attendri. Tous deux s'étaient enlisés dans une situation impossible. Il allait partir à la guerre, tandis qu'elle allait retourner en Californie piloter les prototypes de la compagnie Williams. Mais il aimait l'entendre évoquer ainsi un avenir commun, comme si un jour cela deviendrait réalité.

— J'aurais aimé te donner des enfants, ma chérie... J'aurais voulu t'assurer une existence à l'abri du besoin. Hélas, je ne possède que quelques vieux tacots rafistolés et une cabane délabrée.

— Papa te céderait volontiers la moitié des parts dans son entreprise et tu le sais. Sans toi, il aurait fait faillite. Il t'a souvent proposé de devenir son associé.

— Et j'ai refusé. A présent, je le regrette. Tu as eu raison d'accepter ce fichu job, finalement. L'argent ne fait pas le bonheur, mais il y contribue. J'ai toujours méprisé les biens matériels. Il a fallu que tu grandisses pour que je me rende compte de mon erreur... Je ne suis pas une bonne affaire, poussin. La pauvreté ne fait pas les mariages heureux. Sans oublier que j'ai pratiquement le double de ton âge et que ce bon vieux Pat m'en voudrait à mort si j'avais l'audace de t'épouser.

— Je ne le crois pas, remarqua-t-elle avec sagesse. J'ai toujours pensé qu'il n'en serait pas surpris. Papa préférerait me savoir heureuse que mal mariée.

— Tu devrais épouser Desmond Williams. Il serait parfait, dit-il d'un air malheureux.

— Et toi, tu devrais te marier avec la reine d'Angleterre répondit-elle d'un ton moqueur. Oh, Nick, ne sois pas stupide. Qui pense à l'argent ?

— Tu y songeras quand tu seras plus âgée. Tu

n'es encore qu'une gamine. Crois-tu que ta mère et tes sœurs n'ont pas souffert d'être sans le sou ?

— Ma mère se plaint de tout, ce qui ne l'empêche pas d'être heureuse. Quant à mes sœurs, elles seraient sûrement plus à l'aise si elles ne mettaient pas au monde un bébé par an.

Glynnis attendait son sixième petit. Colleen et Megan en étaient à leur cinquième grossesse.

Nick chercha à nouveau les lèvres de Cassie. Il l'embrassa longuement en songeant à tous les bébés qu'il aurait voulu lui faire et qui ne verraient jamais le jour. Parce qu'il s'était interdit une fois pour toutes de lui gâcher la vie par pur égoïsme. Il l'aimait trop pour ça.

— Je t'aime, Nick Galvin. Je ne m'enfuirai pas. Et je ne te laisserai pas prendre la fuite. Je viendrai te chercher en Angleterre, s'il le faut.

— Je te le défends ! Comme je te défends de t'embarquer dans un quelconque tour du monde, pour faire plaisir à Williams. Il mijote un coup publicitaire depuis le début, j'en suis sûr. O'Malley sur les traces d'Earhart… Avec la guerre en Europe, aucune route n'est sûre. Pas même le Pacifique. Reste à la maison, Cassie, promets-le-moi.

— Toi aussi, répondit-elle doucement.

Leurs lèvres s'unirent et il sentit le désir monter en lui, alors qu'il la serrait contre son cœur, sur l'herbe veloutée.

— Quand partiras-tu ? s'enquit-elle d'une voix enrouée, lorsqu'il la relâcha.

— Dans quatre jours, dit-il après un long silence.

— Papa le sait ?

— Oui… Billy me remplacera. C'est un gentil garçon, et un excellent pilote. Il ne demande qu'à mettre des kilomètres entre lui et son père. Les vieux champions de l'aviation ne rendent pas toujours la vie facile à leur progéniture. Tu en sais quelque chose.

Pat lui avait mené la vie dure mais il semblait se bonifier avec l'âge. Mais le problème n'était pas là. Cassie s'assit, le buste droit, les épaules raides, les yeux pleins d'interrogations.

— Nick, qu'est-ce que ça signifie ? Nous venons à peine de nous découvrir amoureux l'un de l'autre, et tu veux déjà me quitter ? Que ferai-je sans toi ?

— La même chose qu'avant. Sortir et sourire aux photographes.

— Que veux-tu dire ?

— Ce que tu as entendu. Rien n'a changé. Tu es libre. Et je pars pour l'Angleterre.

— Oh, flûte ! ragea-t-elle. Drôle de manière de te déclarer, tu ne crois pas ? Je t'aime, tu m'aimes, on s'aime, et puis salut, je m'en vais à la guerre, amuse-toi bien, et on se reverra à mon retour. Si Dieu le veut.

— Tu as tout compris.

Il avait une voix dure. Des yeux durs. Un visage de pierre. « Tenir ! Surtout ne pas mollir », se dit-il en la voyant chanceler. Il avait pris sa décision et ne changerait pas d'avis. Pour son bien à elle.

— Et puis quoi ? Tu reviens et, avec un peu de chance, nous reprenons là où nous nous sommes arrêtés ?

— Non, répondit-il avec tristesse. Avec un peu

de chance, tu me présentes ton mari. Éventuellement tes enfants.

— Mais qu'est-ce qui te prend ? Tu es devenu
fou ? Tu n'es qu'un monstre !

Elle s'était redressée d'un bond, les poings
serrés. Il s'était levé à son tour. Maintenant ils se
faisaient face. Un désarroi intense se lisait sur le
visage fin de Cassie… Elle n'oublierait pas de sitôt
le coup de poignard qu'il venait de lui porter. A
quelle sorte de jeu se livrait-il ?

Mais il ne jouait pas. Nick Galvin s'était promis,
des années plus tôt, de ne pas détruire la vie de
Cassie sous prétexte qu'il l'aimait.

— M'as-tu entendu ? hurla-t-il, et sa voix
résonna alentour. Je n'ai rien à te donner, Cass.
Rien du tout. A moins que je braque une banque
ou que je gagne à la loterie. Tu as mille fois
plus de possibilités de réussir qu'un type comme
moi.

— Alors va travailler pour Desmond Williams,
s'écria-t-elle, tremblante de colère.

Comment pouvait-il être aussi bête !

— Je n'ai pas d'assez jolies jambes. Tu es une
denrée rare pour lui, Cassie. Une formidable aviatrice. Belle comme le jour. Une poupée capable de
piloter ses satanées machines.

— Est-ce ma faute ? Pourquoi m'en tiens-tu
rigueur ? Qu'ai-je fait ?

Des larmes ruisselaient sur sa petite figure
blême. Que c'était dur d'être une femme.

— Tu n'as rien fait. L'ennui, c'est que je n'ai
rien fait non plus, à part piloter une flopée de vieux
coucous et m'accrocher aux basques de ton père.
Ma seule gloire consiste à t'avoir appris à piloter.

Malheureusement ça ne suffit pas, ma chérie. Je ne t'épouserai pas les poches vides.

— Idiot ! cria-t-elle à travers ses larmes. Tu possèdes trois appareils. Et tu as aidé papa à agrandir son aéroport.

— Je ne reviendrai peut-être pas, Cassie, dit-il tranquillement. (Il n'avait pas l'intention de lui laisser le moindre espoir.) Je m'en irai quatre, cinq ans, à jamais peut-être. Vas-tu attendre une chimère ? Avec la vie que tu mènes, les possibilités qui s'offrent à toi, ta carrière, c'est ça que tu veux ? Attendre un pauvre type qui a le double de ton âge et qui te laisserait veuve et sans le sou avant même de commencer ? Oublie-moi. Il s'agit de ma vie. De mon propre destin. De mon choix. Et j'ai choisi de voler. Pas de liens. Pas de promesses... Voilà... Oublie-moi.

— Comment peux-tu exiger une chose pareille ?

— C'est simple. Parce que je t'aime vraiment. Je veux que tu réussisses. Que tu sois riche, célèbre, heureuse. Sans que tu t'inquiètes de mon sort. Sans que tu te demandes à chaque instant si je ne suis pas en train de flamber au-dessus de la Manche.

— Tu es d'un égoïsme forcené !

— Comme la plupart des gens. Surtout les pilotes. On n'a pas le droit de condamner ceux qui nous aiment à vivre constamment dans l'attente d'une mauvaise nouvelle. Y as-tu réfléchi ?

— Oui, énormément. Dans notre cas, il s'agit d'un avantage. Nous exerçons le même métier. Nous en connaissons les risques. Nous sommes à égalité.

— Erreur. Tu n'as que vingt ans, nom d'un

242

chien ! Tu as toute la vie devant toi. Une vie de rêve, si tu le décides. Je ne veux pas que tu m'attendes. Si je reviens et que je gagne le gros lot aux courses, je t'appellerai.

— Je te hais !

— Je l'avais compris. Surtout quand je t'ai embrassée.

Il l'attira dans ses bras, en un geste désespéré, et lui reprit les lèvres. La fureur de Cassie fondit comme neige au soleil. Elle l'enlaça et ils éprouvèrent un vertige identique. La même flamme les consuma. Nick raffermit son étreinte : il avait tant souhaité l'aimer, jusqu'à ce que tous deux en meurent de plaisir. Il la repoussa doucement, tendrement.

— M'écriras-tu ? interrogea-t-elle, les yeux pleins de larmes.

— Si je peux. N'y compte pas trop. Ne t'inquiète pas si tu restes sans nouvelles… Simplement, ne m'attends pas. (Il eut un sourire sans joie.) L'histoire d'amour la plus courte du monde. Je t'aime. Fin. Je suppose que je n'aurais pas dû te le dire.

— Pourquoi l'as-tu fait ?

— Probablement par égoïsme… Je n'en pouvais plus de me taire, surtout chaque fois que nous venions ici. Je luttais en permanence contre mes sentiments. J'ai failli mourir quand je t'ai laissée en Californie… J'avais envie que tu le saches depuis longtemps, Cassie. Mais ça ne change pas le scénario d'un iota. Je m'en vais quand même.

Une nouvelle fois, elle tenta de le convaincre. Rien n'y fit. Nick était aussi têtu qu'elle. Un ultime baiser les réunit pour la dernière fois, puis ils reprirent le vieux Jenny pour regagner l'aéroport.

Ce fut un long et étrange week-end. Des heures à la fois longues et brèves, tristes à mourir et pourtant pleines de gaieté, les pleurs alternant avec les fous rires, et ces souvenirs si proches et déjà si lointains.

Cassie pleurait pour un rien. Elle ne comprenait pas : ils étaient éperdument amoureux l'un de l'autre et il lui demandait de l'oublier... Le dimanche après-midi, alors que l'heure du départ approchait, n'y tenant plus, elle se confia à son père.

— Il est ainsi, Cass. Il croit à la liberté, à la défense de ses idées.

— Cette guerre n'est pas la nôtre.

— Elle est la sienne... C'est un homme bon, mon petit.

— Je sais... Oh, papa, il pense qu'il est trop vieux pour moi.

— Il l'est. Je me suis souvent rongé les sangs en priant pour qu'il ne tombe pas amoureux de toi... marmonna Pat. Avec le recul, j'admets qu'il t'a été d'un grand secours. Cassie, tu ne peux pas convaincre un homme de son espèce. Il doit trouver tout seul les réponses aux questions qu'il se pose.

— Il croit que tu te fâcherais avec lui.

— Ce n'est pas vrai. D'ailleurs, le problème n'est pas là... le problème est dans sa tête, Cassie. Vous en reparlerez quand il reviendra... plus tard.

— Et s'il ne revient pas ?

— Alors tu pourras te dire que tu as été aimée par un homme extraordinaire. Et que tu as eu la chance de le connaître.

244

Elle se réfugia dans les bras de son père, le cœur lourd, la tête bourdonnante de pensées pleines de sagesse, et pourtant si fragiles au regard de son amour pour Nick. Un amour de toujours... qui remontait à sa plus tendre enfance... un amour que l'on ne croise pas deux fois au cours d'une vie.

Les adieux à sa famille furent pénibles. Nick l'accompagna à l'aérodrome. Silencieux, ils défirent les chaînes qui maintenaient l'avion privé de M. Williams en place, passèrent en revue les instruments de bord. Alors qu'elle faisait tourner les puissantes rotatives du moteur, il l'attira dans ses bras, la tint enlacée.

— Prends soin de toi, murmura-t-elle. Je t'aime.

— Je t'aime aussi. Sois une gentille fille, et continue à battre des records tous azimuts... Je comprends maintenant pourquoi ils t'ont affublée d'un chaperon.

— Écris-moi... Dis-moi où tu es... fit-elle en refoulant ses sanglots.

Il leva un doigt vers le ciel, avec un sourire triste, puis plongea son regard dans le sien : ils parlaient le même langage.

Je t'aime. Si tu reviens... Qui *sait ce que l'avenir nous réserve...*

Il n'y avait pas d'engagement. Pas de promesses. Il l'aimait comme il n'avait jamais aimé personne.

— Ne t'en fais pas, poussin. Garde la tête haute.

Il avait esquissé un sourire mais des larmes étincelaient dans ses yeux.

— Je t'aime, articula-t-il silencieusement, avant de rebrousser chemin.

Elle le suivit du regard un long moment, avant de lancer son avion sur la piste. Pour la première fois de sa vie, aucun frisson ne la parcourut lorsqu'elle prit son envol… En guise d'au revoir, elle fit clignoter ses feux de position, avant de virer vers l'ouest, tandis qu'il la contemplait avec une tristesse infinie.

13

Les premières semaines qui suivirent le départ de Nick s'écoulèrent comme dans un mauvais rêve. Ne pensant qu'à lui, Cassie déployait des efforts surhumains pour se concentrer sur ses instruments de bord… Elle sillonnait le ciel sans répit. Afin d'oublier son chagrin, elle s'était jetée à corps perdu dans son travail. En septembre, elle battit deux nouveaux records avec le Phaeton… Le 1er octobre 1939, Hitler célébrait sa victoire totale sur les Polonais. Par des amis communs, Cassie avait appris que Nick avait été affecté à Hornchurch, comme instructeur d'un groupe de jeunes et vaillants pilotes, et ne participait pas encore aux combats. Selon Pat, il avait dépassé la limite d'âge.

Il n'avait pas écrit une seule lettre à Cassie, mais il avait fait passer un bref mot à son père par un pilote.

La vie de la jeune aviatrice se déroulait dans la fièvre des soirées dansantes, parmi la faune chic des noctambules. Desmond mettait toujours l'accent sur l'importance de ses apparitions en public. De temps à autre, il l'emmenait déjeuner. Leurs conversations roulaient habituellement sur les avions. Il appréciait les observations de la jeune femme, ses critiques à propos des nouveaux modèles que la compagnie lançait sur le marché. Un respect mutuel les unissait, sans qu'on puisse pour autant parler de franche amitié, même si Desmond se montrait parfois amical. En effet la seule chose qui l'intéressait vraiment, c'était les affaires. Pourtant, on ne voyait que rarement son nom dans la presse et sa vie privée n'était jamais évoquée.

Il se montrait très généreux avec Cassie, lui accordant des sommes importantes — des « bonus » selon ses propres termes — chaque fois qu'elle établissait un nouveau record. A Thanksgiving, elle arriva chez ses parents dans un superbe Williams P-6 Storm Petrel, au fuselage filiforme peint en noir. Un pur joyau qui fit sensation parmi les employés de Pat... Elle emmena son père faire un tour, proposa une promenade à Chris qui refusa. Sa nouvelle petite amie, une étudiante de Walnut Grove, accaparait tout son temps. Billy, en revanche, n'eut de cesse qu'il eût testé le rutilant avion. Il avait eu des nouvelles de Nick, dit-il.

Tout le monde semblait être au courant de ses activités, hormis Cassie. C'était comme s'il avait voulu lui démontrer qu'il s'en tiendrait à ce qu'il avait dit.

Je t'aime. Adieu. Fin de l'histoire.

Et elle avait parfaitement compris. Un soir, elle se confia à Billy. Le jeune homme estimait que Nick était le type même du héros solitaire.

— Il est fou de toi, Cass, affirma-t-il avec conviction. Je l'ai senti dès la première fois que je vous ai vus ensemble. A mon avis, il a peur. Il n'a pas l'habitude de s'engager. Par ailleurs, il n'est pas sûr de revenir. Il ne voulait pas t'entraîner dans une aventure sans issue.

— Formidable ! Il me déclare son amour pour ensuite m'abandonner sans l'ombre d'un regret.

— Selon lui, tu es faite pour épouser un de ces milliardaires que tu fréquentes… Il me l'a dit.

— Quelle pensée touchante ! fulmina-t-elle.

Ouvrir son cœur à Billy l'avait cependant déchargée d'un grand poids. Ils se tutoyaient à présent, éprouvant l'un pour l'autre une amitié toute fraternelle. Il lui promit de lui rendre visite à Los Angeles avant Noël.

Elle reprit le chemin du retour en déclarant qu'elle passerait les fêtes de Noël à la maison. D'ici là, elle était surchargée de rendez-vous. Williams allait présenter deux nouveaux modèles et, naturellement, Cassie était censée diriger les opérations. Ce qui sous-entendait multiples interviews, séances de photos habituelles et vols d'essai.

Le jour de son arrivée en Californie, la radio diffusa des nouvelles alarmantes en provenance d'Europe : l'attaque de la Finlande par l'U.R.S.S., le 30 novembre. Le conflit se généralisait. Les pensées de Cassie allèrent à Nick, qui devait s'acquitter sans relâche de sa mission d'instructeur.

Billy Nolan passa la voir vers la mi-décembre. Elle lui montra les plus beaux spécimens de la compagnie et le jeune homme fut ébloui par les avions qu'elle testait.

— Bon sang, Cass, c'est génial !

Il faisait allusion à un patrouilleur, sorti récemment des chantiers de la Williams, astucieux croisement entre un cargo de transport plus ancien et le fabuleux racer conçu par Howard Hughes.

— Ils cherchent des pilotes d'essai, si cela te tente.

Billy ébaucha un sourire.

— Ton père compte sur moi. Je n'ai pas le cœur de le quitter. Pas maintenant. Contempler ces prodiges me suffit amplement.

Elle le présenta néanmoins à Desmond Williams qui témoigna simplement d'un intérêt poli envers le jeune pilote. Visiblement, seule Cassie l'intéressait. Il n'imaginait pas meilleur pilote qu'elle. De plus en plus, les avions civils se déguisaient en chasseurs, en mitrailleurs, en bombardiers. Le conflit européen ne tarderait pas à décupler le chiffre d'affaires de la compagnie. Les prévisions de Nick s'avéraient exactes. Sous le distingué businessman pointait le marchand d'armes. Comme Nick, Desmond pensait que les États-Unis ne se cantonneraient pas longtemps dans une neutralité illusoire.

— Nos alliés nous forceront à leur porter secours… Cela s'est déjà produit lors de la dernière guerre.

— J'ai un ami, là-bas, finit-elle par lui confier un jour. Il est instructeur pour la R.A.F. Affecté à Hornchurch.

Desmond la regarda. Il était rare qu'elle évoquât des sujets aussi personnels.

— Encore un noble chevalier, commenta-t-il, alors qu'ils se faisaient servir du café dans son bureau.

— Vous voulez dire encore un illuminé, comme nous tous, répliqua-t-elle, malicieuse, ce qui le fit rire.

Tous deux savaient que les pilotes formaient une race à part.

250

— Et vous, Cass ? Ne nourrissez-vous aucun projet grandiose ? Depuis votre arrivée parmi nous, vous tenez le haut du pavé. Cela ne vous donne pas envie d'atteindre des sommets… plus glorieux ?

— Non, pas pour l'instant. Je suis très heureuse ainsi. Vous m'avez été d'un grand secours, Desmond.

Il la regarda avec plus d'attention. En quelques mois, la jolie campagnarde s'était transformée en une créature de rêve. Élégante. Sophistiquée. Policée. Grâce aux conseils judicieux de Nancy Firestone, certes, mais aussi par une sorte de distinction naturelle. Très vite, Cassie s'était constitué une garde-robe mieux adaptée à sa position sociale. Elle était parfaitement à l'aise avec le monde de la presse et le public l'adorait… Pas assez, cependant, au goût de Desmond. Au printemps, il comptait l'inscrire à une série de compétitions locales… Parfois, Cassie se demandait si le battage médiatique dont elle faisait l'objet avait un réel rapport avec la vente des avions. Desmond y accordait toujours la plus extrême importance.

— N'oubliez pas votre tournée des hôpitaux et des orphelinats pour les actualités cinématographiques, lui rappela-t-il. Vous aurez largement le temps de visiter plusieurs établissements avant les vacances de Noël.

— Ne vous inquiétez pas. Je tiendrai mes engagements.

Elle avait un sourire éblouissant, remarqua-t-il. Des yeux pétillants de malice… Elle était vraiment attirante.

— A propos, en janvier, nous nous envolerons pour New York, reprit-il d'un ton uni. J'ai organisé une rencontre entre la reine du cockpit, Cassie O'Malley, et l'illustre Charles Lindbergh.

Encore un de ses scoops publicitaires ! Son père ne manquerait pas de s'en réjouir, lui qui admirait tant Lindbergh.

Desmond poursuivit ses explications.

Ils prendraient le dernier modèle de la compagnie.

Cassie ferait une démonstration devant Lindbergh, dans le but de décrocher l'aval du célèbre aviateur qui était un vieil ami de Desmond. Comme celui-ci, il croyait à la toute-puissance des médias. Et à l'efficacité des relations publiques. Par ailleurs, Lindbergh était curieux de faire la connaissance du pilote fétiche des lignes Williams.

La tournée des hôpitaux se passa comme prévu et Desmond se montra enchanté du résultat.

Chez les O'Malley, la maison était en effervescence. La famille au grand complet s'était rassemblée pour fêter Noël : les sœurs de Cassie, ses beaux-frères, leurs innombrables enfants, Chris et sa petite amie. Grippée, Oona n'en réussit pas moins à préparer le délicieux repas traditionnel. Le soir du réveillon, après une longue promenade, Cassie alla à la messe avec ses sœurs. Au retour, elle fit une halte à l'aérodrome, afin de jeter un ultime coup d'œil à son avion et vérifier que les fenêtres étaient bien fermées. Son père avait mis son plus beau hangar à sa disposition, et elle n'ignorait pas que tous ses amis viendraient s'extasier devant l'appareil de Cassie O'Malley. Progressivement, elle était entrée dans la légende.

Rassurée, Cassie sortit dans l'air glacé. Une

mince couche de neige crissait sous ses pas. C'était une nuit froide, claire, presque blanche, une nuit de Noël comme tant d'autres. Elle leva les yeux vers le ciel, en quête d'un point lumineux traversant l'immensité stellaire, l'esprit empli des souvenirs des Noëls passés, quand Nick était encore là... Une voix basse murmura alors un « joyeux Noël » qui la fit sursauter. Cassie se retourna en retenant son souffle. Il était là, devant elle, très séduisant dans son uniforme de la Royal Air Force...

Elle le dévisagea une seconde, les yeux écarquillés, incrédule.

— Oh, mon Dieu ! Que fais-tu là ? s'écria-t-elle en se jetant dans les bras de Nick.

— Tu voudrais que je reparte ? fit-il d'un ton moqueur.

— Oh, non, non, non, Nick. Jamais.

Les jours qui suivirent s'écoulèrent comme dans un conte de fées. Aux discussions passionnées succédaient des fous rires, aux longues promenades de calmes méditations. Ils sillonnèrent le lac gelé sur leurs patins à glace, ils allèrent voir Garbo dans *Ninotchka* au cinéma de Good Hope, puis firent des tours en avion en se passant les commandes comme par le passé. Mais le temps filait trop vite. Le rêve touchait à sa fin. Au cours de leurs promenades solitaires, ils ne cessaient d'échanger des baisers pleins de fougue. En public, Nick tenait à respecter les convenances.

— Papa est au courant. Qu'est-ce que ça change ?

— Je ne veux pas porter atteinte à ta réputation.

— En m'embrassant ? Comment peux-tu être aussi vieux jeu ?

253

— Justement. Inutile de crier sur les toits que tu es tombée amoureuse d'un vieillard.

— Je ne soufflerai mot à personne de ton âge.

— Merci.

Sur ce point, il se montrait inflexible. Pas de liens, pas de promesses, pas d'avenir. Ils vivaient au jour le jour. L'indicible et rare beauté du moment présent comme le chagrin anticipé de leur future séparation, de plus en plus proche. Dès qu'ils se retrouvaient seuls, ils en profitaient pour s'embrasser, mais ces étreintes fugaces n'allaient jamais plus loin. Nick luttait constamment contre son désir. Il ne voulait pour rien au monde repartir en la laissant enceinte.

La veille de son départ, il évoqua la guerre. La vie qu'il menait en Angleterre lui convenait, déclara-t-il, et, jusqu'ici, il n'avait pas fait une seule mission en vol.

— Compte tenu de mon grand âge, ils m'ont relégué au sol. A la fin de la guerre, tu auras probablement la mauvaise surprise de me voir débarquer comme l'as de pique, ma douce amie.

— Vraiment ? Et alors, quoi ?

Elle s'efforçait de lui arracher un mot d'espoir.

— Alors, je serai témoin de ton mariage avec Billy, plaisanta-t-il. Tu devrais y songer sérieusement, plutôt que de t'enticher d'un vieux cheval de mon espèce.

Plus que jamais, il semblait vouloir attribuer à leur différence d'âge un défaut rédhibitoire. Il avait quasiment vu naître Cassie, avait assisté à ses premiers pas, avait ri avec ses parents à ses premiers mots d'enfant…

— Il se trouve que je n'aime pas Billy, sourit-

254

elle, alors qu'ils longeaient le lac recouvert de glace miroitante.

— L'amour viendra plus tard. Tu l'épouseras quand même.

— Dois-je lui demander sa main ? gloussa-t-elle.

Nick était le seul homme à la faire rire autant… Il l'avait aussi fait beaucoup pleurer, ces derniers temps.

— Laisse venir. Un subit engouement de ta part pourrait l'effrayer.

— Ah, voilà qui est flatteur !

Elle lui enfonça le coude dans les côtes. Il perdit l'équilibre, l'entraîna dans sa chute en riant, et l'instant suivant ils roulaient dans la neige en s'embrassant avec fièvre.

Le rêve se termina aussi brutalement qu'il avait commencé. Cassie déposa Nick à Chicago. Il prendrait le train pour New York, d'où il gagnerait Londres par les lignes régulières.

— Pourras-tu revenir bientôt ? demanda-t-elle, alors qu'ils attendaient le train.

— Je n'en sais rien, poussin. Cela dépendra de la situation que je trouverai à Hornchurch.

Il repartait sans formuler la moindre promesse. Sans laisser d'espoir. Il n'y eut que des larmes. Et un goût amer à leur baiser d'adieu. Le sifflement aigu de la locomotive appela les passagers à gagner leurs compartiments. Nick sauta dans un wagon bondé. Le train s'ébranla lentement. Cassie se mit à courir le long de la longue chenille de métal, qui glissait de plus en plus vite hors de la gare. Elle s'arrêta au bout du quai. Il était parti et elle était à nouveau seule.

Elle retourna à Good Hope et le lendemain repartit à Los Angeles. Son appartement lui fit l'effet d'une coquille vide. Elle se mit à tourner en rond, avec la sensation d'être engloutie par le néant. Allait-il revenir ? Que leur réservait l'avenir ? Finirait-il par admettre que leur amour valait la peine d'être vécu ? Rien de moins sûr. Le doute lui parut plus douloureux que la pire des certitudes.

En janvier, elle s'envola avec Desmond pour New York, dans le nouveau modèle. Sa rencontre avec Charles Lindbergh fit la une de l'actualité. La presse écrite et cinématographique avait assisté à l'événement. D'aucuns qualifièrent la démonstration de Cassie O'Malley de « tour de magie ».

Mais un printemps maussade attendait la magicienne à son retour en Californie. Elle poursuivit ses vols d'essai, ses sorties mondaines, ses interviews. Sa renommée n'avait cessé d'augmenter et des aviatrices aussi célèbres que Pancho Barnes et Bobbi Trout voulurent faire sa connaissance. Sa vie prenait une nouvelle dimension, sa carrière un tournant important. Cassie comblait le vide, qu'avait laissé Nick en travaillant d'arrache-pied. Elle voyait de temps à autre Nancy et sa fille Jane. Bizarrement, son amitié avec Nancy était restée superficielle… Sans doute encore un des méfaits de la différence d'âge.

En avril, Desmond l'invita à dîner à nouveau. Au cours du repas, il voulut savoir si elle avait quelqu'un dans sa vie. Question singulière, compte tenu de sa discrétion habituelle. Non, répondit Cassie, il n'y avait personne. Nancy continuait de lui présenter les compagnons qui l'escortaient lors de ses sorties en ville.

— Vous m'en voyez surpris, commenta-t-il d'un ton affable.

— Je suppose que je suis trop laide.

Desmond émit un rire amusé. Jamais elle n'avait été aussi belle. Depuis qu'il avait eu la bonne idée de l'engager, elle lui avait donné entière satisfaction.

— Peut-être travaillez-vous trop dur, hasarda-t-il, songeur. A moins qu'il n'y ait quelqu'un qui vous attend chez vous ?

— Plus maintenant, répondit-elle avec un sourire triste. Il est en Angleterre... Et il ne m'appartient pas. Il n'appartient à personne... Sauf à lui-même.

— Je vois. Mais cela pourrait changer.

Il s'était renversé sur sa chaise afin de mieux l'observer. Elle l'intriguait. Voilà une fille qui pilotait mieux que n'importe quel homme. Une superbe créature, que les fastes d'une vie sociale trépidante laissaient de glace. Indifférente à tout, même à sa propre réussite. Cela faisait partie de son charme, d'ailleurs, car le public l'adulait. Depuis plusieurs mois, on ne pouvait ouvrir un journal sans la voir en photo, mais elle était restée modeste. Aucune femme de sa connaissance n'aurait résisté aux pièges de la célébrité... Cassie O'Malley ne ressemblait pas aux autres femmes. Étonné, il se rendit compte qu'elle lui plaisait. En dehors des affaires, il était rare qu'il témoigne de l'intérêt envers ses employés, sauf pour des cas exceptionnels, comme Nancy.

— La guerre a des répercussions bizarres sur les hommes, dit-il. Quelquefois, ils changent... ils réalisent ce qui est réellement important.

257

— Oui… leurs bombardiers. Les pilotes sont une drôle d'engeance. Du moins ceux que j'ai côtoyés. Les femmes aussi. Nous sommes tous un peu fous.

— Cela ne fait qu'ajouter à leur charme.

— J'essaierai de m'en souvenir, dit-elle en buvant un peu de vin blanc.

Desmond Williams se mit à rire silencieusement. Il paraissait détendu, presque joyeux, et elle se demanda ce qui l'amusait à ce point. Impossible de savoir. Impossible de percer sa carapace. En dépit de l'amitié qu'il lui témoignait, l'homme demeurait une énigme. Nancy avait employé, à juste titre, ce mot pour le décrire.

— Et puis, il y a le reste de l'humanité, n'est-ce pas ? Tous ceux qui vivent au sol. Si simples, et si prosaïques.

— Ce n'est pas ce que je voulais dire, répliqua-t-elle. Certains ne manquent pas de sensibilité. Ils sont plus raisonnables aussi, moins exaltés. Je crois qu'ils ont du mérite.

— Mais vous, Cassie ? Où est votre place, en fin de compte ? Là-haut, dans le ciel ou ici-bas, sur terre ? Vous paraissez à l'aise partout.

Elle avait opté pour le ciel, tous deux le savaient. Elle était née pour voler. Rester à terre ne pourrait jamais la satisfaire. A peine posait-elle un pied sur le sol que, déjà, l'envie de s'envoler comme un oiseau l'envahissait.

— Que diriez-vous d'un tour du monde ?

Il avait posé la question avec précaution, et il vit une lueur de surprise dans les yeux de son interlocutrice. Nick l'avait prévenue. Il avait percé à jour les arrière-pensées de Williams… Comment avait-il pu deviner ? Cassie ravala sa salive, cherchant fébrilement une réponse.

— Maintenant ? C'est affreusement difficile, non ? (L'invasion allemande s'était étendue au Danemark et à la Norvège, et l'ombre sinistre du Reich s'étalait à présent vers les Pays-Bas et la Hollande.) Une grande partie de l'Europe est fermée à la circulation aérienne, et le Pacifique comporte des zones particulièrement dangereuses.

Trois ans plus tôt, Earhart en avait fait les frais. Et depuis, la situation avait empiré.

— Nous trouverons les moyens de contourner les obstacles. J'ai toujours pensé que le tour du monde était l'ultime étape dans la carrière d'un aviateur... Le plus splendide des trophées. Si vous acceptez, il va falloir mettre au point le trajet avec soin. Entreprendre une campagne de presse sans précédent. Naturellement, cela ne sera pas pour tout de suite. Les préparatifs dureront au moins un an.

— J'ai longtemps souhaité un tel voyage, je l'avoue. Mais par les temps qui courent, et même dans un an... je ne sais quoi vous dire.

L'exaltation avivait l'éclat de son regard. Mais les avertissements de Nick résonnèrent à ses oreilles. Nerveuse, elle se mordit les lèvres.

— Alors ne dites rien. Laissez-moi m'en occuper, Cassie, murmura-t-il, en lui frôlant la main. Vous n'aurez plus qu'à voler. A sillonner le ciel dans notre meilleur avion.

— Je vous promets d'y réfléchir.

C'était tentant. Un tel exploit changerait sa vie du tout au tout. Son nom entrerait dans l'histoire de l'aviation au même titre que ceux de Cochran ou Lindbergh.

— Nous en reparlerons cet été, voulez-vous ?

Son contrat se terminerait alors mais il n'y avait aucune raison pour ne pas le reconduire. Cassie n'avait jamais caché qu'elle aimait son travail. Le tour du monde, c'était autre chose. C'était son rêve. Et pourtant Nick l'avait prévenue de ne pas l'entreprendre sous les couleurs de la compagnie Williams.

« Il te manipule. Il t'utilise. Cassie, méfie-toi. J'ai peur pour toi, poussin. Ne t'avise pas d'entreprendre un de ces satanés tours du monde. »

Chaque mot s'était gravé dans sa mémoire.

« Ah oui ? Et pourquoi pas, hein ? » lui susurra insidieusement une petite voix intérieure.

Nick ne lui avait pas demandé son avis avant de se rendre en Angleterre. Depuis Noël, il ne lui avait écrit que deux lettres dans lesquelles ne transparaissait pas le moindre sentiment. Et pas le plus infime espoir. On eût dit deux bulletins d'information émanant d'une école militaire.

Ce soir-là, Desmond l'emmena danser au Mocambo. Et tandis qu'ils tournoyaient au rythme d'une valse, il se mit à rêver à voix haute.

Il parla à nouveau du tour du monde une semaine plus tard, en passant, comme on évoque à mi-voix un secret partagé, un but commun. Visiblement, le projet lui tenait à cœur depuis longtemps. Un projet mirobolant que Cassie seule avait le pouvoir de réaliser.

Malgré ses innombrables occupations, il voulut célébrer le vingt et unième anniversaire de sa protégée, et celle-ci s'étonna qu'il s'en souvînt. Elle ignorait qu'une armée de secrétaires tenaient constamment à jour l'agenda de Desmond Williams et lui rappelaient le moindre détail. Ils dînèrent au restaurant Victor Hugo, l'un des plus luxueux de la ville, puis finirent la soirée au Ciro's, le dancing où se pressaient les étoiles du grand écran et les vedettes de passage. Ayant consulté Nancy, Desmond avait commandé au restaurant les plats favoris de son invitée et son gâteau préféré, dont elle souffla les bougies avec des yeux émerveillés. Le champagne coula à flots, l'orchestre joua les chansons qu'aimait Cassie. C'était un anniversaire magique, songea-t-elle, les yeux humides. Alors, il lui tendit son cadeau, par-dessus les coupes de champagne pétillant. Cassie défit le papier de soie et découvrit une broche de diamants en forme d'avion. Il l'avait commandée chez Cartier quelques mois plus tôt. Le chiffre 21 figurait sur l'aile, et le nom de Cassie ornait le fuselage étincelant.

— Oh…, fit-elle, rougissante de plaisir.

Elle n'avait jamais rien vu d'aussi beau.

Desmond la regarda de l'air sérieux, presque grave, qu'il adoptait lorsqu'il étudiait les plans d'un prototype.

— Je savais que vous seriez quelqu'un d'important dans ma vie, déclara-t-il. Je l'ai su dès le premier jour.

— En me voyant en salopette, la figure couverte d'huile ? Nul doute que vous ayez été impressionné.

Elle riait tout en tenant délicatement la broche, dont l'hélice tournait lorsqu'on la touchait.

— En effet, admit-il. Vous êtes la seule femme

capable d'être séduisante avec la figure pleine de graisse.

— Desmond, vous êtes odieux !

Son hilarité se communiqua à son compagnon ; tous deux se mirent à rire de bon cœur. Ils riaient toujours, quand Cassie lui tapota la main d'un geste qu'elle n'aurait jamais osé faire en d'autres circonstances. Mais Desmond lui semblait maintenant un bon ami, le seul peut-être qu'elle avait ici, à part Nancy et un ou deux pilotes. Elle éprouvait pour cet homme épris de perfection un grand respect. Elle regarda le petit appareil qui brillait de mille feux dans sa paume. Il était parfait, lui aussi.

— Suis-je vraiment odieux ? Vous n'êtes pas la première à me le dire, s'alarma-t-il.

Son sourire la désarma. Soudain, elle sentit un élan de compassion. Il paraissait si seul, en dépit de tout ce luxe et de sa position sociale. Il n'avait pas d'enfants, pas de femme, très peu d'amis et, d'après les commérages de la presse, pas même de petite amie. Il n'avait que ses chers avions.

— Non... bien sûr que non, le consola-t-elle d'une voix douce.

— J'aimerais être votre ami, Cass, dit-il avec franchise, en lui tendant la main par-dessus la table.

— Mais vous l'êtes, Desmond, répondit-elle, profondément touchée par ce geste affectueux. Vous êtes si gentil avec moi. Je ne le mérite pas, sans doute.

— Voilà pourquoi vous me plaisez tant. Vous n'attendez rien, alors que vous méritez tout... (Il lui prit la broche pour l'épingler sur le tissu satiné de son bustier.) Vous êtes unique, vous savez. Je n'ai jamais connu quelqu'un comme vous.

Il la raccompagna chez elle, tard dans la nuit, jusqu'à sa porte. Il ne voulut pas entrer et ne mentionna plus le tour du monde. Le lendemain, il lui fit envoyer une splendide gerbe de roses. Le dimanche suivant, il l'appela pour lui proposer une promenade. Jusqu'alors, elle ne s'était jamais demandé comment il occupait ses week-ends.

Il passa la prendre à deux heures de l'après-midi. Sa limousine aux chromes rutilants prit le chemin de Malibu. Il faisait beau, et le soleil moirait de reflets iridescents le sable blanc de la plage… En longeant le front de mer, Desmond se rappela son enfance. Puis, les tristes années de son adolescence entre un pensionnat de luxe et Princeton. Sa mère était morte quand il était encore petit. Son père, trop occupé à bâtir son empire, ne s'était pas aperçu qu'il avait un fils… Ni qu'un enfant avait besoin de vacances… Desmond était resté confiné dans différentes institutions toutes très huppées, d'abord Fessenden, puis Saint-Paul, enfin Princeton.

— Mais vous n'aviez pas de famille du tout ? s'enquit Cassie, horrifiée.

— Non. Mes parents étaient enfants uniques. Mes quatre grands-parents étaient morts avant ma naissance. Je n'ai jamais eu personne, à part mon père, que je voyais rarement. C'est peut-être la raison pour laquelle je n'ai pas voulu d'enfants… Afin de ne pas leur infliger de peine… Je ne connais rien de pire que décevoir un enfant.

Cassie respira profondément, les yeux clos. La vision fugace d'un garçonnet dans un palais vide lui apparut. Sa gorge se noua. Pourquoi bon surnommer « le nabab du ciel » un être aussi solitaire ?

— Desmond, vous n'auriez jamais déçu personne… Vous êtes tellement gentil.

Elle n'avait jamais eu à s'en plaindre. C'était un gentleman dans tous les sens du terme, un ami merveilleux, un employeur parfait. Pourquoi ne serait-il pas un époux et un père extraordinaire ? Par la presse, elle avait appris qu'il avait été marié deux fois, et qu'il n'y avait pas eu d'enfant de ces unions. « Une fortune colossale reste sans héritier », titraient de temps à autre les magazines.

Ils s'assirent à l'ombre des dunes, face à l'océan, sur le sable fin où luisait, çà et là, la nacre d'un coquillage.

— Je me suis marié très jeune, expliqua-t-il. Je n'avais pas encore fini mes études à Princeton. Ce fut un désastre. Amy était une fille charmante mais abominablement gâtée par ses parents. Nous sommes revenus ici, quand j'ai eu mon diplôme… J'avais votre âge et je me berçais d'illusions. Amy souhaitait s'installer à New York, afin d'être plus près de sa famille. Une idée extravagante, à mes yeux. A la place, je l'ai emmenée en Afrique où nous avons participé à un safari, puis en Inde, pendant six mois. A Hong Kong, elle prit le premier bateau en partance pour les États-Unis. De retour chez ses parents, elle m'accabla de reproches. Je l'avais torturée en l'obligeant à visiter des pays horribles où, à ses dires, elle avait vécu comme un otage parmi des sauvages… Le temps que je regagne le pays, les avocats de son père avaient demandé le divorce. Je suppose que c'était ma faute. Je voulais lui faire découvrir le monde, alors qu'elle n'aspirait qu'à rester dans les jupes de sa mère…

L'absurdité de la situation arracha un rire à Cassie, et un sourire désabusé à Desmond.

— Ma deuxième épouse m'a fasciné dès le premier regard. J'avais vingt-cinq ans à l'époque, et elle en avait dix de plus. C'était une Anglaise d'une grande beauté, qui habitait Bangkok où elle menait une existence tumultueuse… Nos noces furent de courte durée. Elle avait tout simplement omis de me signaler qu'elle était déjà la femme de quelqu'un d'autre. Le mari refit surface inopinément, alors que nous filions le parfait amour. Naturellement, notre mariage fut annulé. Je suis revenu ici recoller les morceaux. Dans les deux cas, il ne s'agissait pas à proprement parler de mariage. Je n'ai plus jamais tenté ma chance… Peu après, ayant hérité de l'affaire de mon père, je m'y suis consacré entièrement… Me voilà donc, dix ans plus tard, seul et terriblement assommant.

— Pourquoi dites-vous « assommant » ? Des safaris, l'Inde, Bangkok, c'est autre chose que ma petite vie dans l'Illinois. Je suis la quatrième de cinq enfants, j'ai grandi dans un aéroport, et j'ai seize neveux et nièces. J'ai été la première à vouloir poursuivre des études universitaires, la seule femme de la famille devenue pilote, le premier enfant à partir… Ma mère et mon père, qui sont d'origine irlandaise, ont vécu à New York avant de s'implanter dans le Midwest. Vous voyez, il n'y a là rien d'extraordinaire.

— Si, vous. Vous êtes un des plus grands pilotes d'Amérique. Une très belle femme qui plus est, ce qui ne gâche rien.

— Je ne me trouve pas belle. Dans mon esprit,

je suis toujours la fille en salopette, avec la figure brillante d'huile.

— Les autres perçoivent de vous une image complètement différente.

— Peut-être. Je ne m'en rends pas compte.

— Nous n'avons pas beaucoup de points communs, dit-il, songeur. On croit que les similitudes rapprochent les gens, mais, parfois, ce sont leurs différences qui les attirent… En fait, il n'y a pas de règle. Mais vous, Cassie, comment se fait-il qu'à l'âge canonique de vingt et un ans vous ayez échappé aux liens sacrés du mariage ?

Il ne plaisantait qu'à moitié. Cassie paraissait libre comme l'air, et il était curieux d'en savoir plus.

— Personne ne veut de moi.

— Voyons, ma chère ! Dites-moi quelque chose de crédible.

Il s'était allongé sur le sable, et la dévisageait en clignant des yeux.

— C'est la vérité. Les garçons de mon âge sont terrifiés par les femmes pilotes. Si par hasard ils sont pilotes eux-mêmes, ils détestent la compétition dans leur propre couple.

— Et les garçons de *mon* âge ?

Il avait quatre ans de moins que Nick, qui avait maintenant trente-neuf ans, se rappela-t-elle.

— Ceux-là semblent redouter la différence d'âge… Certains, en tout cas.

— Parce qu'ils vous considèrent comme une petite fille immature ?

— Oh, non. Ils se trouvent trop vieux. Subitement, ils découvrent qu'ils n'ont rien à m'offrir. Et hop ! ils s'envolent pour l'Angleterre en me recommandant de jouer avec des garçons de mon âge.

— Avez-vous suivi leurs conseils ?

Il devait s'agir de l'homme auquel il avait remis sa carte de visite, lors de son premier passage à l'aéroport O'Malley, il en aurait mis sa main à couper.

— Non. Je n'ai pas le temps de jouer. Je suis trop occupée à piloter vos avions, sans oublier les soirées mondaines auxquelles vous accordez une si grande importance.

— Les mondanités *sont* importantes, Cassie.

— Pas pour moi.

— Eh bien, qu'est-ce qu'il vous faut ? Vous sortez cinq fois par semaine avec un homme différent depuis près d'un an. Vous voulez dire qu'aucun de tous ces cavaliers ne correspond à ce que vous recherchez ?

— Je ne crois pas. Ils ne m'intéressent pas. A vrai dire, je m'ennuie avec eux. Ce sont des êtres narcissiques qui ne parlent que d'eux-mêmes.

— Vous êtes trop gâtée, dit-il en agitant un doigt docte sous le nez de Cassie.

— A qui la faute ? Vous m'avez offert tout ce dont j'aurais pu rêver. Appartement, vêtements, bijoux, voitures, palaces… Et des avions magnifiques à piloter. Comment voulez-vous que je ne sois pas gâtée ?

— Mais vous ne l'êtes pas, justement.

Il le pensait sincèrement. Le luxe n'avait en rien altéré la simplicité de Cassie.

Ils dînèrent dans un petit restaurant mexicain près de chez elle. Il déclara que la nourriture était infecte, alors qu'elle la trouva divine. Il la raccompagna en voiture à sa villa et lui promit de l'appeler le lendemain.

— Je dois être en piste à quatre heures du matin.

— Moi aussi. Apparemment, nous travaillons pour le même tyran. Je vous passerai un coup de fil à trois heures et demie.

A la surprise de Cassie, il tint parole. La carapace du businessman se fissurait : une enfance esseulée, l'absence de sécurité affective, deux simulacres de mariage. Un sens très personnel de l'autodérision. Mais la clé de l'énigme n'en demeurait pas moins introuvable… En dépit de sa richesse, il donnait l'impression d'être très seul. Personne ne l'avait jamais aimé, ce qui expliquait sa froideur… sous laquelle couvait un feu qui ne demandait qu'à flamber.

Il l'attendit à l'aéroport cet après-midi-là, la déposa chez elle mais ne demanda pas à entrer. Dès lors, il prit l'habitude de l'appeler tous les jours. Plusieurs fois par semaine, il l'emmenait dîner dans de petits établissements à l'atmosphère feutrée, loin de l'agitation fiévreuse des palaces de Beverly Hills ou des bars du centre-ville. Il n'avait plus jamais fait allusion au tour du monde. Parfois, alors qu'elle exécutait un vol d'essai, Cassie y pensait. Les avertissements de Nick lui revenaient alors en mémoire. Elle se traitait d'idiote. Desmond n'aurait jamais rien entrepris contre son intérêt. Il ne voulait que son bien.

Il lui apporta lui-même son nouveau contrat, fin juin. Les termes du contrat étaient identiques au précédent, si ce n'est que les apparitions publiques devenaient facultatives, et que le salaire avait doublé. La compagnie s'engageait à soumettre ses prototypes au jugement de Cassie. En échange, celle-ci devait garantir un nombre réduit de spots publicitaires par an... La dernière clause la laissa sans voix. Elle stipulait que pour une somme de cent cinquante mille dollars supplémentaires auxquels s'ajoutait un pourcentage sur les bénéfices, les lignes Williams lui offraient un tour du monde dans leur meilleur appareil, par la voie aérienne la plus sûre — qui restait à définir. Dans le cas où elle accepterait, elle prendrait le départ dans un an, le 2 juillet 1941, date anniversaire de la disparition d'Amelia Earhart quatre années plus tôt. Le lancement prévu par Desmond présenterait la chose comme l'événement du siècle. Le cœur de Cassie s'emballa. C'était plus que tentant. Néanmoins, elle éprouva le besoin d'en parler à son père, qu'elle devait voir la semaine suivante, au traditionnel salon de l'aviation de Peoria.

— J'espère qu'il ne refusera pas, murmura Desmond nerveusement.

On aurait dit un petit garçon qui craignait qu'on ne lui retire son jouet favori. Cassie lui dédia son sourire le plus rassurant.

— Je ne crois pas. Certes, il évoquera les dangers encourus, mais si vous me dites que je ne risque rien, je saurai le convaincre.

Elle lui faisait confiance. En tant qu'employeur, Desmond avait scrupuleusement tenu ses engagements. Il ne lui avait jamais menti, ne l'avait jamais dupée, jamais abusée. Leurs rapports reposaient sur le travail et l'amitié. Il n'y avait rien de plus. Aucune équivoque. Il n'avait même pas essayé de l'embrasser et pourtant, il la savait libre... Nick n'avait pas donné signe de vie depuis des mois. Il

269

se serait violemment opposé au projet mirobolant de Desmond, Cassie en était persuadée… « Eh bien, les absents ont toujours tort », conclut-elle en son for intérieur, avant de sourire une fois de plus à son patron.

— Papa est un homme raisonnable.

— Cassie, voilà des années que je rêve d'organiser un tour du monde en avion. Jusqu'à présent, je ne connaissais personne capable d'effectuer un voyage aussi long. Il n'y a que vous qui puissiez venir à bout d'un tel exploit. Vous seule.

Elle hocha la tête, flattée malgré tout.

— Nous en reparlerons à mon retour.

Elle avait besoin de réfléchir… Mais il la sentit alléchée, prête à tenter l'expérience.

— Vous ne participerez pas au concours de voltige cette année, n'est-ce pas ? lui demanda-t-il d'un air inquiet.

— Non, mon frère s'y est inscrit. Dieu seul sait pourquoi. Il déteste voler, mais il tient à faire plaisir à mon père.

— Nous sommes tous les mêmes. J'ai suivi des cours de boxe à Princeton, parce que mon père en avait fait. Quel sport exécrable ! J'ai vécu un véritable calvaire dans l'espoir qu'il en serait heureux. Mais je ne suis même pas sûr qu'il l'ait jamais su. Et pourtant, que de saignements de nez et de cocards !

— Oh, Seigneur ! s'exclama Cassie en éclatant de rire.

— Vous me manquerez, quand vous serez chez vous. Je n'aurai plus personne à appeler personne à trois heures du matin.

— Si, moi. En comptant le décalage horaire, il sera cinq heures, là-bas.

— Amusez-vous bien. Revenez et apposez votre signature au bas de notre nouveau contrat… Si jamais vous refusez, nous n'en demeurerons pas moins amis, vous savez. Je comprendrai parfaitement vos réticences.

Il la considérait d'un air triste et sérieux, qui donna à Cassie l'envie de l'enlacer et de lui dire qu'elle l'aimait énormément. Sous son aspect d'homme du monde, Desmond dissimulait une âme fragile. Dans le désert qu'avait été son existence, il avait rarement désiré quelque chose aussi ardemment que ce tour du monde.

— J'essaierai de ne pas vous laisser tomber, Desmond. Il me faut un peu de recul.

Heureusement qu'elle n'aurait pas à affronter Nick, se félicita-t-elle secrètement.

— Je comprends, ma chère.

Il l'embrassa sur la joue, lui souhaitant bonne chance pour son frère.

Cassie se posa sur l'aéroport O'Malley dans un bimoteur sur lequel figurait le sigle flamboyant de la compagnie Williams. Comment réagirait son père ? La question l'avait obsédée tout au long du voyage. Nul doute qu'elle irait au-devant de graves ennuis, en raison de la guerre et des difficultés insoupçonnées du Pacifique. De mauvaises surprises y guettaient les pilotes : turbulences subites, courants impétueux, ouragans inattendus. On n'avait jamais su ce qu'il était advenu d'Amelia Earhart. Aucune conclusion rationnelle n'avait expliqué sa brusque disparition. D'aucuns, parmi les experts, avaient prétendu qu'à court d'essence, elle se serait laissé dériver au gré du vent, vers des régions inconnues.

Les théories les plus extravagantes avaient fait rage pendant un certain temps. Maintenant, plus personne n'y pensait. Sauf Cassie. En volant dans le ciel serein, elle songeait à son propre tour du monde… Dangereux ou non, elle rêvait de se lancer dans l'aventure.

14

Comme tous les ans, une joyeuse ambiance de kermesse régnait au salon de l'aviation de Peoria... Entourée de son père et de Billy, Cassie regardait s'écouler le flot bigarré de la foule aux sons de la fanfare. Sa mère, ses sœurs et leurs nombreux enfants se tenaient un peu plus loin, et Chris faisait nerveusement les cent pas sur la pelouse en dévorant des hot-dogs.

— Arrête de t'empiffrer, tu me rends malade ! lui cria Cassie.

Avec un sourire crispé, il s'en fut vers un marchand de barbe à papa.

Tout le monde semblait s'être donné rendez-vous ici, par cette belle journée claire. Les admirateurs de son père, ses vieux amis, tous les jeunes concurrents... Certains avaient parcouru des centaines de kilomètres pour assister à l'événement. Les compétitions de Peoria figuraient parmi les plus réputées du pays. Cette année, on comptait deux femmes dans les épreuves les plus difficiles. Chris courrait pour le prix d'altitude, en fin de journée. A l'air lugubre qu'il arborait, Cassie devina son angoisse ; il s'était inscrit à la compétition uniquement pour faire plaisir à Pat.

— Rien ne te tente cette année, sœurette ? Papa se ferait une joie de te prêter un de ses appareils.

Il était hors de question qu'elle participe aux festivités dans l'avion de Desmond, beaucoup trop cher et puissant pour ce genre de démonstrations. Les gens se retournaient sur le passage de Cassie. Cette jeune fille de vingt et un ans exerçait un métier fabuleux : chacun ici l'avait déjà vue dans les journaux ou aux actualités cinématographiques. Desmond avait engagé tout spécialement une équipe de télégraphistes pour communiquer aux agences de presse les faits et gestes de l'illustre aviatrice.

— Non, Chris, pas cette année, répondit-elle. Je pilote trop d'avions lourds pour me rappeler mes figures de voltige. D'ailleurs, je ne me suis pas entraînée.

— Moi non plus, sourit-il.

A vingt ans, il était le portrait craché de leur père. Brillant universitaire, il travaillait avec acharnement pour obtenir une bourse, ce qui lui permettrait de poursuivre ses études d'architecture à l'Université de l'Illinois. Pour le moment, il consacrait ses loisirs à Jessie. Ils formaient un couple adorable et, au dire de Pat, ils ne tarderaient pas à se marier.

Billy avait accueilli Cassie avec chaleur. Elle lui trouva bonne mine. La vie au grand air avait multiplié ses taches de rousseur. Ses prestations lors des deux premières épreuves montraient que, contrairement à Chris, il s'était entraîné. Il gagna le premier prix deux fois, puis un autre une heure plus tard. Il s'agissait de trois compétitions réputées difficiles, et Cassie s'empressa de le féliciter.

— Bravo, Billy, tu as été formidable. Tu as dû passer l'année à t'exercer, n'est-ce pas ?

Un photographe les prit en photo, alors qu'ils riaient. Cassie se fit un devoir d'épeler correctement le nom de Billy, afin qu'il soit transcrit sans faute dans la presse. Elle rappela au journaliste que Billy Nolan avait remporté trois médailles depuis ce matin.

— Et encore, la journée n'est pas finie, dit-il, en adressant un clin d'œil à Cassie.

— Et vous, miss O'Malley, n'allez-vous pas nous régaler d'une de vos performances ? s'enquit un reporter.

— Non. Aujourd'hui, c'est mon frère qui prend la relève, ainsi que M. Nolan.

— Y a-t-il quelque chose entre vous et M. Nolan ? interrogea le journaliste avec une curiosité qui fit rire la jeune star, alors que Billy s'étouffait avec sa limonade.

— En aucune façon, répondit-elle avec suavité.

— Et entre M. Williams et vous ?

— Nous sommes les meilleurs amis du monde.

— Rien d'autre ?

Pat se demanda par quel miracle son impertinente de fille s'était transformée en femme du monde. Sans cesser de sourire, elle répondait aux questions les plus indiscrètes avec une douceur et une bonne humeur inaltérables. Cela faisait partie de son travail. Desmond lui avait bien appris sa leçon : sourire, sourire, et encore sourire. Parler doucement mais fermement. Regarder l'objectif bien en face.

— Il ne s'est pas déclaré en tout cas, répliqua-t-elle sur le ton de la plaisanterie, déclenchant un rire amusé parmi les représentants de la presse.

— Bon sang, ce qu'ils sont agaçants ! pesta Billy, peu après. Ils sont après toi comme ça tout le temps ?

— Oui, et cela semble convenir parfaitement à mon patron.

— A propos, il n'y a vraiment rien entre M. Williams et toi ?

— Mais non. Nous sommes amis. A mon avis, il a peur de s'engager avec qui que ce soit. Il est si seul. Parfois il me fait pitié.

Billy ébaucha une moue dépitée.

— Oh, à moi aussi. Les malheurs de tous ces milliardaires, têtes couronnées et autres vedettes de cinéma me brisent le cœur… Pauvre homme !

Son ton irrévérencieux lui valut un violent coup de coude.

Chris s'approchait, la bouche pleine. Sa sœur lui adressa un regard chargé de reproches. Il n'avait pas cessé d'engloutir hot-dogs, pâtisseries et friandises de toutes sortes depuis le début de la matinée. Il avait toujours eu bon appétit, bien qu'il fût maigre comme un clou, mais cette fois-ci il avait dépassé les bornes. A son côté, Jessie fixait sur lui des yeux emplis d'adoration. Elle avait trouvé un emploi de bibliothécaire et donnait une partie de son salaire à ses parents, afin de subvenir aux besoins de ses quatre jeunes sœurs. Visiblement, elle était folle amoureuse de Chris. Sa gentillesse l'avait rendue sympathique au clan O'Malley, et tout particulièrement aux enfants.

— Ne vas-tu donc jamais t'arrêter de manger ? gronda Cassie avec une irritation feinte.

— Non, je ne peux pas. La nervosité, sans doute. Le trac. Maman dit qu'à moi seul je mange plus que toute la famille réunie.

— Tu finiras obèse ! l'avertit Billy, avec une petite grimace à l'adresse de Jessie qui se mit à rire.

La bonne humeur se lisait sur tous les visages.

Le haut-parleur annonça l'épreuve de voltige. Tous les regards se levèrent vers le ciel où les membres d'une patrouille acrobatique rivalisèrent de virtuosité. Mais aucun des pilotes n'osa répéter le terrifiant simulacre de crash qui avait valu la coupe à Cassie un an plus tôt.

— Tu m'as flanqué une frousse bleue, se rappela Chris. J'ai vraiment cru que tu allais t'écraser.

— Je suis trop futée pour ça, ne l'oublie pas, plaisanta-t-elle.

Elle était contente qu'il ne prenne pas de risques. Le prix d'altitude ne comportait aucune difficulté particulière.

— Quoi de neuf à Los Angeles ? s'enquit Billy, peu après.

Elle ne parla pas du projet de tour du monde, désireuse d'en discuter d'abord avec son père. Elle en ferait part plus tard à Billy. Le jeune homme était un remarquable pilote.

Après avoir passé une année à Los Angeles en compagnie d'as de l'aviation, Cassie le considérait toujours comme le plus doué. Comme pour la conforter dans son appréciation, il gagna un autre premier prix dans l'après-midi...

Peu après, deux appareils faillirent entrer en collision, arrachant une immense clameur à la foule. Le drame fut évité de justesse… Chacun eut une pensée pour Jimmy Bradshaw, que la mort avait fauché au même endroit l'an passé… Évidemment, Peggy n'était pas venue, mais selon Chris, la jeune veuve et Bobby Strong allaient se marier. Du fond du cœur, Cassie souhaita au nouveau couple tout le bonheur du monde. Aucun regret ne l'avait tourmentée depuis sa rupture avec Bobby.

Au milieu de grésillements épouvantables, le haut-parleur appela les participants de la dernière épreuve. La mine de Chris s'allongea.

— Le cancre de la saison vous salue bien bas.

Sa nervosité avait atteint son paroxysme. Avec un sourire encourageant, Cassie lui tapota la main.

— Bonne chance, petit frère. Quand tu redescendras, on te trouvera bien quelque chose à te mettre sous la dent. Allez, tu montes en chandelle et tu ne t'occupes pas des autres.

— Merci.

Alors qu'il s'éloignait, Cassie lui cria « je t'aime », sans raison particulière, si ce n'est pour lui montrer qu'elle était fière de lui. Il hocha la tête, signe qu'il l'avait entendue, avant de grimper à bord de son petit biplan rouge cerise. Lorsque ce fut son tour, il décolla et se mit à grimper presque à la verticale… Il monta haut, encore plus haut, fendant l'air limpide, et Cassie, les yeux étrécis, le suivit du regard dans le contre-jour éclatant.

Elle allait dire quelque chose à Billy quand les mots se figèrent sur ses lèvres. Là-haut, une mince traînée de fumée noirâtre se diluait dans le bleu translucide du ciel. Alarmée, elle se raidit. Quelque chose n'allait pas, mais quoi ? Elle le sut une seconde plus tard, quand un éclair de feu jaillit du moteur. Embrasé, l'appareil piqua du nez et se mit à chuter à une allure hallucinante. On ne pouvait rien dire, rien faire pour l'arrêter. Une rumeur horrifiée parcourut la foule et bientôt un seul cri sortit de toutes les poitrines à la fois. Mentalement, Cassie était aux côtés de son frère, priant pour qu'il tire sur le manche à balai afin de rétablir l'avion. Elle ne se rendit pas compte qu'elle s'agrippait de toutes ses forces au bras de Billy. Soudain, dans une colonne de flammes, le biplan cerise s'écrasa lourdement au sol et elle se précipita, talonnée par Billy. Des langues de feu dévoraient la carlingue couronnée d'une épaisse fumée noire. Billy arriva sur place le premier, presque en même temps que Cassie. Ensemble, ils tirèrent Chris du rideau de flammes, mais il était une véritable torche vivante. Quelqu'un jeta sur lui une couverture afin d'étouffer le feu. Cassie, secouée de sanglots, berçait contre elle le corps inerte de son frère. Elle s'était gravement brûlé le bras en le sortant du brasier mais ne voyait rien, ne sentait rien, ne savait rien, sauf que Chris gisait entre ses bras, qu'elle ne le reverrait plus, n'entendrait plus son rire, n'assisterait pas à son mariage. Soudain une sorte de cri guttural la fit sursauter et l'arracha à sa torpeur. L'avion explosait en faisant pleuvoir du métal brûlant sur les spectateurs qui refluèrent en désordre. Billy la tira par les épaules pour la remettre debout, mais elle ne voulut pas lâcher le corps carbonisé, puis, comme dans un cauchemar, son père apparut à côté d'elle et se pencha sur son fils mort, les bras tendus en un geste de pur désespoir.

— Mon garçon… mon garçon… Oh, mon Dieu… mon bébé…

Tous deux le tenaient en pleurant au milieu des gens qui criaient et couraient. Des bras puissants soulevèrent Chris, son père fut conduit à l'écart par l'équipe de sauvetage. Au loin, Cassie aperçut Jessie, livide, les joues ruisselant de larmes. Autour d'elle, tout le monde pleurait. La même terrible scène s'était déroulée un an auparavant. Et aujourd'hui, la mort avait fauché Chris, son petit frère bien-aimé.

Elle n'aurait pas su dire ce qui se passa ensuite, car elle se retrouva à l'hôpital, en compagnie du fidèle Billy. Un infirmier lui soignait le bras, bien qu'elle ne ressentît aucune douleur. Quelqu'un murmura quelque chose comme « brûlure au troisième degré », mais le mot accident était sur toutes les lèvres… l'accident… l'avion… Mais elle ne s'était pas écrasée. Elle ne s'était pas écrasée, répéta-t-elle à Billy en le regardant d'un air hébété.

— Non, Cassie. Non, ma chérie. Il ne t'est rien arrivé.

— Est-ce que Chris va bien ?

Elle se souvint soudain qu'il lui était arrivé quelque chose, mais elle ignorait quoi. Billy ne put que hocher la tête. Cassie était en état de choc.

Un médecin lui administra un sédatif qui la plongea dans un sommeil profond. Lorsqu'elle se réveilla, son bras l'élançait horriblement. Et elle avait recouvré la mémoire.

Elle fondit en larmes dans les bras de Billy qui pleurait aussi. Ses parents franchirent alors le seuil de la chambre blanche. Oona paraissait au bord de la crise de nerfs, Pat avait les épaules voûtées par l'insoutenable poids d'un deuil inattendu. Glynnis et son mari, Jack, les accompagnaient. Des amis de Chris avaient ramené Jessie chez ses parents, qui avaient dû appeler le médecin.

Le cauchemar se poursuivit inexorablement... Une sorte de songe éveillé auquel Cassie n'arrivait pas à croire tout à fait. A tout instant, elle s'attendait à se réveiller. Hélas ! les images qui se succédaient devant ses yeux incrédules avaient l'aspect hideux de la réalité... Le cercueil fermé, contenant la dépouille méconnaissable de Chris... La veillée funèbre à la morgue de Good Hope... Les obsèques, le lendemain, à l'église Sainte Mary, pleine de monde... Une marée humaine où perçait, çà et là, un visage connu : un ami de Chris, un de ses camarades d'université, Jessie, petite figure hiératique de dix-neuf ans, entourée de sa famille, Bobby Strong et Peggy... Bobby vint présenter ses condoléances à la famille O'Malley. En se penchant, il murmura à Cassie une phrase inintelligible. Peggy n'avait pas bougé de sa place. Elle avait vécu la même tragédie un an plus tôt, jour pour jour.

En sortant du cimetière, elle aperçut Desmond Williams. Les agences de presse avaient largement diffusé l'accident. Les journaux avaient rédigé leurs manchettes en conséquence : « Le frère de la célèbre Cassie O'Malley s'écrase au sol lors d'une épreuve d'altitude. » Elle se dirigea vers lui d'un pas alourdi par la tristesse.

— Oh, merci... merci d'être venu, balbutiat-elle, avant d'éclater en larmes. Desmond la prit dans ses bras, ne sachant comment la consoler.

— Ça va ? fit-il en indiquant son bandage. Vous ne souffrez pas trop ?

Il avait bondi lorsque la radio avait annoncé que l'illustre aviatrice s'était blessée en essayant de secourir son frère.

— Non, non, je vais bien. Billy et moi l'avons tiré hors du cockpit... Brûlé... Défiguré... Oh, Seigneur, nous n'avons pas pu le sauver.

A l'évocation de ces scènes atroces, le visage de Desmond accusa une pâleur de cire.

— Et votre bras ? s'inquiéta-t-il.

— D'après les médecins, il n'y a rien à craindre.

Il déclara qu'il demanderait un second avis médical quand Cassie retournerait à Los Angeles... Il accepta ensuite de faire une halte chez les O'Malley où il murmura un mot de condoléances aux parents effondrés, salua Billy d'un signe de tête solennel, avant de prendre congé.

— Merci Desmond, chuchota Cassie. Merci d'être venu. Merci pour tout.

Il ne pouvait pas rester : un dîner d'affaires requérait sa présence à Los Angeles. Naturellement, il ne fit aucune allusion au tour du monde, mais il y pensait, Cassie en était persuadée. Elle profiterait des jours où elle serait-là pour en parler à son père.

— Prenez votre temps, dit Desmond. Restez auprès de vos parents autant que vous voudrez.

Elle l'accompagna dans le jardin, où il la serra dans ses bras en silence avant de s'en aller. En revenant vers la véranda, elle entendit les pleurs de Pat. Le vieil homme s'accusait de la mort de son fils.

— Le pauvre petit voulait me faire plaisir. Je

l'ai obligé à piloter et maintenant où est-il ? Où est-il, mon garçon ?

— Il l'a fait parce qu'il aimait ça, papa, déclara Cassie calmement. Comme nous tous. Tu le sais… Chris me l'a dit juste avant de décoller. Il était ravi de participer à la compétition.

C'était faux, bien sûr. Un pieux mensonge.

— Vraiment ? s'étonna Pat en séchant ses larmes et en s'accordant une lampée de whisky.

— Tu as été très chic avec ton père, commenta Billy un peu plus tard.

Elle hocha la tête, l'esprit visiblement à cent lieues de là.

— J'aurais tant voulu que Nick soit présent, soupira-t-elle.

Billy s'éclaircit la gorge.

— Je lui ai envoyé un télégramme, lorsque ça s'est passé, avoua-t-il. J'espère que les Anglais accordent assez facilement des permissions aux volontaires… Je ne sais pas… J'ai juste pensé…

— Oh, Billy, comme c'est gentil !

L'idée de le retrouver dans de telles conditions lui fit venir les larmes aux yeux. Et pourtant elle mourait d'envie de le revoir. Elle se demanda s'il viendrait. S'il parviendrait à échapper à ses obligations militaires.

Cette nuit-là, la veillée se prolongea tard dans la nuit. Cassie resta des heures durant assise auprès de ses parents, évoquant l'enfance de Chris, se rappelant ses plaisanteries. Des rires émus se mêlèrent à leurs larmes, alors que chacun racontait un épisode de la courte existence du jeune homme qui les avait si brutalement quittés.

Le lendemain matin, Cassie se rendit à l'hôpital

où une infirmière lui changea son pansement. Elle fit un détour par l'aéroport. Pat ne s'était pas montré et Billy avait pris en main le programme des vols.

— Comment va ton père ? demanda-t-il.

— Pas très bien.

Il avait commencé à boire de bon matin, encore incapable de faire face aux événements. Lorsqu'elle rentra, Pat était assis seul dans le salon, en pleurs.

— Salut, papa. Comment te sens-tu ?

Elle avait passé une nuit blanche, en proie aux remords. Dire qu'elle avait été jalouse de la préférence que leur père témoignait à Chris ! Pat haussa les épaules, sans un mot. Dans l'espoir de le divertir, Cassie aborda plusieurs sujets, sans succès. Son père restait prostré sur le canapé, écrasé de chagrin. Elle eut beau lui remémorer les innombrables visiteurs qui, la veille, étaient venus leur présenter leurs condoléances et les assurer de leur amitié, Pat conserva un silence accablé.

— Desmond Williams est venu, hier. Tu l'as vu ?

Une lueur d'intérêt brilla dans le regard jusque-là morne et vide de Pat.

— Ah, oui ? C'est gentil de sa part. Quel genre d'homme est-il, Cass ?

— Très tranquille, travailleur, affreusement seul. Il vit pour son entreprise. Il n'a rien d'autre.

— Ah, quelle tristesse...

De nouveau, les sanglots le submergèrent. Il se mit à suffoquer. Hier encore, son garçon, son Chris, était là, et en un instant... à vingt ans...

— Tu aurais pu être à sa place, Cass. L'année

dernière, tu as bien failli te tuer, toi aussi. Je n'ai jamais eu aussi peur de ma vie en te regardant faire.

— Je sais. Nick m'a dit la même chose. Mais je savais ce que je faisais.

— On dit ça, marmonna-t-il d'un ton lugubre. Chris pensait probablement qu'il était maître à bord.

— Chris ne prenait pas les mêmes risques, papa. Il n'était pas comme nous. C'est un accident. Un malheureux concours de circonstances.

— Je le sais, qu'est-ce que tu crois ! J'ai encore sous les yeux son pauvre visage quand toi et Billy l'avez sorti de là-dedans.

En le voyant qui blêmissait à ce souvenir, Cassie, qui ne savait comment le consoler, lui servit un généreux whisky. Vers midi, il se mit à somnoler, la tête penchée sur la poitrine. Cassie le laissa en paix... Oona revint dans l'après-midi, accompagnée de deux de ses filles. Pat s'était réveillé et semblait avoir recouvré des forces. Cassie prépara une collation qu'ils prirent en parlant à voix basse. C'était étrange d'être ainsi réunis, quand Cassie réalisa soudain que tous avaient l'air d'attendre quelque chose, quelqu'un...

Comme si, à tout instant, Chris allait réapparaître... Comme si un visiteur allait sonner à leur porte pour leur apprendre que Chris était vivant, que le drame n'avait pas eu lieu... Mais l'atroce réalité leur retombait dessus comme une chape de plomb ; et de nouvelles larmes inondaient leurs visages défaits.

Glynnis et Megan partirent quand Colleen arriva avec ses enfants. Pendant un moment, la vie reprit le dessus dans la maison endeuillée. Puis, ils furent seuls à nouveau. Cassie fit le dîner. Sa mère s'effondra au milieu du repas, et Cassie la mit au lit, la bordant comme un bébé. Son père semblait aller un peu mieux et posa à sa fille mille questions sur son travail.

— Ils m'ont proposé un nouveau contrat.

— Quels en sont les termes ? demanda Pat avec intérêt.

— Ils me paient le double de l'année dernière... Je vous enverrai la différence. Je n'en ai vraiment pas besoin.

— Garde ton argent. On ne sait jamais ce qui peut arriver. Tes sœurs ont des maris sur lesquels se reposer. Mais toi... et Chris... (Les yeux emplis de larmes, il ébaucha le fantôme d'un sourire.) Excuse-moi. Je ne m'y suis pas encore habitué.

— Je sais, papa. Moi non plus

Cet après-midi même, elle s'était surprise à se demander si Chris était à Walnut Grove avec Jessie... Et celle-ci lui avait avoué, au téléphone, qu'elle guettait, par moments, la camionnette de Chris dans sa rue. La vie pouvait changer si vite, si brutalement...

— Garde ton argent, répéta fermement Pat.

— C'est stupide.

— Pourquoi te paie-t-il si cher ? s'alarma-t-il soudain. Il n'exige pas de toi des choses malhonnêtes... ou trop dangereuses, j'espère ?

— Non, rassure-toi. Il a misé sur moi parce que je suis une femme. A cause de la publicité aussi. Les records de vitesse que j'ai battus sont utiles à sa compagnie.

Elle le regarda un instant, craignant qu'il ne soit encore trop tôt pour lui dire ce qui lui tenait à cœur.

Il fallait bien qu'il le sache. Elle avait pris la décision de signer le nouveau contrat, en dépit de ce qui était arrivé à Chris.

— Il veut que je fasse le tour du monde, papa, déclara-t-elle d'une voix sereine.

Un silence suivit tandis que Pat réalisait ce qu'elle venait de lui apprendre.

— Quel genre de tour du monde ? Il y a une guerre en Europe, au cas où tu l'aurais oublié.

— Nous en tiendrons compte. Desmond pense qu'il n'y a pas de risque si nous étudions sérieusement le trajet.

— Putnam aussi, lâcha son père avec une grimace. (Il venait de perdre un enfant et ne voulait pas en perdre un deuxième.) Il n'y a aucun moyen d'accomplir un tour du monde en toute sécurité, Cass, même en temps de paix. Nul n'est à l'abri d'une défaillance des instruments, d'une panne de moteur, d'une tempête ou d'une perte d'orientation. Tout peut toujours arriver.

— Pas à bord d'un appareil d'excellente qualité, ni si j'emmène le bon copilote avec moi.

— As-tu quelqu'un en tête ?

Il avait instantanément pensé à Nick. Mais Nick n'était pas là.

— Peut-être Billy Nolan.

— D'accord, il est doué. Mais trop jeune. Tu me diras que seule la jeunesse est assez inconsciente pour se fourrer dans un tel pétrin.

Il avait dit cela avec un sourire fugace et Cassie reprit courage. C'était presque un consentement. Plus que jamais, elle désirait la bénédiction de son père avant d'entreprendre ce long voyage.

— Est-ce que ton nouveau salaire a un rapport avec le tour du monde ?

— Non… Je toucherai un supplément, si j'accepte.

Elle n'osa pas lui dire combien… Cent cinquante mille dollars ! De sa vie, Pat n'avait gagné une somme aussi importante.

— Euh… plus des bonus, reprit-elle, sans parler des nouveaux contrats qui en résulteront. C'est une bonne affaire, acheva-t-elle modestement.

— Elle ne le sera pas, si tu y laisses ta peau, répliqua Pat d'une voix blanche. Tu ferais bien d'y réfléchir attentivement, Cassandra Maureen… Il en ira de ta vie.

— Oh, papa, que dois-je faire ?

Elle implorait son consentement, il l'avait compris.

— Je n'en sais rien.

Il ferma les paupières, puis les rouvrit, avant de lui saisir les poignets.

— Fais ce que bon te semble, Cass. Suis ton instinct. Et ton cœur. Je ne me mettrai pas en travers de ta route. Mais si tu ne t'en sors pas, je ne me le pardonnerai jamais. Et à Desmond Williams non plus… Si je m'écoutais, je te supplierais de rester chez nous. De ne plus jamais voler dans un de ces engins du diable. Surtout après ce qui est arrivé à Chris… Mais je n'en ai pas le droit. Suis ton cœur, mon enfant. C'est ce que j'ai dit à Nick quand il a voulu partir pour l'Angleterre. Tu es jeune. Ce sera formidable, si tu réussis… Et affreux, pour nous, si tu échoues.

Il lui jeta un ultime regard, à court d'arguments. C'était à elle de prendre sa décision.

— J'ai bien envie d'essayer, murmura-t-elle au bout d'un moment.

— A ton âge, j'aurais agi de même. J'aurais saisi l'occasion si quelqu'un me l'avait offerte sur un plateau d'argent... Tu as de la chance, mon petit. Cet homme te donne la possibilité de devenir très célèbre... C'est un cadeau, en quelque sorte. Mais un cadeau empoisonné.

— Je le sais, papa. Mais je fais confiance à Desmond. Il est trop intelligent pour prendre des risques inutiles. Il croit totalement en moi.

— Quand avez-vous fixé la date du départ ? interrogea Pat d'un ton où l'on devinait son extrême anxiété.

— Dans un an... Il voudrait mettre son plan au point dans les moindres détails. Il est très perfectionniste.

— Tant mieux... Réfléchis. Et tiens-moi au courant du résultat de tes réflexions. Je ne dirai rien à ta mère pour le moment. Nous lui annoncerons la nouvelle, une fois ta décision prise.

Cassie opina du chef. L'émotion lui serrait la gorge. Ils éteignirent peu après les lumières, puis chacun alla se coucher. Elle resta longtemps éveillée dans l'obscurité, soulagée d'avoir pu discuter avec son père. Pat ne s'était pas fâché. Il semblait l'avoir acceptée telle qu'elle était.

Le souvenir de ses anciennes interdictions fit éclore un pâle sourire sur les lèvres de Cassie.

Le lendemain matin, elle mit Billy au courant. Il manqua de s'étrangler.

— Quoi ? Tu veux que je sois ton navigateur et copilote ? Hourraaa !

— Tu acceptes, alors ?

— J'ai hâte d'y être. Quand partons-nous ? Je vais boucler mon bagage.

— Du calme, Billy ! Nous avons toute l'année devant nous. Nous partirons exactement en juillet 1941. La date anniversaire de la disparition d'Amelia Earhart dans le Pacifique… C'est un choix un peu osé, mais Desmond compte là-dessus pour lancer sa campagne publicitaire.

— Pourquoi attendre si longtemps ? interrogea Billy, déçu.

— Il ne veut rien laisser au hasard. Il veut examiner minutieusement chaque étape du voyage, avec ses experts. Choisir le bon avion… probablement le Starlifter, conçu pour les longues distances. Et, bien sûr, procéder à un battage médiatique du tonnerre.

Car il s'agissait avant tout de publicité, Cassie ne se leurrait pas. Mais si elle sortait victorieuse de ce nouveau défi, sa vie ne serait plus jamais comme avant. Celle de Nolan non plus. Le jeune homme ouvrit des yeux grands comme des soucoupes, lorsqu'il sut que le salaire du copilote s'élevait à cinquante mille dollars.

— Nom d'une pipe ! Je serai riche !

Mais plus que l'argent, c'était l'aventure qui le tentait. Comme Cassie. Ils appartenaient à cette catégorie d'êtres pour lesquels, hors de l'exploit, la vie ne valait pas la peine d'être vécue. Voler représentait à leurs yeux le seul mode d'existence possible, la seule sphère où ils pouvaient vivre.

— Bon, tiens-moi au courant de ta décision, dit Billy.

Il subodorait, tout comme Pat, que Cassie savait

déjà ce qu'elle répondrait à Desmond Williams. En attendant de dire oui à ce projet mirifique, elle soupesait le pour et le contre. Travailler un an de plus pour la compagnie était une chose, entreprendre le tour du monde en était une autre. En dépit de son jeune âge, elle avait conscience des périls auxquels elle s'exposerait. Elle savait aussi que, si elle triomphait des épreuves qu'elle rencontrerait en route, elle en tirerait d'immenses bénéfices. Earhart avait dû se poser les mêmes questions… Elle aussi avait dû rêver d'explorer des contrées inaccessibles… Sauf qu'elle avait perdu la partie.

Cet après-midi-là, Billy s'absenta pour un rapide aller-retour à Cleveland. Cassie prit tout naturellement le relais. Ayant rangé les papiers qui encombraient le bureau de son père, elle enfila une vieille salopette et partit ravitailler les avions. Elle venait de remplir le dernier réservoir, quand un petit appareil fendit la couche arachnéenne des nuages. Il se posa en bout de piste, puis se mit à rouler vers l'un des hangars. Pas de doute, ce pilote savait où il allait. Certainement un habitué… Un homme émergea du poste de pilotage. Cassie le regarda en plissant les yeux pour se protéger de la lumière dure du soleil… Tout à coup, elle le reconnut… Non, ce n'était pas possible, elle se trompait… C'était pourtant bien lui. Nick ! Il était revenu vers eux, ses seuls amis. Le regard brillant, elle s'élança vers lui et il referma ses bras autour d'elle. Ce geste tendre et en même temps si familier ressuscita soudain la douleur de Cassie ; le chagrin d'avoir perdu Chris ; le deuil cruel qui venait de frapper sa famille. La peine se mêlait au plaisir de revoir

Nick, de goûter son baiser fougueux, de se sentir en sécurité entre ses bras.

— J'ai pu obtenir une permission, dès que j'ai su, souffla-t-il. J'ai eu toutes les peines du monde à gagner New York. J'ai dû passer par Lisbonne. Sur place, j'ai loué cette casserole qui a failli me laisser en plan à New Jersey.

— Oh, Nick, je suis si contente que tu sois enfin là !

Il était plus séduisant que jamais dans son uniforme de la Royal Air Force.

— Comment va ton père ?

— Pas très bien... Il sera heureux de te voir. Viens, je t'emmène à la maison. Tu pourras... (elle buta sur les mots)... t'installer dans la chambre de Chris... Ou la mienne. Je dormirai sur le canapé.

Billy occupait maintenant la vieille bicoque de Nick.

— Je peux dormir par terre. Les baraquements britanniques ne sont guère réputés pour leur confort. Je n'ai pas dormi dans un lit décent depuis septembre dernier.

— Quand reviendras-tu pour de bon ? demanda-t-elle, alors qu'ils se dirigeaient en voiture vers la maison des O'Malley.

— Quand ce sera fini.

Néanmoins, le conflit s'annonçait long. Le 22 juin, la France avait signé l'armistice et Hitler contrôlait maintenant la presque totalité de l'Europe. La Grande-Bretagne, restée seule en guerre, s'acharnait dans sa volonté de poursuivre la lutte.

— Et ton bras ?

Elle le rassura. La maison apparut au fond de

292

l'allée. Assis sous la véranda, le regard fixe, Pat était l'image même du désespoir.

— As-tu un lit de camp à offrir à un soldat, champion ?

Nick avait sauté de la camionnette, grimpé les marches et serré son vieil ami dans ses bras. Les deux hommes partageaient la même peine et pleurèrent ouvertement, sans retenue. Cassie s'éclipsa vers la cuisine. Les préparatifs du dîner lui incombaient. Sa mère était clouée au lit avec une migraine épouvantable. Oona ne se remettrait peut-être jamais de la mort de son petit dernier. Son bébé, comme elle disait… Son petit prince chéri, qui les avait quittés à vingt ans.

Cassie prépara des sandwiches qu'elle leur servit sous la véranda, accompagnés d'une salade composée et de deux chopes de bière. Aucun des deux hommes n'avait faim.

Tout en buvant sa bière mousseuse, Nick leur raconta les derniers événements en Europe. La capitulation de la France, Paris occupé par la Wehrmacht et les Allemands descendant les Champs-Élysées. Ils avançaient sur tous les fronts. Les Anglais redoutaient une invasion.

— As-tu participé à des combats aériens ? demanda Pat, en souriant aux souvenirs qu'ils avaient en commun.

— L'état-major a fixé une limite d'âge que j'ai malheureusement dépassée depuis belle lurette, champion.

— Balivernes ! Quand il le faudra, ils n'hésiteront pas à te donner un chasseur.

— J'espère que non ! s'exclama Cassie.

Belle mentalité ! songea-t-elle, furieuse. Ils ne

craignaient pas les risques, à condition que ce soit eux qui les prennent.

Elle se retira, les laissant sous la véranda. Ils avaient tant de choses à se raconter. Nick restait trois jours. Demain, il serait tout à elle.

Le lendemain, Pat se laissa convaincre d'aller à l'aéroport. Tout était en ordre, constata-t-il aussitôt. Billy s'était débrouillé comme un chef avec le planning des arrivées et des départs. Cassie avait rangé son bureau ; ses pilotes, au garde-à-vous, attendaient ses instructions. Pendant trois jours, il avait cherché l'oubli dans l'alcool, mais il se dit que le travail était aussi un antidote contre la douleur.

Vers midi, on demanda Cassie au téléphone. C'était Desmond. Elle prit la communication dans le bureau directorial, dont elle ferma la porte.

— Bonjour, c'est gentil de m'appeler.

— Excusez-moi de vous déranger, Cass, mais je me fais du souci pour vous. Comment va votre bras ?

— Mieux… Beaucoup mieux… (Il n'était pas beau à voir mais commençait à cicatriser.) Tout va bien, là-bas ? questionna-t-elle, gênée d'être absente depuis plus d'une semaine maintenant.

— Et vos parents ?

— Maman est effondrée. Papa s'est remis au travail aujourd'hui. Il a l'air d'aller mieux, surtout quand un de ses employés lui fait piquer une colère.

Le rire de Desmond résonna à l'autre bout du fil. Avait-elle réfléchi à propos du tour du monde ? ne put-il s'empêcher de demander, en redevenant sérieux.

— Oui. J'en ai touché deux mots à mon père.

— Seigneur, gémit Desmond. Pensez-vous que ce soit le bon moment ? Notre idée n'a sûrement pas suscité son enthousiasme.

— Nous en avons longuement discuté. En fait, il ne s'y oppose pas. Je mentirais si je vous disais qu'il a poussé des cris de joie, mais il n'a pas fait d'esclandre. Il voit en ce projet une bonne occasion pour moi. Il pense que la décision me revient.

— Et… avez-vous décidé ?

Elle pouvait l'entendre retenir son souffle.

Il n'avait cessé de broyer du noir, depuis qu'elle était partie. Cassie lui manquait, avait-il découvert non sans étonnement. Il avait peur que la mort de son frère l'incite à rester à Good Hope. Cette seule idée l'emplissait d'un curieux effroi. Elle faisait partie de sa vie à présent.

— Presque, répondit-elle au bout d'un moment qui lui parut plus long que l'éternité. Je vous donnerai ma réponse dès que je rentrerai. Vous avez ma parole.

— Vous me soumettez à un suspense que je ne suis pas sûr de supporter jusqu'au bout.

C'était la pure vérité. Il en devenait fou.

— J'espère que ma réponse vous récompensera de votre patience, le taquina-t-elle.

A l'autre bout de la ligne, les doigts manucurés du businessman se crispèrent sur le récepteur. La voix de Cassie, douce et mélodieuse, lui caressait l'oreille, et il essaya de faire abstraction de son image radieuse.

— Des promesses, toujours des promesses, s'efforça-t-il de plaisanter. Dépêchez-vous de rentrer. Vous me manquez.

— Vous me manquez aussi, Desmond.

Elle s'était exprimée avec le ton affectueux qu'elle adoptait lorsqu'elle s'adressait à Billy. Ou à Chris. Et elle n'avait pas menti. Un lien solide l'attachait à Desmond Williams. Leur travail en commun, leur passion à tous deux pour des avions de plus en plus performants les avaient singulièrement rapprochés ces derniers temps.

— A bientôt, ma chère.

— Prenez soin de vous. Merci de votre appel.

Elle raccrocha, avant de rejoindre son père et Nick, dehors. Pat demanda qui l'avait appelée. Desmond Williams, répondit-elle.

— Qu'est-ce qu'il voulait ? s'enquit Nick, assombri.

— Me parler, dit-elle froidement.

Le ton qu'il avait eu en lui posant la question l'avait irritée. Il se comportait comme si elle lui appartenait. Eh bien, pour un homme qui ne s'était pas donné la peine de lui écrire un mot en trois mois, il dépassait les bornes.

— De quoi ? insista-t-il.

— D'affaires, trancha-t-elle avec sécheresse.

En s'éloignant, Pat réprima un sourire. L'orage couvait entre ces deux-là. Il croyait Cassie parfaitement capable de faire front. C'était, décidément, une O'Malley.

— Comment va ton bras ? demanda Nick, lorsqu'ils furent seuls.

— Il me fait terriblement souffrir. Au dire des médecins, c'est bon signe.

Enlacés, ils avaient marché jusqu'à l'extrémité de l'aéroport.

— Comment passes-tu tes journées ?

— Comme avant. Je pilote des avions. J'établis

296

des records. Mon contrat se termine cette semaine. Ils me l'ont renouvelé.

— Dans les mêmes termes ?

— Mieux que ça.

— Vas-tu continuer encore pendant un an ?

— Oui, je crois.

Il se tut un instant, avant de poser la question qui lui brûlait les lèvres.

— Es-tu amoureuse de lui, Cassie ? demanda-t-il abruptement.

Il semblait sincèrement inquiet, ce qui la fit sourire.

— De qui ? De Desmond ? Bien sûr que non. Nous sommes bons amis… Il est très seul, je crois.

— Moi aussi, je suis *très* seul en Angleterre, rétorqua Nick d'un ton cassant.

Il ne s'apitoyait pas sur son sort, non. Simplement, il était en colère contre Desmond, et jaloux.

— Pas assez, apparemment, pour m'écrire.

Alors qu'il envoyait du courrier à tout le monde. A Billy. A Pat. A deux ou trois pilotes du coin.

— Tu sais bien pourquoi j'agis de la sorte. Je refuse de te donner de faux espoirs. Je ne veux pas que tu t'attaches à moi. Ni que tu m'attendes. Notre histoire n'a pas d'issue, poussin. Pas d'avenir.

— Pardonne-moi, mais je ne comprends toujours pas tes raisons. Sauf si tu ne m'aimes pas. Mais tous les arguments que tu avances me rendent folle.

— C'est pourtant simple. Je pourrais mourir la semaine prochaine.

— Moi aussi. Tous les pilotes. Et même les autres. Donne-moi une chance, Nick. Est-ce que tu m'aimes ?

— Là n'est pas la question. Si je survivais à la guerre, arriverais-tu à vivre dans une petite maison en tirant le diable par la queue jusqu'à la fin de tes jours ? Je ne suis qu'un pilote, Cass. Je ne gagnerai jamais des mille et des cents. Jusqu'ici, je n'y pensais pas. Comme Billy, je ne songeais qu'à m'amuser. Je ne changerai pas. Et, que tu le veuilles ou non, je ne détruirai pas ta vie. Ton père me tuerait si je ne t'ouvrais pas les yeux.

— Il te tuera plus vite, si tu continues à me faire souffrir. Il pense que nous sommes complètement fous. Moi parce que je t'aime, et toi parce que tu fuis.

— Peut-être a-t-il raison. Cela dépend de quel point de vue on se place.

— Et si j'épargnais une somme d'argent suffisante pour…

— Tant mieux pour toi ! coupa-t-il. Profites-en. Tu es aussi célèbre que les plus grandes étoiles du cinéma. A part Hitler, on ne voit plus que toi aux actualités cinématographiques.

— Merci du compliment.

— Je ne dis que la vérité. Williams se prend pour Pygmalion et il n'a pas tort. Mais pour en revenir à ta proposition, crois-tu un seul instant que si tu deviens riche grâce à lui, j'accepterai de vivre à tes crochets ?

— Décidément, tu ne veux rien faire pour me faciliter les choses.

Il refusait tout. Il prenait un malin plaisir à compliquer la situation. Et à truquer le jeu. Face, je gagne. Pile, tu perds. De guerre lasse, elle poussa un soupir résigné.

— Ainsi, tu n'hésiterais pas à demander ma

298

main si tu étais riche. Mais comme tu ne l'es pas, et que c'est moi qui le suis, ça ne peut pas marcher.

— Tu as tout compris ! lâcha-t-il d'un air narquois. Je n'ai pas l'habitude de me faire entretenir.

Il avait décidé une fois pour toutes de protéger Cassie de ce qu'il considérait comme une erreur, et il ne reculerait devant rien pour la convaincre.

— Pour l'amour du ciel, Nick, tu es encore plus entêté que mon père. Combien de temps me feras-tu attendre ?

— Jusqu'à ce que je sois trop vieux pour lutter contre toi. C'est-à-dire pendant longtemps.

Il en avait assez de se disputer avec elle. Il aurait voulu la serrer dans ses bras, l'étouffer sous ses baisers, lui déclarer son amour. Mais il se retint. Il ne fallait pas. Elle était la fille de son meilleur ami, la gamine qu'il adorait depuis qu'elle avait trois ans.

— Viens ici, grommela-t-il. Ne me regarde pas comme ça.

— Pourquoi pas ?

— Je suis un pauvre crétin. Je voudrais te voir mariée à un type qui aurait la moitié de mon âge, qui te donnerait une dizaine de mouflets, mais je t'aime, Cass... Je t'aimerai toujours, bébé. Toujours.

— Oh, Nick.

Elle se sentit fondre quand il l'attira dans ses bras. Leurs lèvres se cherchèrent avidement. Ils s'étreignirent passionnément, dans le vent, oubliant un instant le fossé qui les séparait. Enfin, ils reprirent lentement le chemin de l'aéroport. Pat les aperçut sur le macadam, à travers la baie vitrée de son bureau. Il se demanda si Cassie avait parlé à Nick du tour du monde.

Le sujet se présenta le lendemain, alors que tous les trois étaient assis dans le bureau de Pat. Celui-ci fit une allusion qui mit Nick sur ses gardes.

— Que veulent dire ces messes basses ? voulut-il savoir.

Le sourcil levé, Pat regarda sa fille.

— Tu ne vas pas lui dire ?

— Me dire quoi ? Quel est donc ce grand secret ?

Il cherchait désespérément de quoi il pouvait bien s'agir. Son esprit s'était mis à échafauder mille hypothèses. Elle n'était pas amoureuse de quelqu'un d'autre, sinon il l'aurait su. Elle n'attendait pas de bébé, puisqu'elle n'avait jamais fait l'amour. Il n'y avait jamais eu personne dans la vie de Cassie, excepté Bobby et Nick. Ses relations avec Bobby se résumaient à quelques baisers furtifs. Et Nick, quant à lui, s'était interdit de la toucher.

— Eh bien ? s'impatienta-t-il.

Elle se résolut à le mettre au courant. Elle n'avait pas encore dévoilé sa décision, mais l'avait quasiment prise. En rentrant à Los Angeles, elle l'annoncerait à Desmond.

— Williams m'a fait une offre intéressante.

— Tu me l'as dit. Ils renouvellent ton contrat pour une année.

Cassie inspira profondément, sous le regard encourageant de son père.

— Non. Desm... M. Williams me propose de me lancer dans un tour du monde, dans un an. J'ai longuement pesé le pour et le contre, j'en ai discuté avec papa. Je ne voulais pas t'en parler avant d'avoir pris ma décision.

— Un *tour du monde* ? rugit-il.

Il s'était dressé d'un bond, livide, les poings serrés.

— Oui, Nick, exactement.

Elle se garda de parler des honoraires exorbitants qu'elle toucherait, cela ne ferait que raviver leur désaccord.

— Je t'avais pourtant prévenue ! hurla-t-il. Je te l'avais dit ce que ce sagouin avait en tête, depuis le début. Bon sang, Cassie, es-tu donc devenue sourde et aveugle ? Cette publicité incessante, ces apparitions sur les écrans ! Tu crois que Williams t'a lancée pour tes beaux yeux ? Il a bien manœuvré, pour que ton nom soit dans tous les journaux. Il a fait tout ce qu'il fallait pour que tu sois célèbre et pouvoir exploiter ta renommée. Peu lui importe que tu risques ta vie. Il y a la guerre en Europe, comment comptez-vous résoudre ce problème ? En établissant un itinéraire insensé, qui te mènera tout droit à la catastrophe ? Nom d'un chien, Cass, tu ne vas pas t'embarquer dans cette galère. Je te l'interdis.

— La décision finale m'appartient, Nick, répondit-elle calmement. Tu ne m'as pas demandé mon avis quand tu t'es engagé dans la R.A.F. Chacun est maître de son destin.

— Ah, nous y voilà ! Mademoiselle prend sa revanche. Parce que je me suis porté volontaire. Parce que je ne t'ai pas écrit. D'accord. Essaie quand même de comprendre où cet individu veut te mener. Réveille-toi, mon petit, avant qu'il ne soit trop tard. Il t'envoie à l'abattoir et tu ne t'en rends même pas compte !

Non, elle ne s'en rendait pas compte.

— Il ne me veut que du bien. C'est ridicule, à la fin.

— Es-tu devenue folle ? Sais-tu combien ce genre de parcours est dangereux, avec ou sans guerre ? C'est un suicide. Tu n'y arriveras pas. Tu n'as ni l'expérience ni l'endurance.

— Je n'en suis pas si sûre.

— Balivernes ! Regarde les choses en face. Tu es un pilote d'essai, point final. Tu n'as pas l'habitude des longues distances.

— Mais si. Pas plus tard que la semaine dernière, j'ai fait Los Angeles-Good Hope d'une seule traite.

— Los Angeles-Good Hope, on croit rêver ! Tu te casseras le cou, pauvre folle. (Enragé, Nick se tourna vers Pat.) Et toi ? Tu ne dis rien ?

— Cassie connaît mes réticences, répondit Pat tristement.

Il venait de perdre un fils. D'un autre côté, Cassie lui avait beaucoup appris sur la nature humaine.

— Elle est majeure, reprit-il. Je n'ai pas le droit de décider à sa place.

Nick le fixa, sidéré.

— Qu'est-ce qui t'arrive ? Comment peux-tu réagir avec autant de placidité ?

— Je me suis assagi avec le temps. Je te conseille de suivre mon exemple. D'un côté, tu lui dis qu'elle est libre, sous prétexte que tu es trop vieux pour l'épouser. Et de l'autre, tu t'échines à lui dicter sa conduite. Ça ne marche pas comme ça, mon vieux. Et même si tu étais son mari, elle refuserait peut-être de t'obéir. Elle fait partie d'une nouvelle génération de femmes... J'apprends vite, vois-tu. Cela dit, je suis ravi d'avoir une épouse comme Oona... Elles sont bien compliquées, les femmes d'aujourd'hui.

— Je ne te crois pas. Tu baisses les bras. Tu as subi l'influence de ta fille.

— Pas du tout. J'ignore encore sa décision. Mais j'admets que celle-ci ne regarde qu'elle. Elle seule... Je refuse d'être un obstacle à sa carrière. A sa vie.

— Et si elle se tue ?

— Je ne me le pardonnerai jamais, répondit Pat avec franchise. Cependant, je lui laisse son libre arbitre, ajouta-t-il, les yeux embués, tandis que Cassie lui effleurait la joue d'un baiser.

Déconcerté, Nick se tourna vers elle.

— Eh bien, puisqu'il semble que la décision te revienne à toi seule, vas-tu le faire ou non, ce tour du monde ?

Les deux hommes retinrent leur souffle en attendant la réponse qui ne tarda pas à venir. Lorsqu'il la vit hocher la tête, Nick parut s'effondrer.

— Oui. Mais je ne l'ai pas encore annoncé à Desmond.

— Pas étonnant qu'il ait appelé hier...

Mieux que personne, il savait la valeur de Cassie. Il la croyait capable de prouesses. Mais il se refusait à croire à un tour du monde. Pas maintenant. Pas encore. Jamais peut-être.

— Il a appelé pour prendre de mes nouvelles et des nouvelles de mes parents.

— Comme c'est touchant. Et quelle sera la prochaine étape ?

— Pardon ?

Cassie avait mal saisi sa question, et Pat avait pris un air interrogateur. Mais plus rien ne pouvait endiguer la rage de Nick.

— Plus de pubs, ricana-t-il. Plus d'exploits. Plus de sorties. Il n'a pas perdu son temps en t'emmenant danser, pour que votre photo figure le lendemain dans tous les quotidiens. Ah, il a de la suite dans les idées ! Il possède à fond l'art de tenir les reporters en haleine. Tu paries combien qu'il te demande ta main prochainement ?

Une flamme glacée anima les prunelles de Cassie.

— Épargne-moi ce genre d'insinuations. Tu me dégoûtes !

Ils se toisèrent, comme deux boxeurs avant de monter sur le ring. Pat crut bon d'intervenir.

— Écoute-moi, Nick. Tu clames aux quatre vents que tu ne l'épouseras jamais, sous aucun prétexte. Tu pars en Angleterre en disant que tu ignores si tu reviendras et tu ne lui écris pas. Que cherches-tu au juste ? Que Cassie s'enferme dans un couvent ? Qu'elle fasse vœu de chasteté ? Elle aussi fondera un foyer un jour. Et si tu ne veux pas devenir son mari, ce sera quelqu'un d'autre. Desmond Williams m'a l'air d'un homme décent, quelles que soient les raisons qui le poussent à préparer ce tour du monde. Et pourquoi ne ferait-il pas la publicité de ses avions ? Quoi de plus normal que d'engager une jolie fille, doublée d'un excellent pilote ? Maintenant s'il désire l'épouser, alors que toi, tu refuses, tu n'auras rien à dire, mon vieux Stick.

Cassie réprima un sourire. Jamais son père

n'avait pris sa défense aussi ouvertement. Pourtant, Nick persistait à ne pas reconnaître ses erreurs.

— Il ne l'aime pas, Pat. Moi, si.

— Alors, épouse-la, répondit tranquillement le père de Cassie, avant de quitter la pièce.

Ils avaient besoin de se retrouver seuls, se dit-il. Les amoureux finissent toujours par s'entendre… Ils ne s'entendirent pas. L'après-midi ne fut qu'un long déchirement, une dispute interminable. Il lui reprocha amèrement de se montrer aussi naïve, elle le traita d'immature. A la fin de la journée, l'épuisement eut raison des invectives. Nick repartait pour New York le lendemain matin.

La discussion reprit le soir, après dîner. Une fois de plus, ils n'aboutirent à rien. Il persistait à dire qu'il avait trente-neuf ans et qu'il n'épouserait pas une gamine pour lui gâcher ses plus belles années.

— Alors, laisse-moi tranquille ! hurla-t-elle, excédée, avant de courir se réfugier dans sa chambre.

Le lendemain, ils étaient encore furieux l'un contre l'autre.

— Je t'interdis de faire le tour du monde ! décréta-t-il, alors qu'il s'apprêtait à grimper dans son coucou de location.

— Je t'en supplie, Nick, ne me pose pas d'ultimatums. Oublie ce voyage un instant. Il n'aura pas lieu avant un an et, pour le moment, tu retournes en Angleterre.

— Je t'interdis de signer ce contrat.

— Tu n'as pas le droit de m'interdire quoi que ce soit. Arrête, Nick !

— J'ai le droit de te sermonner jusqu'à ce que tu sois de mon avis.

— Je ferai ce tour du monde ! s'écria-t-elle, les cheveux dans le vent.

— Tu ne le feras pas.

Il l'embrassa avec dureté. Elle le repoussa.

— Je le ferai.

— Ferme-la.

— Je t'aime, Nick.

— Alors, ne le fais pas.

— Oh, pour l'amour du ciel…

Il lui scella les lèvres d'un baiser qui la laissa sans force.

L'heure du départ approchait mais aucune entente n'était survenue.

Ils n'étaient toujours pas d'accord quand il décolla, alors qu'elle se tenait, pleurant, sur le bas-côté de la piste. Deux minutes plus tard, elle entra en trombe dans le bureau de son père.

— Ton copain va me rendre dingue !

Pat ébaucha un sourire.

— Vous vous rendez dingues mutuellement. Vous êtes tous deux têtus comme des mules. Vous avez tort de ne pas vous marier, vous avez beaucoup de points communs.

Elle haussa rageusement les épaules.

— Dis-moi, reprit Pat, est-il possible que Williams demande ta main à des fins publicitaires, comme Nick le prétend ?

— Certainement pas. Le pauvre homme est littéralement terrorisé à l'idée d'un quelconque engagement. Il sort de deux mariages désastreux. S'il retentait sa chance, ce serait par amour. Sûrement pas par intérêt.

— Espérons-le, souffla Pat. Est-ce qu'il t'a témoigné une sympathie particulière, Cassie ?

Il était quand même venu aux obsèques de Chris.

— Pas vraiment. Nous sommes amis. Nick ne sait pas de quoi il parle.

— Nick ne sait plus où il en est. Je ne connais personne d'aussi borné que lui…

Cassie ne put qu'acquiescer.

Elle quitta l'Illinois le lendemain. De retour dans son appartement de Newport Beach, elle signa le nouveau contrat qui la liait aux lignes Williams une année de plus, et demanda un rendez-vous à Desmond.

— Quelque chose ne va pas ? demanda-t-il, anxieux, sitôt qu'il la vit pénétrer dans son bureau. Mlle Fitzpatrick m'a dit que c'était urgent.

Il s'était levé, comme chaque fois qu'elle lui rendait visite, et cette marque de déférence n'avait pas manqué de la toucher profondément.

— Cela dépend de quel point de vue on se place. Je me suis dit que vous seriez impatient de savoir ma réponse au sujet du tour du monde.

Elle était calme… Trop calme ! L'espace d'une seconde, il eut le pressentiment d'un refus. Son cœur cessa de battre.

— Je… comprends, bredouilla-t-il laborieusement. Après ce qui est arrivé à votre frère… Je suppose que vos parents ne seraient pas contents si… enfin… qu'ils s'estimeraient victimes d'une sorte d'injustice.

Il s'efforçait d'accepter sa décision de bonne grâce. Pourtant, la pénible sensation de voir son rêve le plus ardent réduit en cendres lui causait une peine immense, une douleur presque physique.

— Oui, ce serait injuste pour eux, convint Cassie. Vous avez raison, papa n'était pas content.

(D'un commun accord, ils n'avaient encore rien dit à Oona.) Toutefois, il considère que la décision m'appartient. En conséquence, j'en ai tiré la conclusion qui s'imposait… Je le ferai, Desmond.

— Quoi donc ? murmura-t-il.

— Le tour… je le ferai pour vous.

— Oh, mon Dieu !

Il se laissa tomber sur sa chaise au dossier rigide, les yeux clos, puis les rouvrit pour regarder Cassie. Il se leva à nouveau et contourna son bureau massif pour déposer un baiser sur son front. Un baiser chaste qui n'en disait pas moins toute sa fervente gratitude. Jamais aucun projet ne lui avait tant tenu à cœur. Rien ne serait jamais plus important. Il veillerait à ce que tout se déroule parfaitement bien. Ils avaient un an devant eux… Une année formidable à partager. Il se répandit en remerciements, tout en entraînant Cassie vers les deux fauteuils jumeaux qui faisaient face à la fenêtre. Il se mit à parler, tenant sa main entre les siennes. Elle l'écouta longtemps, inondée d'un ineffable bien-être. Elle sut qu'elle avait pris la bonne décision… Au diable, Nick ! Elle mènerait sa barque comme bon lui semblait.

15

La campagne publicitaire pour le tour du monde commença presque aussitôt par un communiqué officiel, lors d'une conférence de presse à Newport Beach… Suivirent nombre d'interviews de la future exploratrice, de brefs discours adressés à des groupes féministes, clubs sportifs, associations caritatives ou politiques… le tout merveilleusement orchestré par Desmond. Celui-ci avait mis en œuvre son génie de l'organisation, de manière que tous les Américains, du plus riche au plus défavorisé, se sentent concernés par ce tour du monde en avion. Il décrocha plusieurs interviews radiophoniques pour Cassie. Les actualités cinématographiques lui consacrèrent tout un reportage. En moins de deux semaines, la presse fut saturée d'informations concernant le prochain tour du monde. Et soudain, à la mi-août, la violence du conflit européen bannit d'un seul coup des couvertures des magazines le charmant minois de l'égérie des lignes Williams. La Luftwaffe pilonnait la Grande-Bretagne sans merci, détruisant usines, aérodromes et voies de communication, mue par une volonté destructrice. Nick était en danger, Cassie le ressentait dans chaque fibre de son corps. L'inquiétude triompha de sa colère et, alarmée, elle téléphona à son père dans l'espoir qu'il ait reçu une lettre. Bien sûr, plus aucun courrier n'arrivait. A la fin août, ils étaient toujours sans nouvelles.

— Pas de nouvelles, bonnes nouvelles ! philosopha Pat. Je figure à côté de son nom, sur la liste, comme son plus proche parent. En cas de pépin, je serai le premier prévenu.

Maigre consolation ! Cassie ne pouvait s'empêcher de se dire que Nick avait rejoint les combattants de l'air. Le temps de l'enseignement était terminé. Chasseurs et bombardiers s'efforçaient de stopper les actions meurtrières de la Luftwaffe, qui essayait d'anéantir la Royal Air Force pour assurer au Reich la suprématie des airs.

Le fait qu'ils se soient quittés en si mauvais termes augmentait l'angoisse de la jeune femme. Nick se battait sûrement quelque part au-dessus de la Grande-Bretagne. Le danger le guettait à tout moment. Impuissante, elle n'avait d'autre recours que la prière.

En dépit des conséquences désastreuses de la guerre, Desmond poursuivit les préparatifs avec une précision incroyable. Ils s'étaient mis d'accord sur le type d'appareil qui convenait à pareille expédition ; les ingénieurs de la compagnie l'équipèrent des tous derniers instruments de bord, de réservoirs supplémentaires, de dispositifs à grand rayon d'action. La sécurité à bord constituait le principal souci de Desmond.

Ils durent évidemment modifier complètement le circuit. Fin 1940, la guerre faisait rage de toutes parts. Une partie du Pacifique était impraticable, tout comme des régions entières d'Afrique du

Nord. A présent, l'expression même de « tour du monde » ne correspondait plus à la réalité. Desmond avait pourtant hâte de prouver aux belligérants la fiabilité de ses avions que, très facilement, l'on pourrait transformer en appareils de guerre. S'il parvenait à démontrer la capacité de vol de ses engins en survolant l'océan, il atteindrait sa cible. Avec ses techniciens, il se pencha des heures durant sur la question. Méthodiquement, ils tracèrent sur la carte les différentes étapes du voyage. Il s'agissait en gros de survoler le Pacifique, à raison de huit escales en dix jours, soit une distance de vingt-trois mille trois cent vingt-cinq kilomètres... L'avion prendrait le départ de Los Angeles, se poserait au Guatemala, puis aux Galapagos. De là, il irait à l'île de Pâques puis à Tahiti. Nouveau départ pour Pago Pago, dans les Samoa orientales, et l'île Howland où Desmond avait prévu une brève cérémonie à la mémoire d'Amelia Earhart. Puis, direction Honolulu. De nouvelles festivités présidées par Desmond en personne célébreraient ce nouveau record, après quoi il se joindrait à l'équipe navigante pour retourner à San Francisco, dernière et glorieuse étape du voyage.

Le patron de la compagnie Williams avait surmonté la déception de ne pouvoir effectuer un véritable tour du monde. Toutefois, le tour du Pacifique, ainsi qu'il avait aussitôt baptisé son projet, lui apporterait sensiblement les mêmes avantages. Parcourir des milliers et des milliers de kilomètres permettrait à Cassie O'Malley d'être à peu près aussi célèbre que si elle avait fait le tour complet de la planète.

La facilité avec laquelle il s'était adapté à la

situation n'avait pas manqué de surprendre Cassie. Elle crut tenir la preuve que Nick s'était trompé. Desmond n'avait rien du monstre ambitieux, prêt à tout pour rentabiliser ses investissements, pas plus que du fou voulant la mort de Cassie... De toute façon, aucune personne sensée, cette année-là, n'aurait eu l'idée de survoler l'Europe.

En automne, Desmond multiplia les interviews, veillant à ce que sa protégée occupe toujours la une d'une certaine presse. De nouveau, le visage rayonnant de Cassie illustra toutes les couvertures et les pages intérieures des magazines, ce qui accrut considérablement le nombre de ses admirateurs. Par ailleurs, cette agréable diversion empêchait le public de penser constamment à la guerre qui, de l'autre côté de l'Atlantique, mettait l'Europe à feu et à sang.

La beauté éclatante de Cassie O'Malley avait conquis tous les cœurs. Les gens l'arrêtaient maintenant dans la rue pour lui demander des autographes... Desmond avait donné un léger coup de frein à la vie mondaine de sa chère mascotte. A l'instar des vedettes de cinéma, il fallait qu'elle paraisse inaccessible. D'autre part, la légende de la pure jeune fille romantique seyait mieux aux goûts de l'époque, aussi Nancy Firestone continuait-elle de programmer ses sorties, mais Desmond avait supprimé les « escortes ». Il l'accompagnait lui-même aux soirées importantes : vernissages et premières à Hollywood, théâtre, dîners. Cassie aimait bien son humour. Comme tous deux se levaient aux aurores, il la raccompagnait tôt. Cet arrangement leur convenait parfaitement.

Pendant ce temps, la Grande-Bretagne était bombardée sans relâche par l'aviation allemande. Pat avait enfin eu des nouvelles de Nick. Elles dataient d'octobre. Il pilotait des Spitfire dans le 54e escadron. Sa base se situait toujours à Hornchurch. Les vaillants pilotes britanniques et leurs alliés se battaient à un contre cinq, écrivait-il avec une allégresse dans le ton qui laissait supposer qu'il s'amusait comme un fou. Il finissait sa missive par : « Embrasse ton idiote de fille ». Ils n'étaient donc pas si fâchés que ça, songea Cassie, après que son père lui eut lu la lettre au téléphone.

En novembre, la pression de la Luftwaffe sur l'Angleterre se relâcha un peu grâce à la toute nouvelle découverte du radar. Des petits réfugiés anglais commencèrent à arriver aux États-Unis. Colleen se proposa immédiatement d'en héberger deux, ce qui émut Cassie aux larmes. Elle les vit lors des fêtes de Thanksgiving qu'elle alla passer en famille. Annabelle et Humphrey avaient respectivement trois et quatre ans et étaient aussi roux que Cassie elle-même. Ils étaient frère et sœur. Un obus avait démoli la demeure londonienne de leurs parents qui n'avaient aucune famille à la campagne. La Croix-Rouge avait pu envoyer les deux petits à New York, où Billy était allé les chercher, comme convenu. Lors du décollage, ils lui avaient demandé s'il n'allait pas bombarder l'aéroport.

Comme tout le monde, Cassie tomba amoureuse des deux enfants. S'occuper d'eux fut pour Oona l'occasion de sortir de la torpeur dans laquelle la mort de Chris l'avait plongée. Cassie profita de son retour à Good Hope pour rendre visite à Jessie. La fiancée de Chris se remettait lentement de son deuil. Mais elle était jeune et un jour viendrait où son cœur battrait pour quelqu'un d'autre, tandis que Cassie n'aurait plus jamais de frère.

Elle croisa par hasard Bobby et Peggy. Cette dernière arborait un ventre rond comme un ballon. Elle les félicita. Depuis son mariage, Bobby nageait dans le bonheur. Il avait mûri. Il avait hérité de l'épicerie à la mort de son père, peu de temps auparavant, et rêvait toujours de sa future chaîne de magasins d'alimentation qu'il implanterait dans tout l'Illinois. Pour l'instant, l'arrivée du bébé le préoccupait bien davantage.

— Et toi, Cass ? s'enquit-il doucement, soucieux de ne pas paraître trop curieux.

— Je n'ai plus une minute à moi depuis que je prépare le tour du Pacifique.

Il la regarda avec commisération. Cassie n'était toujours pas mariée. Elle ne le serait probablement jamais. Elle ne connaîtrait pas la félicité qu'il partageait avec Peggy.

Le tour ne valait pas la peine de sacrifier son bonheur, conclut-il après l'avoir entendue. Les préparatifs accaparaient les journées de la jeune femme : entre les lectures de différents rapports tous plus détaillés les uns que les autres, l'entraînement, les perpétuelles vérifications des machines, elle ne savait plus où donner de la tête. Elle avait commencé à effectuer des vols longue distance, afin de se familiariser.

Elle en fit un compte rendu détaillé à son père, qui lui posa mille questions. La fièvre du départ le gagnait peu à peu, lui aussi. Cassie l'invita à Los Angeles, mais il déclina son offre. Il se sentait indispensable à l'aéroport et il aurait le double de travail quand Billy, après Noël, partirait à Newport Beach pour participer à l'entraînement.

Le voyage en lui-même ne dépasserait pas un mois, mais il fallait compter cinq à six mois d'absence avant que Billy ne regagne son poste à l'aéroport O'Malley… Si toutefois il voulait bien revenir. La traversée du Pacifique lui apporterait certainement des offres plus alléchantes. Pat détestait l'idée de perdre un de ses meilleurs pilotes.

Cassie repartit : elle devait revenir pour Noël. Nancy avait acheté les cadeaux de ses neveux et nièces, d'Annabelle et d'Humphrey. Cassie avait tout de même trouvé un moment pour choisir les présents qu'elle destinait à ses sœurs, ses beaux-frères et ses parents. Elle avait soudain réalisé qu'il n'y aurait pas de cadeau pour Chris cette année, ni les années suivantes. Cette constatation lui fit monter les larmes aux yeux.

La veille de son départ de Los Angeles, Desmond arriva avec un présent. Elle lui avait acheté une somptueuse écharpe de cachemire bleu marine ainsi qu'un attaché-case de cuir, marine également, trouvé dans une boutique de bagages de Beverly Hills, dont la précieuse Nancy lui avait fourni l'adresse. Elle ne pouvait s'imaginer en train de lui offrir quelque chose de frivole… Et elle appréciait énormément les choses qu'il lui offrait : jamais rien de personnel, l'utile seul guidant ses choix. Il lui avait déjà offert le livre d'Anne Lindbergh, l'épouse de l'aviateur, ainsi qu'une ravissante aquarelle reproduisant la plage de Malibu. Ce soir-là, il lui tendit un petit paquet enrubanné, avec un sourire un peu crispé.

— Je ne sais pas si vous apprécierez… En ce cas rendez-le-moi, Cassie, je comprendrai, dit-il d'un ton nerveux qu'elle ne lui connaissait pas. Ne vous sentez pas obligée de l'accepter.

— Je ne m'imagine pas vous rendant un de vos cadeaux, Desmond, dit-elle gentiment, tout en défaisant les rubans de soie parme.

Elle déchira le papier doré qui dévoila une petite boite de cuir noir qu'elle contempla d'un air interrogateur. Compte tenu des modestes dimensions de la boîte, celle-ci devait contenir un objet de petite taille… Quelque chose… Il l'interrompit en prenant ses mains dans les siennes. La pâleur de son visage dénotait une vive inquiétude, comme s'il regrettait soudain son geste.

— Cassie, vous me prendrez peut-être pour un fou…

— Ne vous en faites pas… (Il était très près d'elle ; leurs visages se touchaient presque et, pour la première fois, un courant singulier passa entre eux.) Quoi que ce soit, ça me plaira, j'en suis sûre.

Il parut soulagé, bien que toujours sur le qui-vive. En dépit de sa puissante carrure, quelque chose de vulnérable émanait de sa personne. « Les fêtes de Noël, se dit Cassie. Elles ne réussissent pas aux personnes seules. »

Elle lui adressa son plus beau sourire.

— Tout ira bien, Desmond. Je vous le promets.

— Ne dites rien avant d'avoir vu mon cadeau.

— D'accord, laissez-moi l'ouvrir, alors.

Il retira ses mains. Cassie souleva le couvercle et écarquilla les yeux. Au fond de l'écrin de velours sombre un superbe diamant de quinze carats scintillait de mille feux. Un fabuleux cabochon monté en bague, que Desmond lui glissa à l'annulaire.

— Desmond, je…

Sa phrase resta en suspens. Elle ne savait quoi dire. Il ne l'avait même jamais embrassée.

— Ne vous fâchez pas, implora-t-il. Je n'ai jamais eu l'intention de vous troubler par une demande en mariage. Pas de cette façon. Je croyais que nous étions amis et puis… J'ignore ce qui s'est passé. Si vous refusez de devenir ma femme, je ne vous en tiendrai pas rigueur. Nous continuerons comme avant, nous préparerons le tour, et… oh, mon Dieu, dites quelque chose, Cassie, je vous en prie, dites quelque chose. Je vous aime.

Il avait enfoui son visage dans les cheveux cuivrés de la jeune femme. Une vague de tendresse inonda Cassie. Elle n'aimait pas Desmond aussi passionnément qu'elle aimait Nick, ce n'était pas possible, mais elle éprouvait à son égard une amitié affectueuse. Parfois, elle avait envie de le protéger contre le mauvais sort qui avait fait de lui un être dépourvu d'attaches. Elle s'était promis de lui venir en aide, comme pour effacer les séquelles d'une enfance trop esseulée, trop malheureuse. Et pas un seul instant, l'idée d'un mariage ne l'avait effleurée.

— Oh, Desmond, dit-elle doucement.

Il avait reculé d'un pas et la scrutait avec intensité.

— Êtes-vous fâchée ?

— Comment le pourrais-je ?

De nouveau, elle se tut, incapable de poursuivre.

— Oh, Cassie, Cassie, Cassie, Dieu seul sait combien je vous aime, soupira-t-il dans un murmure. Il l'embrassa alors pour la première fois. Effarée, elle mesura l'étendue de sa passion pour elle. Une étrange émotion la paralysa, comme une sorte de doux vertige…

Il l'embrassa une nouvelle fois et elle se surprit à répondre à son baiser. Il desserra enfin son étreinte et Cassie respira profondément. Il était si fort, si puissant.

— Il s'agit de fiançailles, je suppose, pas de lune de miel, réussit-elle à articuler, ayant recouvré le sens de la parole.

Il lui adressa un sourire de petit garçon.

— Ai-je bien entendu ? Avez-vous dit des fiançailles demanda-t-il, encore incrédule.

— Je n'en sais rien… Je ne m'y attendais pas.

Mais elle n'avait pas l'air furieuse et n'avait pas dit non.

— Je n'exigerai pas que vous m'aimiez tout de suite. Je suis au courant de votre idylle avec ce pilote de la RAF… Je n'ai pas l'intention de vous brusquer, ma chérie. Où en êtes-vous avec lui ?

— Je l'aime, répondit-elle avec une franchise absolue. (Elle l'aimait depuis toujours, aussi loin que remontaient ses souvenirs.) Il dit qu'il ne m'épousera jamais… la dernière fois que je l'ai vu, nous nous sommes disputés à propos du tour. Depuis, je n'ai plus eu de ses nouvelles. Je ne crois pas que j'en aurai, du reste.

Malgré tout, le souvenir de leur dernière rencontre lui transperça le cœur. Elle leva les yeux sur Desmond. Avec lui tout était si différent.

— Conclusion ? s'enquit-il doucement.

Un frisson parcourut Cassie… Desmond était si généreux, si compréhensif… Elle serait incapable de l'abandonner après tout ce qu'il avait fait pour elle. Mais il lui semblait incongru d'épouser un homme, alors qu'elle en aimait un autre… Nick ne reviendrait jamais sur sa décision, elle le savait. Il ne l'épouserait pas. Son entêtement dominait ses sentiments. Nick et Desmond : le jour et la nuit. De toute façon, elle n'aimerait jamais personne autant que Nick. Mais avec le temps, elle parviendrait certainement à s'attacher sincèrement à Desmond. A le chérir tendrement. Le mariage serait l'ultime jalon de leur parcours commun… Pourtant, elle avait peine à s'imaginer mariée à quelqu'un d'autre que Nick Galvin.

— Desmond, je n'en suis pas sûre, dit-elle, honnêtement. Je ne veux pas vous décevoir. Vous avez déjà vécu deux unions catastrophiques, vous n'avez pas besoin d'une troisième expérience qui pourrait se révéler tout aussi pénible.

Il fixa sur elle un regard brûlant d'un espoir fou. De nouveau, l'envie de lui venir en aide assaillit Cassie.

— Je sais combien il compte pour vous, répondit-il d'un ton compréhensif. Je n'ai pas la prétention de le supplanter en une nuit, Cass. Mais je vous aime.

— Moi aussi, murmura-t-elle.

C'était la vérité. Elle aimait son amitié, sa loyauté et son intelligence. Elle le respectait, l'admirait, considérait qu'il ne lui avait apporté que des joies. Dès leur première rencontre, il s'était révélé formidable. Et maintenant, il voulait tout lui donner, jusqu'à son nom… « Mme Desmond Williams », songea-t-elle, et un sourire brilla sur ses lèvres.

— Si vous ne vous sentez pas pleinement heureuse avec moi, nous divorcerons, dit-il, soucieux de la rassurer.

— Oh, non, jamais ! s'écria-t-elle, horrifiée, en se rappelant l'exemple de ses parents. Je ne voudrais pas paraître ingrate… ou hésitante…

Les mots se dérobaient. Les yeux de Desmond cherchaient les siens. La puissance de son désir s'infiltrait peu à peu dans les veines de Cassie.

— Je ne vous ferai jamais de mal, ma chérie. Vous serez toujours libre. Vous m'êtes trop importante pour que j'essaie de vous briser les ailes. Quand nous serons mariés, vous resterez une femme indépendante.

— Voudrez-vous des enfants ? demanda-t-elle d'une petite voix gênée.

— Je ne crois pas. Si toutefois vous souhaitiez en avoir un jour, et sans que la maternité nuise pour autant à votre carrière, nous aviserons. Avoir des enfants est le sort commun à toutes les femmes… Un sort qui, à mon avis, sied davantage à vos sœurs. Je ne suis pas sûr que ce soit ce que vous désiriez réellement.

— Pour le moment, je n'en ai pas la moindre idée… Je crois que je n'ai pas la fibre maternelle.

Elle l'avait eue avec Nick. Oui, elle aurait aimé porter ses enfants. Peut-être était-il injuste de renoncer à donner la vie. Mais il était encore trop tôt pour le savoir.

— Vous verrez plus tard, sourit Desmond. A vingt et un ans, on a autre chose en tête… Le tour du Pacifique, par exemple.

C'était leur « bébé » en quelque sorte, leur grand

projet, leur but commun. Le mariage ne les lierait pas davantage.

— Desmond, je ne sais quoi vous dire.

Il l'attira contre lui.

— Dites que vous acceptez de m'épouser… Dites que vous me faites confiance. Dites qu'un jour vous m'aimerez… Je suis désespérément épris de vous, mon amour. Vous représentez ce que j'ai de plus précieux au monde.

Comment nier ce serment ? Comment abandonner cet homme ? Allait-elle se cantonner dans un rêve toute sa vie ? Attendrait-elle jusqu'à la fin des temps le retour hypothétique de Nick auprès d'elle ? Nick qui ne lui avait fait aucune promesse. Nick qui lui avait clairement signifié qu'ils n'uniraient jamais leurs destinées.

— Oui…, souffla-t-elle dans un murmure qui parut une caresse aux oreilles de Desmond. Oui ! répéta-t-elle d'une voix plus forte.

Il lui reprit les lèvres avec impétuosité. Une éternité s'écoula avant qu'il ne la relâche, tremblante d'émotion.

— C'est papa et maman qui seront stupéfaits ! s'exclama-t-elle, comme une enfant, puis son sourire s'estompa. Pourquoi ne viendriez-vous pas avec moi à la maison pour Noël ?

Brusquement, elle avait hâte de le présenter à sa famille. Ses parents n'avaient fait qu'apercevoir Desmond aux obsèques de Chris. L'annonce de leurs fiançailles leur serait certainement un réconfort. Oh, Noël s'annonçait particulièrement heureux, pour les O'Malley, après le terrible malheur qui avait ravagé leurs existences.

Curieusement, il déclina l'invitation. Il y avait des siècles qu'il n'avait pas fêté Noël en famille.

— Non, Cass, ma chérie, je m'y sentirais comme un intrus. Surtout cette année. Vos parents ont été durement éprouvés. Laissons-leur le temps de s'habituer à cette idée. Par ailleurs, pendant les fêtes, je ne suis pas au mieux de ma forme.

— Desmond, s'il vous plaît ! Ils penseront que j'ai tout inventé. Que j'ai volé la bague.

— Mais non. Je vous appellerai trois fois par jour. Non, franchement, je croule sous le travail, comme vous le savez. A votre retour, je vous emmènerai faire du ski un week-end.

La dernière chose dont il avait envie, c'était d'aller passer Noël dans l'Illinois, avec les O'Malley.

— Je ne veux pas aller skier, se rebiffa Cassie, au bord des larmes. Je veux vous emmener chez moi.

Un trop-plein d'émotion la fit soudain chanceler. Elle venait de se *fiancer* avec Desmond Williams. C'était incroyable… Prise dans un maelström de sensations nouvelles, elle fit un effort surhumain pour balayer Nick Galvin de son esprit.

— Nous irons l'année prochaine, c'est promis.

— Il ne manquerait plus que nous n'y allions pas ! feignit-elle de s'indigner. En m'épousant, vous épouserez toute ma famille. Je vous préviens, il y a du monde.

Elle avait retrouvé le sourire.

— Mais vous êtes unique, remarqua-t-il.

Leurs lèvres s'unirent une fois de plus. Pendant une fraction de seconde, la pensée de Nick se glissa entre eux. Elle sut qu'elle l'avait trahi… Ses avertissements concernant Desmond traversèrent son esprit. Mais non, Nick se trompait : il n'avait dit cela que sous l'emprise de la jalousie. Desmond était un homme bien. Il avait demandé sa main par amour, et pour aucune autre raison, comme Nick l'avait perfidement insinué. Un bouchon de champagne sauta, mettant fin à ses réflexions. Desmond emplit deux coupes.

— Fixons la date, déclara-t-il. N'attendons pas trop longtemps, j'en serais incapable. Maintenant que vous m'avez dit oui, je ne tiens plus en place. Nancy aura du mal à assurer son rôle de chaperon.

Une rougeur colora délicatement les joues de Cassie. Près de Desmond, elle se sentait envahie par une joie indescriptible. Et la ferveur inattendue de ses baisers l'avait grisée.

— La Saint-Valentin serait le jour idéal, non ? poursuivit-il en portant sa coupe à ses lèvres. Un peu banal, je vous le concède, mais tellement romantique.

On eût dit qu'il évoquait quelque réunion de travail, mais cela n'offusqua pas Cassie. Desmond prenait toujours les choses en main, elle en avait l'habitude. En dégustant son champagne, elle se laissa bercer par la divine mélodie d'un bonheur inattendu. Elle allait épouser l'homme dont rêvaient toutes les célibataires d'Amérique. Leur mariage serait célébré le jour de la Saint-Valentin… Le tableau était parfait. Ou presque… Et à moins que Nick ne changeât de dispositions… Oh, non, elle ne tomberait plus dans les pièges de son imagination. Elle se protégerait de ses petites rêveries de collégienne. Elle ne laisserait pas une chimère détruire son existence. Elle ne s'accrocherait pas à un mirage.

— La Saint-Valentin est dans moins de deux mois, dit-elle. Aurons-nous un grand mariage ?

Son regard effleura l'énorme solitaire qui brillait à son doigt. Seigneur, tout paraissait si irréel.

— Vous l'aimez ? demanda-t-il en se penchant pour l'embrasser.

— Il est magnifique.

Elle n'avait jamais vu d'aussi gros diamant. Cela dépassait l'imagination… Comme Desmond Williams.

— En réponse à votre question, non, je ne crois pas que nous aurons un grand mariage… Je préférerais une cérémonie plus intime… Il s'agit de votre premier mariage, ma chérie. Ce sera mon troisième. La discrétion s'impose, si on ne tient pas à s'attirer les commentaires acides de la presse.

Elle n'y avait pas songé.

— Oh… vous avez raison.

Puisqu'il était divorcé, ils ne se marieraient pas à l'église. Elle espéra que ses parents n'en seraient pas trop bouleversés.

— Je suis catholique, dit-elle. Et vous ?

Elle n'avait jamais pensé à lui poser cette question.

— J'appartiens à l'église épiscopalienne… Un juge peut être aussi impressionnant qu'un prêtre, vous savez… Vous aurez besoin d'une robe de mariée. Un modèle court mais élégant, en satin blanc, bien sûr. Un chapeau orné d'une petite voilette. Quel dommage que nous ne puissions le commander à Paris…

Elle le regarda, un peu étourdie par le champagne… Chapeau parisien, diamant de quinze carats, mariage avec le plus beau parti de la côte

Ouest fixé à la Saint-Valentin. « Je rêve ! » se dit-elle. Mais non ! Desmond était assis à ses côtés, bavardant à propos de toilettes de satin blanc, de chapeaux à voilette, et elle portait au doigt le plus gros diamant qu'elle ait jamais vu. Des larmes lui montèrent aux yeux.

— Desmond, dites-moi que je ne rêve pas.

— Vous ne rêvez pas, mon amour. Nous sommes fiancés. Bientôt, nous serons unis pour le meilleur et pour le pire, à jamais, répondit-il d'un ton suave.

— Où nous marierons-nous ? Ici ?

Les émotions avaient drainé toute énergie de son corps. Sentant une étrange faiblesse, elle s'appuya contre son compagnon. Il émanait de lui une sorte de force physique qui galvanisa Cassie. Elle n'avait pas réalisé jusqu'alors combien il pouvait être séduisant.

— Ici, répondit-il. Ce sera plus simple. Plus discret aussi.

— Vous devez avoir raison. J'espère que mes parents viendront.

— Bien sûr qu'ils viendront. J'enverrai un de mes avions les chercher. Je leur réserverai une suite au Beverly Wilshire.

— Mon Dieu ! Maman en mourra.

— Mais non, elle n'en mourra pas, petite fille.

Il la reprit dans ses bras, oubliant le reste du monde. Elle était si jeune, si douce, si pure, qu'il se sentit coupable pour chaque baiser dont il la couvrait. Il se força à s'arracher à leur étreinte. Il détestait l'idée de la laisser seule, mais il le fallait. Aussitôt rentré chez lui, il l'appela. Il la rappela, comme d'habitude, à trois heures et demie du matin, bavarda avec elle au téléphone comme un vieil ami. Bientôt, ils seraient mari et femme. Le pays entier en serait bouleversé. D'un commun accord, ils décidèrent de cacher leurs fiançailles, le temps que Cassie l'annonce à ses parents.

Il la déposa à l'aéroport où il passa en revue l'appareil qui la ramènerait chez elle. A plusieurs reprises, il l'exhorta à la prudence. Elle sourit.

— Desmond ! Nos projets n'ont pas affecté mon cerveau !

Ils s'embrassèrent, sous les regards complices du personnel au sol.

— Attention, chuchota Cassie, malicieuse. Sinon la nouvelle sera dans tous les journaux dès aujourd'hui.

— Un incident bien plus dramatique pourrait paraître dans les journaux si vous ne vous dépêchez pas de m'épouser, miss O'Malley.

— Vous n'avez demandé ma main qu'hier soir ! Donnez-moi le temps de choisir une robe et des chaussures, rétorqua-t-elle en riant. A moins que vous ne préfériez la mariée en uniforme d'aviateur.

— Pourquoi pas ? J'aurais dû vous accompagner dans l'Illinois.

Il plaisantait, bien sûr. Les préparatifs du tour du Pacifique ne lui laissaient pas un instant de répit.

— Mes parents seront déçus.

Surtout lorsqu'ils sauraient la nouvelle. Elle ne parvenait pas encore à y croire.

— Bon voyage, ma chérie. Soyez prudente, répéta-t-il pour la énième fois.

Elle décolla avec son aisance coutumière, tandis qu'il agitait la main en signe d'au revoir. Le trajet se déroula sans problème. Elle avait tout son temps pour faire le bilan de la situation. Et pour penser à Nick. A son souvenir, son cœur se serra. Tant pis ! Chacun avait choisi son camp. Leurs chemins divergeaient. La vie était ainsi.

Lorsqu'elle atterrit à Good Hope sept heures plus tard, la première personne qu'elle aperçut fut Billy Nolan.

— Prêt à venir en Californie avec moi la semaine prochaine ?

Elle n'avait nul besoin de le lui demander. Il serait parti la nuit même. Voilà des semaines qu'il attendait le jour béni. Il la regarda signer son carnet de vol, l'œil soudain arrondi de surprise.

— C'est quoi ça ? Une soucoupe volante ?

— Plus ou moins, fit-elle avec un sourire plutôt crispé. En fait, il s'agit de ma bague de fiançailles. Desmond et moi allons nous marier.

— Vraiment ? s'enquit-il, incrédule. Et Nick ?

— Quoi, Nick ? dit-elle d'une voix glaciale.

— D'accord, pardonne-moi, c'était une simple question. Mais le lui as-tu dit ? Je veux dire, le lui as-tu écrit ?

Pourquoi diable Billy s'acharnait-il à réveiller sa culpabilité vis-à-vis de Nick maintenant ?

— Est-ce qu'il m'écrit lui ? Il le saura tôt ou tard.

— Oui, bien sûr… Et il sera dans tous ses états, déclara tranquillement Billy.

Comment était-ce possible ? Pour lui, leur amour était indestructible. Et voilà que Cassie… Celle-ci ravala péniblement ses larmes. Bon sang, elle n'aurait jamais imaginé que cela faisait aussi mal. Mais elle avait choisi Desmond… Ou plutôt Desmond l'avait choisie. Pas Nick. Nick ne voulait pas qu'elle soit sa femme. Il l'avait maintes fois répété.

— Tant pis pour lui, répliqua-t-elle, d'un ton maussade. Lorsqu'il est parti, il m'a clairement signifié qu'il ne voulait pas d'attaches. Aucune espèce de lien. Il a ajouté qu'il souhaitait me voir épouser quelqu'un d'autre.

— Espérons qu'il le pensait vraiment, marmonna Billy.

Il la déposa chez ses parents. L'heure du dîner avait sonné mais tout le monde l'attendait. A peine avait-elle franchi le seuil de la maison que ses sœurs virent la bague glissée à son annulaire.

— Doux Jésus, qu'est-ce que c'est ? s'exclama Megan, tandis que Glynnis et Colleen allaient chercher leur mère qui jouait avec les enfants.

— On dirait un bouchon de carafe, plaisanta le mari de Colleen.

— Ou une ampoule allumée, renchérit Megan.

Les parents échangèrent un regard.

— C'est ma bague de fiançailles, expliqua Cassie.

— Je m'en suis doutée, figure-toi, rit Glynnis. Qui est l'heureux élu ? Alfred Vanderbilt ?

— Desmond Williams.

Comme par un fait exprès, le téléphone sonna à cet instant. C'était justement Desmond.

— Je viens de leur annoncer la nouvelle, dit Cassie, qui avait décroché. Mes sœurs ont failli s'évanouir quand elles ont vu ma bague.

— Et vos parents ?

— Ils n'ont pas encore eu le temps de dire quoi que ce soit.

— Puis-je parler à votre père, chérie ?

328

Cassie passa le combiné à Pat. Ensuite, celui-ci le tendit à Oona. Les sœurs de Cassie continuèrent de s'extasier devant la bague, alors que ses beaux-frères soumettaient la jeune fiancée à un interrogatoire impitoyable. Elle avoua que la cérémonie se déroulerait à Los Angeles, le jour de la Saint-Valentin, et que Desmond enverrait un avion chercher ses parents... Quand ils eurent raccroché, Oona pleurait doucement, ce qui lui arrivait de plus en plus souvent, ces derniers temps. Elle serra Cassie dans ses bras.

— Il a l'air gentil, murmura-t-elle. Il m'a promis de s'occuper de toi comme d'une petite fille.

Pat rayonnait. L'homme lui avait plu. Les phrases qu'il avait dites au téléphone sonnaient juste. Toutefois, plus tard dans la nuit, resté seul avec sa benjamine, le vieux pilote exigea d'elle une véritable mise au point.

— Cassie, as-tu pensé à Nick ? Avec l'aide de Dieu, il reviendra un jour... et alors ? J'espère que tu ne te maries pas sous prétexte que vous vous êtes fâchés, tous les deux... Ce serait par trop puéril. Par ailleurs, M. Williams ne mérite pas cet affront.

— Papa, je ne me marie pas par esprit de vengeance, je te le jure. Desmond a demandé ma main hier soir... J'ai accepté. J'éprouve pour lui de l'amour, oui de l'amour, bien que cela n'ait rien à voir avec ce que je ressens pour Nick. Desmond est mon ami. Je lui dois tout.

— Tu ne dois rien à personne, Cassie O'Malley. Tu travailles, et toute peine mérite salaire.

— Oui, bien sûr. Mais Desmond m'a vraiment entourée de mille égards. Mille gentillesses. J'ai envie de le seconder, vois-tu. D'être présente à son côté. Il est au courant pour Nick. Il dit qu'il comprend… Avec le temps, je crois que j'arriverai à l'aimer.

— Et Nick ? insista Pat. Peux-tu affirmer que tu ne l'aimes plus.

— Non, papa. Je l'aime toujours. Mais rien ne changera. Il reviendra en proclamant les mêmes sottises : « Je suis vieux ! Je suis pauvre ! » Au fond, il n'est peut-être pas amoureux de moi. Il ne m'a pas écrit depuis des mois… Et avant de partir, il ne s'est pas gêné pour me conseiller de ne pas l'attendre. Il ne veut pas de moi… Desmond, lui, m'a choisie. Il a besoin de moi.

— Pourras-tu vivre avec un homme, sachant que tu en aimes un autre ?

— Oui, je crois.

Elle crut voir le visage mince de Nick, ses yeux au bleu d'acier, et ses jambes se dérobèrent sous elle. Ici, sa présence était partout. Mais sa décision de le bannir de son cœur demeurait inébranlable. Pour son propre bien. Et pour Desmond.

— Tu as intérêt à être tout à fait sûre de toi avant d'accorder ta main à cet homme, Cassie O'Malley.

— Oui, je sais. Je serai une bonne épouse. C'est promis.

— Attention, ma fille, je ne tolérerai aucun écart de conduite. Quand Nick reviendra, il est hors de question que tu le revoies seule. Les femmes mariées ont des devoirs, dans cette maison.

— Oui, papa.

— Civil ou religieux, le mariage est sacré.

— Je le sais.

330

— Tâche de t'en souvenir. Et d'honorer tes engagements vis-à-vis de M. Williams qui semble sincèrement épris de toi.

— Je ne l'abandonnerai jamais. Tu as ma parole.

Son père hocha la tête, l'air satisfait. Mais une autre question le tourmentait.

— Cassie, rappelle-toi ce qu'a dit Nick. Selon lui, Williams était capable de t'épouser avant ton tour du Pacifique, dans un but publicitaire. As-tu envisagé cette éventualité ? Je ne connais pas ton fiancé… Toi seule peux savoir s'il est sincère.

Les paroles de Nick n'avaient plus quitté son esprit depuis l'instant où Cassie avait annoncé la demande en mariage de Desmond Williams. Après tout, elle n'avait que vingt et un ans. Elle pouvait parfaitement se laisser abuser par sa naïveté. Il la vit secouer la tête. Non, Nick s'était trompé. Elle en était sûre et certaine.

— Desmond ne me mentirait pas. Il s'agit d'une coïncidence. Seule la jalousie l'a fait tenir ces propos.

Pat acquiesça, songeur. Il ne demandait pas mieux que de la croire.

— Quand, à son retour, il te trouvera mariée, il en sera malade. Mais je l'avais prévenu, soupira-t-il.

— De toute façon, il ne veut pas de moi, répéta-t-elle, d'une voix résignée.

La famille se réunit la veille de Noël, autour du traditionnel plat de fête. A la fin du repas, Pat adressa un tendre regard à sa dernière fille.

— Cassandra Maureen, je te donne ma bénédiction, déclara-t-il, les yeux humides.

16

Le matin du 31 décembre, Cassie s'envola pour Los Angeles en compagnie de Billy Nolan. Emue aux larmes, toute la famille, les petits réfugiés anglais y compris, les avait accompagnés à l'aéroport… Cassie avait décidé de passer la veille du nouvel an avec Desmond. Celui-ci l'attendait sur la piste d'atterrissage, dans la lumière oblique du soleil, vêtu d'un élégant pardessus de cachemire bleu nuit, qui mettait en valeur sa longue silhouette racée. Il était grand, séduisant, extrêmement aristocratique.

Il grimpa avec souplesse dans le cockpit où il gratifia sa fiancée d'un tendre baiser.

— Hello, miss O'Malley, vous m'avez manqué.

— Vous aussi, Desmond.

Un sourire timide trembla sur ses lèvres pleines. A ses oreilles résonnaient encore les innombrables toasts portés à la santé du nouveau couple par sa famille. Aux yeux des siens, elle avait tout à coup acquis la dimension d'une star. Et la bague miroitant à son annulaire était la preuve de son éclatante réussite.

— J'ai une surprise pour vous, déclara Desmond, tout en saluant Billy d'une vigoureuse poignée de main.

— Encore ? s'étonna-t-elle. Ma vie n'est plus qu'une suite de surprises depuis une semaine.

Elle avait encore peine à croire qu'ils étaient fiancés et, en même temps, on aurait dit qu'elle connaissait Desmond depuis toujours. Elle s'habituait peu à peu à l'idée de leur mariage, une idée follement excitante, tout compte fait.

Le fantôme de Nick l'avait hantée tout le long de son séjour dans l'Illinois. Elle s'était vaillamment battue contre les ombres du passé. C'était lui qui avait renoncé à leur amour ! Lui qui avait mis fin à leur complicité ! Lui, enfin, qui avait crié partout et à tous sa volonté de la voir faire sa vie avec un autre !... Dehors, le personnel au sol attendait qu'elle apparaisse… La rumeur avait fait rapidement le tour de la compagnie. Miss O'Malley allait devenir la prochaine Mme Williams.

— Quelle est donc cette surprise ? s'enquit-elle en riant, sous le regard attentif de Billy.

Le dénommé Williams semblait fou amoureux de Cassie, il devait en convenir. Mais, par loyauté envers Nick Galvin, il se força à une neutralité de bon ton.

— Nous avons quelques amis, dehors, expliqua Desmond. Un groupe de journalistes auxquels je n'ai pas pu refuser la primeur d'une photo. Chacun souhaite être le premier à annoncer le scoop à ses lecteurs… J'ai eu beau leur répéter que vous étiez absente, ils ont découvert que vous reveniez aujourd'hui. Résultat, ils étaient tous là, quand je suis arrivé… Acceptez-vous de poser pour eux, ma chérie ? N'êtes-vous pas trop fatiguée par le voyage ?

Ne m'en veuillez pas, je n'ai pas pu m'empêcher d'ébruiter la nouvelle. Je suis si fier de vous.

Le magnat arborait une expression de garçonnet perdu. Attendrie, Cassie lui passa les bras autour du cou.

— C'est d'accord. Ne vous inquiétez pas. Tout l'Illinois est déjà au courant.

Elle s'extirpa du siège de la petite cabine de pilotage. Galamment, Desmond s'empara de sa mallette de voyage.

— Votre futur copilote pour la traversée du Pacifique tombe à pic. Venez, jeune homme. Vous sourirez à l'objectif avec nous.

— Je ne voudrais pas déranger...

— Mais vous ne nous dérangez pas. Bienvenu au club, monsieur Nolan.

Cassie glissa un peigne dans ses cheveux brillants et se remit du rouge à lèvres.

Desmond sortit le premier de l'avion. Elle le suivit sur la passerelle. Une explosion de flashes l'aveugla. Desmond la prit dans ses bras, puis l'embrassa devant les photographes. Ils étaient plus d'une vingtaine. Ils n'avaient pas remarqué Billy. Le couple longea le tarmac, sous une avalanche de questions.

— Alors, c'est pour quand ? s'époumona le chroniqueur du L.A. *Times*.

Le correspondant du *Passadena News* réclama une photo et celui du *New York Times* en profita pour en prendre deux. Une pigiste du *San Francisco Chronicle* voulut tout savoir sur la traversée du Pacifique et leur lune de miel.

— Holà, minute, minute... cria Desmond, tout sourire. Nous nous marierons le jour de la Saint-

Valentin… Le tour du Pacifique ne démarrera pas avant juillet… Et, non, nous ne passerons pas notre voyage de noces à bord du *North Star*.

C'était le nom qu'ils avaient donné à l'avion, long appareil aux ailes effilées, dans lequel Cassie triompherait des embûches d'un incroyable parcours.

Il y eut une nouvelle pluie de questions, auxquelles Desmond répondit de bonne grâce ; son humour coutumier arracha des rires amusés à l'assistance. Debout à son côté, Cassie souriait, en essayant de comprendre ce qui se passait.

— Voilà, mesdames et messieurs, c'est tout ! trancha Desmond d'un ton affable. Ma fiancée a besoin de se reposer. Merci d'être venus.

L'éclat des flashes accompagna encore le couple tandis qu'il s'engouffrait dans la Packard rutilante de Desmond. Billy, lui, emboîta le pas à un employé de la compagnie… Cassie agitait la main à travers la vitre teintée de la conduite intérieure, qui roula doucement vers la sortie. En une nuit, elle était devenue la fiancée la plus célèbre des États-Unis. La plus belle des aviatrices, chère au cœur de tous les Américains.

— Comme c'est bizarre, hasarda-t-elle peu après. C'est comme si nous étions des vedettes de cinéma.

Une foule d'admirateurs avait pris d'assaut les abords de l'aéroport pour les voir passer.

— Les gens adorent les contes de fées, répondit Desmond, assis au volant, en lui tapotant gentiment le genou.

— Oui, bien sûr, mais tout de même. Hier

encore, j'étais une parfaite inconnue pour eux. Aujourd'hui, ils me portent aux nues.

— Et ce n'est qu'un avant-goût de la vraie gloire, Cassie.

Justement, son père l'avait mise en garde contre la rançon de la gloire. Il lui avait rappelé le lourd tribut que le pauvre Lindbergh avait dû payer à la célébrité. Son petit garçon avait été kidnappé, puis tué… Oui, la renommée coûtait cher, parfois, avait conclu Pat. Il espérait que Desmond la protégerait.

— Vous leur appartenez, que vous le vouliez ou non, ma chérie. Vous êtes un personnage public, à présent. Les gens tiendront à partager votre bonheur. Il faut vous montrer à la hauteur de leurs espérances.

Rien n'avait préparé Cassie au tourbillon qui suivit. Une véritable frénésie s'était emparée de la presse. Il lui était impossible de faire un pas hors de la maison sans être assaillie par une foule de reporters. Ceux-ci la guettaient partout, que ce soit dans son jardin, sur le chemin de l'aéroport, ou dans le hangar où se trouvait son avion. Jour et nuit, elle était poursuivie par ses admirateurs. On l'accostait dans les boutiques, tout comme dans les dancings où Desmond l'emmenait…

Elle était maintenant toujours accompagnée par Nancy Firestone et essayait de se dissimuler sous divers déguisements : chapeaux à large bord, écharpes, lunettes noires. Les journalistes déployaient des ruses de Sioux pour l'approcher. Ils surgissaient des endroits les plus inattendus : voitures, portes cochères, buissons, échelles d'incendie. Partout, la jeune femme était poursuivie, épiée, traquée. Début février, elle crut devenir folle. Pour une fois, Nancy ne lui fut pas d'un grand secours. De plus, bizarrement, les détails du mariage ne semblaient pas la concerner. Cassie en fit part à Desmond, qui la rassura. Il avait confié à Mlle Fitzpatrick, sa secrétaire particulière, les préparatifs de la cérémonie.

Cassie eut pourtant l'impression que Nancy lui témoignait maintenant une certaine froideur. A plusieurs reprises, elle se montra irritée, voire hostile. Depuis l'annonce des fiançailles de Desmond et de Cassie, l'attachée de presse de la compagnie Williams n'était plus la même.

Cassie en chercha vainement la raison.

— Desmond, que se passe-t-il donc avec Nancy ? Elle me met affreusement mal à l'aise. Parfois, on dirait qu'elle me déteste.

— Notre mariage explique probablement son attitude, dit Desmond avec calme. Cela lui rappelle son mari, Cassie, il faut la comprendre. Il est difficile de lutter contre certains souvenirs, ajouta-t-il en souriant à sa fiancée. (Du fait de son jeune âge, il y avait un tas de choses auxquelles elle ne pensait pas.) Fiez-vous à Mlle Fitzpatrick.

— Oui, Desmond, je n'y manquerai pas.

L'explication de Desmond s'avéra juste. Lorsqu'elle revit Nancy, Cassie s'en aperçut. La seule évocation du mariage semblait agacer prodigieusement son assistante. Dès lors, suivant en cela les conseils de Desmond, Cassie évita ce sujet avec elle. Elle était toujours poursuivie par les journalistes et perdit patience plus d'une fois.

— Ne s'arrêteront-ils donc jamais ? s'écriat-elle un jour, en entrant chez son fiancé par la porte de service et en se laissant tomber, épuisée, sur une chaise cannée.

Le spectacle qui se déroulait devant l'immeuble de Desmond ressemblait à une émeute. Des dizaines de reporters se mêlaient aux admirateurs de l'aviatrice. Une demi-heure plus tard, le roi de la navigation aérienne entrouvrit la porte d'entrée de la maison assiégée et réussit à persuader Cassie de poser pour quelques photos. Ils apparurent ensuite sur le balcon, tel un couple royal saluant ses sujets.

La voix d'un journaliste se fit entendre par-dessus le tumulte.

— Pas trop nerveuse, Cassie ?

— Si ! J'ai peur de tomber sur vous le jour de mon mariage.

Sa réplique fit mouche. Tout le monde éclata de rire.

— Nous y serons ! crièrent-ils en chœur.

Ses parents arrivèrent la veille du mariage. Comme convenu, Desmond leur avait réservé une luxueuse suite au Beverly Wilshire. Ses sœurs n'étaient pas venues, car se déplacer avec tous les enfants créait trop de complications. Desmond avait eu la gentillesse de prier Billy de lui servir de témoin. Cassie avait choisi Nancy comme demoiselle d'honneur. Celle-ci avait commencé par refuser, puis elle s'était pliée à la volonté de son patron. Elle se parerait d'une toilette de satin gris perle. Mais la robe de la mariée surpasserait de loin les tenues de toutes les femmes présentes. Desmond avait choisi pour elle un ravissant modèle de satin neigeux conçu par Schiaparelli. Magnin avait créé

338

à cet effet un adorable petit chapeau garni d'une voilette blanche. Et le bouquet se composerait d'orchidées blanches piquetées de lis et de roses immaculées. Un magnifique collier de perles ainsi qu'une splendide paire de boucles d'oreilles en perles serties de diamants, ayant appartenu à Mme Williams mère, parachèveraient sa mise.

— Tu seras la mariée de l'année, murmura Oona, lorsqu'elle aperçut sa fille à l'hôtel. Tu es ravissante, ma chérie… Chaque fois que j'ouvre un magazine, tu t'y trouves, ajouta-t-elle avec fierté.

Le lendemain, tout se passa comme prévu.

Une foule bigarrée encombrait les abords de la demeure du juge chargé d'officier. Journalistes, cameramen, représentants de la presse étrangère se mêlaient à l'assistance. Une indescriptible ambiance de fête régnait, quand les mariés arrivèrent avec leur escorte. Ils ressortirent un peu plus tard, sous les ovations et les applaudissements, tandis qu'une pluie de riz et de pétales d'œillets et de roses ruisselait sur le capot lustré de la Packard noire… Devant le Beverly Wilshire et jusque dans le hall, ce fut là aussi le délire. Il fallut se frayer un passage en jouant des coudes pour parvenir jusqu'aux ascenseurs.

Desmond avait organisé une petite réception dans un salon privé : une douzaine de ses amis, quelques-uns de ses plus proches collaborateurs, ainsi que le dessinateur de l'avion destiné à effectuer le tour du Pacifique.

La jeune mariée, rayonnante, éclipsait les plus grandes étoiles de Hollywood. Desmond le lui fit remarquer alors qu'ils tournoyaient, enlacés, aux accents mélodieux du *Beau Danube Bleu*.

— Madame Williams, vous êtes superbe. Qui aurait pu imaginer que la petite Cendrillon que j'avais rencontrée sous un avion il y a deux ans se transformerait en une véritable déesse ? Je regrette de ne pas vous avoir prise en photo, ce jour-là. Vous étiez absolument irrésistible.

Elle lui tapota l'épaule avec son bouquet, en riant.

C'était un splendide après-midi, au terme d'une journée parfaite, prélude à une existence dorée. La vie souriait à Cassie... Elle dansa une rumba avec son père, puis le fox-trot avec Billy, très séduisant dans son costume de garçon d'honneur. Depuis son arrivée à Los Angeles, le jeune homme s'amusait comme un fou. Il n'avait jamais gagné autant d'argent et avait pu piloter les avions dont il rêvait.

— Vous avez une fille extraordinaire, madame O'Malley, glissa Desmond à l'oreille de sa nouvelle belle-mère.

Celle-ci resplendissait dans son tailleur en crêpe de Chine bleu ciel, de la même nuance que ses yeux, que Cassie lui avait offert.

— Elle a eu de la chance, répondit-elle doucement, intimidée par l'élégance sophistiquée de son gendre.

— C'est moi qui ai eu de la chance, objecta-t-il avec chaleur.

Pat porta un toast aux jeunes mariés, leur souhaitant d'être heureux et d'avoir beaucoup d'enfants.

— Après le tour du Pacifique vous serez grand-père ! s'écria Desmond, arrachant des rires feutrés à l'assistance.

— Marché conclu ! exulta le père de Cassie.

Desmond avait prévu une séance de pose pour

340

les journalistes, qui trépignaient dans le hall. Ils entrèrent enfin, guidés par Nancy Firestone, caméras au poing. Les flashes se mirent à crépiter : ils mitraillèrent les jeunes mariés enlacés sur la piste de danse, et la mariée dansant avec son père. Puis certains voulurent interviewer l'ancien héros de la Grande Guerre.

Enfin, le couple faussa compagnie aux invités, pour se réfugier dans la limousine garée devant l'hôtel, sous une nouvelle averse de riz et de pétales de roses. Cassie avait troqué sa robe de mariée contre un ensemble de soie émeraude assorti à une capeline vaporeuse. Desmond la souleva dans ses bras, sous les éclairs éblouissants des flashes, puis la posa doucement sur la banquette moelleuse. Tous deux saluèrent la foule à travers la vitre arrière. Pat et Oona suivirent d'un regard brillant de larmes la Packard qui démarra en trombe.

Ils passèrent leur première nuit dans la suite nuptiale du Bel Air Hotel. Le lendemain matin, ils s'envolèrent pour le Mexique. De Mazatlan, un yacht les déposa sur une petite île au large du golfe de Californie, où Desmond avait loué tout un hôtel ; un véritable petit palais surplombant une plage de sable blanc. Le jour, une brise légère tempérait la chaleur du soleil. Et quand la nuit enveloppait l'île de ses voiles mauves, alors que des myriades d'étoiles constellaient le firmament, ils dînaient sur la terrasse, servis par une armada de domestiques efficaces et discrets. C'était un paradis entre le ciel et l'eau, le décor parfait pour une lune de miel parfaite.

— Je n'ai jamais vu d'endroit plus exotique, s'émerveilla un jour Cassie.

— Lors de ta traversée, tu auras l'occasion d'admirer des paysages encore plus merveilleux, ma douce.

— Sauf que tu n'y seras pas et que je n'aurai guère le temps de m'étendre sur la plage… Tu me manqueras, mon chéri.

— Tu ne devrais pas raisonner de la sorte, Cassie. Ton voyage restera dans les annales de l'aviation… Tu franchiras une étape d'une importance capitale.

— Rien n'a plus d'importance que nous deux.

Desmond secoua la tête.

— Détrompe-toi. Rends-toi compte, chérie, que tu t'apprêtes à entrer dans l'Histoire. On parlera encore de toi dans cent ans. Des hommes tenteront de suivre ton exemple, on baptisera des avions à ton nom. Grâce à toi, le monde entier saura que l'avion peut s'attaquer avec succès aux distances. Que l'on peut entreprendre de longs parcours en toute sécurité. Et que l'océan, la brume, les montagnes ne constituent plus des obstacles pour la navigation aérienne. Des millions de personnes se débarrasseront de leurs préjugés, les mentalités évolueront… Ne doute pas une seconde de l'importance de cette traversée !

Il semblait animé par un feu intérieur. Ses yeux brillaient, une foi inébranlable le transfigurait. Cassie sourit. Parfois, Desmond exagérait…

— Mmm, je persiste à dire que tu es plus important que tout le reste, soupira-t-elle en roulant sur le ventre.

Elle était ravissante dans son maillot de bain blanc. Le regard de Desmond effleura la courbe voluptueuse de sa poitrine. Elle avait un corps magnifique.

— Et toi, tu es trop belle ! Tu me troubles.

— Tant mieux. Tu en as besoin.

— Tu n'as pas honte ?

Il se pencha pour l'embrasser. Au contact de ses lèvres, il sentit tout son corps s'embraser. Peu après, ils cherchèrent refuge dans leur chambre dont Desmond ferma les volets. Dans la pénombre ambrée, il fit basculer Cassie sur le lit. Tous deux s'étonnaient de la facilité avec laquelle ils s'étaient habitués l'un à l'autre. De leur entente physique. Elle avait redouté leur nuit de noces, mais, à sa surprise, il ne l'avait pas brusquée. Dans leur suite nuptiale du Bel Air Hotel, il s'était contenté de la tenir dans ses bras, en la caressant, comme pour la rassurer. Enlacés, ils avaient entamé une conversation à bâtons rompus, parlant du tour, de leur rencontre, de leur avenir. Elle s'était peu à peu détendue avant de s'endormir, blottie contre son mari… Ce n'est que le lendemain qu'ils avaient consommé leur mariage. Desmond l'avait dévêtue avec douceur. Il l'avait contemplée, la gorge nouée d'émotion. Cassie était grande, mince comme une liane. Des seins ronds, haut placés, une taille d'une incroyable finesse, des hanches de nymphe, des jambes interminables… Il l'avait prise lentement, prudemment, et lui avait fait découvrir les extases de l'amour… Il se montrait d'une infinie douceur, explorant avec délicatesse les différentes facettes du plaisir. Cassie se délectait de leurs caresses, et bientôt l'élève fut à la hauteur du maître. Sa jeunesse, son tempérament fougueux, son ardeur emmenèrent Desmond au septième ciel.

— Seigneur, fit-il d'une voix enrouée, cet après-midi-là, après une étreinte qui le laissa sans force, tu es redoutable !

Au fil des jours, son désir pour elle n'avait fait qu'augmenter. Elle se donnait sans fausse pudeur, avec une sincérité et une sensualité étonnantes.

— Je renoncerais volontiers à ma carrière pour faire des enfants, gémit-elle, se rendant compte tout à coup qu'elle se comportait comme ses sœurs.

C'était fabuleux de s'abandonner entre les bras d'un homme que l'on aime… De se laisser emporter par les spirales d'un plaisir fulgurant… De goûter à la volupté de la chair… Auprès de Desmond, une félicité totale la comblait.

— Dire que j'étais contre le mariage, soupira-t-elle, alors qu'ils gisaient côte à côte sur le lit en bataille. A présent, je comprends mieux mes sœurs. C'est merveilleux d'être une femme, de se marier et d'avoir des bébés.

— Cassie, tu es promise à un destin exceptionnel, ne l'oublie pas.

— Oui, peut-être. On verra.

Pour le moment, elle ne songeait qu'à assouvir le brasier que Desmond avait su allumer en elle. Cela lui suffisait, elle ne voulait rien de plus. Juste rester blottie dans ses bras. Pour toujours. Elle venait de découvrir un univers secret dont elle avait envie d'explorer les profondeurs. Un gouffre de sensations délicieuses, insoupçonnées jusqu'alors.

— En tout cas, je voudrais avoir des bébés, un jour, affirma-t-elle avec ferveur.

— D'accord, mais tu as un tas de choses à réaliser avant, mon amour. Des choses importantes…

Et voilà, il recommençait ! Il avait repris cet air

de maître d'école qu'elle trouvait si amusant. Avec un sourire malicieux, elle laissa courir un doigt paresseux sur le ventre musclé de son compagnon.

— Curieusement, je n'arrive plus à penser qu'à une seule chose, chuchota-t-elle, toute frémissante.

Il eut un rire étouffé et, peu après, le désir les envahissait à nouveau. Le crépuscule inondait les volets d'une clarté pourprée lorsque l'aiguillon brûlant du plaisir les transperça en même temps.

— Comment s'est passée votre lune de miel ?

Les reporters, agglutinés sur la pelouse vert pomme de la résidence des Williams, avaient guetté des heures durant l'arrivée du couple. A la seconde où la limousine avait franchi les grilles du jardin, ils s'étaient rués vers eux… Desmond aida sa femme à sortir de voiture, avant de se frayer un chemin vers le perron… Comme à l'accoutumée, il fit montre d'une grande affabilité, acceptant de répondre aux questions les plus indiscrètes… Des centaines de photos, furent prises, et la semaine suivante le « couple de l'année » illustrait la couverture de *Life* : lui, soulevant sa jeune épouse dans ses bras, pour franchir le seuil de la porte.

Les battants sculptés se refermèrent sur Desmond et Cassie. Elle l'ignorait encore, mais leur lune de miel était bel et bien terminée. Ils avaient passé deux semaines idylliques dans un décor fabuleux. Le lendemain de leur retour, il la réveilla à trois heures du matin. A quatre heures, elle reprenait l'entraînement aux commandes du *North Star*.

Mis au point par Desmond et ses techniciens, l'emploi du temps des deux futurs vainqueurs du Pacifique ne leur laissait guère de répit. Tenant les commandes, secondée par Billy, Cassie dut, à l'instar d'une répétition de théâtre, recommencer mille fois le scénario du voyage. Afin de ne rien laisser au hasard, les ingénieurs avaient dressé une liste d'ennuis techniques que les deux coéquipiers devaient surmonter. Ils se virent obligés de simuler tous les désastres possibles et imaginables : pannes d'hélice, atterrissages forcés avec un seul moteur, puis sans moteur du tout. Cassie dut se poser en catastrophe à plusieurs reprises sur des pistes de fortune, alors que de violents vents contraires ballottaient l'appareil comme un fétu de paille. Elle apprit par cœur l'emplacement du moindre boulon de l'avion, et Billy se plongea des heures durant sur la radio de bord.

Il fallait qu'ils puissent voler quelles que soient les conditions atmosphériques... Les séances d'entraînement duraient parfois quatorze heures d'affilée. Cassie et Billy Nolan formaient une équipe formidable. Fin mars, ils étaient à même d'exécuter des cascades qui leur auraient valu le premier prix de n'importe quel championnat de voltige.

Desmond déposait Cassie à l'aéroport à quatre heures du matin, repassait la chercher à six heures du soir. De retour à la maison, elle prenait un bain, après quoi ils partageaient une légère collation. Ensuite, Desmond s'enfermait dans son bureau, les bras chargés d'une pile de documents : notes, plans de la traversée, demandes de visas, envois, par bateau, de carburant à chaque escale. Il étudiait aussi différents contrats d'exclusivité avec divers magazines et maisons d'édition.

Cassie était priée de parcourir un tas de revues d'aviation, de s'intéresser à la météo du monde entier. Elle s'exécutait à contrecœur... Après une journée harassante, elle aurait voulu se détendre, dîner en ville ou aller au cinéma. Sur ce point, Desmond demeurait inflexible. Ils ne sortaient que pour se rendre à des réceptions officielles.

— Ne peut-on pas oublier un instant le tour ? se plaignit-elle un soir.

Son époux lui avait remis une épaisse documentation concernant l'itinéraire qu'elle devait suivre.

— Pas maintenant. Tu t'amuseras l'hiver prochain, à moins que nous ne projetions un nouveau record. Allez, au travail !

— Mon Dieu, je ne fais que ça, geignit-elle.

Desmond lui jeta un regard désapprobateur.

— Tu veux finir comme le *Star of the Pleiades ?*

C'était le nom de l'avion d'Amelia Earhart... Un nom qu'il citait de plus en plus souvent, ces derniers temps... Excédée, Cassie s'empara des documents, avant de s'enfermer dans sa chambre dont elle claqua furieusement la porte.

Plus tard, elle s'excusa. Comme toujours, son Pygmalion fit montre de compréhension.

— Je voudrais que tu sois parfaitement préparée, ma chérie, de manière à t'éviter toute mésaventure.

Tous deux savaient, cependant, que le voyage comportait des impondérables. Que, comme tous les aviateurs, Cassie et son copilote seraient à la merci d'un ouragan, ou d'une panne. Mais leur sécurité constituait le souci majeur de Desmond.

Pat ne cachait plus son admiration devant l'ampleur des préparatifs. Son gendre était une sorte de génie de la publicité, doublé d'un excellent attaché de presse.

En guise de récompense, Desmond offrit à sa femme un week-end à San Francisco. En arrivant, elle découvrit qu'il avait organisé deux conférences de presse... En mai, la campagne publicitaire battait son plein. Articles, interviews, apparitions publiques... Escortée de Billy, Cassie dut se plier à toutes sortes de contraintes. On ne pouvait ouvrir la radio sans entendre parler d'elle. L'entraînement se poursuivait à un rythme infernal... Et elle voyait de moins en moins son mari, qui passait plusieurs soirées par semaine à son club.

Vers la fin du mois de mai, elle était à bout de nerfs. Elle mourait d'envie de voir ses parents. Il consentit à lui accorder un week-end. Cassie en profiterait pour fêter son anniversaire en famille... sans Desmond. Le jour de son départ, il lui offrit un bracelet incrusté de saphirs de la plus pure eau.

— Nous célébrerons ton anniversaire ensemble l'année prochaine, promit-il.

Elle ne répondit rien. Soudain, Desmond lui faisait l'effet d'un étranger. En sa présence, il arborait un air absent. Seul le tour du Pacifique semblait lui tenir à cœur.

C'était ridicule, à la fin ! Elle allait avoir vingt-deux ans, elle était belle, riche, célèbre. Elle était l'épouse d'un des hommes les plus fortunés de la planète. Des milliers de femmes rêvaient d'être à sa place. Pourtant, elle ressentait un manque, une sorte de vide que rien ne pouvait combler... Son existence se résumait à quinze heures de travail par jour. Le reste du temps, elle dédiait des sourires figés aux photographes. Parfois, elle se demandait si elle était encore vivante... D'une certaine manière, Desmond la traitait comme une machine. Une espèce de robot conçu pour piloter. Le conte de fées avait cédé le pas à une discipline de fer.

— Je n'en peux plus ! confia-t-elle à Billy, sur le chemin de l'Illinois. J'en suis venue à détester les avions.

— Tu te sentiras mieux quand nous serons à l'œuvre. En attendant, essaie de te détendre.

Cinq semaines les séparaient de la fameuse traversée.

L'attente du grand départ avait exacerbé la nervosité de Cassie. Mais d'autres soucis s'y ajoutaient. Elle était mariée depuis trois mois et demi et se sentait de plus en plus éloignée de Desmond. Ses nuits se déroulaient dans une solitude éprouvante. La nostalgie de leurs brûlantes étreintes la tourmentait. Naturellement, elle n'en parla pas à Billy. Durant le vol, ils énumérèrent les conférences de presse que Desmond avait annoncées aux journalistes. Une à Los Angeles. L'autre à New York. Cassie en avait refusé une troisième à Chicago.

— C'est épuisant ! gémit-elle à l'adresse de son compagnon de voyage.

— Ça vaut sûrement le coup, répondit sagement Billy.

— Espérons-le.

Il lui jeta un regard à la dérobée. Depuis quelque temps, il la trouvait tendue, fatiguée, sans entrain. Presque terne. Qu'est-ce qui la rongeait ? s'interrogea-t-il. Sans doute la pression constante à laquelle elle était soumise... Et ces essaims de journalistes qui la suivaient à la trace... Son mari ne faisait rien pour la protéger de leurs indiscrétions. Au contraire, il avait l'air de trouver cela à son goût.

— Tu te sens bien, Cass ? demanda-t-il peu après.

Elle était comme une jeune sœur pour lui. Ils passaient le plus clair de leur temps ensemble et formaient l'équipe la plus unie de l'histoire de l'aviation. Jamais de dispute ni de différend, pas même une objection. L'harmonie. Tout concordait pour que leur futur exploit soit couronné de succès.

— Mm... je vais bien... euh... mieux, corrigea-t-elle. Je suis contente de retourner à la maison.

Il hocha la tête. Lui aussi avait fait un saut chez son père, à San Francisco, où il avait été accueilli comme le fils prodigue. M. Nolan ne cachait pas sa fierté... Il en allait de même pour la famille de Cassie. Actuellement, elle avait besoin de les voir. De se sentir entourée par les siens... Exactement comme Billy avait eu envie de retrouver son père.

— As-tu jamais eu des nouvelles de Nick ? demanda-t-il d'un ton égal.

L'appareil fendait un voile transparent de nuages.

— Non, aucune. Il a choisi la liberté. Je suppose qu'il doit être content.

— Est-il au courant ? s'enquit Billy.

Il regrettait que les choses aient mal tourné entre eux. Nick était un type épatant, qui adorait Cassie, Billy l'avait senti dès l'instant où il les avait vus ensemble... Et ils formaient un couple si uni. Comme s'ils s'appartenaient l'un l'autre.

— Au sujet de Desmond, tu veux dire ? Non. Je ne lui ai pas envoyé de faire-part. Mais peut-être l'a-t-il appris par les journaux… Oui, il doit le savoir. Il écrit à papa, de temps en temps.

Elle n'avait jamais posé aucune question à Pat, évitant un sujet encore trop douloureux. Tandis qu'ils survolaient les hautes plaines du Kansas, elle s'efforça de chasser Nick de ses pensées.

Naturellement, ils étaient là ! De bonne heure, ils avaient pris d'assaut l'aéroport O'Malley et, les yeux rivés au ciel, ils guettaient l'apparition de l'avion. Le lointain grondement d'un moteur galvanisa la foule bigarrée des reporters… Ils se ruèrent sur la piste. Le son du moteur devint plus dense… Enfin, comme surgi de nulle part, l'appareil se matérialisa entre les nuages. Lorsqu'il se posa, la foule tel un fleuve déchaîné, s'élança vers Cassie, qui venait de mettre pied à terre.

Elle se comporta exactement comme Desmond l'exigeait : souriant, lançant des baisers, présentant aux objectifs son meilleur profil. Insatiables, les journalistes voulurent qu'elle pose avec Billy, puis avec Pat, qui était sorti de son bureau. Elle s'exécuta de bonne grâce, et poussa un soupir de soulagement lorsque, enfin, elle et Billy se retrouvèrent dans la camionnette familière de son père, en route vers la maison.

— Tu te sens bien, papa ?

Son père avait mauvaise mine, elle l'avait tout de suite remarqué. Il devait couver une grippe, et il travaillait bien trop dur pour un homme de son âge. Ayant perdu Nick, Bill, et Chris, il avait dû faire confiance à un personnel que seul le salaire appâtait et aux fluctuations des pilotes de passage.

— Je vais bien, répondit-il d'un ton incertain.

Il lança à sa fille un coup d'œil anxieux.

Oona avait été d'avis d'annoncer la nouvelle à Cassie au téléphone. Il n'avait pas voulu. Et maintenant, il fallait bien qu'elle le sache… Pat n'avait rien dit à Nick non plus. Curieusement, aucun des employés n'avait parlé.

— En es-tu sûr ? s'enquit Cassie, ayant perçu l'hésitation de son père.

— Nick est ici, souffla-t-il d'une seule traite, les yeux fixés sur la route poussiéreuse.

— Vraiment ? Où loge-t-il ?

— Dans son ancienne baraque. Il passera sûrement à la maison. Je me suis dit qu'il valait mieux te prévenir.

— Sait-il que je suis là, moi aussi ?

— Pas encore. Il est arrivé hier soir. Il restera quelques jours. Je n'ai pas eu le temps de lui dire.

Billy s'éclaircit la gorge et Cassie se cantonna dans un silence circonspect, n'osant demander à son père si Nick savait qu'elle était mariée. Le trajet s'effectua sans un mot de plus. Quelques minutes plus tard, elle se précipitait dans les bras de sa mère qui les attendait sous le porche. Billy transporta leurs bagages à l'intérieur. Pat lui avait donné la chambre de Chris. Les affaires de ce dernier étaient encore dans l'armoire. Ses livres étaient alignés sur les rayonnages, ainsi que ses maquettes, ses cahiers, son compas. Des larmes piquaient les yeux de Cassie chaque fois qu'elle pénétrait dans cette pièce, transformée en sanctuaire à la mémoire de Chris… Pendant que Billy s'installait, elle reprit possession de son ancienne chambre de jeune fille.

Oona avait préparé un repas chaud, composé de plats simples, les préférés de Cassie : poulet pané, accompagné d'une onctueuse purée de pommes de terre.

— Mmmm, je serais devenue grasse comme une caille si j'habitais encore ici, murmura Cassie qui se régalait.

— Tu es maigre comme un clou ! s'alarma Oona.

— Parce que nous n'arrêtons pas de travailler, madame O'Malley, expliqua Billy. Nos vols d'essai durent bien une quinzaine d'heures par jour. Histoire de s'habituer aux longues distances. En plus, nous sommes tenus de tout vérifier, de tout tester, de tout prévoir avant juillet.

— Ah, tant mieux, c'est ce qu'il faut, soupira Pat. La sécurité est la première des priorités, mes enfants.

Oona se préparait à servir sa fameuse tarte aux pommes nappée de glace à la vanille, quand des pas retentirent sur le sol de la véranda. Le cœur de Cassie cessa de battre et elle baissa les yeux sur son assiette. Néanmoins, elle se força à le regarder quand il franchit le seuil. Elle ne voulait pas le voir mais elle savait qu'elle ne pourrait l'éviter.

Il était plus séduisant que jamais. Le hâle de son visage mince et ses cheveux noirs faisaient paraître ses yeux plus clairs encore que dans son souvenir. Elle se sentit rougir. Autour d'elle, personne ne souffla mot.

— Désolé d'interrompre une réunion de famille, s'excusa-t-il maladroitement.

La tension dans la pièce était presque palpable. Nick, mal à l'aise, se tourna vers Billy.

— Salut, petit. Comment ça va ?

Billy s'était levé, la mine épanouie.

— Tout va pour le mieux. Et toi, Stick ?

— Pas trop mal… (Son regard s'était tourné vers Cassie et ne la quittait plus.) Hello, Cass, dit-il tranquillement. Tu as une mine resplendissante. Je suppose que tu es en plein préparatifs pour la traversée.

La dernière fois qu'il avait regardé les actualités au cinéma remontait à cinq mois. Il y avait peu de contacts entre Hornchurch et le monde extérieur. Durant toute l'année, les combats aériens avaient fait rage. Il avait passé pratiquement toutes ses journées dans les airs, quand il n'aidait pas les pompiers à sortir les blessés des décombres de leurs maisons bombardées.

Oona lui offrit une part de dessert. Il prit place autour de la table, avec la nette impression d'être de trop. Peut-être son imagination lui jouait-elle de sales tours… Il bavarda un moment avec Pat et Billy. Cassie ne disait rien et, peu après, elle s'éclipsa dans la cuisine, sous prétexte d'aider sa mère. Quand elle revint, elle ne toucha pas à sa part de tarte. Pat avait compris ce qui lui avait subitement coupé l'appétit, tout comme Billy. De son côté, Nick ne comprenait rien à ce qui se passait.

Il alluma une cigarette, avant de se lever en s'étirant. Il avait maigri, ce qui le rajeunissait.

— On va faire un tour ? proposa-t-il.

Il avait parlé d'un ton uni, bien qu'il se sentît terriblement tendu. Visiblement, Cassie n'était plus la même. Autant tirer les choses au clair sans plus attendre. Nick ne l'avait pas revue depuis la mort de Chris, presque un an plus tôt. L'espace d'une seconde, il crut qu'elle et Billy… Mais non ! Le jeune homme l'avait accueilli avec chaleur, comme d'habitude. Le hasard avait voulu qu'il retournât dans l'Illinois en même temps qu'elle... Le hasard faisait bien les choses, s'était-il dit en la voyant. Il mourait d'envie de l'embrasser mais elle gardait ses distances, ce qui s'expliquait parfaitement. Il l'avait laissée sans nouvelles, exprès, fidèle à la promesse qu'il s'était faite.

— Quelque chose ne va pas, Cassie ? questionna-t-il.

Ils étaient sortis, avaient marché en silence jusqu'à la petite rivière bruissante qui marquait la limite de la propriété des O'Malley. Elle n'avait pas dit un mot pendant tout le trajet.

— Non, pourquoi ?

Elle avait beau détourner les yeux, inéluctablement son regard revenait vers Nick. En dépit du temps écoulé, de son mariage avec Desmond, de ses efforts, à la seconde où elle l'avait revu, elle avait su, sans le moindre doute, que son amour pour lui n'était pas éteint... Qu'il ne le serait jamais... Elle l'aimait aussi passionnément qu'au premier jour. Mais elle résisterait à son attirance pour lui de toutes ses forces. Il était hors de question qu'elle trahisse son mari.

— Qu'y a-t-il, poussin ? Tu peux tout me dire, tu sais. Après tout, nous sommes de vieux amis.

Ils s'étaient assis sur le tronc d'un arbre couché. Nick lui avait pris la main. Et en baissant les yeux, il le vit : l'anneau d'or qui brillait au doigt de Cassie. Elle ne portait plus que rarement sa fabuleuse bague de fiançailles, mais ce simple anneau voulait tout dire. Nick avait pâli, comme s'il venait de recevoir une gifle. Puis il la regarda droit dans les yeux.

— Es-tu *mariée* ?

— Oui, répondit-elle, écrasée par un étrange sentiment de faute… Depuis trois mois. Je te l'aurais dit si tu m'avais écrit. Mais tu ne l'as jamais fait. De toute façon, je n'aurais pas su comment te l'annoncer.

Des larmes ruisselèrent sur ses joues.

— Qui ? Billy ? s'enquit-il d'une voix étouffée, en faisant un terrible effort pour ne pas perdre son sang-froid.

Ça devait être Billy Nolan. Ils avaient le même âge, s'entendaient parfaitement. Nick avait toujours pensé qu'ils étaient faits l'un pour l'autre… Il n'avait simplement pas prévu que, mis devant le fait accompli, il en ressentirait une douleur aussi insupportable… si vive qu'il en eut les larmes aux yeux.

— Mais non, bien sûr que non, fit-elle dans un rire qui sonnait faux, le regard perdu. Desmond.

Un silence interminable envahit l'air tiède de la nuit. Nick laissa échapper un cri rauque comme un grognement de bête blessée.

— Desmond *Williams* ?

Comme s'ils connaissaient des centaines de Desmond ! Interloqué, il la vit acquiescer de la tête.

— Pour l'amour du ciel, Cassie, comment as-tu pu commettre une bêtise pareille ? Ne t'ai-je pas prévenue ? Pourquoi diable crois-tu que cet individu t'a épousée ?

— Pour la bonne raison qu'il en avait envie. Il a besoin de moi. Et il m'aime à sa manière.

Elle en doutait, à présent, mais aurait préféré mourir foudroyée plutôt que de l'avouer.

— Il a besoin d'un pilote entouré d'une équipe

de journalistes et tu le sais… Je parie que ta photo passe plus souvent dans les revues que celle de Garbo.

— Quoi de plus normal ? La date du départ approche à grands pas.

— Je te croyais plus lucide ! Ton cher et tendre époux n'est qu'un charlatan qui brasse du vent, cela saute aux yeux. Il va te presser comme un citron, jusqu'à la dernière goutte. Sa publicité et sa fichue compagnie d'aviation passent avant tout le reste. Il a un porte-monnaie à la place du cœur et une machine à calculer en guise de cerveau… Ose me dire que tu l'aimes !

— Oui, je l'aime, répondit-elle en réprimant un frisson. Et lui aussi m'aime. Il pense à moi tout le temps. Il fait tout pour que le tour du Pacifique soit une réussite.

— Ah oui ? ricana-t-il. J'espère qu'il n'a pas oublié de prévoir des cameramen en tenue d'hommes-grenouilles et des appareils-photo résistant à l'eau ! Voyons, Cassie, ne sois pas stupide ! Je parie que votre mariage n'a été qu'une vaste campagne publicitaire… Je n'ai pas eu la chance de regarder les actualités, mais je t'imagine parfaitement lançant ton bouquet vers les caméras.

— Et alors ? Oh, et puis zut !

Il était plus proche de la vérité que s'il avait figuré parmi les invités… Desmond accordait effectivement une énorme importance à la presse ; à leur image de marque, aux avantages que le tour du Pacifique leur apporterait. Mais il ne l'avait pas épousée par intérêt, elle en était convaincue. Furieuse, elle regarda Nick d'un air outragé.

— Épargne-moi tes critiques, s'il te plaît ! Tu

n'as pas de leçons à me donner. Tu n'as pas voulu m'épouser, tu ne m'as pas écrit une seule fois, tu as tout fait pour t'en aller sans me laisser le moindre espoir. Tu me l'as tant et si bien répété que j'ai fini par te croire. Tu as choisi ta vie. J'ai choisi la mienne.

— Faux ! rétorqua-t-il perfidement. Tu es trop romantique. Attends que ce fameux tour soit terminé et qu'il n'ait plus besoin de toi pour commercialiser ses productions. Il n'aura aucun scrupule à te laisser tomber comme une vieille chaussette ! Ou alors, il t'ignorera complètement.

Elle le dévisagea, livide, interloquée. Comment pouvait-il se montrer aussi vil ? aussi méchant ? aussi odieux ? Il se trompait. Sa jalousie féroce avait déformé sa vision du monde. La colère le faisait divaguer.

— Il paraît que ton mari a une bonne demi-douzaine de maîtresses, Cassie, reprit-il. Tu ne t'en es pas encore aperçue ?

— C'est ridicule ! Et d'abord, comment le sais-tu ?

— Les rumeurs circulent. L'habit ne fait pas le moine, méfie-toi.

Il se tut un instant pour reprendre son souffle. Bon sang ! il n'avait pas voulu l'épouser pour ne pas lui gâcher sa vie. Pas pour la livrer à un requin comme Williams.

— Ouvre les yeux, Cass, poursuivit-il. Ton Desmond n'est qu'un salaud. Tu sers ses ambitions et rien d'autre. Votre union est un simulacre destiné à la presse.

C'en était trop. Ils se tenaient l'un en face de l'autre, se toisant dans la faible clarté des étoiles.

Cassie leva la main d'un geste machinal, mécanique. Elle allait l'abattre sur la joue de Nick, mais il fut plus rapide. Il lui saisit le poignet pour le replier dans son dos, l'attira à lui et l'embrassa avec une force proche de la violence. Effarée, elle sentit ses lèvres s'entrouvrir sous son baiser. Ses sens échappaient à son contrôle. Pendant un temps infini, ils restèrent enlacés, accrochés l'un à l'autre. Ce fut Cassie qui le repoussa la première. Des larmes ruisselaient sur ses joues blêmes… Elle se détesta. Et en même temps, des doutes, trop longtemps refoulés, refirent surface avec force. Elle avait accepté d'épouser Desmond dans un élan de sincérité. S'était-elle trompée ?

— Cassie, je t'aime, murmura Nick dans ses cheveux, en la serrant de nouveau contre lui. Je t'ai toujours adorée. Je t'aimerai jusqu'à la fin de mes jours. Je n'ai pas voulu ruiner ton existence… Mais je ne pouvais pas imaginer que tu tomberais dans les filets de Desmond… Je n'aurais pas réagi aussi mal si tu avais épousé Billy.

Elle eut un rire amer… Était-elle amoureuse de deux hommes en même temps ? Cela se pouvait-il ? Lequel, aimait-elle réellement ? Elle ne pensait qu'à l'un et elle avait épousé l'autre.

— Billy est comme un frère.

— Et *l'autre* ? Que représente-t-il pour toi ?

— Nick, je t'en supplie, ne me tourmente plus… Desmond est un homme bien. Tout ce qu'il a entrepris pour la traversée, il l'a fait pour moi… Je lui ai accordé ma main en pensant que c'était une bonne solution… Je ne sais pas si j'ai fait une erreur. Seigneur, je ne sais plus où j'en suis.

— Annule ce voyage. Demande le divorce !

359

Une onde de pure panique l'avait soudain envahi. Il était prêt à tout faire pour la sauver des griffes de cet homme, même à l'épouser. Car elle était en danger, il en était intimement convaincu.

— Je ne peux pas, Nick. Ce serait injuste vis-à-vis de Desmond. Il m'a épousée en toute bonne foi. Je lui dois tout. Il s'est trop investi dans cette affaire, comment pourrais-je le lâcher ?

— Tu n'es pas prête à entreprendre un aussi long voyage.

Mais elle l'était. Il le savait.

— Si, je suis prête.

— Tu ne l'aimes pas !

Elle le regarda avec tristesse. Pourquoi l'avait-elle écouté ? Pourquoi ne l'avait-elle pas attendu ? Oh, à quoi bon se poser toutes ces questions ?

— Je ne suis pas amoureuse de lui. Je ne l'ai jamais été. Il le savait. Je le lui ai dit et il l'a accepté… Mais je le respecte. Je le chéris. J'apprécie sa gentillesse. Je n'aurais jamais le courage de le laisser tomber maintenant.

— Et après ? Resteras-tu toute ta vie avec lui ?

— Je n'en sais rien. Il n'y a pas de solution miracle.

— Il y en aurait si tu le voulais, s'entêta-t-il.

— Je t'ai dit la même chose il y a deux ans. Tu n'as pas voulu m'écouter.

— Parfois les choses sont plus compliquées qu'elles n'en ont l'air. Nous avons chacun une part de responsabilité.

— Je l'ai épousé pour le meilleur et pour le pire, Nick, malgré mes sentiments à ton égard. Je ne peux pas l'abandonner uniquement parce que tu me le demandes.

360

— D'accord… d'accord… C'est lui qui t'aban-
donnera un jour. N'oublie pas, poussin. A ses yeux,
la pub passe avant tout. Tu verras.

— Peut-être. Mais pour le moment, je dois me
montrer digne de sa confiance. Je n'ai pas l'intention de revenir sur ma parole, ni de le trahir. Il est
mon mari.

Il la regarda un long moment, frémissant sous le
poids de ses paroles.

— Tu es une gentille fille, Cass. Ce type a de la
chance. Je suppose que tout est ma faute. J'ai été
trop stupide… Quel effet ça te fait d'être mariée à
l'un des hommes les plus riches du globe ?

— Le même que si j'étais mariée avec toi. Vous
êtes tous les deux des enfants gâtés, chacun à sa
manière. Sans doute tous les hommes sont-ils des
enfants gâtés, riches ou pauvres.

Elle n'avait pas perdu son humour.

— Touché ! J'aurais voulu me réjouir de ta
bonne fortune, Cass, mais c'est impossible.

— Essaie. Nous n'avons pas d'autre choix.

Il finit par hocher la tête. Cassie était quelqu'un
d'honnête. Une fois de plus, il réalisa son erreur.
Hélas ! on ne pouvait remonter le temps. Pat avait
eu raison. Il avait rendu à Cassie sa liberté… Mais
de là à ce qu'elle unisse sa destinée à celle de Desmond… Il l'avait immédiatement haï, dès leur première rencontre. Il exploitait Cassie, Nick en était
persuadé. Elle était trop jeune et innocente pour
s'en rendre compte. Alors que lui, à quarante ans,
avait l'impression de lire les pensées de Desmond
Williams comme la manchette du *New York Times*.
Et Dieu sait si Nick Galvin détestait les manchettes
des journaux !

Ils avaient repris le chemin de la maison, sous la pâle lueur de la lune. Devant le porche, Cassie lui souhaita une bonne nuit, avant de disparaître à l'intérieur. Nick aperçut Pat assis sur la véranda.

— Tu me surveilles, champion ? dit-il avec un sourire las, en se laissant tomber sur le fauteuil voisin.

— Tout juste. J'ai déjà mis Cassie en garde, il y a quelques mois. Je ne lui permettrai pas d'oublier qu'elle est mariée.

— Elle ne le fera pas, n'aie crainte. C'est une fille honnête. Et moi, un vieux fou. Tu avais raison, Pat.

— Oui, malheureusement. (Pat adressa un sourire complice à son vieil ami, ce garçon qu'il avait pris sous son aile protectrice un quart de siècle plus tôt.) Elle t'aime encore, tu sais. Cela se voit comme le nez au milieu de la figure. Est-elle heureuse avec lui ? ajouta-t-il sur le ton de la confidence.

— Je ne crois pas. Elle s'est mis dans la tête qu'elle lui doit tout.

— Elle lui doit beaucoup, en effet.

— Et si elle est blessée ? objecta Nick, n'osant prononcer le mot « tuée ». Que lui devrons-nous, alors, au grand Williams ?

— Elle a accepté de prendre le risque. Cassie sait ce qu'elle veut. Elle connaît ses limites. Elle est sûre de tout, sauf de ses sentiments vis-à-vis de toi.

— Moi aussi. Je l'aurais épousée ce soir, si je m'étais écouté. Dommage qu'elle ne soit pas veuve… Je n'ai pas arrêté de me dire que j'étais trop vieux pour elle mais, bon sang, son nabab a presque le même âge que moi !

— Il y a trente-deux ans, j'ai failli ne pas épouser Oona. Et tu sais pourquoi ? Parce que je me disais qu'elle était « trop bien » pour moi. Je me suis confié à ma mère qui m'a répondu que j'étais trop bête. Elle m'a conseillé de lui passer rapidement la bague au doigt. Remarque, je ne m'étais pas trompé. Elle *est* trop bien pour moi, mais jusqu'à ce jour je n'ai jamais regretté notre mariage.

Nick opina de la tête. C'était trop tard pour lui. A moins que l'avenir ne lui donne raison au sujet de Williams. Mais qui pouvait présumer de l'avenir ?... Ils restèrent un moment à discuter sur la véranda. Pat semblait un peu essoufflé. Sa respiration difficile fit froncer les sourcils à Nick.

— Qu'est-ce que tu as, champion ? Tu ne te sens pas bien ?

— Bah, rien de grave. Une vieille toux. Peut-être que je couve une grippe. J'ai pris quelques kilos grâce aux bons petits plats d'Oona. On ne rajeunit pas, hein ?

— Prends soin de toi.

— Parle pour toi, fit Pat en riant. A force de tirer sur des Boches à longueur de journée, il t'arrivera sûrement un pépin.

Peu après, Nick se leva.

— Bonne nuit. A demain.

Il prit la direction de sa cabane, seul dans la nuit.

Et plus tard, étendu sur son lit familier, il laissa ses pensées voguer vers Cassie. *Mariée !* Il n'arrivait pas encore à le croire. Non, il n'arrivait pas encore à s'habituer à l'idée qu'elle appartenait à quelqu'un d'autre à présent… Ce délicieux petit visage… la douce petite fille qu'il avait adorée n'était plus à lui et ne le serait probablement jamais… Mme Desmond Williams… Lorsque, abruti de fatigue, il sombra dans un sommeil agité, des larmes roulèrent sur ses joues et trempèrent son oreiller.

17

Le week-end ne fut pas de tout repos... Cassie
déploya tous ses efforts pour éviter un tête-à-tête
avec Nick, mais ils ne cessèrent de se croiser par
hasard, que ce soit à la maison, à l'aéroport et
même au supermarché de Good Hope où elle était
allée faire des emplettes pour sa mère. Nick
essayait de garder ses distances, pour ne pas succomber à sa passion pour elle. Et pourtant, comme
poussés par une force invisible, ils se retrouvèrent
blottis l'un contre l'autre. C'était la nuit du vingt-
deuxième anniversaire de Cassie, qu'ils fêtèrent en
famille. Au fil de la soirée, ils se sentirent irrésisti-
blement attirés l'un par l'autre. Tous deux savaient
qu'ils vivaient leur dernière nuit (le lendemain
matin, Cassie repartait pour Los Angeles) et cela
ne faisait qu'attiser la peur de ne plus jamais se
revoir... Plus tard, dans la pénombre de la véranda,
il lui vola un long baiser voluptueux.

Cassie tenta de le repousser.

— Non, Nick, il ne faut pas. J'ai donné ma
parole à papa. Je ne peux pas tromper Desmond.

Elle ne voulait pas d'un scandale. Les environs
étaient pleins de reporters en quête de scoop, qui
l'avaient suivie toute la journée dans les ruelles

pittoresques de Good Hope. Desmond aurait été furieux de voir Nick sur une photo.

— Je sais, Cassie… je sais.

Il faisait sombre sur la véranda. Un silence paisible les enveloppait. Les parents de Cassie s'étaient retirés dans leur chambre une heure plus tôt, feignant de ne pas remarquer que Nick était resté. C'était les dernières heures qu'ils passaient ensemble… Des heures que la nuit égrenait lentement, comme pour leur permettre de goûter la magie de l'instant présent.

— Es-tu prête pour le tour ? En es-tu sûre ? D'après Billy, votre avion est un vrai tank.

— Oui, les moteurs sont lourds. Mais je sais le manier.

— Et votre itinéraire ? Il est sans danger ?

— Absolument. Desmond y a travaillé nuit et jour.

Il lui dédia un sourire malicieux, presque inattendu.

— Tu dois bien t'amuser, alors ! Petite folle ! A l'heure qu'il est, tu devrais vendre des oignons dans l'épicerie de Bobby Strong. A la place, tu as épousé le plus beau parti du pays… Décidément, tu ne peux rien faire comme tout le monde.

Elle rit à sa plaisanterie, et il l'imita. Il fallait bien en rire, pour éviter d'en pleurer. Leurs retrouvailles les avaient confortés dans ce qu'ils savaient déjà. Ils étaient follement épris l'un de l'autre, d'un amour éternel et fatal auquel il était impossible d'échapper. Cassie réalisa soudain que son attirance pour Nick était demeurée intacte comme au premier jour. Ils faisaient partie l'un de l'autre, pourquoi le nier ? Pis encore, le temps écoulé n'avait fait qu'exacerber leur désir. Et à cette certitude absolue s'ajoutait l'angoisse de ne pas trahir Desmond.

L'un comme l'autre avaient conscience de vivre une situation extrême. La dernière nuit avant de se séparer de nouveau, peut-être pour toujours. Il allait regagner l'Angleterre dévastée par la guerre. Elle allait entamer le tour du Pacifique. Mais une sensation de paix étrange les avait envahis, balayant les anciens griefs. Ils allaient devoir poursuivre l'existence qu'ils s'étaient eux-mêmes bâtie. Et subir les conséquences de leur orgueil.

— Oh, Cassie, qu'allons-nous devenir ?

Sur le ciel, la pleine lune effaçait les lueurs tremblotantes des étoiles. C'était une nuit tiède, claire, une nuit romantique et parfaite. Leur histoire s'était fourvoyée dans une impasse. Tous deux se languissaient de leurs séances d'entraînement secrètes, sur le terrain désaffecté de Prairie City. Ils auraient pu, alors, s'aimer sans obstacles. Mais la vie en avait décidé autrement, à moins qu'ils ne fussent entièrement responsables de leurs destinées. Un soupir gonfla la poitrine de Cassie. En dépit de sa loyauté vis-à-vis de Desmond, elle n'aimerait jamais qu'un seul homme : Nick Elle s'était menti à elle-même en en épousant un autre, car c'était Nick son seul amour, elle en avait eu une conscience aiguë, dès qu'elle l'avait revu.

— Je serais volontiers partie en Angleterre avec toi, répondit-elle tristement.

— Excellente idée… Il n'y a pas encore de femmes dans l'escadrille, mais les Anglais ont l'esprit large.

367

— Eh bien, j'aurais été la première femme pilote de la RAF.

Le survol du Pacifique était son salut. Elle n'aurait pas le temps de penser à Nick, tout en étant loin de Desmond.

— J'ai eu tort de m'engager, dit-il.

Ce n'était pas le moment de perdre courage. Elle avait entendu maintes histoires du même genre. Des pilotes qui s'étaient fait tuer parce qu'ils avaient perdu l'espoir de retrouver une fiancée, une épouse, un être cher.

— Trop tard ! railla-t-elle. Tu auras plutôt intérêt à surveiller tes réflexes aux commandes.

— Ah ! Ah ! Et toi donc !

L'entreprise périlleuse qu'elle s'apprêtait à effectuer était devenue pour Nick une perpétuelle source de soucis. Afin de ne pas commencer une discussion qu'il savait inutile, il lui proposa une promenade. Ils quittèrent la maison endormie. Leurs pas les menèrent à l'aéroport.

Sans réfléchir davantage, ils se dirigèrent vers le hangar où se trouvait le vieux Jenny.

— On fait un tour ? proposa-t-il, hésitant, craignant qu'elle ne l'envoie sur les roses. Mais elle dit :

— Oui, bonne idée.

Sans un mot de plus, ils poussèrent l'antique appareil sur la piste, procédèrent machinalement aux vérifications d'usage. Peu après, ils glissèrent dans le ciel profond, dans le clair de lune éclatant, accompagnés de la toux familière du moteur. Ils avaient tant de fois, par le passé, effectué ces gestes, mais cette fois-ci, c'était différent. Ils regagnaient leur univers secret, peuplé de rêves et d'étoiles, là où personne ne pourrait les atteindre.

Les rayons de lune ricochaient sur la vieille piste déserte comme sur un miroir. Nick s'y posa, avant d'éteindre la machine… Il aida Cassie à mettre pied à terre. Alentour, la campagne était figée comme dans quelque songe mystérieux. Hors de l'espace et du temps. Ils se dirigèrent vers l'orme qui, tant de fois, avait été le témoin de leurs conversations insouciantes… Sauf que le temps avait passé. Il se sentait plus mûr, plus sage et plus triste à la fois… Chris n'était plus… Et Cassie ne serait jamais à lui.

Ici-même, ils avaient échangé leur premier baiser. A l'ombre des frondaisons bruissantes, il lui avait dit qu'il l'aimait et lui avait appris en même temps qu'il allait partir à la guerre.

— Parfois, j'ai envie de remonter les aiguilles des horloges, pas toi ? demanda-t-elle dans un murmure.

— Qu'est-ce que ça changerait ?

— Je t'aurais persuadé de rester. J'ai cru que je ne t'intéressais pas parce que, alors, je n'étais qu'une gamine.

— Et moi j'ai cru que ton père m'enverrait en prison pour détournement de mineure.

Bizarre, ce sentiment d'échec cuisant ! A présent, il savait que Pat aurait réagi d'une tout autre manière… Et toujours cette sensation d'être passé à côté de quelque chose de fabuleux… Elle était mariée à quelqu'un d'autre et il l'avait bien cherché !

Cassie sourit.

— Tu t'es complètement mépris sur les intentions de papa. Aujourd'hui, par contre, il n'hésiterait pas à te faire arrêter. Il ne serait pas content de nous savoir seuls, ici... Et encore...

Les années avaient adouci le caractère irascible de Pat. Il était au courant de leur amour. Il avait compris quantité de choses et ses conseils avaient plus d'une fois réconforté Cassie.

Ils étaient arrivés sous l'arbre. Nick ôta son blouson de cuir pour l'étaler sur l'herbe grasse, puis fit asseoir Cassie. Il se laissa tomber près d'elle et la prit dans ses bras. Un baiser ardent les unit... Tous deux savaient pourquoi ils étaient là. Ils étaient adultes. Ils n'avaient nul besoin d'autorisation ni de mensonges. Pas ce soir. Ce soir, ils se forgeraient un souvenir inoubliable, qu'ils emporteraient dans leur cœur, tel un joyau précieux, à jamais.

— Je ne veux pas commettre une bêtise, chuchota-t-il, la sentant blottie contre lui, frémissante.

Il éprouvait la même inquiétude que lorsqu'il allait partir pour la première fois en Angleterre. Il avait, alors, tenu à la préserver. Alors que cette fois-ci, étrangement, il souhaitait presque qu'elle attende un enfant de lui. Peut-être déciderait-elle alors de quitter Desmond.

Elle formula mentalement le même souhait, alors qu'il l'étreignait de ses bras puissants... Puis leur désir triompha de leurs vœux et de leurs craintes. L'avenir n'existait plus, seul le présent comptait. Un présent éblouissant, fabuleux. Ils basculèrent avec fièvre dans l'herbe moelleuse, en se débarrassant hâtivement de leurs vêtements. La peau satinée de Cassie se mit à chatoyer sous le clair de lune. Leurs baisers enflammèrent leurs sens, leurs corps soudés vibrant au rythme de leur passion. C'était une nuit qui resterait gravée à jamais dans leur mémoire, une nuit grâce à laquelle ils pourraient continuer à vivre séparés... Le plaisir les surprit dans un éblouissement et avec une force incroyable.

— Cassie... je t'aime tant..., murmura-t-il tendrement, en la tenant enlacée, et en se disant qu'elle était plus belle que dans ses rêves. Je me suis comporté comme un imbécile.

— Moi aussi...

En fait, cela n'avait plus d'importance. Seule la présence de Nick comptait. Son corps dur et musclé. Ses bras câlins. Elle ne demandait rien de plus.

— Peut-être qu'un jour nous deviendrons intelligents, dit-il avec un sourire.

Il en doutait. La situation était inextricable. Mais ils avaient cette nuit... Ils restèrent longtemps allongés côte à côte. Ils refirent l'amour peu avant l'aube. Ils avaient somnolé, puis s'étaient réveillés dans les bras l'un de l'autre. Leur désir avait resurgi, intact, dans le petit matin. Il ne faisait pas encore jour, mais les ténèbres s'imprégnaient d'une douce langueur annonçant sa venue ; le ciel se teintait d'un léger ruban rose pâle. A travers les brumes bleutées, le soleil radieux incendia l'horizon. De nacrée, la peau de Cassie vira à l'or. Ils demeurèrent étendus sur l'herbe, avec un goût d'éternité sur les lèvres.

Lorsqu'ils regagnèrent l'aéroport, des lueurs mauves et orangées striaient le ciel serein. Ils garèrent le Jenny dans le hangar. Cassie regarda Nick, avec un sourire apaisé. Elle ne regrettait rien. Le destin, qui les avait séparés, les avait brièvement réunis de nouveau.

— Je t'aime, Nick.

— Je t'aimerai toujours.

Ils empruntèrent le chemin de la maison, main dans la main. Enfin, ils s'appartenaient l'un l'autre. Et ce nouveau lien, rien ne pourrait jamais le détruire.

La demeure était encore silencieuse. Ils profitèrent des derniers moments qui leur restaient pour s'embrasser, encore et encore. Nick plongea les doigts dans la magnifique chevelure rousse de Cassie, en s'efforçant de bannir l'image de Desmond Williams de son esprit... Aucun remords n'était venu les tourmenter. Chacun avait puisé chez l'autre la force qui leur permettrait de surmonter leur prochaine et inéluctable séparation.

— Je te verrai avant mon départ, promit-elle dans un soupir, en l'embrassant avec une douce fièvre.

— Je ne peux pas te laisser partir, mon amour.

— Je sais. Mais il le faut.

Le choix ne se posait plus. Il défit l'étau de ses bras et la regarda se glisser à l'intérieur de la maison, les yeux brûlants.

Nick n'avait pas quitté ses pensées. Après avoir pris une douche, Cassie prit place à table où sa mère avait disposé un copieux petit déjeuner. Elle remarqua que son père avait du mal à respirer. Pat continuait à prétendre qu'il se sentait bien. Cassie promit à sa mère d'appeler plus souvent, de venir les voir, si elle le pouvait, avant le tour du Pacifique. Desmond ne manquerait pas de s'y opposer, mais elle saurait sans doute le convaincre. La pâleur de Pat l'inquiétait.

Nick se trouvait au bureau lorsqu'ils arrivèrent à l'aéroport. Son regard croisa celui de Cassie un long moment, après quoi il quitta les lieux en compagnie de Billy. Le souvenir de leur nuit magique submergea Cassie ; elle crut sentir à nouveau sur sa peau frémissante les caresses de Nick, l'exquise volupté qu'ils avaient partagée. La flamme de leur amour brûlerait à jamais au fond de leur cœur.

— Soyez prudents, tous les deux, les admonesta Nick, un peu plus tard, faisant de nouveau allusion à la traversée. Veille sur elle, petit.

Il serra la main de Billy, tandis que Cassie vérifiait l'appareil. L'heure du départ avait sonné. Elle embrassa son père. Il était temps de dire au revoir à Nick. Leurs regards se soudèrent, leurs mains se frôlèrent un instant. Il l'attira dans ses bras pour poser un léger baiser sur ses lèvres, devant les autres.

— Fais attention, ma chérie, souffla-t-il tout contre ses cheveux flamboyants. Sois prudente pendant ce satané tour.

— Je t'aime, répliqua-t-elle à mi-voix, les yeux emplis de larmes. Donne-moi de tes nouvelles.

Leurs traits reflétaient le même désespoir. Un ultime serrement de main, avant qu'elle n'aille s'installer au poste de pilotage.

Son père et Nick se tenaient encore sur la piste quand l'étincelant appareil de la compagnie Williams prit son envol. Une fois dans les airs, Cassie les salua en faisant clignoter ses feux de position… Pat avait regagné son bureau depuis un moment, mais Nick continuait de fixer le ciel vide. Son esprit reproduisait inlassablement les images envoûtantes de la nuit passée. La douceur de Cassie. Sa peau soyeuse et comme lumineuse sous ses doigts. Ses yeux inoubliables, où se reflétaient en alternance le chagrin et la volupté. Pour la première fois, il eut hâte de repartir. Rester ici sans Cassie était au-dessus de ses forces.

Le vol à destination de Los Angeles se déroulait dans le plus complet silence. Oona leur avait préparé un thermos de café et du poulet frit, mais ni Cassie ni son compagnon n'avaient faim. Deux heures passèrent avant que Billy ne rompe le silence.

— Eh bien ?

— Je suis contente de l'avoir vu. Au moins il sait, maintenant.

Elle hésitait entre l'espoir et l'accablement. Elle éprouvait une lassitude qu'elle ne parvenait pas à s'expliquer. Les instants passés auprès de Nick ne rendaient son retour vers Desmond que plus pénible.

— Comment a-t-il pris la chose ?

— Au début, il a été furieux... Il m'a presque injuriée. Il prétend que Desmond m'a épousée à seule fin de faire connaître le tour au public.

— Mais toi, qu'en penses-tu ?

Elle n'en savait rien, en fait.

— C'est dur pour Nick d'admettre que Desmond t'aime vraiment, conclut Billy d'une voix raisonnable.

Oui, sans doute. Et pourtant son mari l'aimait-il ? Sa froideur à son égard, son obsession de la traversée, tout plaidait en faveur des suppositions de Nick. Mais à quoi bon ruminer des idées noires ?

Ce qui comptait, c'était qu'elle soit loyale à l'égard de Desmond. Qu'elle se consacre entièrement à leur but commun.

Les paroles de Nick à propos des prétendues maîtresses de son époux lui revinrent à l'esprit. Elle se refusait à y croire. Desmond se vouait corps et âme à ses affaires. D'ailleurs, c'était là que résidait leur problème... Nick Galvin mis à part. Mais elle avait décidé de respecter les règles du jeu. D'empêcher le doute de s'insinuer dans son mariage.

Hélas ! dès qu'elle eut regagné Los Angeles, l'attitude de Desmond ne fit que confirmer les dires de Nick. Il n'ouvrait la bouche que pour donner aux journalistes de plus amples précisions sur le fameux tour du Pacifique. Il n'eut même pas l'idée de s'enquérir de ses beaux-parents. Son souci constant d'alimenter de détails de toutes sortes la presse à sensation raviva les soupçons de Cassie, qui finit par contester la nécessité de tant d'interviews.

— De quoi te plains-tu exactement ? fulmina Desmond, un soir vers minuit.

Douze heures d'entraînement par jour, suivies de plusieurs heures d'entretiens avec les techniciens, avaient épuisé Cassie. Elle avait les nerfs à bout, s'irritait de tout, ne pouvait plus lutter contre une fatigue insurmontable.

— J'en ai par-dessus la tête de tomber sur des photographes chaque fois que je mets le nez dehors... Ils sont partout... Je t'en prie, Desmond, débarrasse-m'en.

— C'est donc ça ? glapit-il. Mais qu'est-ce qui te gêne ? D'être le plus grand nom de l'aviation ?

D'avoir figuré deux fois dans l'année sur la couverture de *Life* ? Quel est donc ton problème ?

— Je suis à bout de forces. Et j'en ai assez d'être montrée comme un singe savant dans un cirque.

Il la fusilla d'un regard noir, hors de lui. Visiblement, Desmond n'avait pas l'habitude d'être contrarié. Après une âpre dispute, il prit ses affaires et alla se réfugier dans la chambre d'ami. Il y resta toute la semaine, sous prétexte qu'il n'avait pas le temps de réemménager dans la chambre conjugale. Il la punissait, tout simplement, parce qu'elle avait osé lui tenir tête. Elle se plia à ce nouveau caprice sans un mot. Elle aussi avait besoin de faire le point.

Quelques jours plus tard, il vint s'excuser. La tension l'avait rendu irritable, dit-il. Pour la énième fois, il expliqua à Cassie que la publicité constituait leur meilleur atout… Il n'avait pas tort, convint-elle finalement… Entreprendre le tour du Pacifique sans le faire savoir n'aurait pas eu de sens.

De nouveau, elle conclut que Nick s'était trompé. Desmond prenait simplement son rôle d'attaché de presse trop à cœur… Toutefois, un autre soupçon s'immisçait sournoisement dans ce semblant de paix retrouvée. Voilà des mois qu'il ne l'avait pas touchée. Des mois qu'ils n'avaient pas partagé un moment de tendresse. Il ne vivait que pour le tour, dont la date approchait. L'amour qu'il lui avait témoigné durant leur lune de miel semblait bel et bien terminé et Cassie se sentait envahie par un désarroi indéfinissable. Elle aurait bien voulu se confier à quelqu'un mais ne savait à qui. Nancy Firestone, qui n'avait plus rien de l'amie chaleureuse d'autrefois, aurait scrupule à écouter les doléances de l'épouse de son patron. Restait Billy... Mais Billy était un homme. La pudeur naturelle de Cassie l'exhortait à se taire.

De sa vie, elle ne s'était sentie aussi seule. Le cours de l'Histoire s'était arrêté, la terre s'était figée sur son axe, seuls les préparatifs de son futur exploit se poursuivaient à une allure hallucinante. Une semaine avant le grand départ, tout était prêt. Maintenant, les reporters faisaient partie intégrante du décor et ne la laissaient pas seule un instant, relatant fidèlement ses faits et gestes. A plusieurs reprises, elle apparut aux actualités. Elle avait l'impression d'être transformée en automate ; en une espèce de poupée sachant saluer de la main, un sourire figé sur les lèvres. Elle n'avait plus de mari, plus de vie privée, plus aucun divertissement. Son existence se résumait en d'interminables vols d'essai avec Billy et en poses devant une armada de photographes.

A mesure que le jour J approchait, ingénieurs et techniciens devenaient de plus en plus nerveux. Cassie avait du mal à s'endormir... Il ne restait plus que cinq jours avant le départ de l'expédition, quand le coup de fil arriva... Elle était en piste. Quelqu'un vint lui dire que sa sœur Glynnis la demandait au téléphone. Cassie courut vers les bureaux de la compagnie.

— Allô, Glynn ? Que se passe-t-il ?

— C'est papa...

La voix de sa sœur se brisa ; Cassie se sentit glacée jusqu'à la moelle.

— Il a eu un infarctus ce matin, reprit Glynnis,

en larmes. Il a été hospitalisé à la Pitié. Maman est à son chevet.

Oh, non, non, mon Dieu, non ! Pas son père !

— Va-t-il s'en sortir ? demanda Cassie.

— Ils ne savent pas encore.

— Bon, j'arrive dès que je peux. Ce soir. Le temps de prévenir Desmond et de sauter dans le premier avion.

Il n'y avait pas eu une ombre d'hésitation dans sa voix.

— Mais tu pourras ? s'alarma Glynnis à l'autre bout du fil. (Au début, les médecins avaient décrété que Pat n'en avait plus pour longtemps, mais il avait survécu aux premières heures critiques). Quand commences-tu le tour du Pacifique ?

— Pas avant cinq jours. J'ai tout mon temps, Glynn. J'arrive. Je t'aime... Dis à papa que je l'aime aussi... Dis-lui de m'attendre... de ne pas nous quitter... s'il te plaît...

Elle sanglotait.

— Je t'aime aussi, mon bébé, répondit sa sœur aînée. A plus tard. Sois prudente.

— Et à maman... dis-lui que je l'aime aussi.

Toutes deux pleuraient à chaudes larmes quand Cassie raccrocha. Elle se précipita à la rencontre de Billy, folle d'angoisse, afin de le mettre au courant de la situation, et, sans hésiter, il offrit de l'accompagner. Ils étaient devenus inséparables. Six mois d'entraînement intensif avaient consolidé leur complicité à tel point que, parfois, il leur arrivait de communiquer par la pensée.

— Rendez-vous dans une heure sur la piste de décollage. Remplis le réservoir du Phaeton. Je vais voir Desmond.

Desmond comprendrait. Il savait combien elle tenait à son père. D'un pas rapide, elle se hâta vers le bureau directorial. A sa surprise, son époux ne fit pas preuve de sa compréhension coutumière.

— Tu n'iras nulle part, décréta-t-il d'un ton sec. Il te reste cinq jours d'entraînement, plusieurs séances de briefing, deux conférences de presse. Et nous devons faire le point sur l'itinéraire final, compte tenu des prévisions météorologiques.

— Je reviendrai dans deux jours, répliqua-t-elle calmement.

— Il n'en est pas question ! hurla-t-il, tandis que Mlle Fitzpatrick s'éclipsait discrètement.

— Desmond, mon père vient d'avoir une attaque. On ignore s'il survivra.

Il n'avait pas dû saisir le caractère dramatique de la situation. Or, il avait parfaitement compris.

— Cassie, soyons clairs. Tu n'iras pas, point final. Tu restes ici, c'est un *ordre*.

On aurait dit un caporal-chef commandant à ses troupes. Ridicule ! Il était son mari et il la traitait comme une subalterne. Cassie le fixa d'un œil dur.

— Mon père est à l'article de la mort. Je rentre à la maison, que cela te plaise ou non.

— Contre ma volonté et certainement pas dans un de mes avions, rétorqua-t-il d'une voix glaciale.

— Je suis prête à te voler un appareil, s'il le faut. Et ne me parle pas sur ce ton. Tu dois être fatigué. Ou malade. Qu'est-ce qui t'arrive, Desmond ?

Ses yeux pleins de larmes scrutèrent le visage impassible de son mari. Celui-ci ne broncha pas. Seule comptait la traversée du Pacifique. Plus que la vie de Pat O'Malley… Mais quel genre d'homme avait-elle épousé ?

— As-tu seulement une vague idée de ce que me coûte cette fantaisie ? explosa-t-il. Te rends-tu seulement compte ?

— Oui, bien sûr. Je me suis suffisamment investie dans le projet. Mais c'est de mon père qu'il s'agit… Je serai de retour après-demain. Je te le promets.

Elle s'était efforcée de rester calme. Tous deux étaient tendus comme des cordes.

— Non, tu n'iras pas.

La colère empourpra les pommettes de Cassie, qui se mit à trembler de tous ses membres.

— Tu n'as pas le choix, Desmond. J'irai. Et Billy viendra avec moi.

— Je ne le permettrai pas.

Elle le regarda et, comme à travers un voile qui se déchire, elle le vit tel qu'il était en réalité. Impitoyable. Cruel. Sans merci. Un bloc de glace.

— Que comptes-tu faire ? Nous licencier tous les deux ? Nous remplacer, peut-être ?

— Nul n'est irremplaçable, ma belle. Écoute-moi bien, Cass. Si tu n'es pas de retour dans quarante-huit heures, je demanderai le divorce et entamerai contre toi des poursuites pour rupture de contrat. Est-ce clair ?

Elle le considéra, bouche bée. Le gentil, le distingué, l'attentif Desmond avait cédé la place à un monstre de froideur… Nick avait raison, finalement. Seul le tour l'intéressait. Cassie, ses sentiments, le fait que son père se mourait passaient au deuxième plan. Elle s'avança vers lui et appuya ses paumes sur le bureau d'acajou.

— Je ferai la traversée. Parce que je le veux. Et à mon retour, j'exigerai une explication.

Il ne se donna pas la peine de répondre, tandis qu'elle lui tournait le dos, mais il la suivit d'un regard méprisant. A ses yeux, elle était devenue un obstacle à son rêve le plus cher. Un rêve auquel il tenait plus qu'à leur mariage.

Elle ne dit rien à Billy, qui l'attendait sur le tarmac. Le visage fermé, elle grimpa dans le poste de pilotage. En prenant les commandes, elle s'efforça de ne pas penser à Pat sur son lit d'hôpital… ni aux menaces à peine déguisées de Desmond. Le Phaeton s'éleva dans l'éther translucide et vira sur l'aile, afin de mettre le cap sur l'Illinois.

— Qu'est-ce qu'il a dit ? questionna Billy au bout d'un moment.

— Qui ça, Desmond ? Eh bien, il divorcera si je n'assure pas la traversée. De plus, il me poursuivra en justice pour rupture de contrat.

Il fallut une minute à Billy pour encaisser l'information.

— Non, c'est vrai ? Il plaisantait.

— Je ne l'ai jamais vu plus sérieux. Si nous annulons le voyage, il aura notre peau. Du moins, la mienne. Apparemment, il n'y a plus que la traversée qui compte. Eh oui, Billy, c'est ça, les affaires. Les gros sous, les gros investissements, les grands enjeux… L'échec est durement sanctionné, qu'est-ce que tu crois ? Il serait capable de réclamer des dommages et intérêts à nos familles si nous nous écrasions dans son superbe avion, ajouta-t-elle, sarcastique.

— Voyons, Cassie ! Tu es sa femme.

— Non, apparemment. Juste une employée… Je

lui ai promis de rentrer dans deux jours. Nous nous mettrons dans un drôle de pétrin si jamais nous ne tenons pas parole.

Elle lui sourit. Elle lui était reconnaissante d'être là, à son côté. Billy Nolan était à présent son seul ami.

— Nous rentrerons à temps. L'état de ton père s'améliorera.

Lorsqu'ils arrivèrent à l'hôpital de la Pitié, Pat semblait à l'agonie… Un prêtre venait de lui donner l'extrême-onction, trois religieuses et une infirmière se tenaient près du lit étroit qu'entouraient ses enfants et petits-enfants. Oona pleurait doucement.

Cassie commença par envoyer les enfants dans le parc, avec Billy et l'un de ses beaux-frères. Elle serra sa mère dans ses bras, parla à voix basse à chacune de ses sœurs. Un râle filtrait entre les lèvres blanches du patient. Il n'avait pas repris conscience. Le médecin, qui fit une courte apparition, ne trouva aucun changement à l'état du malade. Cassie le prit à part. Il secoua lentement la tête. Patrick O'Malley avait peu de chances de s'en sortir, d'après lui.

Cassie retourna dans la chambre, hébétée. Seulement un mois plus tôt, son père dirigeait tambour battant son aéroport. Il n'avait pas l'air en grande forme, c'est vrai, elle l'avait remarqué. Mais il avait obstinément refusé d'aller voir un médecin, malgré l'insistance d'Oona… Cassie, sa mère et ses trois sœurs restèrent toute la nuit près de Pat. Le matin, il n'y avait toujours aucune amélioration. Ce ne fut que tard l'après-midi qu'il ouvrit un œil fatigué. Il adressa un petit sourire contrit à Oona, premier et fugace signe d'espoir. Deux heures se passèrent avant qu'il ne rouvre les paupières. Cette fois-ci, il pressa la main de Cassie en murmurant qu'il l'aimait.

Elle resta auprès de lui, en proie aux milliers de souvenirs d'une enfance révolue à jamais.

— Docteur, est-ce qu'il va s'en tirer ?

Le praticien eut un haussement d'épaules. Il était encore trop tôt pour le dire. Une nouvelle nuit blanche s'écoula entre les murs de l'hôpital, et le lendemain, alors que les religieuses montaient une garde silencieuse avec Oona et ses filles, en égrenant leurs rosaires, l'état de Pat se stabilisa et le médecin se montra plus optimiste.

— M. O'Malley va s'en remettre. A condition de passer deux mois de repos complet, après quoi il aura un cœur neuf... Et à condition aussi d'arrêter de fumer, de couper son whisky à l'eau, de ne pas abuser de graisses, de sucres, et de l'excellente glace à la vanille de Mme O'Malley.

De sa vie, Cassie ne s'était sentie aussi soulagée.

Les filles de Pat sortirent dans le couloir, laissant à leur mère le soin d'apprendre au malade qu'il serait privé de son dessert favori.

— Qui va diriger l'aéroport ? demanda Megan.

Ces derniers temps, Pat manquait d'assistants. Depuis que Nick, Cassie et Billy l'avaient quitté, tout le poids de la gestion lui incombait, ce qui avait sans doute contribué à aggraver son état.

— Tu connais quelqu'un ? fit Cassie à mi-voix, à l'adresse de Billy.

Depuis deux jours, le jeune homme n'avait pas quitté l'hôpital. Chris ne se serait pas comporté autrement. Billy faisait partie de la famille, à présent… Il secoua la tête. Non, il ne connaissait personne. Beaucoup de jeunes pilotes avaient suivi l'exemple de Nick et s'étaient portés volontaires.

— Je ne vois pas qui…

Ils étaient attendus à Los Angeles cette nuit. Le tour du Pacifique commençait dans trois jours. Comme s'il avait deviné les pensées de Cassie, le garçon s'interrompit. Leurs regards se croisèrent.

— Cass, tu n'y penses pas…

— Si, justement.

Un grand pas en avant, songea-t-elle en même temps. Surtout après les menaces que Desmond avait proférées. Oui, un pas immense, peut-être même définitif. Mais le seul qui s'imposait… Si le richissime et aristocratique M. Williams voulait divorcer pour une sordide histoire de contrat, libre à lui ! Cassie se devait de soutenir son père.

Son regard bleu clair vira au bleu profond, alors qu'il sondait celui de son ami.

— Tu n'es pas obligé de rester, Billy. Rentre, si tu préfères ne pas subir les foudres du grand homme.

— Je n'irai pas sans toi.

— Peut-être cherchera-t-il quelqu'un d'autre.

Billy n'en croyait pas un mot. Après le gigantesque battage médiatique autour du nom de Cassie, personne ne réussirait, en trois jours, à s'attirer les faveurs du public. Elle jouait sur du velours, mais était trop naïve pour s'en rendre compte.

— Qu'est-ce que tu vas faire ? s'enquit-il, inquiet malgré tout. Mais il connaissait déjà la réponse.

— Je vais téléphoner à Desmond et lui dire

d'ajourner le voyage. S'il n'est pas d'accord, qu'il l'annule, cela m'est égal. Il faut deux mois, trois tout au plus, avant que papa soit sur pied. En attendant, je le remplacerai à l'aéroport.

— Je reste aussi. Dans dix minutes, nous serons probablement chômeurs, sourit Billy.

Il était prêt à perdre, par loyauté, un emploi du tonnerre. Pour Cassie, c'était plus grave. Il y allait de son mariage... En son for intérieur, elle accordait encore à Desmond le bénéfice du doute. La tension constante, l'énervement, la fatigue devaient avoir eu raison de son flegme légendaire. En tout cas, il n'avait pas donné signe de vie depuis deux jours. Pas le moindre coup de fil à la maison ou à l'hôpital. Ou il boudait dans son coin ou... mais elle allait en avoir le cœur net. Cinq minutes plus tard, elle appela son mari du standard des urgences. Mlle Fitzpatrick décrocha dès la première sonnerie.

— Ah, c'est vous, dit-elle d'une voix blanche. Je vous le passe, madame Williams.

L'instant suivant, il prenait le combiné. Cassie avala sa salive. Elle allait devoir s'expliquer dans un hall d'hôpital, mais tant pis. Le plus vite serait le mieux.

— Où es-tu ? furent les premiers mots de Desmond.

— A l'hôpital de Good Hope. Avec mon père.

Elle attendit en vain qu'il prenne des nouvelles de son beau-père.

— Desmond, je suis désolée de t'annoncer ça, mais...

— Cassie, je n'ai nullement l'intention d'écouter tes salades, coupa-t-il d'un ton glacial. Rappelle-toi ce que je t'ai dit avant-hier.

Elle aspira une goulée d'air au relent de désinfectant. A l'autre bout de la ligne se tenait l'homme qu'elle avait épousé quatre mois et demi plus tôt... et qui correspondait, trait pour trait, au portrait que Nick avait brossé de lui.

— Je m'en souviens parfaitement, cria-t-elle, afin de couvrir la friture de la communication. Comme je me souviens que nous sommes mariés... Détail que tu sembles avoir oublié. Il y a dans la vie des choses plus importantes que les traversées et les tours du monde. Je suis un être humain, et j'ai une famille. Mon père était aux portes de la mort il y a deux jours. Je ne l'abandonnerai pas. Je te demande de retarder le départ. Deux ou trois mois suffiraient. Je partirai en septembre ou en octobre... Le jour qui te conviendra le mieux. Pour le moment, je ne bouge pas. Mes parents ont besoin de moi. Je reste.

— Petite garce ! glapit-il... Sale petite garce ! Peu t'importe ce que cette traversée représente pour moi comme temps, comme argent, comme travail... Peu t'importe ce qu'elle représente pour tout le pays. Toi, tu ne songes qu'à ta petite vie lamentable auprès de ta famille minable, dans le petit aéroport paumé de ton père.

Elle demeura un instant interdite, comme si elle avait été piquée par un serpent. Les paroles venimeuses de Desmond mirent un certain temps à parvenir à son cerveau, puis elle tressaillit, comme sous l'effet d'une violente douleur physique.

— Je me fiche de tes considérations, mon vieux ! gronda-t-elle, sans plus penser au hall bondé de monde. Remets à plus tard le tour du Pacifique ou annule-le. C'est à toi de voir. Je participerai à toutes les traversées que tu voudras en automne. Pas dans trois jours, autant que tu le comprennes tout de suite. Je reste avec mon père.

— Et Billy ? écuma-t-il, suffocant de fureur.

— Billy reste ici. Avec moi, ma famille minable, dans notre petit aéroport paumé. Ah, j'oubliais… en automne, je ne volerai pas sans lui. Nous formons une équipe, c'est à prendre ou à laisser… Voilà ! Fais-moi connaître le fruit de tes réflexions. Tu sais où me joindre.

— Je ne te pardonnerai jamais ce que tu m'as fait, Cassie.

— Je n'en doute pas… Mais que t'ai-je fait exactement ? Pourquoi es-tu si furieux, alors que je suis d'accord pour accomplir la traversée plus tard ?

— Tout ce remue-ménage… Le report du voyage à une date ultérieure… rien que pour satisfaire un caprice puéril…

— Quel caprice ? J'aurais pu tomber malade moi-même. Je ne suis pas une machine… Tu n'as qu'à annoncer à la presse que je suis souffrante. Ou enceinte.

— Cassie, je n'apprécie que très moyennement ton humour.

— Oh, j'en suis navrée. Confidence pour confidence, je ne te trouve pas follement amusant non plus… Tu m'as déçue, Desmond. Enfin, j'attends ton coup de fil. Pendant les deux prochains mois, tu sais où me trouver : au petit aéroport minable, au fin fond de l'Illinois, tu vois duquel je veux parler.

Elle aurait voulu s'excuser. Dire qu'elle regrettait le report du voyage mais les mots ne sortaient pas. Son père avait toujours été là pour elle. A son tour, elle se tiendrait à son côté. Elle raccrocha rageusement. La vieille nonne, qui plantait consciencieusement ses fiches dans le standard, sourit à la jeune femme.

— Ne vous en faites pas, Cassie. L'Amérique vous aime. Vos admirateurs patienteront deux ou trois mois… Vous avez bien fait de rester au chevet de votre père, mon enfant. Que Dieu vous bénisse.

— Qu'est-ce qu'il a dit ? interrogea Billy, en voyant Cassie traverser le hall dans sa direction.

— Rien de précis encore. Je lui ai proposé de remettre le voyage à septembre ou octobre. Il m'a insultée. J'ai enchaîné en ajoutant que tu restais avec moi, et que je ne partirais pas sans toi. (Puis, alors que Billy laissait échapper un sifflement admiratif :) Maintenant, tu es libre de retourner là-bas, je comprendrai.

Du reste, elle venait de comprendre brutalement un tas de choses. Au sujet du voyage, de son mariage, de sa relation avec Desmond… Le dit et le non-dit… En raccrochant, elle savait que son union à M. Williams était finie. Elle n'avait plus aucune illusion à ce propos. Après quatre mois et demi, leur mariage n'existait plus que sur le papier.

Elle n'avait pas prévu que Desmond débarquerait à Good Hope le lendemain, entraînant dans son sillage une nuée de reporters, ainsi qu'une équipe des actualités cinématographiques. Devant les marches de l'hôpital de la Pitié, il fit une déclaration à la presse : des circonstances indépendantes de leur volonté les forçaient à ajourner le tour du Pacifique jusqu'en octobre. Son beau-père, expliqua-t-il, avait été hospitalisé dans un état critique. Cassie ne

388

pouvait le laisser. Elle dirigerait l'aéroport familial à sa place. La jeune aviatrice reprendrait l'entraînement en septembre, en compagnie de son excellent copilote, M. Billy Nolan.

Les propos de Nick se concrétisaient. Le patron de la compagnie Williams avait érigé la feinte en art de vivre. Il n'avait pas prévenu Cassie de son arrivée, mais l'avait demandée par l'intermédiaire du standard. Elle sortit en trombe, croyant le voir tout seul, et tomba en pleine conférence de presse. Les flashes crépitèrent de toutes parts, captant son petit visage ravagé, son air hagard. C'était exactement ce que Desmond avait escompté. Il voulait que toute l'Amérique soit submergée de compassion pour la pauvre petite aviatrice obligée de soigner son vieux papa malade... Il voulait que l'on partage ses souffrances, que l'on s'identifie suffisamment à elle pour lui pardonner ce fâcheux contretemps... Desmond, quant à lui, n'avait guère le sens du pardon. Il en voulait toujours à Cassie... Prise de court, assaillie par les sempiternelles questions des journalistes, celle-ci ne tarda pas à s'effondrer... C'était bien la première fois qu'on la voyait sangloter aux actualités... Cela convenait merveilleusement aux plans de Desmond.

Les photographes partis, il l'entraîna dans le parc de l'hôpital. Dans l'allée bordée de buissons, il lui fit un sermon sur ses futurs devoirs envers la compagnie.

Elle était censée reprendre l'entraînement dès le 1er septembre. Le 4 octobre, elle prendrait le départ. L'itinéraire avait toutefois subi quelques changements, compte tenu du temps. Le moindre écart entraînerait des poursuites judiciaires. Afin de s'assurer que Cassie ne se déroberait pas, Desmond avait apporté son nouveau contrat et celui de Billy. Il lui rappela assez sèchement qu'il profiterait de son bref séjour dans l'Illinois pour récupérer le Phaeton.

— C'est tout ? Tu pourrais aussi emporter mes habits, mes chaussures, tout ce que tu m'as payé. J'ai laissé ma bague de fiançailles dans le tiroir de ma commode, elle est à toi. Tiens, voilà mon alliance également.

Tout en parlant, elle avait retiré l'anneau d'une main tremblante et le lui avait tendu. Depuis quelques jours, son existence avait viré au cauchemar. Il la dévisagea sans l'ombre d'une émotion… Visiblement il ne ressentait rien, n'éprouvait rien, pas même vis-à-vis de la femme qui portait son nom.

— Je suggère que tu gardes ton alliance jusqu'à la fin du tour, déclara-t-il froidement. Après, nous aviserons.

— Notre mariage n'aura été qu'une manœuvre bien calculée, n'est-ce pas ? murmura-t-elle d'une voix blanche. Un coup de publicité destiné à mettre en valeur la traversée. Le nabab et la petite aviatrice chère au cœur des Américains. Mais pourquoi ? Bon sang ! pour quelle raison as-tu monté toutes ces manigances ? Et pourquoi cherches-tu maintenant à me punir ? Parce que j'ai osé ajourner le voyage ? Ce sont des choses qui arrivent. J'aurais pu tomber malade, me casser une jambe ou attendre un bébé.

— Sur ce dernier point, tu ne risques rien. Je ne peux pas avoir d'enfant.

Il s'était bien gardé de le lui dire. Il lui avait

390

laissé croire qu'ils auraient une famille plus tard, quand elle se sentirait prête. Il n'avait aucun scrupule à l'avouer maintenant. En fait, il se fichait éperdument de Cassie. Le masque de l'homme du monde était tombé, et le vrai visage de Desmond, ainsi dévoilé, faisait peur à voir... C'était celui, hideux, de l'égoïsme et de la duplicité. Depuis le début, il l'avait manipulée, abusée, dupée. Il lui avait joué la comédie de l'amour uniquement à des fins publicitaires.

— Qu'attends-tu de moi ? interrogea-t-elle d'une toute petite voix.

— Que tu voles... Que tu pilotes mes appareils... Que tu fasses la conquête du public. Le reste n'a pas d'importance.

— C'était important à mes yeux, souffla-t-elle, en larmes.

— Tu es trop jeune, Cassie. Un jour tu me seras reconnaissante.

— Tu n'avais pas besoin de m'épouser. De toute façon, j'étais d'accord pour le tour.

— Cela n'aurait pas eu le même impact sur le public.

Sa voix ne recelait pas le moindre remords. Il avait monté cette intrigue de toutes pièces. Il en avait tiré les ficelles depuis le début. Elle se demanda, angoissée, s'il avait jamais été simplement attiré par elle. Si même leur lune de miel n'obéissait pas à une habile mise en scène. Une sorte de romance écrite sur mesure.

— Tu n'as jamais pris le tour au sérieux, lui reprocha-t-il. La preuve en est que tu l'as ajourné. J'aurais probablement dû jeter mon dévolu sur

391

quelqu'un d'autre, mais tu correspondais tellement à l'image de la parfaite aviatrice.

— Dommage, dit-elle, avec sincérité.

— Il est trop tard pour changer nos plans. Nous sommes allés trop loin.

— En effet. Beaucoup trop loin.

Manifestement, il n'avait rien d'autre à lui dire. Rien d'autre à exprimer. Ni regrets, ni excuses, et pas un mot de réconfort. Il se contenta de répéter qu'il l'attendrait à Los Angeles le 1er septembre. Après quoi, elle et Billy apposèrent leur signature au bas des formulaires. Desmond se fit conduire à l'aéroport. Une heure plus tard, il était reparti. Une fois de plus, il avait obtenu ce qu'il souhaitait. La promesse solennelle d'accomplir la traversée, ainsi qu'un nouveau scoop publicitaire. La semaine suivante, tout le pays versa des larmes d'émotion sur la suite du feuilleton soigneusement orchestré par Desmond : Cassie, en pleurs, devant l'hôpital où son père se remettait lentement de l'infarctus qui l'avait terrassé. Son malheur ne la rendit que plus sympathique aux yeux de ses innombrables admirateurs. Et le tour du Pacifique acquit une dimension plus excitante encore.

Dès le lendemain, Pat fut submergé de gerbes de fleurs envoyées par des inconnus, de lettres, de cartes postales lui souhaitant un prompt rétablissement. Les fans de Cassie, bouleversés par la maladie de son père, avaient réagi exactement comme Desmond l'avait prévu. Une fois de plus, la presse fit une large part à l'événement. De Los Angeles, Desmond continuait d'alimenter les potins et, bientôt, nul n'ignora plus que Cassie travaillait dur à l'aéroport familial, alors que les ingénieurs apportaient les dernières touches à l'appareil qu'elle utiliserait en octobre.

Toutefois, un incident inattendu vint perturber les innombrables tests auxquels l'avion, conçu spécialement pour les longues distances, était soumis. Lors d'une vérification des souffleries, à l'Institut de la Technologie de Californie, début août, l'une des machines s'enflamma. Les dommages furent réparés, bien sûr, mais on put lire dans toutes les chroniques que l'ajournement du voyage avait été providentiel.

En parcourant le journal local, Billy émit un sifflement.

— J'aurais bien voulu t'y voir, railla Cassie. Essayer de repérer un terrain d'atterrissage en plein océan, avec un moteur en feu. Comment te serais-tu débrouillé, aviateur ?

— J'aurais avalé une chope de bière à notre santé, capitaine, après quoi je me serais comporté en héros.

En attendant, Cassie vivait l'été le plus pénible de toute son existence. La découverte de la vraie nature de Desmond avait mis fin à ses illusions. La certitude d'avoir été manipulée comme une marionnette avait blessé son amour-propre. Elle avait mûri… Nick était plus présent que jamais dans ses pensées. L'envie de lui écrire triompha finalement de ses réticences, mais elle passa sous silence ses différends avec Desmond. Elle se borna à évoquer la maladie de son père, le fait que la traversée avait été remise, puis ajouta d'une main tremblante et comme animée d'une vie qui lui était propre : « Je t'aime toujours. »

Elle songeait de plus en plus souvent à rejoindre

la Royal Air Force, après son tour du Pacifique… Plus tard, peut-être en novembre, elle pourrait gagner l'Angleterre afin de voir Nick. Ils n'avaient pas eu de ses nouvelles depuis deux mois, ce qui n'était pas inhabituel. S'il avait été blessé ou pire, l'administration aurait prévenu Pat. Les combats avaient transformé le ciel gris de la Manche en champ de bataille sanglant… Cassie ne manquait jamais de lire les comptes rendus des quotidiens concernant les innombrables fronts qui saignaient à blanc le vieux continent.

Elle évitait de penser à la traversée. A vrai dire, cela ne l'amusait plus. L'aventure à laquelle elle avait tant rêvé avait cédé la place à un parcours programmé à l'avance, un contrat qu'elle devait honorer… Ce n'était pas encore commencé, et déjà elle avait hâte d'en finir.

Son père fit des progrès rapides, voire spectaculaires. De retour à la maison, il se considéra comme guéri. Il avait perdu du poids, avait cessé de fumer, buvait avec modération. Il avait repris des forces… Vers la fin du mois d'août, il réapparut à l'aéroport où il trouva tout en ordre. Cassie et Billy avaient fait du beau travail. Il les félicita chaleureusement… Sa fille avait définitivement conquis son vieux cœur endurci. De tous ses enfants, c'était Cassie qui lui avait apporté le plus de satisfactions. C'était « une fille épatante », disait-il à qui voulait l'entendre. Le fait qu'elle ait remis sa traversée pour lui avait suscité son admiration et sa reconnaissance… Elle n'avait pas mentionné ses problèmes avec Desmond, mais Pat voyait bien que quelque chose la tracassait… La veille de son retour à Los Angeles, il osa enfin poser la question qui lui brûlait les lèvres.

— Je te trouve une mine soucieuse, mon chou. Est-ce le souvenir de Nick qui te tourmente ?

Dommage que ces deux-là ne se soient pas mariés, songea-t-il en même temps, avec mélancolie. En tout cas, Nick était assez grand pour prendre en main sa destinée… Pat avait à maintes reprises essayé de le raisonner, mais les jeunes n'en font qu'à leur tête… Sauf que Nick n'était plus tout jeune à présent. Il était même assez âgé pour avoir de la sagesse pour deux. Mais comme la plupart des hommes, il ne comprenait rien aux femmes.

— Tâche de l'oublier, Cassie. Tu es mariée maintenant.

Pas de réponse. Seulement un drôle de frémissement des cils, alors qu'elle baissait les épaules, comme sous le poids d'un fardeau invisible. Le vieil héros de la Grande Guerre fronça ses sourcils broussailleux.

— Tu m'as l'air de cacher quelque chose à ton père, Cassandra Maureen !

Elle sentit le rouge de la honte lui enflammer les joues. Au fond, elle s'en voulait de s'être méprise à ce point sur Desmond. Elle sentait peser sur elle le regard interrogateur de son père. Les mots jaillirent spontanément, et elle lui raconta chaque épisode de sa vie commune avec son mari. Pat l'écoutait, interloqué. Il avait l'impression de réentendre les mises en garde de Nick.

— Nick avait raison, papa, acheva-t-elle. Entièrement raison.

— Mais alors, que comptes-tu faire ? questionna Pat en se forçant à ne pas laisser éclater sa fureur.

S'il s'était écouté, il aurait étranglé avec plaisir le distingué M. Williams, qu'il tenait à présent pour le plus vil des imposteurs.

— Je n'en sais rien. Je suis liée par contrat à la compagnie, je suis forcée d'effectuer la traversée. Après, je suppose que nous divorcerons. (Elle poussa un profond soupir.) Desmond se débrouillera pour me mettre tous les torts sur le dos. Il a l'habitude de manipuler la presse à son avantage. C'est un calculateur. Et si mesquin, par moments !

— T'accordera-t-il une pension, au moins ?

— Rien de moins sûr... Il réglera mes honoraires... Il avait menacé de réduire la somme en raison du contretemps, mais il n'en a plus parlé. Comme s'il m'en faisait cadeau. Je ne veux rien de lui. Il m'a suffisamment écrasée avec sa légendaire générosité.

Après tout, il l'avait aidée à poursuivre sa carrière. C'était de bonne guerre.

— Oh, Cassie, je suis désolé... vraiment désolé...

Une note de détresse altérait la voix de Pat. D'un commun accord, ils décidèrent de ne pas en parler à Oona.

— Sois prudente pendant cette fichue expédition. Après, tu seras plus à même de décider de ton avenir.

— J'irais bien piloter des bombardiers en Angleterre, comme Jackie Cochran.

Cette dernière s'était engagée dans la RAF, prouvant que les femmes pouvaient manœuvrer des appareils lourds.

Pat leva des yeux effarés au plafond.

— Bon sang, gémit-il, tu ne peux pas rester en

place ? Tu me flanqueras un nouvel infarctus. Je maudis le jour où je t'ai emmenée faire un tour en avion. Si j'avais su ! Dis, Cassie, tu ne voudrais pas t'occuper de quelque chose de plus ordinaire comme… je ne sais pas moi… répondre au téléphone ou aider ta mère à préparer le dîner ?

Il plaisantait, bien sûr. Il savait qu'il y avait peu de chances que sa fille renonce à explorer le ciel.

— Prends soin de toi, la sermonna-t-il, juste avant qu'elle ne reparte. Ne quitte pas du regard le tableau de bord. Et ne t'efforce pas de dépasser tes limites. Suis ton instinct ; obéis à tes sens.

Elle avait un instinct infaillible, ne cessait-il de se répéter. Et elle pilotait comme un vieux routier du ciel.

Le lendemain vint trop vite. Ils avaient tous les larmes aux yeux, alors qu'ils s'embrassaient en se disant au revoir. Pat et un de ses pilotes déposèrent Cassie et Billy à Chicago d'où ils allaient gagner Los Angeles par un vol régulier.

Les hôtesses de l'air réservèrent un accueil enthousiaste aux deux jeunes et bouillants aviateurs. Peu à peu, l'excitation familière envahit Cassie. Elle se sentit prête à entreprendre ce pour quoi Desmond l'avait embauchée. Le tour du Pacifique : un rêve qui allait bientôt devenir réalité.

— Où logeras-tu à Newport Beach ? s'enquit Billy pendant le trajet.

— Je louerai probablement une chambre d'hôtel.

Desmond s'y opposerait, redoutant le scandale. Or, vivre sous le même toit s'avérait au-dessus de ses forces. Pas après ce qui s'était passé. Il ne lui avait pas téléphoné une fois durant les deux derniers mois. Les seules lettres qu'elle avait reçues signées par lui avaient été rédigées par ses avocats ou sa secrétaire.

— Tu peux rester chez moi, offrit Billy. Si un journaliste vient y fourrer son nez, nous prétexterons l'entraînement.

— Bonne idée.

Elle n'avait nulle part où aller.

Elle passa donc la nuit chez son coéquipier. Elle avait emporté dans son bagage quelques salopettes, combinaisons de travail, uniformes. Le lendemain, à l'aube, Billy la conduisit à l'aéroport dans sa vieille guimbarde…

— Dis-donc, s'esclaffa Cassie, pour un garçon qui a piloté des avions d'avant-garde, comment peux-tu te contenter de cette épave ?

— Très simple, sourit-il. J'y tiens comme à la prunelle de mes yeux. C'est une sorte de porte-bonheur.

L'entraînement reprit de plus belle. Lorsqu'ils se posèrent enfin sur la piste, l'obscurité était tombée. Plusieurs vols de nuit figuraient dans le programme, en alternance avec les vols de jour. Cassie ne vit Desmond que le surlendemain. En fait, elle le croisa par hasard, alors qu'elle se dirigeait vers le hangar. Il arborait une expression froide, distante, presque hostile. Néanmoins, il prit la peine de lui rappeler qu'elle devait répondre à une interview le jour même. Il voulut s'assurer qu'elle ne dirait rien de déplacé à la presse.

— Au fait, où habites-tu ? s'enquit-il incidemment.

Ayant subodoré qu'elle ne reviendrait pas chez lui, il avait rangé les affaires de Cassie dans des cartons qui, maintenant, s'alignaient dans l'un des hangars. Son seul souci était d'éviter toute rumeur. Rien ne l'effrayait plus que le scandale.

— Billy a bien voulu m'héberger.

Elle avait redressé le menton en un geste de dignité. Il remarqua qu'elle portait une de ses vieilles salopettes.

— Soyez discrets, fut sa réponse glaciale.

Les feuilles de chou ne se montreraient pas tendres, si le moindre doute sur ses rapports avec Billy surgissait.

— Ne t'inquiète pas. Personne ne s'en est rendu compte.

Elle avait été tentée de demander l'hospitalité à Nancy Firestone, puis s'était ravisée. Le lien qui les rapprochait autrefois semblait être définitivement rompu... Si elle avait dû s'installer à l'hôtel, ç'aurait été pire. La nouvelle se serait répandue à travers la ville comme une traînée de poudre. C'est encore une fois pour épargner à Desmond certains désagréments qu'elle avait opté pour le logement de Billy.

Comme par un fait exprès, elle tomba sur Nancy le jour même, peu après sa rencontre fortuite avec Desmond. Profitant d'une pause, Cassie se dirigeait vers la cafétéria, à la recherche de sandwiches... Nancy en sortait.

— Eh bien, le grand jour est pour bientôt, dit celle-ci, avec un sourire poli.

Tout le personnel de la compagnie Williams comptait les jours, les heures et les minutes.

— Oui, le compte à rebours a commencé. Comment va Jane ? Je ne l'ai pas vue depuis des lustres.

— Ma fille se porte comme un charme.

Les deux femmes se faisaient face. Cassie, l'air fatigué, Nancy, une expression singulière sur le visage. Comme si elle était en proie à une sombre hésitation… Comme si elle s'efforçait de refouler des mots qui ne demandaient qu'à jaillir. Leurs regards se croisèrent. Dans celui de l'attachée de presse brillait une lueur bizarre, nota Cassie. Mais peut-être se faisait-elle des idées.

— Nous pourrions dîner ensemble, un de ces soirs, suggéra-t-elle, en repensant avec nostalgie à leur ancienne amitié.

L'amitié qui avait pris fin à l'annonce de ses fiançailles avec Desmond. Nancy se contenta de lui lancer un coup d'œil dans lequel l'amusement se mêlait à l'incrédulité.

— Vous n'avez rien compris, Cass, n'est-ce pas ?

— Rien compris à quoi ?

— Vous vous êtes trompée sur son compte. Très peu de gens le connaissent vraiment.

L'allusion à Desmond fit tressaillir Cassie, qui se raidit. Après tout, il était encore son mari.

— Je ne comprends pas ce que vous voulez dire.

Ses yeux sondèrent ceux de l'autre femme. Elle réalisa tout à coup qu'il y avait, dans ces yeux-là, quelque chose qu'elle n'avait encore jamais décelé. Jalousie. Colère. Envie. Nancy était-elle amoureuse de Desmond ? Soudain, elle s'en voulut de sa propre naïveté.

— Le moment n'est guère propice pour parler de Desmond, déclara-t-elle calmement. A moins que vous ne préfériez avoir une discussion directement avec lui.

Le sourire de Nancy se fit dédaigneux.

— Oui, pourquoi pas ? J'ai tout de suite su qu'il ne resterait pas longtemps avec vous. Il vous a joué la comédie, à seule fin de jeter de la poudre aux yeux des journalistes. Dommage que vous ne vous en soyez pas aperçue.

D'où tenait-elle ces informations ? De Desmond lui-même ?

— Tout cela est un peu trop compliqué pour moi, j'en ai peur. Dans ma province, on se marie pour d'autres raisons.

— Oh, mais il était très attiré par vous. Vous auriez pu vous l'attacher, si vous aviez correctement joué tous vos atouts. Vous avez pourtant perdu la partie... Desmond n'aime pas s'amuser avec des gamines. Vous n'avez réussi qu'à l'ennuyer.

Cassie la dévisagea un moment ; les paroles vénéneuses de Nancy prirent un sens nouveau. Et douloureux. Ah, ils l'avaient bien dupée, tous les deux.

— Mais pas vous, hein, Nancy ? réussit-elle à articuler.

— Il semble que non... Disons que je joue mieux que vous, ma chère amie.

— Oui ? Mais de quel jeu s'agit-il ?

Cassie avait envie d'en savoir plus, à présent.

— Celui qui consiste à se conformer exactement à ce qu'il veut, comme il le veut, quand il le veut.

— Je comprends mieux les termes de votre contrat avec la compagnie. Je vois maintenant comment vous avez obtenu votre maison et une pension pour l'éducation de Jane... La fameuse générosité de Desmond.

Elle crut réentendre Nick. Le richissime M. Williams entretenait un peu partout des maîtresses, auxquelles, en échange, il pouvait faire appel à tout instant. Et c'est à Nancy qu'avait été dévolu le rôle du chaperon. Les pièces d'un puzzle monstrueux s'emboîtaient les unes dans les autres, révélant une image effrayante. Si l'histoire n'avait pas été aussi sordide, Cassie l'aurait presque trouvée drôle.

— Oui, il est très généreux avec moi, dit Nancy. Mais ne vous méprenez pas. Il ne m'épousera jamais. Il ne se montrera jamais en ma compagnie en public. Mais il sait que je suis là. Qu'il peut compter sur moi en toute circonstance, et cela me convient parfaitement.

Cassie se retint de la gifler.

— Était-il votre amant quand il m'a épousée ? interrogea-t-elle d'une voix étranglée.

— Évidemment. Où croyez-vous qu'il passait ses nuits lorsqu'il ne travaillait pas ? Pourquoi, à votre avis, ne dormait-il plus avec vous ? Pour ne pas vous induire davantage en erreur... Il est moins méchant qu'il n'en a l'air, vous savez. La traversée constituait son but. D'une certaine manière, Desmond est un puriste.

— Le salaud !

L'insulte lui avait échappé. Elle ne le regretta pas. Elle détestait Nancy, Desmond, leur petit jeu vicieux, leur mise en scène infâme. Ainsi, l'idée du tour du Pacifique avait prévalu depuis le début. Il s'était mis dans la peau du mari à seule fin d'augmenter son chiffre d'affaires. Rien d'étonnant à ce que Nancy lui témoigne une telle réserve après leur mariage. Elle avait dix ans de plus que Cassie et, malgré son élégance, était bien moins jolie.

— Vous n'avez pas eu peur qu'il tombe vraiment amoureux de moi, Nancy ?

Elle eut la satisfaction de voir blêmir sa rivale.

— Oh, non, répondit cette dernière. Nous en avons parlé. Vous n'êtes pas son genre.

— Eh bien, d'après ce que je sais maintenant, c'est plutôt un compliment… Mais vous n'êtes pas la seule, vous savez, ajouta Cassie, cédant à l'envie de décocher une ultime flèche à son adversaire. Notre homme possède un harem. Des personnes qui, comme vous, sont « sous contrat ».

Le coup porta, car un frisson parcourut Nancy. Sa vie, son confort, son bien-être, l'avenir de sa fille, tout dépendait du bon vouloir Desmond.

— Que voulez-vous dire ?

— Vous m'avez parfaitement comprise. Il existe d'autres… comment dire… esclaves, avec maisons, rentes, arrangements divers. Desmond ne saurait se satisfaire d'une seule femme.

Cassie fut récompensée par un regard de pure panique.

— C'est ridicule ! Qui vous a raconté ces balivernes ?

— Quelqu'un qui *sait*. Attention, Nancy, la compétition sera de plus en plus dure.

— Je ne vous crois pas.

— Moi non plus, je ne voulais rien croire. Voyez où cela m'a menée… J'ai été ravie de vous revoir. (Elle sourit.) Passez mon bonjour à Desmond, dit-elle en lui tournant le dos.

Elle n'avait plus faim. Nancy Firestone lui avait coupé l'appétit. Une vague nausée lui souleva l'estomac lorsqu'elle retrouva Billy dans le hangar.

— Où est mon dîner ? Je meurs de faim.

Ils avaient une réunion avec les ingénieurs de la compagnie dans moins d'une demi-heure.

— Je l'ai mangé, dit-elle d'une voix atone.

— Cassie ? Qu'est-ce qui ne va pas ? On dirait que tu viens de voir un fantôme... De mauvaises nouvelles de ton père ?

— Non, il va bien. J'ai parlé à maman au téléphone ce matin.

— Alors ? Que s'est-il passé ?

Les jambes de la jeune femme se dérobèrent, et elle se laissa tomber sur une chaise. Elle était blanche comme un linge. Après une brève hésitation, elle se confia à son ami. Elle lui raconta sa rencontre avec Nancy Firestone, leur conversation, tout.

— Quel saligaud ! s'insurgea Billy, en pinçant les lèvres. C'est facile de mener les gens en bateau. Il mériterait de tomber sur son *alter ego*.

— Cela doit lui arriver de temps en temps, murmura Cassie en pensant à Nancy. Oh, Billy, j'ai hâte de finir la traversée et de retourner à la maison. J'ai besoin de me retrouver.

Elle baissa la tête pendant un long moment. Semblables à des ombres chinoises, les souvenirs des derniers mois dansèrent devant ses yeux. Desmond s'enfermant dans son bureau, la laissant seule dans le vaste lit conjugal des nuits entières... Et dire qu'elle avait été si crédule. Fallait-il être idiote !

— Qu'allons-nous faire maintenant ? s'inquiéta Billy.

Il la savait capable de rendre son tablier sans plus se soucier du contrat. Il savait aussi que Cassie n'avait jamais failli à sa parole. Elle redressa la tête et un pâle sourire éclaira ses traits tirés.

— Nous tiendrons nos engagements, chevalier. Nous sommes ici pour ça. Quant au reste... le cadeau était trop beau pour être honnête.

En ce qui la concernait, le cadeau était empoisonné, mais personne, jamais, n'avait encore traité Cassie O'Malley de lâcheuse.

Les jours s'écoulaient à raison d'une conférence de presse par semaine. En présence des journalistes, Desmond Williams témoignait à son épouse une tendresse merveilleusement simulée. Cassie et Billy n'avaient pas une minute de détente. En faisant l'éloge de sa femme, Desmond ne manquait jamais de rappeler qu'elle avait passé l'été au chevet de son père.

— Comment va votre père, Cass ? lui demanda un reporter.

— Il est rétabli. J'en profite pour remercier tous ceux qui l'ont soutenu par leurs lettres. Il en a reçu des centaines... Maintenant, il vole à nouveau, ajouta-t-elle sans dissimuler sa fierté.

Sa déclaration déclencha une avalanche d'applaudissements. Les journalistes acceptaient tout, se dit-elle, écœurée. Comme ils acceptaient tout ce que Desmond leur racontait.

— Ça va ? lui demanda Billy à mi-voix, après une interview.

Desmond s'était montré particulièrement affectueux avec Cassie devant les photographes.

— Oui, ça va, mentit-elle.

La blessure que Desmond lui avait infligée ne cicatrisait pas. Elle se sentait trahie, atteinte dans son orgueil. Ses nuits étaient pleines de cauchemars affreux. Elle en était venue à exécrer l'hypocrisie d'une société que seule l'apparence captivait. Souvent, la nuit, Billy l'entendait pleurer dans la chambre voisine.

Elle ne revit pas Desmond avant la veille de la traversée. Après un ultime et épuisant rendez-vous avec la presse, elle avait dîné tranquillement avec Billy dans un restaurant mexicain. Lorsqu'ils retournèrent à la maison, Desmond les attendait, assis dans sa limousine. Billy s'éclipsa et les deux époux restèrent seuls.

— Je voulais te souhaiter bonne chance pour demain. Je serai sur la piste de décollage, bien sûr... Je regrette que nos plans n'aient pas marché.

Comme d'habitude, il s'efforçait de paraître magnanime. Cassie le regarda froidement dans le blanc des yeux.

— J'ignore quels étaient *tes* plans. Les miens consistaient en peu de choses : fonder un foyer, avoir des enfants.

Elle avait eu des désirs tout simples, alors qu'il rêvait d'exploits, d'une maîtresse, et d'une équipe de photographes.

— En ce cas, tu aurais dû épouser quelqu'un d'autre. Je cherchais une associée... Mais qu'est-ce que le mariage sinon une association, Cass ?

Une association fondée sur le mensonge, pensa-t-elle amèrement. Elle aurait tout accepté, y compris sa stérilité, s'il avait été honnête avec elle.

— Je ne crois pas que tu puisses avoir une opinion juste sur le mariage, Desmond.

— C'est vrai, admit-il sans embarras. A vrai dire, je ne suis pas fait pour me marier.

406

— Alors pourquoi ? J'aurais piloté ton avion à travers le Pacifique de toute façon… Pourquoi ces mensonges ? Cette parodie de mariage ? A quoi bon ? Tu m'as utilisée.

— *Nous* nous sommes servis l'un de l'autre, ma chère. Dans quelque temps, tu seras le plus grand nom de l'aviation mondiale. Grâce à moi. Dans l'un de mes avions. Nous sommes quittes.

Il avait l'air content et ne se préoccupait aucunement des sentiments de Cassie.

— Félicitations. J'espère que tu en tireras de grandes satisfactions.

— Bien sûr ! répondit-il avec une certitude absolue. Et toi aussi. Et Billy. Nous gagnerons, tous ensemble.

— Oui, si tout va bien. Tu présumes un peu trop facilement de l'avenir, me semble-t-il.

— Je sais de quoi je parle. Tu as entre les mains un appareil parfaitement au point. Tu es un grand pilote. Avec la complicité de dame Fortune et du beau temps, tout ira pour le mieux. Tu vas voler vers le succès, ma belle.

Il la scrutait, comme s'il avait fondé sur elle toutes ses espérances. Il croyait en ses capacités. En son talent extraordinaire. Il voulait bien lui offrir l'argent et la gloire… Mais pas l amour. L'amour n'entrait guère dans le système des valeurs de Desmond Williams.

— Bonne chance, Cassie.

— Merci.

Elle fit demi-tour, gravit la volée des marches qui menaient à l'appartement de Billy Nolan.

— Qu'est-ce qu'il voulait ? questionna celui-ci, d'un ton suspicieux.

— Simplement nous souhaiter bonne chance. A sa manière. Il n'y a rien derrière cette façade, Billy, je l'ai enfin compris. Ce type est complètement vide.

Elle ne croyait pas si bien dire. Desmond Williams n'avait pas d'âme. Il n'était que calcul et cupidité. Seuls les avions le passionnaient. Nullement les êtres humains… Cassie était pour lui un instrument, un rouage dans le gigantesque mécanisme de ses ambitions… Un tout petit rouage, en fait. Un pantin qu'il avait créé de toutes pièces. C'était lui le montreur de marionnettes ; il était celui qui tirait les ficelles. A ses yeux, Cassie n'existait pas.

18

Le *North Star* prit le départ, comme prévu, le matin du 4 octobre, sous les encouragements d'une foule en délire. Lors d'une émouvante cérémonie, le cardinal de Los Angeles avait béni l'appareil. A terre, le champagne coulait à flots alors que, dans le ciel, Cassie lançait le long et fuselé bolide ailé vers le sud, suivant un circuit conçu par les techno-crates de la compagnie Williams pour battre le record mondial de la distance.

Ils mirent le cap sur le Guatemala, parcourant en ligne droite trois mille trois cents kilomètres, sans ravitaillement. Une fois arrivés, Billy, tout en jetant un coup d'œil sur ses cartes géographiques, s'in-forma par radio des prévisions sur le temps. « Rien à signaler. Temps clair. Vent nul », répondit la tour de contrôle. Détendu, il sortit alors de la cabine à la suite de Cassie. L'aéroport était noir de monde. Desmond avait bien fait les choses. La terre entière était au courant de la traversée.

La presse avait pris d'assaut l'aéroport, bien sûr. Les deux arrivants durent serrer les mains d'offi-ciels de toute sorte : ambassadeurs, diplomates, militaires. Au son éclatant d'un orchestre, ils posèrent pour les photographes. Depuis Lindbergh, personne n'avait fait l'objet d'une telle popularité.

— La vie est belle ! s'exclama Cassie, le lendemain, tandis qu'ils décollaient à destination de San Cristobal, la plus importante île des Galapagos.

Sous l'avion l'immensité cobalt du Pacifique s'étirait à l'infini, et ils parcoururent sans difficulté mille six cent cinquante kilomètres en moins de trois heures, dans le fantastique appareil que les techniciens de la Williams avaient conçu pour la circonstance. Du même coup, ils exaucèrent le vœu le plus cher de Desmond, établissant un premier record mondial de vitesse et de distance... A l'aéroport, le même accueil triomphal les attendait, avec les officiels équatoriens auxquels se mêlaient des militaires américains, des civils et un nombre impressionnant de reporters. De nouveau, ils échangèrent d'innombrables poignées de main avec une foule d'inconnus souriants et admiratifs, au son cuivré d'une fanfare.

— Pourquoi ne prendrions-nous pas des vacances ? chuchota Billy à sa coéquipière, qui étouffa un rire.

Le gouverneur les invita à dîner.

Jusque-là, le voyage se déroulait à merveille. Ils mirent à profit cette halte de vingt-quatre heures pour contrôler minutieusement l'appareil, vérifier les cartes et les bulletins de la météo. Cassie reprit les commandes. Près de trois mille sept cents kilomètres les séparaient de l'escale suivante, qu'ils effectuèrent en exactement sept heures. Cette fois-ci, de forts vents contraires les contraignirent à réduire la vitesse, leur faisant rater de justesse le record escompté.

410

— Espérons que nous aurons plus de chance demain, plaisanta Billy, tandis que l'avion roulait, moteur au ralenti, sur la piste d'atterrissage de l'île de Pâques. Ton cher et tendre époux nous étripera si nous ne collectionnons pas les exploits.

Tous deux savaient que Desmond suivait d'un œil attentif les progrès des constructeurs japonais. Ceux-ci avaient mis en chantier un nouveau type d'engin qu'ils escomptaient capable de couvrir en ligne directe le trajet Tokyo-New York, soit plus de dix mille cinq cents kilomètres. Jusqu'à présent, les essais n'avaient pas abouti, et les aviateurs nippons n'étaient pas parvenus à dépasser l'Alaska. Leur prochaine tentative n'aurait pas lieu avant un an et Desmond avait l'intention de leur couper l'herbe sous le pied, grâce à son avion... et à Cassie.

L'île de Pâques rayonnait de toutes ses énigmes envoûtantes, avec ses *moaï* ; étranges colosses de pierre aux orbites béantes et tournées vers le ciel, comme dans l'attente de visiteurs célestes. Cassie aurait voulu s'imprégner de ces mystères qui remontaient à la nuit des temps, mais l'heure pressait. Le programme ne les autorisait pas à rester sur l'île plus d'une nuit avant d'entreprendre le long parcours en direction de Papeete... Quatre mille cinquante kilomètres. Ils les accomplirent en sept heures et quarante minutes, sans le moindre problème, frôlant de près le record mondial.

Tahiti leur fit l'effet d'un paradis terrestre. En jetant un coup d'œil à travers la vitre du cockpit, Billy émit un sifflement joyeux. Sur fond de cocotiers froissés par la brise, une double file de jeunes filles ravissantes en paréo, les bras chargés de guirlandes de fleurs et de coquillages, les attendait au bord de la piste d'atterrissage.

— Hourra ! Génial ! Grandiose !

— Billy, calme-toi. Comporte-toi en être civilisé.

Il se trémoussait en roulant des yeux gourmands, déclenchant l'hilarité de Cassie. C'était un grand garçon plein de vitalité ; elle ne regrettait pas de l'avoir choisi comme radio et copilote. De plus, c'était un excellent navigateur doublé d'un brillant mécanicien.

Après leur départ de l'île de Pâques, l'oreille exercée de Billy avait décelé un bruit à peine perceptible, mais étrange tout de même. Aussi, après avoir salué les beautés locales, il comptait inspecter une nouvelle fois les machines. Le soir même, en envoyant un télégramme à la compagnie, il mentionna ce problème sans toutefois insister. A chaque étape, il télégraphiait le résumé de leurs exploits et, cette fois-ci, il avait ajouté avec fierté qu'ils avaient battu un nouveau record de distance.

Billy baragouinait le français, langue officielle du pays. L'ambassadeur de France avait organisé une réception en l'honneur des deux aviateurs. Cassie s'affola. Elle n'avait aucune tenue appropriée à la circonstance. Quelqu'un lui prêta un magnifique paréo en soie moirée. Un éclatant hibiscus dans les cheveux paracheva sa mise.

— Pas étonnant que tu aies plus de succès que ce bon vieux Lindbergh, la complimenta Billy, en se rendant au dîner.

Il lui avait passé un bras fraternel autour des épaules. Après la soirée, une longue promenade les conduisit sur la plage. Ils marchèrent longtemps le long de l'océan à la lumière des étoiles, discutant de la suite de leur traversée. Cassie aurait voulu que Nick soit là. Papeete était un lieu magique, peuplé de gens merveilleux. Le décor enchanteur lui rappelait les paysages luxuriants du Mexique où elle avait passé sa lune de miel... Un souvenir obsédant, qu'elle s'efforça de chasser de ses pensées.

Assis à même le sable blanc, ils parlèrent de mille choses : des gens qu'ils avaient rencontrés ; des contrées qu'ils avaient découvertes, de celles qui restaient à explorer ; de la réception à l'ambassade de France où, au milieu de ce monde raffiné, Cassie s'était sentie déplacée dans son paréo chatoyant.

— Parfois, je me demande par quel miracle nous en sommes là, soupira-t-elle. Rien ne nous prédisposait à devenir aussi célèbres... A parcourir le monde dans un avion fantastique... J'ai l'impression de vivre un rêve. Ou d'avoir pris la place de quelqu'un d'autre.

A vingt-deux ans, elle se sentait très jeune et en même temps très âgée. Alors que d'autres ébauchaient leurs premiers pas dans l'existence, elle avait déjà vécu tant de choses.

— Tu as payé cher ce voyage, Cass, répondit Billy, le front soucieux, en songeant à son mariage... Mais j'éprouve la même chose. Je me dis qu'un de ces jours, un mauvais génie va m'attraper par la peau du cou en vociférant : « Mais qu'est-ce qu'il fait ici, ce gars-là ? Il n'est pas à sa place ».

— Tu es parfaitement à ta place, Billy, affirmat-elle avec chaleur. Sans toi, je n'y serais jamais arrivée.

Seul Nick aurait pu remplacer Billy… Une autre fois, peut-être…

— Ce sera bientôt fini, Cass. Trop tôt, à mon goût. On s'entraîne pendant un an, on sue sang et eau et… paf ! en dix jours, c'est terminé.

Ils étaient presque à mi-chemin du voyage, ce qui, bizarrement, attristait Cassie. A l'instar de son compagnon, elle aurait souhaité que la traversée dure éternellement. En plein ciel, elle oubliait ses problèmes.

— Je suppose que je dois une éternelle gratitude à Desmond, murmura-t-elle, sur le chemin de leur hôtel. Mais, curieusement, la traversée lui a échappé, maintenant. Elle est à nous. C'est nous qui sommes ici. Pas lui.

Cette constatation semblait lui procurer un soulagement étrange. Loin de son Machiavel de mari, elle s'épanouissait, Billy l'avait constaté.

— Oublie-le, Cass. Quand nous rentrerons, tout cela sera de l'histoire ancienne. Nous aurons récolté toute la gloire.

— Je n'ai aucun penchant pour la gloire. Seule l'expérience me passionne.

— Moi aussi. Mais la célébrité n'a jamais fait de mal à personne, hein ? ajouta-t-il, l'œil pétillant.

Le rire qui échappa à Cassie s'éteignit presque aussitôt.

— Avant notre départ, je voulais demander le divorce. J'ai changé d'avis, de peur qu'un journaliste trop curieux ait vent de l'histoire. Les papiers sont déjà prêts et signés.

Elle soupira en se rappelant sa visite chez l'homme de loi à qui elle avait dû fournir de longues et pénibles explications.

— Que vas-tu lui reprocher ? s'enquit Billy, intéressé.

Il avait lui-même en tête une bonne demi-douzaine d'accusations. Dont l'adultère et la cruauté mentale. Sans compter qu'il avait brisé le cœur de Cassie.

— Mon avocat plaidera la fraude, pour commencer. A l'entendre, nous avons pas mal de preuves. (Et, bien sûr, il y avait Nancy.) A mon avis, nous arriverons à un arrangement à l'amiable. Nous pourrions divorcer à Reno, si Desmond est d'accord. Les formalités prendraient moins de temps qu'à Los Angeles.

— Je suis sûr qu'il donnera son accord.

Ils se quittèrent pour la nuit et se retrouvèrent le lendemain matin sur la terrasse inondée de soleil, devant un petit déjeuner somptueux.

— Mmmm, fit Billy en s'étirant, je m'installerais bien dans ce paradis vert jusqu'à la fin de mes jours.

Il avait attaqué de bon appétit ses croissants au beurre qu'il dévorait tout en buvant du café français noir et corsé, l'œil rivé sur la serveuse, une superbe Tahitienne au corps de déesse.

— Tu t'y ennuierais à la longue.

Pour sa part, Cassie avait hâte de reprendre la route à destination de Pago Pago.

— Je ne m'ennuie jamais, affirma Billy, en dédiant son plus beau sourire à la serveuse. Je n'aurais aucun mal à finir ma vie d'aventurier sur ces rivages enchanteurs.

— Je terminerai mon existence sous la carlingue d'un avion, calée sur une chaise roulante spéciale.

— Génial ! Avec mon talent de bricoleur, je te la fabriquerai.

— Va plutôt jeter un coup d'œil au *North Star*.

— Ce qui veut dire que je suis censé faire autre chose que bronzer sur la plage ? feignit-il de s'étonner. Dommage.

Une demi-heure plus tard, ils étaient en train de faire la vérification complète de l'appareil, sous le regard des curieux et des photographes... Cette fois-ci, ils transporteraient de lourds bidons d'essence. Aussi avaient-ils limité le poids au minimum. Ils conservaient la radio, bien sûr, deux gilets de sauvetage, emportaient quelques provisions, presque pas de bagages, aucune babiole achetée dans l'une des innombrables boutiques de souvenirs. Rien que l'essentiel.

Ils dînèrent paisiblement en contemplant le riche camaïeu orangé du crépuscule et se retirèrent tôt dans leurs appartements respectifs.

Le lendemain matin, ils partirent pour Pago Pago. Ils atteignirent la petite ville des Samoa orientales après quatre heures et demie, sans que rien ne vienne perturber leur vol. Sauf si l'on prêtait attention au drôle de bruit que Billy avait déjà remarqué la veille... une sorte de chuintement en provenance d'un des moteurs.

Ils passèrent presque toute la journée à l'aéroport. Billy inspecta des heures durant le moteur, pour trouver l'origine du bruit. Sans résultat. Il devait s'agir d'un problème mineur, décréta-t-il... Ils envoyèrent le câble traditionnel à la compagnie. Le jour suivant, le *North Star* prit la direction de l'île Howland.

Les kilomètres filaient, filaient sans répit, tandis

qu'ils s'enfonçaient dans la sphère céruléenne... Ils avaient déjà couvert, depuis le début, plus de treize mille cinq cents kilomètres. Autant dire qu'ils étaient arrivés à bon port, bien que quatre mille six cents kilomètres les séparaient encore d'Honolulu. Ils s'approchaient de Howland où, selon la rumeur, Amelia Earhart s'était écrasée.

— Comment envisages-tu ton avenir après le tour ? demanda-t-elle à Billy, désireuse de penser à autre chose.

L'avion volait à sa vitesse de croisière, et ils étaient en train de déguster de délicieux sandwiches qu'une gentille employée de l'aéroport leur avait remis à Pago Pago avec un panier de fruits.

— Moi ? fit Billy en fronçant les sourcils et s'abîmant un instant dans une intense réflexion... Je suppose que j'investirai mes gains dans une affaire, un peu comme ton père. Dans une compagnie de charters, par exemple, quelque part... Pourquoi pas à Tahiti, d'ailleurs ? Ah... le doux farniente des îles..., ajouta-t-il en souriant au souvenir des filles à la peau ambrée et aux longs cheveux de jais... Et toi ?

— Je n'ai pris aucune décision... Je nage en pleine confusion : d'un côté, ma passion des avions, des vols d'essai, des équipées sauvages, de l'autre, mon désir de me ranger, d'avoir un mari et des enfants... En fait de mari, j'en ai déjà eu un, remarque ! Dieu, quel désastre !

— L'idée était bonne mais tu as choisi le mauvais type. Cela arrive, tu sais... Et Nick ?

— Nick..., murmura-t-elle... Nick...

Elle manquait toujours de certitudes. Nick avait proclamé haut et fort qu'il ne l'épouserait pas. Mais après sa séparation d'avec Desmond, savait-on jamais ? D'ailleurs le reverrait-elle ?

Pour Cassie, l'étape de Howland était chargée d'émotion, à cause d'Amelia Earhart. A Pago Pago, ils s'étaient procuré une couronne de fleurs et, tandis que l'île émergeait, toute cuivrée, des flots indigo festonnés de crêtes d'écume, Billy ouvrit la fenêtre afin que Cassie puisse jeter leur offrande dans l'océan... Le mystère entourait à jamais des destins comme celui d'Earhart. Cela montrait toute l'inanité du tapage médiatique dont Cassie, jetée en pâture à la presse, avait été l'objet. Elle en avait parfaitement conscience. Pourtant elle se découvrit, en son for intérieur, comme une parenté avec son idole, tandis que le *North Star* se posait sur la large piste éclaboussée de soleil, semblable à un grand oiseau migrateur qui se repose un instant avant de poursuivre sa route vers d'autres continents.

Tout semblait si simple, si facile... Pourquoi n'en avait-il pas été de même pour Amelia Earhart ? En lui tapotant le genou, Billy interrompit le cours de ses pensées. L'appareil s'immobilisa devant les bâtiments de l'aéroport... Ils s'engouffrèrent dans la fraîche pénombre de l'aérogare où une cinquantaine de reporters, flash au poing, les attendaient dans le hall. Naturellement, la plupart comptaient établir un audacieux parallèle entre Cassie O'Malley et Earhart... La renommée était en marche pour la jeune femme de l'Illinois.

D'après le programme, ils passeraient une nuit à Howland, avant de s'envoler vers Honolulu, étape importante du voyage, que Desmond avait décidé de marquer par des festivités en l'honneur de l'intrépide aviatrice et de son copilote. Il assisterait d'ailleurs en personne aux cérémonies, conférences de presse, films et remises de récompenses. Il avait prévu une démonstration des possibilités de son précieux appareil à l'intention des représentants de l'armée.

Adieu la tranquillité, soupira mentalement Cassie. L'idée de revoir Desmond la faisait trembler.

— Seigneur, toutes ces simagrées ! Nous aurions pu nous en passer ! gémit-elle par-dessus sa tasse de café, le soir après dîner.

Billy comprenait parfaitement ce qu'elle ressentait. Il chercha à la rassurer.

— Allez, courage, tout se finira bientôt dans un formidable feu d'artifice digne du 4 Juillet... Et alors, telles des étoiles filantes, nous entrerons pendant quelque temps au panthéon des célébrités. Jusqu'à ce que quelqu'un vole plus loin que nous. Et plus vite.

Mais leur célébrité si chèrement gagnée ne disparaîtrait pas aussi rapidement, ils le savaient... Desmond y veillerait.

— A cette heure-ci, demain soir, nous serons à Honolulu, gente damoiselle, reprit Billy en levant son verre de vin comme pour porter un toast. (Il n'en avait bu que deux ou trois gorgées, sachant que le lendemain il devait être en possession de tous ses moyens.) Fanfare, discours et tout le toutim.

Une lueur d'excitation allumait ses prunelles, mais Cassie réprima un frisson.

— Je préfère ne pas y penser... S'il ne tenait qu'à moi, je ferais demi-tour et je surprendrais le monde entier en regagnant Los Angeles... Tiens, quelle bonne idée !

Ils éclatèrent de rire en imaginant la tête de Desmond.

— Désolé, monsieur Williams, exulta Billy. Mon pilote n'a guère le sens de l'orientation. « Souvent, femme varie » comme on dit. Eh bien, la pauvre petite a perdu la boussole.

Ils décollèrent le lendemain à l'aube, par temps clair. Mais à peine avaient-ils franchi les premiers trois cents kilomètres qu'ils rencontrèrent un terrible orage. Des éclairs traversaient la masse sombre des nuages poussés par un vent violent… L'appareil tanguait comme un esquif ballotté par la tempête. Après s'être entretenus un bref instant, ils décidèrent de retourner à Howland. L'orage se transformait rapidement en ouragan tropical, prenant des proportions alarmantes, et Cassie ne put s'empêcher de se demander si ce n'était pas ce qui avait été la cause de la disparition de Noonan et d'Earhart… Elle se concentra sur les commandes, tandis qu'un vent féroce s'acharnait contre l'avion. Heureusement, la côte était en vue et ils piquèrent sur le terrain d'atterrissage, par vent contraire, en bout de piste, presque sur la grève ensevelie sous des vagues écumantes.

— Eh bien, souffla Billy, tandis que Cassie remontait la piste en direction de l'aérogare, permettez-moi, mademoiselle, de vous rappeler que si vous noyez le fleuron de la compagnie Williams, vous aurez à répondre au grand patron.

Elle poussa un gloussement en haussant les épaules.

Une nuit de plus à Howland arrangeait plutôt ses affaires.

Ici, la vie semblait encore paisible. Bizarrement,

l'étape d'Honolulu l'effrayait. Comme si, après, plus rien ne serait jamais pareil.

La tempête fit rage toute la nuit, avant d'expirer à l'approche du jour. L'aurore pointa à l'horizon, embrasant un ciel délavé, faisant ruisseler son or clair sur une mer calme. Les deux coéquipiers se précipitèrent vers le hangar, afin d'évaluer les dégâts. Le radiogoniomètre ne fonctionnait plus... Il ne leur restait que le compas pour s'orienter. Ils envoyèrent un câble à Honolulu, pour qu'on leur prépare une pièce de rechange... Le *North Star* prit son envol dans les rayons obliques du levant.

C'était une journée splendide, mais un autre problème survint une heure après le décollage. Il s'agissait de l'un des moteurs, cette fois. Billy regarda le tableau de distribution électrique, les cadrans, leva les manettes, vérifia le niveau d'huile.

— Veux-tu que nous rentrions à Howland ? s'enquit Cassie.

— Attends... Je cherche.

Ils se trouvaient à plus de quatre cent cinquante kilomètres des côtes. L'oreille aux aguets, Billy chercha à localiser le bruit étrange qui, de temps à autre, perturbait le vrombissement régulier des machines. Comme tout semblait normal, il appuya sa nuque sur le cuir du siège.

— Non, ça va. Tout est O.K.

Cassie acquiesça. Lors de la préparation et de la première partie du voyage, elle avait eu l'occasion d'apprécier la précision et le sérieux de Billy... Elle modifia très légèrement sa trajectoire, afin d'éviter de gros cumulus chargés d'électricité statique. En début d'après-midi, en contemplant l'immensité du ciel avant de se pencher sur le compas, Billy demanda :

— Tu es sûre que nous sommes dans la bonne direction ?

— Fie-toi au compas.

C'était son instrument favori, et puisque la tempête les avait privés du radiogoniomètre et du sextant, ils n'avaient pas d'autre alternative.

— Fie-toi à tes yeux, ton nez, tes tripes et enfin ton compas, lui répondit-il en citant une de ses expressions favorites.

Billy avait raison : à cause du vent, l'appareil avait dévié de sa trajectoire initiale, mais cela pouvait se rattraper. Cassie jeta un coup d'œil aux instruments. En regardant au-dehors, elle vit un filet de fumée noirâtre sortant du premier moteur. De l'autre côté, des gouttelettes de carburant semblaient courir sur le métal.

— Bon sang !

Elle coupa le moteur numéro deux et mit l'hélice en marche. Après deux heures de vol, ils étaient sortis du champ des radars et n'étaient plus repérables. Howland était trop loin.

— Il faut faire demi-tour.

— Il n'y a rien de plus près ? Là... qu'est-ce que c'est ?

Billy avait déployé la carte du Pacifique, qu'elle regarda rapidement.

— Aucune idée. On dirait une crotte de pigeon.

— Très drôle... A ton avis, où sommes-nous exactement ?

Il lui passa carte et compas, pour examiner le moteur à travers la vitre... La fumée s'épaississait, ce qui, évidemment, n'était pas bon signe. De plus, il ne fallait pas oublier tous les bidons d'essence alignés dans la soute.

Il fallait agir vite. D'un commun accord, ils se résolurent à un atterrissage forcé sur l'île qu'ils avaient repérée sur la carte. Cassie avait émis des réserves. Si l'île était trop petite, ils n'y arriveraient pas. A moins que la plage fût assez longue pour accueillir le gros appareil… Leurs chances s'amenuisaient de minute en minute. En désespoir de cause, Billy avait coiffé le casque de radio et envoyait des signaux de détresse à tout navire susceptible de croiser à proximité. Soudain, des flammes surgirent parmi les volutes de fumée. Le moteur avait pris feu.

— Bonjour l'ambiance ! gémit Billy. Sommes-nous encore loin de « Crotte de Pigeon » ?

— Grosso modo à soixante-dix, soixante-quinze kilomètres.

— Génial ! Dans un quart d'heure, nos bidons d'essence vont exploser. Oh, mon Dieu !

— Tu voulais un feu d'artifice. De quoi te plains-tu ?

— Cessez de faire du mauvais esprit, commandant. Pas étonnant que vous ne puissiez exercer un métier décent.

Ils plaisantaient pour conjurer le mauvais sort. Et leur peur. Nul doute, le *North Star* n'en avait plus pour longtemps. Dix minutes s'écoulèrent — une éternité — avant que l'île ne soit en vue… Une montagne abrupte ceinte d'une forêt dense et sombre. Pas le moindre terrain plat. Ils jouaient de malchance.

— Sais-tu nager ? s'enquit Billy d'un ton uni, en lui tendant l'un des gilets de sauvetage, alors qu'il enfilait l'autre. On dirait que nous allons jouer les hydravions.

Elle était excellente nageuse, il le savait.

— C'est plus que probable. Accroche-toi, cowboy.

L'appareil tanguait comme une coque de noix ballottée par les vagues. L'autre moteur s'était mis à fumer.

— Nom d'un chien, que se passe-t-il ?

Billy avait d'abord pensé que les conduits d'essence étaient bouchés, mais ce n'était pas ça.

Le problème était ailleurs.

— Un excès d'évaporation, peut-être.

— Ce n'est pas le moment d'allumer une cigarette, alors.

L'avion avait amorcé sa descente au-dessus de l'île. Il aurait fallu vider les réservoirs mais le temps pressait.

— Tu as envie de faire un saut à New York ? demanda Billy calmement, en observant la manœuvre d'approche de Cassie.

— Pourquoi pas Tokyo ? Tachikawa nous ferait un pont d'or, répondit-elle sans désarmer.

— Excellente idée. Qui a besoin de Desmond Williams ?

— Bon, on y va, souffla Cassie, les mains crispées sur le manche à balai. Seigneur, cette fichue plage est trop courte.

Et les deux moteurs en flammes.

— Vas-y quand même. Nous risquons d'exploser d'un instant à l'autre. Cela produirait une mauvaise impression sur les autochtones.

— J'y vais, lâcha-t-elle, les dents serrées.

Ils perdaient de l'altitude à une incroyable

vitesse. A présent, ils rasaient les flots. Comme un cheval emballé, l'avion galopait vers l'étroite bande de sable. Cassie tira de toutes ses forces sur la gouverne. Le lourd appareil sembla s'immobiliser en l'air pendant une fraction de seconde. Une secousse les fit sursauter, puis le ventre de l'avion s'enfonça dans un mètre et demi d'eau. Cassie coupa le contact, dans l'espoir d'éviter l'explosion. Mais il était trop tard.

— Bel effort ! la félicita Billy. Allez, vite, dehors.

Instinctivement, elle avait attrapé la trousse de secours, pendant qu'il s'acharnait à ouvrir la porte. Une chaleur infernale régnait à l'intérieur du cockpit. Enfin, la portière s'ouvrit d'une poussée.

— Allez, saute ! cria-t-il.

Il la poussa hors de l'avion, puis plongea à sa suite. Il avait pris le carnet de vol et le havresac qui contenait quelques victuailles et leur argent.

Ils se mirent à nager dans l'eau turquoise, vers la côte ; une fois sur la terre ferme, ils s'élancèrent dans une course folle pour s'éloigner de l'épave embrasée… La puissance de l'explosion les cloua sur place. Lentement, ils se retournèrent. Une colonne de feu jaillissait des entrailles de l'avion. Des morceaux du fuselage tournoyaient dans l'air avant de retomber en pluie brûlante. La carcasse de l'avion se détacha en ombre chinoise contre le rideau incandescent du brasier. L'incendie dura des heures, sous le regard hébété des rescapés.

— Adieu, *North Star,* murmura Billy aux restes de l'épave à moitié engloutie par les flots.

Il ne restait plus rien, hormis la carlingue, amas de tôle tordue. Tant d'efforts, des semaines et des mois de travail, tous ces calculs, ces tests, ces essais forcenés, anéantis en un instant. Ils avaient couvert seize mille cinq cents kilomètres en tout. Et c'était fini. Mais ils étaient vivants...

— Dieu seul sait où nous sommes, fit Billy en tendant à sa compagne un bonbon qu'il avait pêché dans le havresac. Nous voilà sur Crotte de Pigeon, charmant petit joyau des mers tropicales. Bonnes vacances !

Cassie laissa échapper un rire amer. L'énorme dépense physique et nerveuse avait eu raison d'elle. Elle se sentait trop épuisée pour fondre en larmes. Un vague espoir germait toutefois dans son esprit. Ne les voyant pas arriver à Honolulu, les recherches allaient s'organiser rapidement. Hélicoptères et patrouilleurs sonderaient la mer près de l'endroit où le *North Star* avait échoué. Elle ne se rappelait que trop bien les vastes opérations de sauvetage déployées quatre ans plus tôt, après la disparition d'Earhart. Rien que pour continuer sa campagne publicitaire et récupérer son précieux appareil, Desmond remuerait ciel et terre. Il appellerait le secrétaire d'État ou Roosevelt lui-même. Cassie était l'aviatrice la plus adulée des États-Unis. Les autorités tenteraient l'impossible pour la retrouver.

— Eh bien, mademoiselle O'Malley, désirez-vous que je sonne pour commander des apéritifs ?

Ils étaient là depuis quatre heures, à regarder leur appareil se désintégrer, leur faisant perdre tout espoir de quitter l'île par leurs propres moyens. Il ne restait plus qu'à attendre les secours.

— Nous aurions battu le record du monde de distance, sans ce petit incident, reprit Billy.

Elle esquissa un pâle sourire.

— Desmond pensera que j'ai agi par vengeance.

C'en était presque drôle… enfin, pas tant que ça. Une sombre inquiétude les rongeait. Elle se demanda si Amelia Earhart et son copilote avaient vécu la même expérience ou s'ils étaient morts sur le coup. Peut-être avaient-ils attendu des secours sur une île perdue, comme celle-ci, en vain.

— Ah, tout s'explique, railla Billy. Je ne te jette pas la pierre. Mais tu aurais pu assouvir ta vengeance un peu plus près de Tahiti. La serveuse était absolument superbe.

— Comme presque toutes les filles depuis Los Angeles, répondit-elle, sachant qu'il feignait une bonne humeur qu'il était loin d'éprouver.

— Sauf ici, soupira-t-il.

L'île semblait inhabitée.

Ils s'enfoncèrent dans la forêt pour voir ce qui les attendait et découvrirent une flaque d'eau croupie, des buissons de baies sauvages, des arbres chargés de fruits charnus qui leur étaient inconnus mais qui avaient un goût délicieux. La nuit tombait, creusant d'ombres le sous-bois. Étrange situation que d'être prisonnier d'une terre inconnue… La peur envahit Cassie, tandis qu'ils s'allongeaient côte à côte dans une grotte tapissée de mousse. Ils ne pouvaient trouver le sommeil.

— Billy ? murmura-t-elle au bout d'un long moment.

— Oui ?

— Et s'ils ne nous trouvent pas ?

— Ils nous trouveront.

— Mais s'ils n'y arrivent pas ?

— Ils y arriveront. Ils sont *obligés*.

— Pourquoi sont-ils obligés ? fit-elle, les yeux grands ouverts dans l'obscurité épaisse, en glissant sa main dans celle de son ami.

— Parce que Desmond te traînera en justice pour détérioration de matériel.

— Oh, tais-toi ! répondit-elle, en riant.

— Alors, ne t'inquiète pas.

Il l'attira près de lui et la tint enlacée, n'osant lui dire que lui aussi avait peur. Une peur bleue.

19

Le téléphone se mit à sonner chez Desmond Williams en pleine nuit, exactement vingt-deux heures après le départ du *North Star* de sa dernière escale. Les autorités locales lui expliquèrent que l'appareil avait disparu dans l'océan, et que, selon toute probabilité, il avait coulé comme une pierre. Il n'y avait pas eu de message, pas le moindre signal de détresse. Personne ne savait ce qui s'était passé.

— Bon sang !

Desmond bondit sur son téléphone. Il alerta la marine, le ministère des Affaires étrangères, le Pentagone. Il réclama à cor et à cri que soit déclenché un plan d'urgence. Le tour du Pacifique faisait, depuis le début, la une des journaux. L'Amérique avait les yeux fixés sur le *North Star*. Les agences de presse ne tarderaient pas à répandre la mauvaise nouvelle de par le monde.

Un porte-avions qui croisait au large de l'archipel de Polynésie reçut l'ordre de se porter de toute urgence vers l'endroit où l'on avait perdu la trace de l'appareil. Quelques heures plus tard, une quarantaine d'avions et deux destroyers commencèrent les recherches dans les parages où, quatre ans plus tôt, le *Star of the Pleiades* s'était abîmé. Aujourd'hui, les sauveteurs étaient mieux entraînés, mieux équipés… Et prêts à tout pour retrouver la « petite bien-aimée » de l'Amérique.

Le président des États-Unis en personne appela Desmond, puis les O'Malley dans l'Illinois. Les parents de Cassie étaient en état de choc. Ils avaient peine à croire que leur fille avait disparu. En apprenant l'horrible nouvelle, Pat avait porté la main à son cœur malade ; Oona avait redouté une nouvelle attaque, mais le vieil homme avait tenu le coup. La peur le tenaillait, mais il vouait une confiance illimitée aux forces armées de son pays.

— Ils la retrouveront, décréta-t-il, en regrettant que Nick ne fît pas partie de l'expédition.

Les recherches se poursuivirent des jours durant. Les patrouilleurs passèrent au crible des centaines de kilomètres entre Howland et Honolulu, cependant que Billy et Cassie survivaient en s'alimentant de baies sauvages. Cassie souffrait d'une dysenterie aiguë et Billy avait une vilaine écorchure à la jambe. (Il s'était blessé sur un récif de corail le matin de l'accident, en sautant de l'avion en flammes.) Cependant, ils s'estimaient en forme. Ils se nourrissaient de fruits, avaient de l'eau à profusion.

Mais ils avaient beau scruter la mer, aucun bâtiment ne fendait jamais les brumes légères du large. Le ciel restait vide. Ni bateau ni avion ne venaient à leur secours. Rien… Les vents avaient dérouté Cassie de sa trajectoire et, par une sorte d'ironie du sort, les sauveteurs sillonnaient la mer dans la mauvaise direction, à quelque sept cent cinquante kilomètres de là. Naturellement, les rescapés n'avaient plus de radio, l'émetteur ayant été détruit dans l'incendie. Impossible donc de signaler leur position. Il ne leur restait que l'attente. Il n'y avait pas d'autre choix.

De Los Angeles, Desmond faisait tout ce qu'il pouvait pour obtenir la prolongation du plan d'urgence, mais déjà un subtil changement semblait s'opérer dans la presse. Ses anciens alliés commençaient à le critiquer. Certains déploraient le coût exorbitant de la traversée. D'autres soulignaient l'inutilité des recherches. Au fil des jours, l'hypothèse selon laquelle il était impossible de retrouver vivants Cassie et son copilote gagna du terrain. Deux semaines s'étaient écoulées en vaines recherches. Le gouvernement accepta un délai supplémentaire d'une semaine. Les secours prirent fin un mois, jour pour jour, après le départ du *North Star* de Los Angeles.

— Elle doit pourtant être quelque part, ne cessait de répéter Desmond. Je le sais. Elle est trop bien entraînée.

Les experts avaient conclu à une défaillance de l'appareil. A un grain de sable dans l'engrenage bien huilé des moteurs, une petite faille, ignorée mais pernicieuse. Nul ne se posa plus de questions sur ce qu'il était advenu de Cassie O'Malley et de son copilote. La superstition triompha de la raison. La chance qui avait si longtemps souri à la jeune femme l'avait abandonnée au beau milieu du Pacifique. Il semblait plus facile d'incriminer la fatalité que de chercher à connaître la vérité.

Pat et Oona apprirent, effondrés, la fin des recherches. On n'avait rien trouvé. La perte d'un second enfant ravivait le chagrin éprouvé à la mort de Chris. Ils pleurèrent longtemps, enlacés… Au fond de son cœur, Oona conservait un infime espoir. Comme une minuscule lueur dans les ténèbres. Sa fille était vivante. Elle se trouvait quelque part dans le vaste océan où on n'avait pu la découvrir. Mais, lorsque Oona fit part de sa conviction à Pat, ce dernier secoua la tête. C'était malheureusement quasi impossible.

Thanksgiving fut lugubre. Cassie et Billy avaient disparu depuis six semaines. Chez les O'Malley il n'y eut pas de fête. Un simple dîner réunit la famille dans la cuisine.

— Je n'arrive pas à croire qu'elle ne reviendra pas, sanglota Oona dans les bras de Megan.

Ils avaient tous les larmes aux yeux.

Desmond, lui, portait le deuil du rêve de sa vie, de l'arrêt brutal de ses espérances. Des questions sans réponses le tourmentaient. Qu'était-il arrivé ? A quel moment ? Pourquoi ? Si seulement il avait pu savoir... si seulement ils avaient trouvé une trace... ne serait-ce qu'un morceau de métal... Mais ils n'avaient rien trouvé Ni débris, ni fragment de tôle, ni vêtement. Il avait continué à harceler le Pentagone d'appels téléphoniques. Sans résultat. Le dossier était classé. Selon les enquêteurs l'avion avait disparu corps et biens.

Six semaines après le drame, le portrait de Cassie faisait la une de tous les journaux. L'aviatrice perdue devint un objet de dévotion et Desmond, fort opportunément, endossa le rôle du veuf éploré. Il fit savoir qu'il ne célébrerait pas Thanksgiving cette année-là.

Et Nick, en Angleterre, ne participa pas non plus aux festivités. Il avait appris avec une semaine de retard la fin tragique du tour du Pacifique. Le drame avait pris de telles proportions que, en dépit de la guerre, il fut largement relaté par les quotidiens britanniques... Son cœur s'était arrêté de battre lorsqu'il avait aperçu les manchettes des journaux. Son désespoir le poussait à faire les missions les plus périlleuses, jusqu'au jour où quelqu'un alerta son commandant. L'état-major lui accorda une permission. A l'évidence, il devait se reposer, car il prenait trop de risques. Il commença par refuser, mais ses supérieurs ne voulurent rien entendre. Il songea à retourner au pays pour une semaine, puis se ravisa. Le courage lui manquait de regarder Pat en face... Quel fichu crétin il avait été ! Quel lâche ! Son ami ne lui pardonnerait jamais son obstination bornée à ne pas épouser Cassie, ce qui l'aurait protégée des ambitions dévorantes de Desmond... Il l'avait pratiquement poussée dans ses bras... Oui, sans aucun doute Pat devait lui en tenir rigueur. A juste titre, au demeurant.

Il avait vu une photo de Desmond dans un magazine. Le magnat de l'industrie aéronautique sortait d'un service funèbre à la mémoire de sa jeune épouse, le bras ceint d'un brassard noir, le visage blême, une couronne mortuaire dans les mains. Comme il le détestait ! Comme il abhorrait celui qu'il tenait à présent pour le responsable de la mort de Cassie. Car c'était Desmond qui lui avait fourni l'instrument de sa propre perte. Le superbe, le magnifique appareil dans lequel elle s'était tuée, entraînant avec elle l'infortuné Billy Nolan. Nick devinait mieux que personne les motivations secrètes du nabab. Ce dernier avait poussé Cassie dans ce projet pour mieux protéger les intérêts de sa compagnie auprès d'éventuels acheteurs. Aujourd'hui, il en était plus convaincu que jamais.

Pendant ce temps, sur l'île sans nom, Cassie servit à Billy, en guise de repas de Thanksgiving, une poignée de baies sauvages agrémentées de rondelles de banane, le tout disposé sur une feuille de bananier. Ils suivaient ce régime alimentaire depuis plus d'un mois maintenant. Ils survivaient tant bien que mal. L'écorchure que Billy s'était faite à la jambe s'était infectée, et la fièvre faisait briller ses yeux. Ils avaient épuisé les tubes d'aspirine de la trousse de secours. Cassie avait souffert d'une morsure d'araignée et d'un coup de soleil. En dehors des poussées de fièvre de Billy, ils étaient en relativement bonne santé.

Ils avaient établi un calendrier sommaire depuis le jour de l'accident et savaient qu'aujourd'hui, chez eux, on fêtait Thanksgiving. Assis sur un tronc que les pluies intermittentes avaient recouvert de moisissure, ils évoquèrent avec nostalgie la dinde rôtie et la tourte au potiron. La messe. Leurs amis. Billy se faisait du souci pour son père, seul à San Francisco. Cassie imaginait ses parents entourés de ses sœurs, de ses beaux-frères, et de leurs petits-enfants... Sans oublier Annabelle et Humphrey, les deux petits réfugiés anglais. Ils lui rappelèrent Nick... Car elle pensait à Nick de plus en plus souvent. Presque tout le temps.

— A ton avis, que croient-ils que nous sommes devenus ? demanda-t-elle tout en mastiquant un peu de banane verte.

Billy devait avoir de la fièvre, car deux plaques

rouges marquaient ses pommettes et ses yeux avaient un étrange éclat.

— Ils pensent que nous sommes morts, répliqua-t-il tranquillement.

Ils ne plaisantaient plus ces derniers temps. Ils ne pouvaient que rester assis sous le dôme feuillu de la forêt, dans l'espoir d'un secours inopiné, qui tardait à venir. Attendre et se nourrir de fruits. Il n'y avait rien sur l'île, à part cette végétation luxuriante. Billy avait essayé d'attraper des poissons sans y parvenir.

Deux jours plus tard, un orage éclata et la température chuta de plusieurs degrés. Cassie portait encore sa tenue d'aviatrice, déchirée en plusieurs endroits. Billy était en short et tee-shirt. Ce fut après la tempête que Cassie remarqua le changement : son ami frissonnait même au soleil.

— Ça va ? s'enquit-elle en dissimulant de son mieux son inquiétude.

— Très bien... Je vais chercher des bananes.

Il fallait escalader l'arbre pour cueillir les grappes étoilées de fruits, mais il put à peine se mettre debout. Sa jambe avait enflé, du pus suintait de sa blessure, et il boitait lorsqu'il revint en rapportant une banane trouvée par terre.

Cassie avait tout tenté pour alléger ses souffrances. Chaque jour, l'aspect de sa jambe empirait. Elle l'avait baignée dans l'eau salée, ce qui n'avait apporté aucune amélioration. La trousse médicale était vide... Il somnola une grande partie de l'après-midi. A son réveil, ses yeux avaient pris un aspect vitreux. Elle appuya sa tête sur sa poitrine, posa la paume sur son front moite. Quand le soleil se mit à décliner vers l'ouest, de nouveaux frissons le secouèrent. Elle s'étendit tout contre lui, dans l'espoir de lui communiquer un peu de sa chaleur.

— Merci, Cass, murmura-t-il, dans l'obscurité de la grotte qui leur tenait lieu d'abri depuis près de sept semaines.

Elle resta à son côté, en priant avec ferveur. « Seigneur, faites que quelqu'un nous vienne en aide ! » Cela semblait très improbable, pour ne pas dire impossible. Elle se demanda avec angoisse si cela durerait des années ou s'ils allaient mourir là, au bout du monde. Oubliés de tous, portés disparus, présumés morts, comme tant d'autres avant eux.

Billy claqua des dents toute la nuit. Le lendemain, il se mit à délirer... Un nouvel orage déversa des trombes d'eau sur la petite île cernée par les flots tumultueux de l'océan... Cassie, après avoir bu de l'eau de pluie, eut une nouvelle crise de dysenterie. Elle avait perdu plusieurs kilos, à en juger par la façon dont elle flottait dans ses vêtements.

Billy ne reprit pas conscience ce jour-là. La nuit, elle le tint enlacé, en pleurant doucement. De sa vie elle ne s'était sentie aussi seule. Elle avait très mal au ventre.

Peut-être avait-elle contracté une maladie tropicale ? Billy, lui, était rongé par la gangrène.

Le matin, il sembla aller mieux. Il se leva, se mit à arpenter la grotte, puis décréta qu'il irait bien piquer un plongeon. Il faisait froid et elle s'efforça de l'en dissuader.

— J'ai chaud ! déclara-t-il.

Il claudiqua vers la plage, s'avança dans les vagues festonnées d'écume, nagea autour de la carcasse noire de leur avion. Les violents orages n'avaient pas réussi à emporter l'épave qui gisait toujours, à moitié immergée, comme un reproche, un souvenir de tout ce qu'ils avaient perdu en une minute, une image de Desmond aux yeux de Cassie.

Elle regarda Billy faire quelques brasses. Lorsqu'il sortit de l'eau, ruisselant, il avait une égratignure à l'autre jambe, mais il ne parut pas s'en rendre compte.

— Ce n'est rien, affirma-t-il.

On aurait dit qu'une force singulière l'animait, car il ne tenait plus en place. Impuissante, Cassie le regarda grimper à un arbre et dévorer une banane. Une énergie inhabituelle, proche de la démence, le poussait à bouger sans cesse. Cassie ne le reconnaissait plus... Il n'était plus lui-même... Peu après, il prononça des phrases incohérentes tout en gesticulant nerveusement. A la tombée de la nuit, il se coucha, tremblant comme une feuille, discutant avec un interlocuteur invisible à propos d'une voiture, d'une chandelle et d'un petit garçon. Il n'y avait pas moyen de donner un sens à ses paroles. Au bout d'un moment, le monologue s'arrêta.

— Cass ?

— Oui, Billy ?

Elle le tenait dans ses bras, sentant ses os pointer sous sa peau, alors qu'il tremblait de tous ses membres.

— Je suis fatigué.

— Ce n'est pas grave, chéri. Endors-toi.

— Ça va ?

— Ça va. Ferme les yeux.

— Ils sont fermés, dit-il, mais elle pouvait voir qu'ils étaient ouverts.

— Il fait très noir ici. Ferme les yeux, mon chéri. Tu te sentiras mieux demain.

Comme s'ils allaient jamais se sentir mieux...

— Je t'aime, Cassie, dit-il doucement après un silence.

Il avait une drôle de voix, une voix enfantine, qui lui rappela ses neveux et nièces.

— Je t'aime aussi, Billy.

Il était toujours dans ses bras quand elle se réveilla le lendemain matin. La migraine lui vrillait les tempes, les muscles de son cou étaient raides, la fièvre la consumait. Lentement mais sûrement, elle s'enfonçait dans la maladie, elle aussi. Billy avait les yeux ouverts et la regardait. Un petit cri lui échappa. Aucune trace de vie ne brillait dans ses yeux fixes. Billy ne respirait plus. Il avait rendu l'âme durant la nuit, dans ses bras. Elle était seule à présent.

Alors Cassie se mit sur son séant, entoura ses genoux de ses bras, et se mit à se balancer d'avant en arrière, en pleurant. Il fallait le sortir d'ici, lui donner une sépulture, mais elle n'avait pas la force de le quitter.

Elle le tira hors de leur repaire dans l'après-midi, le traîna tout doucement vers la plage où elle lui creusa une tombe dans le sable épais, près des rochers... Le visage juvénile du Billy d'avant l'accident lui revint en mémoire. Elle revit son sourire rayonnant et crut encore entendre sa voix disant, à Tahiti : « Je finirais bien mes jours sur une île. » L'ironie du sort avait voulu que son vœu soit exaucé... Oh, c'était il y avait si longtemps. Tout ceci s'était passé dans une autre vie. A présent elle savait ce qui l'attendait. Elle allait mourir, elle aussi, comme Billy.

Agenouillée près de lui, elle le regarda une dernière fois pour graver dans sa mémoire son visage si calme, aux yeux clos. Elle lui effleura la joue, puis les cheveux, en une ultime caresse.

— Je t'aime Billy, chuchota-t-elle, comme la veille au soir, dans la grotte.

Mais cette fois-ci, il ne répondit pas. Elle recouvrit tout doucement de sable le corps sans vie, avant de s'éloigner.

Elle passa la nuit seule dans la grotte vide. La faim la tenaillait et elle mourait de soif. Elle avait froid… Elle n'avait rien mangé de la journée. Elle était trop malade pour s'alimenter, trop faible pour avaler ne serait-ce que quelques gorgées d'eau croupie. Une ou deux fois elle sursauta, croyant entendre sa mère l'appeler… Le mal qui la minait finirait par avoir raison de ses forces… En combien de temps, elle l'ignorait. Mais en faisant le bilan de sa vie, elle ne vit que des épaves. Chris était parti. Billy aussi. Elle avait à jamais perdu Nick. Son mariage avait tourné au désastre. Elle avait détruit l'avion de Desmond… déçu tout le monde… trahi la confiance de ceux qui l'aimaient…

Elle reprit le chemin de la plage, d'un pas de somnambule, en trébuchant. A plusieurs reprises, elle tomba à genoux, épuisée. Cela n'avait plus d'importance. C'était trop dur de survivre… Et trop de voix l'appelaient maintenant… Le soleil levant inonda le sable blanc d'une clarté vermeille, les voix reprirent de plus belle et, alors qu'elle se redressait, elle aperçut un bateau à l'horizon. Un gros bâtiment qui s'approchait... Oh, cela lui était parfaitement égal. De toute façon, ils ne la verraient pas.

L'USS Lexington était revenu sur son habituel champ de manœuvre. Par le passé, il avait souvent longé ce chapelet d'îles désertes, mais d'autres positions lui avaient été assignées. Cassie ne le vit pas approcher. Elle avait regagné sa tanière en titubant et s'était étendue. Il faisait trop froid dehors... oui, trop froid... et la ronde des voix avait repris dans son esprit épuisé.

Le *Lexington* poursuivait sa route, escorté par deux vaisseaux de dimensions plus modestes. Ce fut le vigile d'un des plus petits bateaux qui repéra la carlingue brûlée du *North Star* jaillissant de l'eau, à près d'un kilomètre de l'île.

— Là-bas, monsieur. Qu'est-ce que c'est ? demanda-t-il à un officier, qui sourit.

— On dirait un épouvantail.

Cela ressemblait à un épouvantail, en effet, dans le lointain. Il ne restait plus qu'un squelette de bois rongé par l'humidité et des tôles rouillées émergeant à la surface.

— Se pourrait-il que ce soit la carlingue de l'avion piloté par O'Malley et Nolan, monsieur ? s'enquit le vigile d'une voix excitée.

— Je ne le crois pas. Ils ont disparu à plusieurs centaines de kilomètres d'ici... Environ sept cents, si mes souvenirs sont exacts. Mais allons tout de même jeter un coup d'œil de plus près.

Le navire se déporta vers l'île. Du haut de la passerelle, plusieurs marins avaient braqué des jumelles pour essayer d'identifier ce qu'ils discernaient. A mesure qu'ils se rapprochaient, les contours flous de la ruine se précisaient... Bientôt, plus aucun doute ne fut permis. Il s'agissait d'un avion. Une partie du cockpit était maintenant visible. L'une des ailes avait été arrachée. L'autre avait brûlé jusqu'à l'emplanture.

— Tu as vu ? cria un matelot.

— Qu'un groupe d'hommes plonge, ordonna un des officiers. Je veux qu'on remonte ces restes à bord.

Une demi-heure plus tard, les vestiges de l'avion jonchaient le pont supérieur... fragments épars, méconnaissables, dont un peint en jaune et vert — les couleurs de Cassie — sur lequel on pouvait encore déchiffrer quelques lettres à moitié effacées : *Star*. Appelé à la rescousse, le capitaine n'hésita pas une seconde. Ils l'avaient retrouvé ! Ils avaient retrouvé le *North Star*. Brûlé, soufflé sans doute par une explosion. Pas de traces de Cassie ou de Billy... Aucun signe de vie sur la plage. Le radio contacta les deux autres navires de la flottille, ainsi que la côte la plus proche. Le soir même, le bulletin d'information de Los Angeles diffusait l'incroyable nouvelle. Les restes de l'avion venaient d'être découverts. Nul signe de vie alentour. Les deux pilotes étaient portés disparus depuis sept semaines. Il y avait peu de chances pour qu'ils soient encore vivants. Mais ce n'était pas impossible. Les recherches pour retrouver Cassie O'Malley et Billy Nolan reprenaient.

Les sauveteurs s'étaient divisés en plusieurs groupes, de manière à visiter toutes les îles du voisinage. Il y en avait trois, dont une, minuscule, dépourvue d'eau douce et sans végétation suffisante pour que quiconque puisse y survivre plus d'une semaine. Mais le capitaine avait décidé de passer au crible la moindre parcelle de ces îles désertes et jusqu'au plus petit rocher... Rien de nouveau, pour l'instant : ni traces de passage, ni outils, ni lambeaux de vêtement.

Les voix emplissaient peu à peu l'espace confiné de la grotte, de plus en plus nombreuses. Il en venait d'autres et d'autres encore. Cassie se demanda si Billy les avait entendues lui aussi. Elle ne le lui avait pas demandé. A ce brouhaha confus s'ajoutaient des sons de cloches, des bruits de sif-flets... et ce faisceau lumineux qui lui fit cligner des paupières. Elle détourna la tête, n'aspirant qu'à replonger dans le sommeil, à cette douce léthargie qui l'engourdissait. Elle sentit qu'on la soulevait... qu'on la transportait quelque part, comme elle avait transporté Billy.

— M'sieur ! M'sieur !

Trois sifflements aigus rebondirent sur les parois rocheuses, signal de détresse. Quatre hommes s'en-gouffrèrent en courant à l'intérieur d'une petite grotte où un autre homme se tenait, une lampe-torche à bout de bras, le visage bouleversé.

— Je l'ai trouvée, m'sieur. Je l'ai trouvée.

Elle gisait sur le sol, à peine consciente, murmu-rant des mots sans suite, où de temps à autre appa-raissait le nom de Billy. Elle était d'une pâleur extrême, avait terriblement maigri, mais tous reconnu-rent la chevelure de feu et la tenue, ou du moins ce qu'il en restait... Elle paraissait très malade mais elle était vivante. Du moins elle respirait. Son pouls était ténu, comme près de s'éteindre, son souffle imperceptible. Il n'y avait pas une seconde à perdre. Ils la transportèrent dans un canot et mirent le cap sur le bateau ancré au large.

Les officiers criaient des ordres. La jeune femme fut hissée à bord dans une nacelle. Alerté, le personnel médical du *Lexington* l'attendait pour les premiers soins. Elle portait une chaîne autour du cou, avec une plaque de métal révélant son identité : Cassie O'Malley Williams. Dans les minutes qui suivirent, le Pentagone reçut le message : Cassie avait été retrouvée dans un état critique mais pas Billy Nolan.

La patrouille repartit sur l'île. Il fallut moins d'une demi-heure pour localiser la tombe de fortune. La dépouille de Billy fut ramenée à bord. Entre-temps, Cassie avait été transportée à l'infirmerie du *Lexington,* sans connaissance. Deux médecins aidés de trois infirmiers lui prodiguaient tous leurs soins. Elle était déshydratée, une forte fièvre la dévorait.

— Comment va-t-elle ? demanda le capitaine plus tard dans la nuit.

— Je ne peux encore rien affirmer, répondit doucement le médecin en chef. Mais essayons de ne pas nous montrer pessimistes.

Déjà, le département de la marine avait prévenu ses parents. Desmond fut contacté peu après. Tous les émetteurs radio se mirent à diffuser en même temps la nouvelle. Le miracle s'était produit. Les prières de toute une nation venaient d'être exaucées. Cassie O'Malley avait été retrouvée sur une petite île du Pacifique, dans un état grave. On ignorait si elle survivrait. Billy Nolan était mort... Les autorités avaient averti son père à San Francisco et l'ancien pilote du 94e escadron fut terrassé de chagrin. A vingt-six ans, Billy était un héros, mais un héros mort. Il avait rendu l'âme sur un rivage inconnu, quarante-huit heures avant l'arrivée des secours. C'était du moins le verdict du médecin légiste car Cassie n'avait pu fournir le moindre renseignement. Elle n'avait pas repris conscience.

Le silence régnait dans la petite demeure de l'Illinois. Pat et Oona se regardaient, incapables de parler. Le téléphone avait sonné. Une voix inconnue leur avait appris que Cassie était vivante, et que le *Lexington,* à bord duquel elle se trouvait, se dirigeait rapidement vers Hawaii.

— Oh, Pat, c'est un miracle, réussit à prononcer Oona à travers ses larmes. Le Tout-Puissant lui a accordé une seconde chance.

Son mari serra tendrement ses mains qui égrenaient un chapelet.

— Ne t'emballe pas, Oonie, murmura-t-il. Nous l'avons déjà perdue une fois. On ne sait pas dans quel état elle est, ni comment elle s'est sortie de l'accident. Peut-être ne peut-on plus rien pour elle. Elle est restée plus d'un mois coupée et privée de tout, ne l'oublie pas.

Un mois, c'était bien long, quand on se nourrissait de baies sauvages et qu'on buvait de l'eau de pluie.

Ils n'avaient aucun détail. Desmond lui-même, malgré ses appels incessants au Pentagone, n'en savait pas davantage. En fait, on ne savait rien.

Le lendemain, les nouvelles du *Lexington* ne furent guère rassurantes. Cassie n'avait pas repris connaissance. La fièvre n'était pas tombée et elle présentait des complications.

— Quel genre de complications ? hurla Desmond dans le récepteur. Qu'est-ce que vous me chantez ?

— Ils n'ont rien dit de plus, monsieur, répondit sa correspondante à l'autre bout du fil.

Aucun traitement n'avait pu faire baisser la fièvre. La patiente ne sortait de sa torpeur que pour sombrer dans le délire. Elle était toujours en proie à une violente dysenterie et les médecins commençaient à perdre espoir.

— Pauvre gosse, soupira l'un des matelots, de retour de l'infirmerie. Elle a le même âge que ma sœur qui n'est même pas fichue de conduire correctement.

— On dirait que Cassie aussi a eu des problèmes de conduite, se moqua son copain.

Il plaisantait pour cacher son émotion. L'équipage du destroyer n'avait plus qu'un seul sujet de conversation : la santé de Cassie. Tous priaient pour qu'elle soit arrachée aux griffes de la mort. L'Amérique, le monde entier avaient les yeux rivés sur le navire de l'espoir.

En Angleterre, le commandant en chef de la base de Hornchurch convoqua Nick dans son bureau. D'après la rumeur, ce dernier était intimement lié à Cassie O'Malley, bien qu'on ignorât de quelle manière. Depuis la disparition de la jeune femme, Nick s'était métamorphosé en kamikaze. A plusieurs reprises, ses propres hommes lui avaient reproché de prendre des risques inconsidérés.

— Je ne voudrais pas vous donner de faux espoirs, major Galvin, mais j'ai pensé que vous aviez le droit de savoir. Nous venons d'apprendre qu'ils l'ont retrouvée.

Nick fixa son chef sans comprendre. Sa dernière mission l'avait conduit au-dessus de l'Allemagne, et il n'avait pas fermé l'œil de la nuit.

— Qui ça ?

— J'ai cru comprendre que Mme O'Malley Williams est une de vos amies.

Toute la base bourdonnait des ragots concernant une prétendue idylle entre le major et la belle aviatrice.

— Cassie ? hurla Nick qui se raidit, comme s'il venait d'encaisser un choc violent. Cassie est vivante ? Ils l'ont retrouvée ?

— Oui, elle est vivante, mais dans un état critique. Elle se trouve à bord d'un de vos navires de guerre dans le Pacifique. Il semble, toutefois, que les espoirs de la sauver soient minces. Nous vous tiendrons au courant dès que nous aurons du nouveau.

— J'apprécie beaucoup votre geste, mon commandant.

Il était devenu mortellement pâle.

— A mon avis, vous avez besoin de repos. Une permission serait peut-être la bienvenue, vous ne croyez pas ?

— Je ne saurais pas quoi en faire, mon commandant.

La douleur avait resurgi. Intacte. Terrifiante. Regagner les États-Unis était impensable. Si Cassie survivait, elle continuerait à vivre avec Desmond. Nick était prêt à tout sacrifier pour qu'elle s'en sorte. Il acceptait même qu'elle reste auprès d'un individu aussi détestable que Desmond Williams plutôt que de la savoir morte. Ce dernier mois n'avait été pour lui qu'une longue descente aux enfers.

— Pas de nouvelles de son copilote ? demanda-t-il.

Le commandant en chef hocha la tête. Ils avaient tous l'habitude de la mort, mais à chaque fois il fallait trouver les mots justes pour annoncer la nouvelle.

— Malheureusement si, il n'a pas eu la même chance. Son corps a été découvert sur la même île. Nous ignorons dans quelles circonstances il est mort.

— Merci, mon commandant.

Nick s'était redressé, l'air épuisé.

— Donnez-moi des nouvelles de miss O'Malley, si vous en avez.

— Entendu, major. Dès que nous aurons du nouveau, nous vous préviendrons immédiatement.

— Merci encore, mon commandant.

Ils se saluèrent, après quoi Nick retourna lentement vers ses quartiers, l'esprit empli d'images de Cassie. Bientôt, une seule vision s'imposa, éclipsant toutes les autres. Leur nuit sous l'orme, près de la piste désaffectée de Prairie City, dans le splendide clair de lune… Si seulement il l'avait retenue… Si seulement il avait été capable de l'empêcher de s'en aller.

« Oh, Seigneur, faites qu'elle vive ! »

Pour la première fois en vingt ans, il se surprit à prier, alors que des larmes lui brûlaient les yeux.

20

Le *Lexington* accosta à la base navale de Pearl Harbor trois jours plus tard. Cassie flottait entre conscience et inconscience... Une ambulance, sirène hurlante, la transporta à l'hôpital de la marine, où Desmond attendait. Il était venu par avion de Los Angeles, laissant Nancy Firestone répondre à la presse.

Mais les journalistes l'avaient suivi à Hawaii. Les médecins lui firent le bilan de la situation, qu'il communiqua un peu plus tard aux journalistes.

— Est-ce qu'elle s'en tirera ? cria l'un d'eux d'une voix nouée par l'émotion.

Desmond semblait bouleversé par l'état alarmant de sa femme.

— On ne peut pas encore se prononcer.

Peu après, à bord du *Lexington,* il contempla, accablé, le tas de ferraille qui, autrefois, avait été le fier *North Star.* Sous les crépitements des flashes d'une armada de photographes, il remercia le capitaine d'avoir ramené Cassie vivante à la maison.

— Dommage que nous ne l'ayons pas trouvée plus tôt... C'est une fille épatante. Nous l'admirions beaucoup... Dites-le-lui dès qu'elle pourra vous entendre.

— Je n'y manquerai pas, monsieur, répondit Desmond, en se rapprochant légèrement du capitaine, afin que les photographes puissent les cadrer tous les deux. Je le lui dirai.

Il retourna à l'hôpital. Toujours pas de changement. Il s'assit dans une salle d'attente confinée. Deux heures s'écoulèrent avant qu'ils ne le laissent la voir. Sur le seuil de la chambre aux stores baissés, Desmond marqua un temps d'arrêt. Cassie... A peine reconnaissable... Si maigre et si blanche, avec une perfusion de glucose dans un bras et d'antibiotiques dans l'autre. Immobile. Figée. Comme morte. Il s'approcha du pied du lit, et resta là, les yeux fixés sur le petit visage pâle, sans un geste envers elle, le front plissé. Les infirmières auraient été bien en peine de deviner ses pensées.

La dépouille de Billy Nolan arriva à San Francisco ce jour-là dans un appareil affrété par Desmond. Les obsèques eurent lieu deux jours plus tard devant une foule recueillie. Et partout, dans les églises, les gens priaient pour Cassie.

On était déjà le 3 décembre. Les étincelantes décorations de Noël faisaient leur apparition dans les vitrines des magasins. L'Amérique, l'Europe ravagée, le monde chrétien s'apprêtaient à célébrer la naissance du divin enfant.

Mais les O'Malley ne songeaient guère à la fête de Noël. Leurs pensées étaient tournées vers Cassie... Cassie, qui était toujours à Hawaii, dans un état stationnaire. Pat aurait voulu aller près de sa fille, mais son médecin traitant le lui avait formellement déconseillé. Pourtant le vieil aviateur n'avait pas dit son dernier mot. Et si le scélérat qui avait épousé Cassie avait bien voulu lui prêter un de ses splendides appareils, il n'aurait pas hésité à prendre les commandes. Il apprit par les journaux que M. Williams se trouvait déjà à Honolulu... On ne parlait plus que de lui dans les revues et les magazines. Et, bien sûr, il en profitait pour tirer de l'affaire le maximum de publicité.

Le 4 décembre, la sonnerie du téléphone retentit dans le salon des O'Malley et Oona fixa un instant l'appareil, avec une sombre appréhension. La crainte d'une mauvaise nouvelle redoublait son angoisse de se trouver loin de sa fille.

— Madame O'Malley ?

Elle reconnut immédiatement la friture caractéristique des appels longue distance. Qui était-ce ? Desmond, sans doute. Finalement elle le connaissait si peu... Mais ce fut la voix de Cassie qu'elle entendit... Une voix faible, presque inaudible, mais sa voix, Oona l'aurait reconnue entre mille.

— Maman ?

Oona fondit en larmes et Pat ne tarda pas à l'imiter.

— Cassie ? Oh, mon bébé... mon amour, nous t'aimons tant, nous nous sommes tant inquiétés pour toi, ma chérie !

— Je vais bien, souffla-t-elle, et ces simples mots parurent lui demander un tel effort qu'elle retomba sur ses oreillers, épuisée.

Le médecin passa le téléphone à une infirmière qui essaya de brosser un tableau optimiste de la situation. Mlle O'Malley était encore très faible mais allait mieux... Du fond de son lit, Cassie tendait sa petite main diaphane vers le récepteur... Lorsque l'infirmière le lui remit, elle murmura :

— Maman, je t'aime... et papa... Dis à papa que je l'aime aussi... dis-le-lui...

Oona tenait le combiné, Pat avait l'oreille contre l'écouteur, et tous deux pleuraient tandis que la petite voix de leur enfant leur parvenait de si loin... Cassie aurait voulu leur parler de Billy mais la fatigue l'emporta. L'infirmière lui reprit le téléphone et mit fin à la conversation. La jeune femme somnola quelque temps et se réveilla quand la porte s'ouvrit sur Desmond. L'infirmière de garde ne quitta pas la chambre. Cassie devait être surveillée constamment. Sa faiblesse lui causait parfois des troubles respiratoires.

Son mari avait étreint de ses mains aux ongles soignés la barre métallique, au pied du lit. Il arborait un air malheureux et ne savait que lui dire, si ce n'est qu'il était soulagé de la revoir vivante. Depuis qu'il la savait en vie, il avait ressassé la même question et espérait maintenant en connaître la réponse. L'accident n'avait-il pas été provoqué par une négligence humaine, plutôt que par une défaillance de la machine ?

— ... navrée pour l'avion, murmura-t-elle laborieusement.

— Tu le referas un jour, répondit-il avec conviction, mais elle secoua lentement la tête.

Elle avait marché dans la combine de Desmond uniquement parce qu'il était parvenu à la persuader qu'elle lui devait quelque chose. Eh bien, elle avait failli payer sa dette de sa vie. C'était bien assez. Elle n'entreprendrait plus jamais aucune traversée pour Desmond, ni pour personne d'ailleurs, surtout pas sans Billy.

— Que s'est-il passé ?

L'infirmière lui fit signe de se taire. La patiente, trop affaiblie, ne pouvait supporter de longues visites. Encore moins les conversations. Mari ou pas, il devait respecter les consignes. Du reste, drôle de mari que ce grand homme élégant, qui n'avait pas daigné embrasser une seule fois sa femme alors qu'il l'avait crue morte.

Desmond ignora son avertissement.

— Eh bien ?

Le petit visage blême se troubla. Cassie fit un effort désespéré pour répondre de façon cohérente.

— ... fumée d'abord... feu ensuite... le numéro deux en flammes... puis le un... trop loin des côtes... me suis posée sur petite île... heurté la plage... explosion... terrible...

— Mais qu'est-ce qui a été à l'origine du feu ?

Elle ouvrit la bouche. Aucun son n'en sortit. Elle était épuisée. L'infirmière se décida à intervenir.

— Monsieur, les visites sont terminées... Mme Williams doit se reposer. Revenez plus tard.

Il s'exécuta... C'était quelqu'un de bien élevé. Poli avec tout le monde. Mais froid, se dit l'infirmière de garde, toute contente d'avoir pu le cerner. Oui, froid comme un bloc de glace. Il n'avait pas dit un seul mot gentil à Cassie... On avait du mal à croire qu'il était son mari. En suivant du regard son visiteur qui sortait, Cassie se demanda s'il n'aurait pas préféré qu'elle meure dans l'accident. Maintenant, il allait devoir faire face au monde lorsqu'elle demanderait le divorce.

Cassie rappela ses parents le lendemain. Elle se sentait beaucoup mieux, bien qu'extrêmement faible. A tel point qu'elle ne pouvait s'asseoir dans son lit sans être aidée. Elle avait souffert de malnutrition, de déshydratation et de refroidissement. Il lui faudrait du temps pour se remettre entièrement.

L'après-midi, Desmond revint avec quelques photographes. L'infirmière refusa de les laisser entrer. Il s'énerva, la menaça d'en référer à ses supérieurs, ce à quoi elle répondit que ça ne changeait strictement rien. Le médecin avait ordonné : pas de visites en dehors de la famille. Elle lui obéissait à la lettre.

Furieux, Desmond claqua la porte. Cassie éclata de rire.

— Merci, lieutenant Clarke. Vous ne vous êtes pas laissé faire.

— Vous n'êtes pas en état de recevoir la presse. Par ailleurs, j'ai senti que vous ne le souhaitiez pas.

Cassie était toujours d'une maigreur à faire peur.

Le soir, les infirmières l'aidèrent à se laver les cheveux, et en début de soirée elle sembla reprendre vraiment goût à la vie.

Desmond arrêta ses visites... S'il n'était pas autorisé à la montrer aux journalistes, à quoi bon perdre son temps au chevet d'une convalescente ? Jour après jour, il avait tenu la presse au courant des progrès de la malade. Il leur avait même montré la gerbe de fleurs que l'équipage du *Lexington* avait envoyée à Cassie avant de lever l'ancre Son bulletin de santé était publié régulièrement dans nombre de journaux, américains et étrangers. A Hornchurch, Nick sourit enfin quand il sut qu'elle allait mieux.

Le lendemain, Desmond renouvela sa tentative de venir avec des journalistes. De nouveau, il se heurta à une porte close. L'indomptable lieutenant Clarke se tenait devant le battant, les bras croisés sur son uniforme galonné, semblable à quelque amazone se préparant à passer à l'attaque… On aurait dit un jeu. Une partie de bras de fer qui commençait à amuser Cassie.

— Il a l'air fermement décidé à ce que la presse vous voie, commenta le lieutenant Clarke, sans rien ajouter.

Décidément, sous son costume élégant, cet homme dissimulait un cœur de pierre. Visiblement son intérêt ne s'éveillait qu'en présence des journalistes et il ne semblait rien éprouver pour Cassie. Celle-ci avait trouvé une alliée inattendue en son infirmière. Elle n'avait envie de voir personne, hormis ses parents. Elle retournerait près d'eux dès qu'elle irait mieux.

Le lieutenant Clarke l'aida à faire ses premiers pas dans le couloir cet après-midi-là. De l'avis des médecins, elle devait pouvoir quitter l'hôpital à la fin de la semaine. Ils voulaient être sûrs qu'elle avait repris suffisamment de forces. La fièvre ne revint pas, ce que ses thérapeutes estimèrent être un excellent signe.

Quelques hommes la reconnurent dans le hall. Ils l'entourèrent aussitôt pour lui dire combien ils étaient heureux qu'elle s'en soit sortie… Ce qu'elle avait vécu sur l'île lui avait valu un regain de popularité. Les gens l'admiraient, elle avait réussi à échapper à la mort. Mais malheureusement le pauvre Billy n'avait pas eu cette chance. Cassie avait envoyé un télégramme de condoléances au père de son copilote et ami.

« Nous prions tous pour toi, Cassie », disaient les centaines de lettres qui affluaient chaque jour à l'hôpital. Le président et Mme Roosevelt l'avaient personnellement appelée au téléphone.

Ce n'était pas juste ! se disait-elle, en recevant toutes ces marques de sympathie. Pourquoi avait-elle survécu, et pas Billy ? Dès qu'elle pensait à lui, elle pleurait. Elle éclatait en sanglots chaque fois que quelqu'un prononçait son nom. Elle se sentait coupable vis-à-vis de lui et ce poids était pour elle un fardeau insoutenable. Moralement, elle était encore très fragile.

Les infirmières la laissaient souvent seule dans sa chambre, triste et pensive, n'osant la déranger. Comme tout le monde, elles savaient que son copilote avait trouvé la mort au cours de cette expédition et elles comprenaient son chagrin et son désarroi ; elle ne dormait pas, elle se laissait emporter par le tourbillon de ses pensées… Nick en occupait une large part. Où était-il ? Sous quels cieux ? Elle n'avait pas pu lui dire qu'il avait eu raison au sujet de Desmond. Mais cela n'avait sans doute plus d'importance.

Le soir même de la visite de son mari, elle demanda à l'opératrice d'appeler ses parents. Elle leur annonça qu'elle serait de retour dans une semaine, vers le 15 décembre… Il était inutile qu'elle passe par Los Angeles où plus rien ne la retenait. Elle estimait avoir honoré de son mieux ses engagements auprès de son employeur… C'était terminé, de ce côté-là.

Ses parents avaient reçu un télégramme de Nick, leur faisant part de sa joie de savoir Cassie vivante et lui souhaitant un prompt rétablissement. Ils le lirent à Cassie, lui assurant que s'il ne lui avait pas écrit personnellement, c'était sûrement à cause de Desmond.

— Quand revient-il à la maison ? s'enquit-elle d'un ton égal, et son père éclata de rire.

— Tu es trop maligne, et tant mieux, Cassie O'Malley.

— Peut-être est-il marié maintenant.

Elle espérait que non, de toutes ses forces.

— Aucune femme saine d'esprit ne voudrait de lui !

— Ça ne laisse pas beaucoup de choix, fit-elle dans un rire.

Son humour était revenu.

Elle se coucha tôt, ce soir-là. Elle n'avait aucune idée de ce que Desmond fabriquait à Honolulu. Fidèle à ses principes, il devait organiser des dîners pour la presse et lui préparer des interviews, bien sûr sans lui demander son avis. Eh bien, le cher homme ne tarderait pas à tomber des nues. Elle avait décidé de faire ses adieux lors d'une ultime conférence de presse, après quoi elle retournerait à la maison. Le rideau tomberait sur la scène où son époux l'avait si habilement propulsée… La rançon de la gloire… La phrase prononcée jadis par son père lui revint en mémoire. Elle avait cher payé sa renommée. Elle avait perdu un ami et avait failli y laisser la vie.

Le lieutenant Clarke pénétra dans sa chambre le lendemain matin à sept heures. Elle tira les rideaux, ouvrit les volets. La lumière du jour inonda la petite pièce. Il faisait beau. Cassie avait hâte de se lever. Elle aurait voulu prendre une douche et s'habiller, mais le lieutenant s'y opposa farouchement.

— Pas d'excès, Cassie, soyez sage.

A huit heures moins cinq, la jeune femme dégusta un petit déjeuner composé de thé et d'œufs pochés accompagnés de trois minces tranches de bacon. Cela la changeait agréablement des bananes et des baies sauvages dont elle s'était nourrie sept semaines durant.

Tout en buvant son thé à petites gorgées, elle jeta un coup d'œil au journal du matin. Naturellement, Desmond y figurait en bonne place. Il lui avait organisé une interview avec le *Honolulu Star Bulletin* pour le jour où elle quitterait l'hôpital. En attendant, il régalait les journalistes de toutes sortes de détails sur l'état de santé de Cassie... Il pensait à tout, décidément. Sauf au bien-être de sa femme. Sa passion n'englobait que les affaires, la publicité, les avions, le profit. Nick avait eu raison sur toute la ligne.

Elle était toujours penchée sur le journal, quand elle entendit le vrombissement. Le son lointain d'un moteur, devenant à chaque seconde plus dense. Probablement un exercice des pilotes de la marine. Le terrain d'entraînement n'était pas loin. Le bourdonnement s'intensifiait... Ils devaient être nombreux... Soudain, une explosion éclata quelque part dans la ville. Puis une autre... Intriguée, Cassie se mit à la fenêtre. Alors, elle les vit... Des essaims de chasseurs et de bombardiers, si serrés que le ciel en était noir. Ils subissaient une attaque aérienne, réalisa-t-elle, incrédule. On était le dimanche 7 décembre 1941, et il était huit heures moins cinq du matin.

Les bombes tombaient sur le port de Pearl Harbor, détruisant tous les navires de guerre à l'ancrage. Sur l'aéroport, la quasi-totalité des avions fut détruite au sol.

Le lieutenant Clarke arriva en courant et Cassie lui fit part de ce qu'elle avait vu. Sans réfléchir davantage, elle avait couru vers l'armoire d'où elle avait sorti les vêtements que Desmond lui avait apportés. Un chemisier, une jupe, une paire de chaussures, qu'elle enfila rapidement

Dans le hall régnait une pagaille indescriptible. Des gens affolés y accouraient de toutes parts, et les infirmières et les aides soignants essayaient de les calmer. L'attaque dura une demi-heure… L'*Arizona* flambait comme une torche, ainsi que deux croiseurs légers… Les rapports arrivaient. Un présentateur de radio expliqua qu'ils venaient de subir un bombardement des forces aériennes japonaises. Quelques minutes plus tard, les hurlements des sirènes des ambulances remplacèrent les sifflements des bombes. Les victimes arrivaient en masse, sur des civières, des brancards, dans des chaises roulantes. Des grands brûlés, des blessés graves, des mutilés.

A huit heures quarante, les Japonais lâchèrent une nouvelle vague de bombes sur Pearl Harbor. Cette fois-ci, le *Nevada* fut touché.

Brutalement, on aurait dit que des milliers de soldats blessés et sanglants avaient pris d'assaut le hall de l'hôpital de la marine. La plupart purent être évacués sur le *Solace,* hôpital flottant que les bombes avaient épargné.

Les infirmières ne savaient plus où donner de la tête. Tout naturellement, Cassie s'était jointe au personnel.

Elle travailla sans répit, à côté du lieutenant

Clarke, déchirant des draps pour en faire des bandages, pansant des plaies, aidant à soulever les blessés.

Rebecca Clarke, levant les yeux de sa besogne, lança à Cassie un regard empreint d'une muette admiration. Quelle fille formidable ! songea-t-elle. Pas étonnant que tout le pays l'adore.

— Ça va ? lui demanda-t-elle rapidement.

Cassie venait d'aider à transporter un brûlé dans une salle de soins… L'homme se tordait de douleur.

— Ça va, répondit-elle platement.

La vision de Chris dans son carcan de feu vint la hanter et, du bout du doigt, elle chercha sur son bras la cicatrice qu'elle en avait gardée, pour se donner du courage.

— Dites-moi simplement ce que je dois faire, lieutenant.

— Ce que vous pouvez, rétorqua Rebecca d'un ton ferme. Et quand vous n'en pourrez plus, arrêtez, surtout.

— Ça ira.

C'était au tour des civils d'envahir l'hôpital. Enfants, femmes, vieillards. Au milieu de tous ces malheureux Cassie continua de travailler sans répit. Le second bombardement prit fin à dix heures… Les avions japonais repartirent, laissant l'État de Hawaii et toute la région dans les décombres.

L'afflux des blessés se ralentit. A quatre heures de l'après-midi, Cassie se laissa tomber sur une chaise. Le personnel de l'hôpital avait réparti les victimes dans les dortoirs, les salles d'attente et les chambres, en avait convoyé un bon nombre vers le *Solace* et avait renvoyé les blessés légers chez eux.

Le lieutenant Clarke lui apporta une tasse de thé qu'elle accepta avec reconnaissance.

Elle était en train de réconforter l'un des blessés, quand Desmond entra, suivi d'un journaliste. Les collègues du jeune reporter étaient allés voir ce qui restait du port, mais Desmond lui avait promis l'exclusivité d'une photo de Cassie O'Malley. Ils traversèrent le hall en courant, dépassant le lieutenant Clarke qui installait une jeune femme sur le point d'accoucher sur un fauteuil roulant.

— La voilà ! s'écria Desmond, en la désignant de la main, dans un ample geste dramatique. Comment te sens-tu ma chérie ?

Il l'enlaça tendrement, alors que le journaliste prenait une photo d'elle dans ses habits salis et abîmés par toutes les tâches qu'elle venait d'effectuer. Cassie repoussa Desmond en le regardant avec mépris.

— Pour l'amour du ciel ! hurla-t-elle. Essaie de te rendre utile au lieu d'être sans cesse en représentation. (Furieuse, elle se tourna vers le reporter.) Et vous, qu'est-ce que vous avez à collectionner les clichés ? Nous avons été bombardés, espèce d'idiot ! Allez plutôt secourir les blessés.

Elle tourna les talons et disparut dans un couloir à la suite du lieutenant Clarke, plantant là les deux hommes, bouche bée.

Elle avait conquis le cœur de Rebecca Clarke à jamais. Celle-ci n'oublierait jamais la jeune femme courageuse qui, à peine remise d'une longue maladie, était venue en aide à ses concitoyens dans la détresse.

Le directeur de l'hôpital vint la remercier personnellement dans l'après-midi. Cassie avait cédé sa chambre. Il était hors de question pour elle de préserver son petit confort douillet, alors que tant de gens avaient besoin de soins. Elle resta avec l'équipe médicale le lendemain, infatigable. Entretemps, ils avaient appris que le président des États-Unis avait déclaré la guerre au Japon, avec la volonté de vaincre à tout prix.

Le mercredi suivant, Cassie loua une chambre au Royal Hôtel d'où elle appela ses parents.

— Je vais bien. Je rentrerai dès que possible.

Le réceptionniste de l'établissement lui avait réservé une cabine à bord du *Mariposa* qui appareillerait la veille de Noël. Tous les autres paquebots en partance affichaient complet. Cassie n'avait pas d'autre possibilité. Tout ce qu'elle souhaitait, c'était que Desmond ne fût pas du voyage… Le peu de sympathie qu'elle éprouvait encore à son égard s'était volatilisé. Son acharnement à exploiter tout ce qui la concernait était par trop écœurant.

Il lui rendit visite l'après-midi même. Le Pentagone lui offrait une place dans un vol militaire à destination de San Francisco quelques jours plus tard. Étant considérée comme une héroïne nationale, elle pourrait, sans difficulté, prendre le même avion. Elle déclina fermement sa proposition. Pour rien au monde elle n'aurait voulu voyager avec lui.

— Je ne vois pas la différence, vitupéra-t-il.

Son manque de coopération subit l'ennuyait au plus haut point et il la trouvait bien prétentieuse. Rentrer ensemble produirait une bonne impression sur le public. Mais il pourrait toujours expliquer aux journalistes qu'elle avait peur de prendre l'avion, conséquence de l'accident, bien sûr, et de son mauvais état de santé.

— Tu n'y es pas du tout, Desmond. Tu n'es plus le centre du monde, et moi non plus. Tes chers reporters ont d'autres chats à fouetter. Nous sommes en guerre, au cas où tu ne l'aurais pas remarqué.

— Justement, un pays en guerre a besoin de pilotes comme toi, rétorqua-t-il, d'un ton plein d'espoir.

Bientôt, les avions civils seraient remplacés par les avions militaires dans les usines de la compagnie Williams... Et Cassie était toujours aussi populaire. Son image avait même acquis une dimension supplémentaire. L'amiral Kimmel l'avait remerciée personnellement des services qu'elle avait rendus à l'hôpital lors des bombardements.

— Et moi, j'ai besoin de calme, dit-elle sèchement. Je ne te permettrai plus de te servir de moi à des fins commerciales. Ni d'exploiter davantage ma réputation. Est-ce clair ? C'est terminé nous deux, Desmond. J'ai honoré mon contrat.

— Certainement pas, répondit-il d'un ton mielleux.

Elle le regarda, incrédule.

— Tu plaisantes ? J'ai failli me tuer !

— Pour ta propre gloire, ma belle.

— Quelle gloire ? Je l'ai fait parce que tu as réussi à me faire croire que je t'en étais redevable. De plus, tu me menaçais de poursuites si je refusais la traversée. J'ai eu peur que mes parents ne supportent pas un procès.

— Pourquoi ? Tu crois qu'ils le supporteront maintenant ?

Il était pervers, Nick l'avait bien deviné.

462

— J'ai parcouru plus de seize mille kilomètres dans ton fichu avion, je me suis débrouillée pour survivre sur une île pendant quarante-cinq jours, bien que n'ayant rien à manger ou presque, et j'ai vu mourir mon meilleur ami. N'importe quel juge me donnerait raison.

— Un contrat est un contrat. D'après le tien, tu t'engageais à couvrir vingt-deux mille cinq cents kilomètres dans le Pacifique, avec mon appareil.

— Ton appareil n'existe plus.

— J'en ai d'autres.

— Les États-Unis sont entrés en guerre, Desmond. Personne ne s'intéressera à un nouvel exploit de cet ordre. De toute façon, je ne le ferai pas. Tu n'as qu'à porter plainte.

— Pourquoi pas ? Mais réfléchis, avant de refuser.

— C'est tout réfléchi. A mon retour, j'appellerai mon avocat… pour plusieurs raisons

— Nous en reparlerons avant, j'en suis sûr. A propos, tu viens de mentionner Billy en termes assez touchants. Qu'était-il au juste ? Ton meilleur ami ou ton *petit ami* ?

— Tu m'as très bien comprise, espèce d'ordure. Mais puisqu'il est question d'adultère, pourquoi ne demandes-tu pas conseil à Nancy Firestone ? Elle ne s'est pas gênée pour me déclarer qu'elle était ta maîtresse. J'en ai informé mon avocat.

Elle eut le plaisir de le voir blêmir.

— J'ignore à quoi tu fais allusion.

Nancy ne perdait rien pour attendre.

— Demande-le à Nancy. Elle saura te l'expliquer. Avec moi, elle a été très franche.

Elle vit la haine dans ses yeux, mais elle s'en moquait. Elle ne voulait plus jamais le revoir.

En attendant le départ, elle rejoignit les équipes de volontaires qui s'occupaient des blessés. Elle travailla de nouveau à l'hôpital de la marine, puis à bord du *Solace*. L'ampleur des dégâts causés par l'aviation nippone était inouïe. La grande base militaire américaine avait subi des pertes colossales. *L'Arizona,* le *Curtiss,* le *West Virginia,* le *Chew* et *l'Oglala* avaient été détruits. On comptait près de trois mille morts et plus d'un millier de blessés. Et maintenant, les États-Unis étaient entrés en guerre. Cassie pensa à Nick. Resterait-il à la RAF ? Irait-il se battre sous le drapeau américain ? Comment le savoir ?

La veille de Noël, trois paquebots devaient larguer les amarres, en partance pour la côte Ouest : le *Monterey,* le *Lurline* et le *Mariposa* à bord duquel Cassie allait embarquer. Une heureuse surprise l'attendait sur le quai. Rebecca Clarke.

— Ce fut un honneur de vous rencontrer, lui dit-elle avec sincérité. J'espère que vous arriverez à bon port.

— Moi aussi, sourit Cassie.

Elle avait hâte de retrouver les siens et de consulter son avocat pour se libérer au plus vite des obligations qui la liaient encore à Desmond Williams.

A son grand soulagement, aucun journaliste ne s'était montré. Desmond était parti pour San Francisco en avion militaire une semaine plus tôt... Il devait avoir regagné Los Angeles, à cette heure-ci.

Le grand paquebot quitta tranquillement Pearl Harbor dévasté. La peur régnait à bord. La plupart des passagers redoutaient un retour des avions ennemis. Seuls les enfants restaient insouciants, se poursuivant dans les coursives. Les voyageurs avaient hâte de s'éloigner de Hawaii. C'était devenu trop dangereux. Une nouvelle attaque était à craindre à tout moment... Toutefois, les trois navires effectuèrent la traversée sur une mer calme, escortés par trois destroyers. Quand les côtes découpées de la Californie se profilèrent à l'horizon, les destroyers firent demi-tour, remettant le cap sur Hawaii.

C'était une étrange sensation de fendre les flots sombres, dans le silence de la nuit. Pour Cassie, qui avait l'habitude de l'avion, le trajet parut interminable... Et à vrai dire assommant. Peut-être parce que le spectre de la guerre planait sur l'océan. Quand le bateau passa sous le Golden Gate, pour pénétrer dans le port immense de San Francisco, cinq jours plus tard, les voyageurs applaudirent à tout rompre.

Cassie venait de descendre la passerelle de débarquement, quand elle aperçut son père sur le quai. Elle avait pris son billet au nom de Cassandra Williams et avait voyagé incognito. Elle avait passé la majeure partie du temps assise sur le pont supérieur, à l'écart de ses compagnons de voyage, l'esprit torturé par de sombres pensées. Mais quand elle vit la silhouette trapue de son père, sa tristesse se mua en joie...

— Qu'est-ce que tu fais là ? fit-elle d'un ton faussement grondeur, les yeux humides.

Elle tomba dans ses bras, et pendant un long moment ils furent submergés par l'émotion. Ces retrouvailles, elle les avait tant de fois rêvées, sur l'île perdue, qu'elle eut l'impression de les avoir déjà vécues.

Alors qu'ils s'embrassaient et étaient tout à la joie de se retrouver, ils aperçurent Desmond qui arrivait… avec, à sa suite, l'inévitable troupeau de journalistes. La bouche de Pat se ferma en une mince ligne dure… Il commençait à en avoir par-dessus la tête de son gendre. Desmond Williams était allé trop loin, il était grand temps que cela cesse.

— Bienvenue parmi nous, Cassie ! lança-t-il.

Pat passa une main ferme sous le bras de sa fille, puis la tira en avant. Ils se frayèrent un chemin vers la voiture avec chauffeur que Pat avait louée et qui attendait un peu plus loin. Sans donner à l'adversaire le temps de réagir, il fit monter Cassie à l'intérieur de la limousine. Puis, ferme et décidé, il attendit Desmond qui guidait les journalistes vers la voiture.

— Vous êtes gentils, dit Pat avec amabilité, en s'adressant aux reporters. Mais ma fille est fatiguée. Elle ne s'est pas tout à fait remise des privations qu'elle a subies et elle vient de vivre une expérience traumatisante à l'hôpital de Pearl Harbor. Au revoir… Et merci. Merci bien.

Il les salua de son chapeau, monta précipitamment dans la voiture et donna au chauffeur l'ordre de démarrer.

— Tâchez de ne pas les écraser, lui recommanda-t-il.

Cassie ne put réprimer un rire. Par la vitre arrière elle pouvait voir Desmond, les bras ballants. Ils l'avaient possédé, pour une fois.

— Cet individu ne s'arrête donc jamais ? grommela son père. N'a-t-il donc pas de sentiments ?

— Non, pas que je sache.

— Je ne comprends pas pourquoi tu l'as épousé.

— Moi non plus, soupira-t-elle. Il était charmant, au début. Très convaincant. Jusqu'au moment où sa vraie nature a pris le dessus… Il menace de me poursuivre en justice pour rupture de contrat.

— Quel culot ! Tu ne lui dois plus rien, pesta Pat. J'ai une furieuse envie de lui flanquer mon poing en travers de la figure.

Il avait réservé une suite au Fairmont où ils restèrent trois jours pour célébrer dignement le retour de Cassie. Avant de reprendre le chemin de Good Hope, ils rendirent visite au père de Billy Nolan. Celui-ci, bien que brisé par le chagrin, les accueillit gentiment. Cassie lui raconta comment Billy s'était éteint dans ses bras… sans souffrir, ajouta-t-elle. Mais aucun mot ne pouvait effacer la douleur d'un père qui venait de perdre son unique enfant. Par une association d'idées, Cassie songea avec tristesse à tous les jeunes gens comme Billy, qui allaient mourir à cause de la guerre. L'avenir s'annonçait très dur pour le pays et Cassie se dit avec soulagement qu'elle serait bientôt chez elle.

Son père était venu avec le Vega, accompagné d'un copilote. Ils décollèrent aisément et, à mi-chemin de l'Illinois, il voulut confier à Cassie les commandes. Il feignit de ne pas se rendre compte de son hésitation.

— Évidemment, cette vieille casserole n'a rien à voir avec tous ces appareils modernes que tu as pilotés. Mais elle tient bien la route.

Elle finit par accepter. Cela faisait plus de deux mois et demi qu'elle n'avait pas piloté, depuis le drame de son équipée tragique avec le *North Star*. Dès qu'elle eut les commandes en main, l'excitation familière l'envahit. Elle avait la passion des avions dans le sang, tout comme son père.

Durant le trajet, elle lui narra l'accident. Nul ne savait ce qui avait provoqué l'incendie des moteurs. Desmond avait emporté les débris de l'appareil, pour les soumettre à un examen attentif dans ses laboratoires. Elle doutait qu'on trouve un jour l'explication de ce drame.

— Tu as eu une sacrée chance, conclut son père en hochant la tête. Tu aurais pu être tuée sur le coup. L'explosion aurait pu survenir en plein vol. Quelle bénédiction que tu aies pu atterrir sur cette île.

— Oui, je sais.

Ça n'avait pas aidé Billy. Elle ne l'oublierait jamais et se sentirait toujours un peu responsable de sa mort si injuste…

Le soir, alors que tous deux garaient le Vega dans le hangar, il proposa à Cassie de travailler pour lui.

— La plupart de mes pilotes ont dépassé l'âge de la mobilisation… Mais il y a du boulot : cargos, frets, courriers… A moins que tu ne préfères faire carrière dans la publicité pour vanter les mérites de différentes pâtes dentifrices ou de voitures.

Tous deux éclatèrent d'un rire complice.

— Je ne sais pas, enfin dit Cassie. Je crois que j'en ai assez de tout ça.

Elle n'avait même plus envie de participer à des concours de voltige… Non, plus depuis la mort de

Chris. Ou alors, oui, peut-être des vols tranquilles…

— Penses-y, Cass. Je serais content de t'avoir dans mon équipe.

— J'y songerai, papa. J'en suis flattée.

Pat et Cassie regagnèrent la maison dans la vieille camionnette. Sa mère, ses sœurs, ses beaux-frères et leur nombreuse progéniture les attendaient dans le salon. Chacun était ému en embrassant la revenante, tandis que les enfants couraient partout en piaillant. Ils avaient tous grandi. Annabelle et Humphrey étaient plus mignons que jamais. Cette scène, elle n'avait pas osé croire qu'elle la vivrait. Elle sanglota longuement dans les bras de sa mère. Si seulement Chris était là… et Billy… et Nick… Il y avait trop d'absents à la fête. Autour de la table, ils remercièrent Dieu avec ferveur de sa miséricorde.

21

Cassie commença à travailler pour son père pratiquement dès son retour. Pat l'avait accompagnée chez un avocat à San Francisco, connu pour obtenir gain de cause même dans les cas les plus difficiles. De prime abord, ses honoraires exorbitants rebutèrent la jeune femme mais son père insista. Un débutant n'avait aucune chance de triompher face à l'armada des juristes qui veillaient farouchement sur les intérêts de Desmond Williams.

Après l'avoir écoutée attentivement, l'homme de loi eut un hochement de tête rassurant.

— Ne vous inquiétez pas. Aucun juge ni jury de ce pays ne vous accusera de rupture de contrat. Votre bonne foi ne peut être mise en cause : le fait que vous ayez risqué votre vie en exerçant votre métier le prouve. Aucune loi ne peut vous obliger à retravailler pour M. Williams… Cet homme est un monstre, ni plus ni moins.

— Ce qui nous amène tout naturellement à un autre sujet, maître, intervint Pat. Le divorce.

C'était plus compliqué à plaider, mais ils pourraient invoquer la dégradation des rapports entre les deux époux, dont l'union n'aurait pas résisté à la douloureuse épreuve du Pacifique.

— Ajoutez à cela une accusation d'abus de confiance et d'adultère et nous obtiendrons, du moins je le crois, l'entière coopération de la partie adverse. Ne vous faites pas de souci, répéta-t-il, alors qu'il les raccompagnait à la porte.

Trois semaines plus tard, Cassie reçut les papiers administratifs, qu'elle signa d'une main qui ne tremblait pas. La machine judiciaire était en marche. Peu après, Desmond lui passa un coup de fil.

— Comment te sens-tu, Cass ?

— Pourquoi cette question ?

— Pourquoi pas ? C'est une question qui me paraît de circonstance.

Il avait repris sa voix charmeuse, ce qui la mit sur ses gardes. Desmond ne faisait rien sans contre-partie. Son moindre geste était réfléchi. Mais que voulait-il au juste ? Il n'avait aucune raison de s'opposer au divorce puisque, pas plus qu'elle, il n'avait envie de sauvegarder leur mariage. De plus, elle n'avait pas demandé de pension. A sa surprise, il lui avait envoyé la totalité de la somme convenue pour le tour, bien que celui-ci ait été interrompu. Elle ignorait les dessous de l'histoire. Desmond avait bien pensé ne lui verser qu'une partie des honoraires, mais son conseiller juridique l'en avait dissuadé. Cassie était trop populaire, le moindre faux pas de sa part lui aurait immanquablement attiré l'animosité du public. Pris à son propre jeu et obligé de se montrer parfaitement correct, Desmond fit contre mauvaise fortune bon cœur et signa un chèque de cent cinquante mille dollars au nom de Cassie O'Malley.

— Je me demandais si tu n'accepterais pas de

donner une petite conférence de presse, Cassie, pour raconter ce qui s'est passé.

Lorsqu'elle était encore hospitalisée, elle y avait pensé. Cela aurait été pour elle une façon de dire adieu à ses admirateurs. Depuis, elle avait changé d'avis. Sa carrière de star était bel et bien terminée.

— Le département de la marine a communiqué tous les détails, après mon sauvetage. Je n'ai rien à ajouter. Crois-tu vraiment que les gens voudraient savoir comment Billy est mort ou comment j'ai guéri de ma dysenterie ?

— Tu n'es pas obligée de faire dans le morbide.

— Non, merci. Je n'ai rien à dire... Ni quoi que ce soit a ajouter à mes premières déclarations. Nous avons échoué. J'ai eu la chance de revenir de l'enfer, contrairement à Billy, contrairement à Noonan et Earhart, et à un tas de cinglés de mon espèce. Je ne veux plus en parler. C'est fini, Desmond, cette aventure appartient au passé. Tu peux donner à quelqu'un d'autre le rôle de la star... A Nancy, tiens !

— Tu étais bonne, murmura-t-il d'un ton nostalgique. La meilleure.

— Je le faisais pour toi, répondit-elle tristement Je t'aimais.

Mais il n'y avait pas eu d'amour dans cette affaire, elle le savait maintenant.

— Désolé de t'avoir déçue.

Ils étaient à nouveau des étrangers. La boucle était bouclée.

— Si jamais tu changes d'avis, tu sais où me joindre, reprit-il après un silence. Une belle carrière t'attend, souviens-t'en.

Elle sourit malgré elle. La persévérance de Desmond avait un côté dérisoire qui donnait au drame une nuance comique.

— Ne compte pas sur moi.

En disant cela, elle savait pertinemment qu'il la classerait dans la catégorie des « lâcheurs », des gens qu'il détestait. Mais elle se moquait totalement de son opinion.

— Au revoir, Cassie.

Fin d'une carrière, fin d'un mariage... Fin d'un cauchemar.

Ils avaient raccroché en même temps. Il ne la rappela plus. Elle sut par son avocat que M. Williams était d'accord pour divorcer et allait jusqu'à offrir un « petit complément » si elle acceptait d'aller à Reno. Elle refusa l'argent, mais se rendit à Reno début mars. Six semaines plus tard, elle était libre comme l'air. Comme on pouvait s'y attendre, Desmond adressa un communiqué à la presse : l'expérience traumatisante de son ex-épouse dans le Pacifique avait eu raison de leur union. Elle s'était retirée chez ses parents où elle vivait actuellement « en recluse ».

— Il parle de moi comme si j'étais folle à lier, se plaignit-elle.

— Et alors ? dit son père. Tu t'es libérée de lui. Bon débarras.

Des journalistes tentèrent de la joindre par téléphone deux ou trois fois, mais elle refusa de les prendre. Quelques articles parurent, dans lesquels les journalistes exprimaient leur sympathie pour celle qui avait été « la petite bien-aimée » de l'Amérique. Et peu à peu, son image s'estompa dans les cœurs et les esprits. D'autres sujets d'actualité, plus brûlants, accaparèrent l'attention des reporters.

Si Cassie n'éprouvait aucun regret pour sa vie trépidante à Los Angeles, en revanche ses amis lui manquaient. Sans Billy Nolan, l'aéroport n'était plus qu'un endroit monotone et tranquille. Trop tranquille, en fait. Chaque fois qu'elle prenait les commandes d'un avion, elle s'étonnait presque de ne pas le voir à son côté. En avril, à son retour de Reno, la plupart des jeunes gens qu'elle connaissait avaient été enrôlés. Deux de ses beaux-frères étaient déjà partis. Seul le mari de Colleen avait échappé à la mobilisation, du fait de sa mauvaise vue. Maintenant que leurs époux n'étaient plus là, ses deux sœurs aînées venaient plus souvent à la maison. Leurs enfants jouaient la plupart du temps dans les environs. Au printemps, les parents d'Annabelle et Humphrey furent tués lors d'un bombardement à Londres. Colleen et son mari décidèrent aussitôt de les adopter ; pour la première fois, Cassie aurait souhaité devenir maman.

De temps à autre, une missive de Nick arrivait. Il se trouvait toujours en Angleterre et commandait une escadre de chasseurs qui se battaient avec vaillance contre la Luftwaffe, « comme au bon vieux temps », disait-il. Cela ne le rajeunissait pas, ajoutait-il, non sans humour (il avait quarante et un ans), mais l'entrée en guerre des États-Unis lui avait conféré un statut d'officier dans l'armée américaine… Cassie apprit tout cela par les lettres qu'il envoyait à Pat. Aucune ne lui était adressée. De son côté, elle ne lui avait jamais écrit pour lui annoncer son divorce. Elle ignorait si son père l'en avait averti. Elle en doutait… Les hommes n'avaient pas l'habitude de se raconter leur vie privée, se contentant de discuter politique… Un jour, elle dirait elle-même à Nick ce qui s'était passé. Mais elle ignorait quand et où. Si elle avait eu la moindre importance aux yeux de Nick, il lui aurait écrit. Ils ne s'étaient pas revus depuis un an. Dieu seul savait ce qu'il ressentait pour elle après tant de temps.

Cassie travaillait dur et se divertissait peu. Ses rares sorties se résumaient à des promenades en ville avec ses sœurs. Elle semblait tenir par-dessus tout à sa tranquillité. Quelquefois, une vague de nostalgie pour les merveilleux appareils de la compagnie Williams l'envahissait. Jamais très longtemps… La presse l'avait quasiment oubliée. Elle avait refusé à deux reprises des apparitions publiques avec signatures d'autographes… Elle menait une vie calme. Trop calme, au goût de Pat.

— Elle a beaucoup souffert, crois-tu qu'elle s'en remettra ? dit-il un jour à sa femme.

Ils avaient tous souffert.

— Elle est forte, répliqua Oona tendrement. Elle s'en sortira.

Elle s'en était toujours sortie. Simplement, elle traversait une période difficile. Solitaire. Les amitiés qui avaient jalonné son enfance et son adolescence lui manquaient. Son frère, Nick, Bobby, puis Billy, qui était entré dans sa vie un peu plus tard. Sans eux, elle se sentait seule. Elle n'était qu'un pilote parmi d'autres, assurant les vols de Chicago ou de Cleveland. Heureusement, il y avait sa famille. Le doux cocon familial, havre de paix et de réconfort.

En août, un appel téléphonique inattendu brisa la

monotonie de sa nouvelle existence. Pat, qui avait décroché, lui tendit le combiné sans dire un mot. Il n'avait pas saisi le nom de la personne qui demandait à parler à sa fille.

C'était Jackie Cochran.

— Êtes-vous sérieuse ? s'étonna Cassie.

Elle avait cru à une mauvaise plaisanterie. Sa correspondante déclina de nouveau son identité. Elle revenait d'un rallye à Las Vegas. Et elle voulait rencontrer Cassie le plus vite possible.

— Je vous ai toujours admirée, miss O'Malley. Venez donc me voir à New York, si vous avez le temps.

— Oui, bien sûr.

Cela tombait à pic. Cassie devait prendre quelques jours de congé. Elles se fixèrent rendez-vous pour le surlendemain. Voilà des années qu'elle rêvait de rencontrer son idole. Une balade à New York ne lui ferait pas de mal. Elle en profiterait pour faire du lèche-vitrines, n'ayant pas dépensé un *cent* de la somme qu'elle avait touchée pour la fameuse traversée. Sa première impulsion fut d'inviter sa mère à l'accompagner, puis elle changea d'avis. Jackie avait fait allusion à une proposition dont Cassie ignorait tout mais qui pourrait peut-être déplaire à Oona.

Il s'agissait d'une proposition réellement fascinante !

Cassie n'avait pas caché qu'elle commençait à s'ennuyer à la maison. Elle aurait été heureuse d'accomplir des vols plus excitants. La tragédie qu'elle avait vécue remontait à plus de huit mois et elle se sentait de nouveau prête à déployer ses ailes. C'était précisément ce que Jackie Cochran attendait d'elle. La célèbre aviatrice voulait confier à Cassie la direction d'un petit groupe de femmes pilotes déjà confirmées pour former une escadre sous le commandement de l'US Air Force. Leur mission consisterait à livrer des avions aux armées alliées, là où celles-ci en auraient besoin. Les femmes, bien que considérées comme pilotes civils, porteraient cependant l'uniforme et se verraient attribuer des grades. Cassie commencerait comme capitaine... Entre-temps, un autre corps de femmes auxiliaires avait été constitué sous la férule de Nancy Harkness Love, autre redoutable amazone des airs... L'idée de piloter des appareils de guerre à destination de la Grande-Bretagne enthousiasma Cassie. L'amour du risque refit aussitôt surface. Ce défi n'avait rien de futile, contrairement au tour du Pacifique. Elle combattrait pour une juste cause, pour servir son pays. Et si elle devait tomber sur le champ d'honneur, ce serait l'âme en paix. Chris avait bien accepté son destin... Billy aussi... et Bobby Strong, tué six semaines après s'être engagé. Peggy, une nouvelle fois veuve, restait seule avec quatre enfants à élever. La vie n'était jamais simple.

Le groupe de Cassie devrait rejoindre celui de Nancy Harkness Love, après avoir subi un entraînement de huit semaines qui devait débuter en septembre.

Elle avait hâte de commencer. Hâte de se prouver qu'elle était encore capable d'accomplir de grandes choses.

Jackie Cochran l'invita à dîner au 21, pour en discuter. L'excitation faisait briller les yeux de Cassie. Depuis la traversée, aucun projet ne lui avait autant tenu à cœur. Celui-là correspondait à merveille à son idéal et à son goût de l'aventure.

Elle souriait aux anges, le lendemain, en s'envolant pour Good Hope. Après avoir atterri, elle alla retrouver son père qui rangeait des dossiers en chantonnant. Elle eut scrupule à lui gâcher sa belle humeur et décida de ne lui parler qu'après le dîner.

— Comment était New York ?

— Formidable !

— Ooooh ! Je sens qu'il y a de l'amour dans l'air.

Il voyait que Cassie avait retrouvé sa joie de vivre.

Elle était revenue à ses anciennes amours, tout simplement. Les avions.

— Eh non, pas d'histoire d'amour, sourit-elle, mystérieuse.

Elle avait vingt-trois ans, Desmond était sorti de sa vie, elle se sentait libre, indépendante. Et elle était sur le point de réaliser un autre rêve. Elle se contint à grand-peine durant le dîner. Lorsqu'elle annonça son dessein à ses parents, ils la dévisagèrent avec stupéfaction.

— Et c'est reparti ! grogna Pat. Tu veux faire quoi, cette fois-ci ?

— Rejoindre un groupe de femmes de l'armée de l'air, répondit-elle d'un ton léger, presque joyeux.

— Attention ! Si j'ai bien compris, tu piloteras des bombardiers jusqu'en Angleterre. Est-ce que tu sais combien ces appareils sont lourds à diriger ?

— Oui, papa. (Elle en avait fait l'expérience lorsqu'elle travaillait pour la compagnie Williams.) Mais j'aurai un copilote.

— Une autre femme, probablement.

— Parfois, oui.

— Tu es insensée ! Patriote, mais insensée !

Le regard de Cassie s'était durci. Son père devait comprendre. Elle était adulte à présent. Certes, elle ne pouvait leur en vouloir de s'inquiéter. Elle aurait préféré partir avec leur bénédiction, mais déjà sa mère s'était mise à pleurer.

— Vous et votre fichu amour de l'air, dit Oona à son mari d'une voix tremblante.

— Voyons, Oonie… Grâce à des gens comme nous, l'aviation a progressé et a rendu nos vies plus faciles.

Pour la deuxième fois, Cassie expliqua à ses parents en quoi consistait sa mission… Ils lui demandèrent d'y réfléchir, ce à quoi elle rétorqua qu'elle avait déjà signé tous les papiers… Cassie était ainsi… Elle les surprendrait toujours… Sa témérité n'avait pas de limites.

— Quand dois-tu les rejoindre, Cass ? demanda Pat d'une voix défaite.

L'idée de la voir s'en aller une fois de plus lui déplaisait fortement.

— Dans deux semaines. Le 1er septembre. Dans le New Jersey… Si j'étais un homme, je serais déjà partie.

— Mais tu ne l'es pas, Dieu merci. Rien ne t'oblige à y aller. C'est déjà dur de savoir nos gendres à la guerre. Sans parler de Nick.

— Tu serais déjà sous les drapeaux si tu en avais eu la possibilité, répliqua-t-elle.

Pat la considéra un moment. Elle avait raison. Il se serait porté volontaire en même temps que Nick, s'il avait pu.

— Pourquoi pas moi ? explosa-t-elle. Pourquoi n'ai-je pas le droit de servir mon pays, sous prétexte que je suis une femme ?

— Oh, Seigneur, nous y voilà ! Les suffragettes sont de retour. Mais d'où tiens-tu ces idées ? Ta mère et tes sœurs n'ont jamais eu de telles revendications. Elles sont là où est leur place : à la maison.

— Mais ce n'est pas la mienne. Je suis pilote. Comme toi. Voilà la différence.

Il était difficile de la convaincre. Rien ne pouvait plier la volonté de Cassie. Au fond, Pat aimait son côté intrépide. Au fil des ans, son indomptable audace ne l'avait rendue que plus chère à son cœur.

— C'est dangereux, Cass. Les Lockheed Hudson sont des bombardiers, pas des avions de tourisme. Bon sang ! s'il t'arrivait malheur…

— Et si mon avion s'écrase, demain, à Cleveland ? Qu'est-ce que ça change ?

— Peut-être rien. Laisse-moi le temps de réfléchir.

Il savait qu'elle en avait assez des vols de routine. Il l'avait crue assagie et il s'était trompé. « Chassez le naturel, il revient au galop ! » se dit-il, excédé.

Il réfléchit des jours durant. Une seule conclusion s'imposa à son esprit. Il n'avait pas le droit de l'empêcher d'aller de l'avant. Et de toute façon, elle ne l'écouterait pas.

En septembre, elle partit pour le New Jersey. Ses parents l'accompagnèrent jusqu'au camp d'entraînement.

— Ne t'en fais pas, papa, murmura-t-elle en l'embrassant.

Pat lui adressa un sourire à la fois contrit et fier.

— Tâche de rester en l'air, ce coup-ci.

— D'accord. Et toi, garde ton avion dans la bonne direction, dit-elle en riant.

— Et toi, ne t'avise pas de donner des leçons à ton vieux père.

Ils se quittèrent sur ces mots. Lorsqu'il la revit, il crut que son cœur allait éclater de fierté. Elle portait un uniforme orné d'une paire d'ailes argentées sur la poitrine et était plus belle que jamais. Plus sérieuse aussi, avec ses longs cheveux roux retenus en une natte qui lui descendait dans le dos et sa silhouette toujours aussi mince.

Ses parents étaient venus la voir à New York car, ce week-end, elle devait s'envoler pour l'Angleterre à bord d'un bombardier et rallier Hornchurch.

La veille de son départ, elle dîna avec Oona et Pat dans un petit restaurant italien, un établissement agréable que fréquentaient assidûment les membres de son escadrille. Elle présenta ses collègues à ses parents. Jamais Cassie n'avait semblé plus heureuse. Elle rayonnait de joie. L'entraînement s'était merveilleusement bien passé, et le camp lui avait davantage fait penser à une station de vacances qu'à une base militaire. Elle s'était liée d'amitié avec les autres femmes. Elle avait hâte de relever le défi : emmener des bombardiers à bon port, en traversant des zones dangereuses et en trompant la vigilance de la chasse allemande. Pour ce premier voyage, l'état-major lui avait assigné un copilote homme.

— Si tu vois Nick, donne-lui mon bonjour, dit Pat, qui déployait tous ses efforts pour cacher son émotion.

Ils venaient de se dire au revoir, et elle avait

481

promis à sa mère de leur écrire souvent. De les tenir au courant de tout. Elle ignorait combien de temps elle resterait en Angleterre. Entre deux semaines et trois mois, personne ne le savait au juste. Pendant l'entraînement, elle avait beaucoup pensé à Nick Galvin... Ainsi qu'à une quantité de choses. Au terme de longues réflexions, elle savait enfin quel était son problème.

Toute sa vie, elle avait été tributaire d'autres personnes. Elle avait laissé les autres décider à sa place. Cela ne se reproduirait plus...

Elle s'était repassé le film de son existence et s'était revue soudoyant son frère afin qu'il accepte de lui laisser les commandes du Jenny. Ensuite, elle avait attendu que Nick, s'étant rendu compte de ses dons, se propose de lui donner des leçons... en cachette de son père... Et elle avait encore attendu que Pat consente à lui accorder le droit d'utiliser son aéroport.

Elle avait attendu que Nick lui déclare qu'il l'aimait avant de s'engager dans la RAF. Le même schéma s'était reproduit avec Desmond. Celui-ci avait pris toutes les initiatives. Le contrat mirobolant, le mariage, la publicité, le fameux tour où elle avait cher payé les ambitions de son époux... Toute sa vie, elle avait attendu que les autres décident à sa place, toute sa vie elle avait été manipulée par les autres. Jusqu'à Nick qui, connaissant ses sentiments, ne s'était pas donné la peine de lui écrire.

Ce temps-là était à jamais révolu. Elle n'attendrait plus rien, de personne. Elle prendrait en main son destin. L'échec de son mariage lui avait ouvert les yeux. Elle avait voulu aller en Angleterre. Elle ignorait quel accueil Nick lui réserverait mais cela lui était égal. Elle se moquait éperdument de leur différence d'âge, de sa prétendue pauvreté... Elle saurait une fois pour toutes ce qu'il éprouvait réellement pour elle, elle en avait le droit. Elle avait droit à bien des choses et elle était résolue à les réclamer. Ce voyage en faisait partie.

Elle décolla à cinq heures du matin, le lendemain. Durant le vol, son copilote réalisa qui elle était et parut impressionné.

— Je vous ai vue à un concours de voltige, une fois. Vous aviez raflé presque tous les prix. Trois premiers et un deuxième.

Ç'avait été sa dernière compétition.

— Oui. J'ai abandonné les acrobaties aériennes, depuis.

— Disons que c'est passé de mode.

— J'ai perdu mon frère lors d'un salon de l'aviation, l'année suivante. Ça m'a ôté l'envie de poursuivre dans cette voie.

— Je comprends... Vous avez failli y rester, quand j'ai assisté à votre show. Vous aviez exécuté quelques figures fabuleuses.

— Bah, pas tant que ça, fit-elle, avec une modestie qui le fit rire.

— Savez-vous ce qu'on dit des pilotes de métier ? Tout dans les tripes, rien dans la tête.

Elle lui sourit. A ses oreilles, ce reproche sonnait presque comme un compliment.

— Oh, merci.

— De rien.

Il lui rappelait Billy.

Quand la Grande-Bretagne fut en vue, ils étaient devenus amis. Originaire du Texas, il volait depuis qu'il était en âge de grimper dans un avion. Il lui promit qu'ils se reverraient dans le New Jersey.

La chance était avec eux. Cette nuit-là, les avions allemands ne se montrèrent pas. Il avait été pris en chasse deux fois déjà et se félicitait qu'elle n'ait pas eu à affronter les tirs de la Luftwaffe dès son premier voyage.

— Je m'en suis tiré sans trop de mal, la rassura-t-il, puis, à la grande joie de Cassie, il la laissa atterrir.

Elle ramena le lourd appareil au sol sans aucun problème, contrairement aux prédictions paternelles. C'était merveilleux d'être traitée en égale.

A l'aérodrome, elle se rendit au bureau où elle devait remettre son rapport. On la remercia poliment, puis on lui tendit un papier où était indiqué l'emplacement de ses quartiers. Son copilote lui proposa un petit déjeuner, mais elle déclina l'invitation. Elle avait d'autres projets…

Cassie longea les baraquements de la base d'un pas indécis. Elle ne savait par où commencer ses recherches. Elle avait son adresse, bien sûr, un nom de rue qui ne lui disait rien du tout. Pas pour le moment, du moins. Elle tira de sa poche la feuille sur laquelle elle l'avait inscrite, et la fixa d'un regard lourd de fatigue. Elle était en train de l'étudier, quand quelqu'un la poussa du coude. Elle leva les yeux, irritée. Et l'irritation fit place à la surprise.

C'était ridicule. Dans la vie, les choses ne se passaient jamais ainsi. C'était trop facile. Pourtant il se tenait là, le regard fixé sur elle, aussi blême que s'il avait vu un fantôme. Personne ne l'avait prévenu de l'arrivée de Cassie… Cassie qui, vêtue d'un uniforme de l'armée américaine, dévisageait Nick Galvin de ses grands yeux d'azur.

— Qu'est-ce que tu fais là ? Il avait posé la question sur un ton qui laissait croire que la base lui appartenait.

Elle eut un rire moqueur, alors qu'un léger vent automnal ébouriffait ses cheveux d'un roux flamboyant.

— La même chose que toi.

Sauf que son job à lui comportait plus de risques.

— Merci pour tes nombreuses lettres, reprit-elle, cachant sa peine sous un ton badin. J'ai pris grand plaisir à les lire.

Un sourire éclaira les traits de Nick. Il n'arrivait pas à détourner le regard du petit visage radieux de Cassie, pas plus qu'à s'éloigner d'elle. Au contraire, un obscur désir le poussait vers elle et il mourait d'envie de la toucher, de la sentir, de caresser à nouveau sa peau si fine, si douce. Lentement, comme dans un rêve, sa main s'empara d'une mèche de ses cheveux couleur de feu, doux comme de la soie.

— Comment vas-tu, Cass ?

Autour d'eux, des gens en uniforme allaient et venaient. Hornchurch ressemblait à une ruche, mais ni l'un ni l'autre n'y prêtèrent attention. Ils se dévoraient du regard ; le temps et les épreuves n'avaient rien changé.

— Je vais bien.

Elle le laissa l'attirer à l'écart, vers un petit muret de brique où ils s'assirent. Ils avaient tant de choses à se raconter, tant de temps à rattraper. Nick se sentit écrasé par un sentiment de culpabilité. A présent il s'en voulait de son silence.

— J'ai été fou d'inquiétude, quand j'ai appris ta disparition.

Le regard de Cassie se voila. Elle pensait à Billy.

— Oui, le rêve s'est transformé en cauchemar… Je ne souhaiterais pas à mon pire ennemi de vivre ce que j'ai vécu sur cette île perdue… Le pire, ça a été quand… quand Billy…

Sa voix se brisa. Nick lui prit la main.

— Je sais… Je comprends… Ne t'en veux pas, poussin. Je te l'ai dit il y a longtemps. Chacun fait ce qu'il a à faire. Billy avait accepté de prendre des risques. Il avait voulu participer au tour du Pacifique, pas seulement pour te faire plaisir, mais aussi pour lui-même.

— Oui, tu as sans doute raison… N'empêche que j'aurai toujours sa mort sur la conscience. Je suis vivante, Nick, et pas lui.

— C'est la vie. Dieu l'a voulu ainsi, dit-il, le doigt pointé vers le ciel.

— Pourquoi ne m'as-tu pas appelée quand je suis rentrée ?

— Si tu savais combien de fois j'ai pris le téléphone ! Chaque fois, j'ai reposé le combiné. Je me disais que ton mari n'apprécierait pas mon coup de fil… A propos, où est-il ?

Sa question conforta Cassie dans ce qu'elle supposait. Il ne connaissait évidemment pas la suite de l'histoire. Elle lui sourit. C'était drôle d'être assise là, devant une caserne, à bavarder avec Nick, comme s'il l'avait attendue… Oui, drôle de se retrouver si loin de la maison, dans la pâle clarté du soleil d'automne.

— Il est à Los Angeles.

Avec Nancy Firestone. Ou une autre.

— Je suis surpris qu'il t'ait autorisée à venir ici… ou plutôt non, cela ne m'étonne pas.

Il avait dit cela avec une certaine amertume. Il avait eu le cœur brisé lorsqu'il l'avait crue perdue à jamais. Il avait haï cet homme qui l'avait envoyée à la mort, à seule fin de mieux vendre ses avions. Il avait failli appeler Desmond Williams pour lui dire ses quatre vérités. Il ne l'avait pas fait.

— Il a dû s'imaginer que les journaux parleraient de toi, ici, en Angleterre, poursuivit-il… Quel grand patriote ! Au fait, était-ce son idée ou la tienne ?

— La mienne. Voilà un moment que je voulais me mettre au service de mon pays. Mais quand je suis revenue dans l'Illinois, je n'ai pas pu me décider à abandonner papa. Il n'a plus d'aides. Il a même pensé à embaucher des femmes.

— Dans l'Illinois ? Tu veux dire que tu es retournée chez tes parents ?

Ce porc de Williams n'avait même pas eu la décence de s'occuper d'elle. Elle devait être pourtant bien faible après un mois de souffrances sur cet îlot.

— Oui, je suis retournée chez eux, répondit-elle en se rappelant leur nuit de bonheur, sous le clair de lune. J'ai quitté Desmond, Nick. En fait, je l'ai quitté quand papa a eu son infarctus.

C'était un an plus tôt. Nick l'ignorait.

— Lorsque j'ai regagné Los Angeles, après notre dernière rencontre, tout ce que tu m'avais dit à son sujet s'est avéré exact. Desmond n'a pas cessé de m'exhiber comme un singe savant. Vols d'essai, interviews, conférences de presse, séances de photos. Mais il n'a montré son vrai visage que quand papa est tombé malade. Il a refusé de retarder la traversée et m'a interdit de me rendre auprès de mon père.

— Mais tu y es allée quand même.

Il avait su par les journaux que le départ du tour du Pacifique avait été différé. Et aux actualités, il l'avait vue à l'hôpital où Pat avait été transporté.

— Oui, je suis allée le voir et Billy m'a accompagnée. Desmond m'a menacée de poursuites judiciaires, puis il nous a obligés à signer un nouveau contrat selon lequel nous étions tenus d'honorer nos engagements vis-à-vis de sa compagnie, en octobre au plus tard.

— Charmant garçon !

— Oui. Je n'ai plus jamais vécu sous son toit, ce qui n'a pas semblé le chagriner. Il fallait simplement que nous donnions aux journalistes l'illusion d'un couple uni… Tu avais raison, il avait d'autres femmes. Nancy Firestone était sa maîtresse. Apparemment, il m'a épousée à seule fin de faire la publicité de la traversée… Il disait que l'impact sur le public n'aurait pas été le même si nous n'avions pas été mariés. Notre union n'a été qu'une sinistre farce. Puis, quand j'ai été hospitalisée à Hawaii, il est venu me dire que j'avais toujours des engagements envers lui. Le contrat, le contrat, il n'avait que ce mot à la bouche. Je devais couvrir vingt mille kilomètres, je n'en avais parcouru que seize mille. Au bout du compte, je lui étais toujours redevable. Il s'imaginait qu'il pourrait encore tirer son épingle du jeu, en dépit de l'échec de la traversée. Papa m'a emmenée chez un avocat à San Francisco. J'ai divorcé.

Dans le regard de Nick, le dégoût le disputait à la surprise. C'était bien pire qu'il ne l'avait pensé.

— Comment t'y es-tu prise pour que personne ne soit au courant de votre séparation avant le tour du Pacifique ?

— Oh, il est très fort dans ce domaine. J'habitais chez Billy, mais personne ne l'a su. Devant les journalistes, Desmond excellait dans son rôle d'époux attentionné. Quel hypocrite ! J'avais honte pour lui, pour moi. J'étais tellement blessée dans mon orgueil que je n'ai pas eu le courage de te mettre au courant. Comme tu ne voulais pas de moi...

— Comment ça, je ne voulais pas de toi ? As-tu oublié notre nuit ? demanda-t-il, ulcéré.

— Je me rappelle chaque minute que nous avons passée ensemble. Ce souvenir m'a maintenue en vie, sur l'île... Je pensais, je réfléchissais, j'évoquais ton image... je voulais divorcer de Desmond... Dieu, quel être méprisable !

— Pourquoi ne m'as-tu pas écrit ?

Elle poussa un soupir.

— Parce que tu m'aurais seriné le même refrain : « Je suis trop vieux, trop pauvre, trouve-toi quelqu'un de jeune comme Billy. »

Il esquissa un sourire. Elle avait raison. Il s'était comporté comme un parfait imbécile.

— Eh bien ? As-tu trouvé quelqu'un de jeune comme Billy ?

L'inquiétude assombrit son regard clair et, l'espace d'un instant, Cassie fut tentée de le lui faire croire.

— Mmmm, et si je te disais que je suis sortie avec une centaine d'hommes ?

— Je ne te croirais pas.

Il alluma une cigarette, puis exhala la fumée, heureux d'avoir retrouvé la petite fille de ses rêves et heureux qu'elle se soit transformée en une femme éclatante.

— Pourquoi ? Je suis peut-être trop laide pour attirer les hommes, c'est ça ? railla-t-elle.

— Non. Tu es splendide. Mais compliquée. Il te faut un homme d'expérience, dirais-je… Tu verras, il y en a beaucoup par ici.

— Tant mieux. Mais toi, Nick, crois-tu toujours que tu es très vieux ou as-tu rajeuni, ces temps-ci ?

— Cassie, Cassie, je me sens surtout idiot. J'ai failli devenir fou quand j'ai appris ta disparition… Et lorsqu'ils t'ont retrouvée et sauvée, je n'ai pas eu l'audace de sauter dans le premier vol pour Honolulu.

— Ç'aurait été fantastique.

Elle lui sourit, sans une ombre de reproche.

— Je suppose que Desmond y était avec les journalistes, dit-il en faisant une grimace.

— Naturellement. Heureusement, j'avais une infirmière formidable qui ne les a jamais laissés entrer dans ma chambre. Elle détestait Desmond… Et encore, elle ne savait pas qu'il menaçait de me traîner devant les tribunaux pour rupture de contrat… Je suis sûre qu'il était convaincu que son avion s'était écrasé par ma faute. Que j'avais fait exprès… Oh, Nick, c'était horrible. Les deux moteurs en feu, cette fumée noire, et juste une petite bande de sable pour atterrir.

Il la prit dans ses bras.

— N'y pense plus, ma chérie. C'est fini.

Quantité de choses étaient finies. Une vie entière.

490

Il était temps de prendre un nouveau départ. Il baissa sur elle des yeux chargés de tendresse, sentant contre lui sa chaleur, l'esprit empli des images de leur nuit magique, doux souvenirs qui l'avaient aidé à vivre pendant maintenant près de deux ans.

— Combien de temps resteras-tu ici ? demanda-t-il.

— Je ne connaîtrai pas mon programme avant mercredi prochain… Ma première mission aura probablement lieu dans quelques semaines. Mais je reviendrai souvent. Je suis instructeur dans l'escadre des ferrys, c'est-à-dire le transport des bombardiers entre le New Jersey et Hornchurch.

— Pas mal, dit-il, tu vas t'en donner à cœur joie. La plupart du temps, en tout cas.

Chez Desmond, elle avait fait des essais sur des avions que la compagnie comptait adapter pour l'armée.

— Oui, sûrement. Et toi ? Où en es-tu, Nick ?

Du regard, elle semblait sonder son âme. Il n'y avait pas moyen d'échapper à sa question. Tout d'abord, il ne comprit pas ce qu'elle voulait dire, puis le jour se fit brusquement dans son esprit. Elle n'était pas venue en Angleterre par hasard… La seule coïncidence, c'était qu'ils se retrouvent aussi vite.

— Que veux-tu savoir au juste, Cass ?

— Si tu es toujours un héros. Et si les combats t'ont rendu un peu plus intelligent.

— Oui, je suis plus futé qu'il y a quelques années. Un peu plus âgé, aussi. Toujours aussi pauvre. (Il s'interrompit en se traitant d'imbécile.) Mais toi, ma jolie petite Cassie, que cherches-tu exactement ? Moi et le vieux Jenny ? Je n'ai rien d'autre, tu sais… Ah, si, le Bellanca. Ce n'est pas très amusant.

— Si j'avais voulu m'amuser, je serais restée à Los Angeles.

— Oh non, fit-il, avec cet air buté qu'elle lui connaissait si bien.

— Pourquoi ?

— Je ne t'aurais pas laissée. D'ailleurs, j'aurais dû te retenir, dès la première fois.

Tous deux avaient su tirer des leçons de ce qu'ils avaient vécu. Ils s'étaient assagis. Ils avaient payé cher leur indépendance.

— Je t'aime, Cassie, je t'ai toujours aimée.

Elle contempla ce visage qu'elle connaissait depuis toujours, les yeux bleu acier, le fin réseau de ridules qui les entourait. Ce visage qu'elle voulait contempler jusqu'à la fin des temps. Nick représentait tout ce qu'elle désirait au monde.

— Je t'aime aussi, Nick, répondit-elle paisiblement.

Il la tint dans ses bras, s'enivrant de son odeur, savourant cette étreinte qu'il avait tant de fois revécue en imagination. Loin d'elle, ç'avait été l'enfer. Il avait amèrement regretté leur séparation que lui-même avait voulue, n'avait pas su comment l'approcher de nouveau. Et c'était elle qui avait fait le premier pas.

— Et si l'un de nous deux ne revient pas de mission ? lui demanda-t-il avec franchise.

Ses vieux démons avaient resurgi, plus forts que jamais. Surtout ne pas ruiner la vie de Cassie. Ne pas lui promettre monts et merveilles pour la laisser en grand deuil devant une pierre tombale.

— Ce sont les risques du métier. Des risques

que nous avons toujours pris, Nick. Ceux que tu m'as enseignés. Chacun a le devoir de permettre à l'autre d'exercer le métier qu'il a choisi.

— Et après ?

Elle lui effleura le visage de la paume comme pour effacer son expression anxieuse.

— Après, nous retournerons chez nous. Lorsque mon père prendra sa retraite, il nous laissera l'aéroport. Et si nous n'avons qu'une cabane, nous vivrons d'amour et d'eau fraîche… Je m'en fiche… Et puis, si le décor nous déplaît, nous changerons de maison.

Cette fois-ci, il se mit à rêver avec elle. Le bonheur était à leur portée. Ils seraient ensemble, auraient une passion commune, un bout de ciel à traverser. Cela leur suffisait… Il se pencha et embrassa doucement Cassie. Elle leva les yeux vers le firmament que l'automne teintait d'une certaine mélancolie et le souvenir de leurs escapades dans le vieux Jenny fit éclore un sourire sur ses lèvres. Elle lui rappela les loopings et les vrilles qu'elle aimait exécuter alors, et son rire se communiqua à son compagnon.

— Ah, poussin, ce que tu as pu me faire peur !

— C'était de ta faute ! Tu n'avais qu'à pas me faire croire que j'étais un pilote né.

— Je t'ai dit ça ? Je devais être amoureux de toi, alors.

Il se sentait léger, heureux, comme un enfant. Cassie lui faisait toujours cet effet.

— Mais non ! Tu n'étais pas amoureux de moi à cette époque, le taquina-t-elle, les traits illuminés d'un large sourire.

— Mais si !

Oui, de plus en plus léger… Transporté par les ailes du bonheur… Jeune… Et si fier de marcher aux côtés de Cassie.

— Vraiment ? jeta-t-elle.

Ils éclatèrent d'un rire heureux. Soudain, la vie leur paraissait très simple. Elle était venue le chercher, et elle l'avait trouvé. Ils s'étaient retrouvés… Enfin, ils étaient à leur place. Tous les deux.

ROMAN

Mascarade
L'or des Trembles
Rivaux
Les vendanges de l'amour

DENKER HENRY
Le choix du Docteur Duncan
La clinique de l'espoir
L'enfant qui voulait mourir
Hôpital de la montagne
Le procès du docteur Forrester
Elvira
L'infirmière

DEVERAUX JUDE
La princesse de feu
La princesse de glace

FALCONER COLIN
Les nuits de Topkapi

GAGE ELIZABETH
Un parfum de scandale

GALLOIS SOPHIE
Diamants

GOUDGE EILEEN
Le jardin des mensonges
Rivales

GREER LUANSHYA
Bonne Espérance
Retour à Bonne Espérance

GREGORY PHILIPPA
Sous le signe du feu

HARAN MAEVE
Le bonheur en partage

JAHAM MARIE-REINE DE
La grande Béké
Le maître-savane

JONES ALEXANDRA
La dame de Mandalay
La princesse de Siam
Samsara

KRANTZ JUDITH
Flash
Scrupules 1
Scrupules 2

LAKER ROSALIND
Aux marches du palais
Les tisseurs d'or
La tulipe d'or
Le masque de Venise
Le pavillon de sucre

LANCAR CHARLES
Adélaïde
Adrien

LANSBURY CORAL
La mariée de l'exil

MC NAUGHT JUDITH
L'amour en fuite

PHILIPPS SUSAN ELIZABETH
La belle de Dallas

PLAIN BELVA
A l'aube l'espoir se lève aussi
Et soudain le silence

PURCELL DEIRDRE
Passion irlandaise
L'été de nos seize ans
Une saison de lumière

RAINER DART IRIS
Le cœur sur la main
Une nouvelle vie

RIVERS SIDDONS ANNE
La Géorgienne
La jeune fille du Sud
La maison d'à côté
La plantation
Pouvoir de femme
Vent du sud
La maison des dunes

RYMAN REBECCA
Le trident de Shiva

Achevé d'imprimer en octobre 1997
sur les presses de l'Imprimerie Bussière
à Saint-Amand (Cher)